大将秦开

臧全业燕赵历史小说系列

臧全业◎著

河北出版传媒集团
花山文艺出版社

图书在版编目（CIP）数据

大将秦开 / 臧全业著. 一石家庄:花山文艺出版社, 2015.9

ISBN 978-7-5511-2062-3

Ⅰ.①大… Ⅱ.①臧… Ⅲ.①长篇历史小说一中国一当代 Ⅳ.①I247.5

中国版本图书馆CIP数据核字(2015)第038068号

书　　名：大将秦开
著　　者：臧全业

策划统筹：张采鑫
责任编辑：卢水淹
责任校对：李　鸥
封面设计：景　轩
美术编辑：胡彤亮
出版发行：花山文艺出版社（邮政编码：050061）
（河北省石家庄市友谊北大街330号）
销售热线：0311-88643221/29/31/32/26
传　　真：0311-88643225
印　　刷：大厂回族自治县正兴印务有限公司
经　　销：新华书店
开　　本：700×1000　1/16
印　　张：22.75
字　　数：340千字
版　　次：2016年5月第1版
2016年5月第1次印刷
书　　号：ISBN 978-7-5511-2062-3
定　　价：40.00元

目　录

第一回　殷纣王荒淫且无道　箕太师东行赴朝鲜　001

第二回　周武王分封众群臣　姬奭公执掌北燕地　013

第三回　燕王哙禅位引祸乱　武灵王安邻扶姬职　025

第四回　兴国祚燕昭王招贤　弱燕敌苏季子献策　037

第五回　施合纵引齐秦交恶　拒东胡稳北疆图强　049

第六回　燕昭王诏令选人质　秦少勇智勇服众人　061

第七回　慕英雄九兄弟结义　察贤良四大臣亲考　073

第八回　通诸子秦开访名流　传真谛少勇得经典　085

第九回　赴东胡燕昭王结义　纳人质胡君长施蛮　097

第十回　施仁爱秦开广交友　研战法少勇绘草图　109

第十一回　胡君长嫁妹笼人质　三部落出兵掠赵国　121

第十二回　武灵王效胡服骑射　乐将军废兵车混编　133

第十三回　秦少勇结识部首领　大瑞青动怒囚秦开　145

第十四回　秦开施计逃离东胡　燕王传令修筑将台　157

第十五回　燕昭王计议征东胡　大瑞青下令选战将　169

第十六回　下战书秦开劝君长　决胜负兄弟战姐妹　181

第十七回　大瑞青增兵袭燕营　秦少勇施设空城计　193
第十八回　秦少勇防围魏救赵　居长里议调虎离山　205
第十九回　破胡计郡守助秦开　盼归降将军劝君长　217
第二十回　居下风东胡却千里　驱寒气邹衍吹律管　229
第二十一回　扩东北秦开呈地图　进辽水燕军征朝鲜　241
第二十二回　秦少勇施计越辽水　鹿怡仙技取两将军　253
第二十三回　朝鲜王韬晦作假降　秦少勇巧施连环计　265
第二十四回　下战书再战老虎岭　败阵势退守满番汗　277
第二十五回　取秽貊秦开连用兵　占汉水燕国略东北　289
第二十六回　盛国势燕国固北境　建霸业昭王设五郡　301
第二十七回　燕昭王遣儒生教化　秦少勇率军士屯田　312
第二十八回　筑障塞秦开勘路线　恶齐赵苏秦遭车裂　323
第二十九回　燕昭王亲筑拜将台　乐将军合纵伐齐国　335
第三十回　沥心血秦开筑长城　丰伟绩侯城矗金身　347

第一回 殷纣王荒淫且无道 箕太师东行赴朝鲜

话说我中华民族自黄帝釜山合符始，至今已有四五千年的文明史。经过三皇五帝后，古老的华夏民族已经形成。唐尧、虞舜，是五帝中的后两位，尧在位时，一改先人部落首领世袭的传统，推举舜作为继承人，并决定死后将帝位禅让给舜。舜也学着尧的样子，在位时选出禹来摄行政事。舜死，禹继位。禹在位时，众举皋陶作为继承人。但皋陶作为继承人后不久便死去，禹只好重新选举皋陶之子伯益作为继承人。禹死后，他的儿子启不甘心把父亲的帝位禅让给别人，便夺取了伯益的位子自立为王，禅让制度从此被废弃，君位进入世袭制时代。

禹在位时，建立了我中华历史上的第一个世袭制王朝夏朝。夏王朝经过四百多年的发展，到第十七代君王桀时，由于桀残暴无道，被商部首领成汤战败，成汤夺取了夏王朝的天下，并建立了商朝。商王朝统治了近六百年，共三十代王。在第十九代王盘庚在位时，将国都迁往殷，因此，商也称殷。商殷的最后一代君王，便是历史上著名的暴君殷纣王。本书故事的缘起，便是这位荒淫无道的殷纣王。

却说殷纣王即帝辛，名受，他不仅勇力过人，而且天资聪颖，才思出众，能言善辩。正因为自己文才武略出众，纣王遇事自以为是，不听臣僚的劝谏，以致刚愎自用，视臣民如草芥。不仅如此，殷纣王还贪酒好色，经常通宵达旦地饮酒作乐。为了满足自己的狂饮和肥吃，他在离宫建立了“酒池”和“肉林”。“酒池”，即在人工挖掘而成的池子里灌满了酒，据说酒池大得可以划船，池中的酒可供三千人狂饮不竭。“肉林”，是在许多树上挂满了肉，以便随手取食。每当聚众取乐的时候，殷纣王便命成群赤身裸体的男女在酒池肉林间追逐嬉戏，整夜胡闹，搅得宫里乌烟瘴气，恰似魔窟一般。

殷纣王不仅创造了酒池肉林这一史上的奢侈之最，并遗臭万年，而且开创了历史上的君王宠幸女色误国亡国的先河。殷纣王平生爱玩乐，喜好美女歌姬。大约在纣王六十岁的时候，殷朝军队发动了对苏护国的战争，殷朝军队凯旋的重要战利品，是一个叫苏妲己的年轻美女。纣王自得到妲己后，宠幸不已，日夜与她纵情欢娱。为了讨妲己欢喜，纣王命乐师创作靡靡之乐，怪诞之舞。为了玩乐，纣王下令弃田地以为园囿，使民不得衣食。纣王还索性下令把商都附近的农田荒废，让禽兽自然生长，成为天然动物园，供他与妲己玩乐。

除此之外，殷纣王还不断向外用兵，屡兴大役，搞得民怨沸腾，积怨日深。一些诸侯也开始蠢蠢欲动，纷纷行反叛之事。纣王面对这种情况，非但不思悔改，反而下令用残忍的刑罚，来对付有各种不满情绪的人们。他命人制作了一系列极其野蛮的刑具，对反对之人施以酷刑。在诸酷刑中，尤以“炮烙重刑”为甚。此刑是在一个大铜柱上涂满燃油，行刑的时候，把人的衣服脱光绑在铜柱上，用炭火烧炙，最后把人活活烤死。

对于那些反对自己的诸侯，纣王也随意杀戮，毫无顾忌。当时，西伯昌（即后来的周文王）、九侯、鄂侯三人，在各路诸侯中素孚众望，曾被商封为“三公”。由于“三公”对纣王的倒行逆施心存不满，纣王便决定拿他们开刀，并要除掉他们。纣王首先拿九侯开刀。九侯有个美丽贤惠的女儿，被纣王看中选入宫中为妃，但她不愿迎合纣王的胡作非为，被纣王杀死。纣王怕九侯怨恨在心，便把九侯也剁为肉酱。鄂侯看不下去，表示了不满，随即被纣王杀死，做成肉脯。西伯昌见二人惨死，伤心地叹了口气，被纣王的心腹崇侯虎偷听到后，立即报告给了纣王。纣王大怒，把西伯昌也抓了起来，投入到羑里的牢狱。

却说纣王的荒淫和暴虐，早已引起了朝中大臣的忧虑和沉思，纷纷上殿进谏，但纣王有时巧言辩解，有时却连听都不听。大臣辛甲接连进谏了七十五次，可纣王根本不思悔改，辛甲伤心至极，无奈投奔了西部的周部，作了后来的周文王的臣子。

纣王如此荒淫和顽固，使朝中最有影响的三位大臣忧心如焚。这三位大臣乃是微子、箕子、比干。后来孔夫子称这三人为“三仁”。微子名启，是纣王的同父异母哥哥，被纣王封于微地。箕子，名胥余，是文丁的儿子，帝乙的弟弟，纣王的叔父，官居太师，受封于箕。比干，是纣王的叔叔，官居少师。微子、箕子、比干三人，不仅是朝中最有影响的大臣，也是纣王的至亲，因此三人对纣王的倒行逆施，格外忧虑，对纣王倒行逆施产生的恶果，格外担心。

这日，微子将箕子和比干请到他的府上，忧心忡忡地说：“二位叔父，我们的这位君王荒淫暴虐，倒行逆施，已激起国人的共愤，这样下去，恐国祚难以为继啦，二位叔父快想想办法吧！”

箕子和比干虽然是微子和纣王的父辈，但年龄与微子相差无几，又同是纣王手下的大臣，平时三人情同手足，相互推心置腹。听了微子的话，箕子摇了摇头说：“能有什么办法，我和比干二人虽然是王的叔父，但归根结底我们都是王的臣子，规劝几次以后不见效，还能有什么办法！”

比干也摇了摇头说：“是啊，我已劝说了几次，可王根本听不进去，还能有什么办法呢？”

微子听箕子和比干这样说，叹了口气说：“连二位叔父的话都听不进去，难怪我这个当哥哥的话，如此不管用啊！”

三人沉默了许久，还是箕子打破了寂静，说道：“王的所作所为，的确令人担忧，再这样下去，恐怕国祚真的难以为继啦，我的意见，我等三人还要继续劝谏，力争使王痛改前非，重新收拢民心，重新笼络各路诸侯，将我商殷国祚传承下去。”

比干说：“我等三人已劝谏多次，王根本不听，再继续劝说，还能有效果吗？”

箕子说：“通过规劝使王痛改前非，肯定不是件容易的事情，但我等以往的劝谏，大概也有言词太轻的问题。这次我等再劝谏时，既要言辞恳切，又要响槌重鼓，使王有所震撼。”

比干和微子一齐看了看箕子，然后二人又相互望了望对方，无奈地点了点头。

箕子正要拉着比干告辞，微子却又疑虑地说：“箕叔的话侄儿认为甚是有理，以往对王的劝谏的确言词不够猛烈，再劝谏时也可响鼓重槌，但侄儿似乎隐约地感到，这样一来，恐怕我们会遭到厄运。”

比干说：“难道王连我们这些人也能下手诛杀不成？”

箕子点了点头说：“侄启的担忧不无道理，我们的这位王眼下已到了利令智昏的地步，我们的言词猛烈，很可能换来他对我等施暴的后果。”

微子说：“因此，侄儿劝两位叔父不必言词过于激烈，我等再推心置腹劝劝他，如他不听，我等就弃官回家，国祚愿怎么样就怎么样吧，反正我们做臣子的已经尽到责任了。”

箕子看了看微子，又看了看比干，没有说话。比干眨了眨眼说：“不行，我们这位王已经到了这个地步，如果我们做臣子的继续轻描淡写，不让他受到震动，我们的国祚真的是离灭亡不远了。为了拯救商殷祖业，就是杀我们的头，我也豁出去了。”

箕子听了比干的话，赞同地点了点头，微子却摇了摇头。

比干又说：“我在朝中任少师之职，原是百官之首的角色，这次规劝由我先来，你二人看我规劝的情况，再酌情决定如何去做。”

微子说：“虽然二位叔父是王的父辈，但在亲情上，似乎还是我这个与王同父异母的兄长稍胜一筹，因此，还是由侄儿先来，待我劝谏后，二位叔父再视侄儿劝谏的情况，决定如何施劝吧。”

比干看了看箕子，箕子点了点头。

比干说：“好，那侄启就抓紧规劝君王吧，什么情况及时与我二人沟通一下，我二人再决定如何行动。”

第二天，微子进宫面见纣王。此时，恰值纣王与妲己正在浴池沐浴嬉戏。微子等了约有一个时辰，才被通知进殿面见纣王。微子见到纣王时，见纣王因为他冲了与妲己的嬉戏欢娱，表情老大不高兴。微子施礼后说：“臣见王的目的，还是想劝劝君王，眼下朝野怨声载道，危机四伏，君王真是到了悬崖勒马，重振国祚的时候了。”

纣王看了一眼微子，刚要说什么，但又止住了。微子接着说：“臣兄与太师、少师两位叔父，都为商殷的天下担忧，但又束手无策，只能来劝说君王，望君王看在列祖列宗的分上，悬崖勒马，去除弊政，去恶从善，再图商殷的振兴。”

纣王在微子说前段话时，就对“悬崖勒马”的话语极为反感，欲待发作，但想了想又克制住了，并继续听哥哥说下去。现在听到微子又说了一遍“悬崖勒马”的话，不禁大怒。他狠狠地拍了一下案台，并站起来指着微子说：“你除了这几句话外，还会说什么！什么‘悬崖勒马’，我的马只能跳过悬崖，用不着去勒马！你虽然是我的兄长，但本王告诉你，你说的这些在本王这里，都是废话，我不会按你的话去行事的。”

微子听了，气得手有些发颤，他又说：“从我们的祖宗成汤开始，我商殷王朝传递王权三十代，王朝绵延六百年，如果到了纣王这一代使王权终止下来，你就是我商殷王朝的罪人，为兄还是这句话，尽快悬崖勒马，去恶从善，再图商殷国祚的振兴！”

纣王用手一指宫门方向，恶狠狠地吼道：“你给我出去！”

微子一听，一甩衣袖，大踏步地出殿去了。

微子回到府上，痛哭了一场，然后昏沉沉地躺到床上睡去了。

且说微子进宫规劝纣王碰壁的情况，箕子和比干早已得知，当日晚，箕子和比干便前往微子的府第探望。微子见到箕子和比干后，不等说话，便老泪横流。箕子和比干安慰了几句后，微子坐起身来，用衣袖拭了拭眼泪说：“看来这个暴君已经无可救药啦，我再三劝告，他非但不听，反倒把我撵了出来。”接着，将白天与纣王对话的情况，向箕子、比干述说了一遍。

箕子叹道：“这种情况是我等早在意料之中的，侄启不必伤心，倒是下步如何对待，需要我等好好商量一下。”

微子说：“下步？侄儿不想下步了，干脆一死了之，免得眼睁睁地看着江山社稷被这个暴君葬送掉！”说完，泪水又在眼窝中打转。

比干说：“侄启不要难过，更不要退缩，我等作为国之重臣，在这个时候，就是豁上杀头，也要力谏暴君，务要他回心转意，以便拯救社稷苍生。来日叔父进宫，定要和这个暴君理论出个头绪。”

微子听了比干的话，叹了口气，并摇了摇头。

箕子思索了一会儿，对比干说：“兄长乃百官之首，与王理论争辩还是往后拖一拖，来日还是为弟先出面，与王彻底理论一番，如他还不觉醒，兄长再出面相劝不迟。”

比干说："我为少师，弟为太师，你我都是王之叔父，你我的话能有什么区别？"

箕子说："不然，你我虽然都是王之叔父，但兄长的少师之职，实乃百官之长，而弟之太师之衔，不过是个颇受恩宠的虚衔而已。因此，你我二人的话，在王那里的分量还是不一样的，还是把兄长的重钧之言放在后面为好。"

比干说："那好吧，但愿弟此次相劝能收到成效，如弟这次仍说不动这个暴君，为兄再出面，并定要和暴君争个鱼死网破。"

微子连忙说："叔父不可如此，这个暴君眼下像灌了迷魂汤一样，谁的话都听不进去，如果言词过于激烈，说不定他真会残害叔父。"

箕子深深点了点头，没有说话，比干说："如果暴君真到了连我等都会杀的地步，叔父这条命就给他好了。"

箕子说："侄启的担心不无道理，兄长届时相劝时，还是小心为好。"

微子说："反正侄儿对这个暴君已不抱什么希望了，二位叔父只管再去规劝于他，但还是小心为妙。"

箕子又点点头，比干叹了口气说："好吧！"

第二天，箕子前往鹿台面见纣王。纣王的父亲帝乙当初为了对付东夷，在朝歌建了个陪都，而纣王却把陪都建成了游乐场，并强迫成千上万的奴隶，用了七年时间，在朝歌建了一座周长三里、高达千尺的鹿台。鹿台上楼观巍峨，亭阁秀丽，身居其中，如临仙境，远处景致尽收眼底。纣王还建造了一座高高的摘星楼，整日在上面与众美女寻欢作乐。

箕子来到鹿台时，纣王恰好在摘星楼与妲己饮酒取乐。箕子见无法硬闯进楼，只好让人进去向纣王报告，说有要事相告。箕子在楼下等了约半个时辰，通禀之人才前来告诉箕子，说纣王不听禀报，无法转达箕子要见纣王的意愿，只好让箕子明日再来。箕子无奈，只好转身回府去了。

第二天天刚亮，箕子便出府前往鹿台，面见纣王。但得到的消息是纣王尚未起床。箕子耐心等待了一个多时辰，才被通知可以进摘星楼政事殿面见纣王。箕子跟着那位通禀的侍人，不知登了多少级木阶，才来到摘星楼的一个议事殿堂。箕子进堂时，纣王正坐在一张虎皮铺垫的木凳上。箕子上前施礼问候后，席地坐在一片草席上。

箕子刚坐下立即又站起身来说："臣今日前来见王，是有肺腑之言奏报君王，奏报之中不免会言辞激烈，请大王谅解。"

只听纣王没好气地说："本王知道你要说些什么，前日我那位王兄来唠叨了半天，惹得本王生气，你今番前来，还有什么好词妙语，说来听听吧。"

箕子说："臣并没有什么好词妙语，只是还要规劝大王，目前朝野上下人心浮动，积怨日深，各路诸侯反心日重，大王要尽快改掉不良习气，把心思用到社稷苍生上来，尽快重振我商殷昔日的雄风。"

纣王听到这里，举起手做了个制止的手势，然后说："本王享受享受有什么了不起，值得你们这样大惊小怪，你们作为国之重臣，不去说服朝臣和诸侯，反倒在本王面前唠叨来唠叨去，本王要你们这样的臣子有何用！"

箕子说："恕臣直言，眼下之势皆是由君王不行善政而致，只有君王从自身去找毛病，并下决心改正恶习，才能去掉弊政，收服人心，臣因此才规劝大王，并无恶意。"

纣王说："作为臣子，要以王之愿为己愿，怎么不去说服各路诸侯，却要与王过不去呢！因此，本王奉劝尔等，从今以后，不要再来唠叨本王，而应去朝野上下和各路诸侯那里，游说他们，使他们归于王化。"

箕子刚要再说什么，纣王又一次将手扬起，制止了箕子的话。箕子见纣王的确不可救药，便说了一句："为臣一片忠心，且句句说的都是实话，既然大王这样认为，那大王就好自为之吧！"说完，起身告辞而去。

箕子从摘星楼出来后，直奔比干的少师府而去。此时比干正在等待着箕子规劝纣王的情况，看到箕子到来，比干连忙起身说："太师规劝君王，可有好消息否？"

箕子一屁股坐在木墩上，然后说："不可救药，不可救药啊！"接着，将面见纣王的情况详细向比干说了一遍。

比干听了，狠狠跺了一下脚说："难道我成汤世家的气数真是已尽了？绵延了六百年的商殷江山真要丧于这个暴君之手吗？不行，为兄要豁出这把老骨头，再去规劝这个暴君，如果他还不回心转意，我就撞死在他的面前，用我的鲜血好好规劝他一次。”说完，起身就要往外走。

箕子连忙说：“兄长且稳稳心神，明日再去见王不迟，况为弟刚刚从暴君那里回来，他的火气尚未消除，兄长此时再去，也不会有什么好结果。”

比干哪里按捺得住，他头也不回，大步向少师府的大门走去。箕子无奈，只好起身跟在比干身后，走出了少师府，目送比干的身影消失后，惆怅地回府去了。

且说比干大步来到摘星楼，不由卫兵分说，直闯至摘星楼下，但还是被手持长戈的卫兵拦住。任凭比干如何急着见王，卫兵就是不放行，让他耐心等候，待侍臣通禀后才能放行。比干无奈，只好在摘星楼外等候。等待了半个多时辰，侍臣前来告诉比干，说纣王今日身体不适，不能面见于他，让他明日再来。比干听了，一扭头回少师府去了。

第二天，比干早早来到摘星楼，在楼下等待了半个多时辰，侍臣才来到他面前，通知他可以去面见君王。比干来到摘星楼议事殿，见纣王懒洋洋地卧在那张虎皮上。比干施礼后说道：“臣今日面见大王，暂不报告诸般政事，只想再与大王议议时政问题，还望大王听臣唠叨一番。”

比干素来正直忠诚，勤政无私。商殷时之少师，实际上就是总揽朝政的当朝宰相。纣王平时总是依靠比干等老臣为他处理政务。虽然纣王并不喜欢比干经常直言相谏的品格，特别是谏言之中包含对王的批评，但纣王同时也感到放心，自己荒淫芜政时有这样一位正直能干的宰相操持着朝政，玩得放心。正因为如此，自纣王得到妲己，通宵达旦纵情酒色后，便很少再与比干商议朝政，他自己对朝政也不担心。但纣王也不愿意因为自己纵情酒色、荒淫无道而受到臣子们的指责。近几天微子、箕子接连犯颜直谏，已经使纣王感到厌烦。今天看到比干这副来头，且话中充满着指责的味道，知道比干要说的时政问题，肯定还是微子、箕子指责自己的那些问题。

想到这里，纣王不免心生怒火，但他还是克制了，他坐了起来看了看比干说：“不知爱卿所说‘时政问题’是指什么，如果是指微子、箕子二人说的那些问题，爱卿不说也罢，免得你我之间不愉快。”因为比干是当朝宰相，纣王对待比干，显然比对待微子和箕子要谨慎和有耐心。

比干听了纣王的话，胸脯一挺说：“事关江山社稷的生死存亡，臣不能不说！”说完，也不管纣王再有何反应，便接着说，“君王者，不仅是举国臣民的人主，也是举国臣民的楷模和榜样，常言上梁不正下梁歪，如果一国之君荒淫无道，做臣子的又如何能安分守己！朝臣胡作非为，黎民百姓谁人能服，又有谁肯做顺民和良民！如今大王宠信妖姬，纵情酒色，荒芜政事，危害百姓，周边诸侯纷纷谋反，朝野上下惴惴不安，久而久之，必将危及国祚，大王该悬崖勒马啦！”

纣王因为比干是当朝宰相，还指望他好好看守朝政，以便自己继续纵情酒色，花天酒地，因此一直在听着比干数落自己，他一边听一边还在想，让你这个老头子说吧，说完后我依然我行我素，你还得给我好好操持政务。但越听越刺耳，特别是又从比干嘴中说出悬崖勒马的话，使纣王陡然生怒。他在听任比干指责，以便自己能依靠这个老头维持朝政，自己继续玩乐，与不能容忍比干如此放肆这个天平上，终于倒向了后者。他一下子站了起来，指着比干说：“不要以为本王容忍你唠叨了这么多，就认为本王怕你或离不开你，你要是知趣就给我退下，本王不愿再与你理论，如果你不知趣，莫怪本王也把你剁成肉酱。”

比干见纣王说出如此丧心病狂之语，气得浑身发抖，他在地上来回走了几步，然后大声向纣王说了声：“成汤世家的王道，不能止于你这个暴君之手！”说完，大踏步地走出了议事殿，急步下楼去了。

回到少师府，比干浑身还在发抖，他连喝了两大杯水，期望镇静下来。过了一会儿，比干终于镇静下来，他席地而坐，无限思绪一下子涌上心头。突然，他见商殷的始祖成汤与贤臣伊尹、仲虺等人向他走来，比干连忙跪倒在地，不停地磕头。只听成汤始祖说：“我商殷自灭夏以来，王权绵延六百年，今日王权却让受这个不肖子孙，搞得如此狼藉，眼见得商汤祖业就要葬送在他的手里，贤孙这个少师朝宰，可要好自为之啊！”

比干连连磕头，连声有罪。可一抬头，始祖不见了踪影，却见商殷第十九代王盘庚来到面前，比干又连连磕头，只听盘庚大王说：“本王也要对你说几句：想当年，本王思前想后，力排众议，将商的国都迁至殷，这才有了武丁中兴，兴盛了商殷国祚，如今受这个不肖子孙，如此败坏国风，眼见商殷就要没落，你这个作朝宰的可不能这样听之任之啊！”

比干已将头磕得发晕，但还是不停地磕头，并连连说："嫡孙定当以死相劝君王。"又一抬头，只见武丁王、祖甲王、武乙王、帝乙王等历代先王都来到比干的眼前，众王指着比干，比干听不清他们在说着什么。比干只好一边磕头一边说："嫡孙恨不得把心剖出来，让各位祖王看看！"

比干刚说完，不知谁将一把明晃晃的青铜剑扔到比干脚下，比干拿起铜剑，对准自己的前胸刺去。比干大叫一声醒来，原来是梦幻一场。

第二天，比干一大早便闯进了摘星楼，直奔纣王的卧室。此时，纣王还在搂着妲己睡觉。听到比干的喊声，纣王只好披着衣衫出来，走进了议事殿。

比干昨天夜里一夜无眠，他整整想了一夜，并横下一条心，决心随时一死，以便打动这位利令智昏的纣王，使他痛改前非。跟着纣王进了议事殿后，比干先给纣王施礼，然后坦然地说："臣今日面见君王，还是昨日那个话题，眼下国人躁动，诸侯谋反，尽是由于君王暴政而致，因此臣恳请君王痛改前非，悬崖勒马，尽快回到善政之路上来，以向世人交代。"

纣王大怒，他霍地站了起来，指着比干说："你左一个悬崖勒马，右一个悬崖勒马，你的居心何在，本王有你说的这样坏吗！现在本王终于明白了，你与微子、箕子三人轮流来指责本王，分明是别有用心，你等三人分明是推波助澜，别有图谋！"

比干听了纣王的话，气得差点晕过去，他用手指着纣王说："暴君，你已经昏了头，已经不可救药，明明是劝你善政，你却不知好歹，不识忠良，你可以将我的心剖出，看看我究竟是红心还是黑心！"

纣王听了，嘴张了张，但没有说话。比干大声说："来呀，把我的心剖出来看看，究竟是黑心，还是你这个暴君没有良心！"

纣王再一次大怒，他唤来武士喝令道："来呀，就把这个倔老头的心挖出来看看，本王真要看看他的心，究竟是红的还是黑的！"

武士们听了面面相觑，谁也不敢上前，比干高喊了一声："来吧！"纣王也怒喝道："动手！"武士见状，只好上前，将比干的胸腔砍开，将比干的心，血淋淋地挖了出来。可怜一片忠心的比干，竟落了个这样的下场。

比干惨死的消息，立即传遍并震动了朝野。微子听到这个消息后，连忙前往箕子的府上，此时箕子也恰好要去找微子，微子一边哭一边说：“暴君既能杀死比干叔父，也会杀箕叔，至于侄儿，那就更不在话下了。叔父尽快想个办法吧，你我不能在这儿束手待毙，让暴君把我们也剖心挖肝。”

箕子抹了一把泪水说：“的确，事情紧急，你我二人需尽快采取对策，否则也将死在暴君手中。”

不等微子再说什么，箕子说：“侄启的出路是立即出走，到你的封地微那个地方去，不要再在王城待下去了。”

微子听了点点头说：“侄儿今日晚上便启身前往封国，躲避暴君的残害。只是侄儿走了，叔父怎么办？”

箕子说：“侄启不必惦记叔父，叔父自有避难之法。”

微子说：“侄儿的两位当朝叔父，如今比干叔父已遇害，箕叔无论如何不能再遭暴君之害啦！”

箕子说：“侄启放心，叔父自有办法。”

微子洒泪说：“叔父保重，侄儿告辞。”说罢，匆匆告辞而去。当天晚上，微子带领家眷，轻车简从，连夜出了朝歌王城，前往封国微避难去了。

送走微子后，箕子自感形势危急，预感到纣王很可能下手残害自己。于是，他当即装起疯傻，他披头散发，赤脚在王城中乱跑，见人便抱头作揖，并钻到城外奴隶人群中。

微子出走和箕子疯癫的情况，立即报到了纣王那里。得知微子已出走封国，纣王眨了眨眼，没说什么。但得知箕子已疯，纣王不禁锁起了眉头。第二天，纣王不放心，便派出心腹前往察看箕子疯癫的情况。心腹回来对纣王说，箕子满身生癞，披头散发，手拿一把破扫帚在大街上乱跑乱跳。纣王想了想，下令将箕子送至他的封国箕地，囚禁起来。

却说纣王听信心腹崇侯虎的报告，说西伯昌同情九侯和鄂侯，图谋造反，便立即将姬昌抓了起来，投进羑里的牢狱中。姬昌在牢狱中被囚了六年后，他部下的谋士们准备了若干美女、宝马和珍奇宝物，秘密献给纣王，纣王同意将姬昌放回周部。姬昌回到周部后，立即秣马厉兵，准备伺机伐纣，夺取商殷的天下。为了更好地伐纣，姬昌还把周部的都邑从岐山迁至丰京，并请到治国贤士姜尚，封他为专理军事的太师。经过数年的经营，周部占有了富庶的关中平原，形成“三分天下有其二”的格局，为灭商兴周奠定了基础。

周文王姬昌没来得及灭商便病逝了，他死后，第二子姬发继位，是为周武王。周武王雄才大略，审时度势，他见殷纣王荒淫无道，朝政已经无法收拾，特别是鼎承朝纲的大臣已经不在，便毅然决然兴兵伐殷。经过“孟津观兵”和进一步的准备，一场大规模的东进伐纣战争终于开始了。

且说被纣王囚禁于封国箕地的箕子，自到达箕国后，名义上是被囚禁，实际上是真正当起了箕国的首领。因为箕子的封国早在商殷第二十二代王武丁征服箕人后，就将其首领封为箕国诸侯，传至箕子时，已历八代，即箕子是首封箕侯的八代孙。箕子祖先代代皆为封国民众着想，在封国民众中享有崇高威望，特别是箕子，因为有着广博的知识和选用平民治国的思想，更受封国民众的爱戴。封国民众得知箕子被纣王囚禁，不但不执行纣王的王令，反而更加爱戴箕子，自箕子到达封国始，民众万众一心，决心跟随箕子与纣王对抗到底。箕子与民众商议，在这国破政亡的时候，不在封国忍看商殷灭亡的惨景，而要出走东北，到朝鲜去建立一个东方君子国。正在箕子与部众谋划何时出走时，传来了周武王东进伐纣的消息。

这日，箕子召集部众对众人说：“我等东适朝鲜的时机成熟啦！”

欲知后事，且看下回分解。

第二回 周武王分封众群臣 姬奭公执掌北燕地

却说箕子被纣王囚禁到封地箕之后，名义上是被囚禁，但由于箕子及其先祖的恩德和威望，加之纣王的不得人心，实际上箕子是真正当起了箕地的首领。箕子的到来，使封地百姓欢呼雀跃，深受爱戴。箕子与民众日日商议商殷败落的后果，并寻求出路。很快，箕子在众人的建议下，形成了举部东迁朝鲜的想法，并在寻找着适时出走的时机。

这日，武王东进伐纣的消息传至箕地，箕子得知后，认真思索了一个整天，然后召集部众议事。看看众人都已席地而坐，箕子站起身来对众人说："诸位，我们已经商定了举部东迁朝鲜的计划，并已准备就绪，只待寻找合适的启程时机。昨日，寡人得到了丰邑姬发大会天下诸侯于孟津，准备伐纣灭殷的消息。看来一场生死大战就在眼前，寡人认为，只要战火一起，我等东适朝鲜的时机便成熟了，诸位以为如何？"

箕子侯国有四位老臣，分别是：伯藉、姜驷、嫄雷、姒钧。这四位老臣对箕子忠心耿耿，是箕子的得力助手，箕子依靠这四人把箕国治理得井井有条，百姓夜不闭户，路不拾遗。每次众人议事时，四位老臣总是坐在最中间，为箕子出谋划策。听到箕子点出议事的题目，并征求众人的意见，四老臣中年龄居长的伯藉首先开腔说："箕侯之言甚善，臣也认为，西伯姬发此次大会天下诸侯于孟津，看来是筹谋已久，有备而来。依臣之见，这次我商殷必大败亏输，殷王治下的国脉恐怕再难为继。因此，臣同意箕侯的意见，只待战火一起，我们便可启程东适朝鲜。"

伯藉说完后，众人都点头赞成。四老臣中年龄最小的姒钧起身说：

"箕侯，臣同意战火一起，我们便启程东适朝鲜，但臣以为，我们启程前，还是要先与姬发打个招呼，不能不辞而别，否则，日后姬发执掌国柄后，我们不好与他们打交道，甚至成为姬发新的攻伐对象。"姒钧说完后，众人立即热议起来，并各持不同意见。

箕子询问其他三位老臣，伯藉、姜驷、嫄雷都表示赞成姒钧的意见。箕子问了问坐在四老臣后面的儿子箕松，箕松也赞成姒钧的意见。箕子说："姒钧爱卿的意见的确有道理，我们这个时候出走，是应该向姬发打个招呼，否则姬发推翻我们的暴君改朝换代后，我们与人家不好相处。寡人意见，立即派人前往孟津，面见姬发，向他辞行，准予我们东适朝鲜，然后我们再启程，诸位以为如何？"众人皆赞成。

箕子征求四老臣的意见，看派谁去见姬发好，四老臣一致认为，箕子的儿子箕松出使最为合适。箕子点头说："好，我儿就率使团去见姬发。"

箕松刚点头领命，侍臣来报，说西伯姬发遣使前来，要面见箕侯。箕子听了，看了看四位老臣，四老臣都点头会意。箕子说："听说这个姬发与他的父亲一样，深谋远虑，谋事周全，在这个时候能遣使到我等这里，可见虑事深远哪！只是不知是何人来，来的目的又是什么。"

伯藉说："臣料姬发此时遣使前来，不外是拉拢我们，或安抚箕侯的人心，便于他们顺利地攻打朝歌。"众人皆点头赞成伯藉的见解。

箕子说："诸位先回各自的宅邸，待本侯会见西伯使臣后再说。"说完，跟着侍臣回侯府去了。

箕子回到府宅，侍臣立即引着西伯的使臣来到箕子的面前。箕子看时，见西伯使臣高高的个子，面如冠玉，两只眼睛炯炯有神，年龄在三十多岁，举止持重，彬彬有礼。箕子见了，立即有一种愉悦的感觉。几乎是同时，箕子与那使臣双双施礼，相互问候。只听那西伯使臣说："在下朝廷使臣姬奭，乃西伯姬发的同父异母之弟，今奉西伯之命，前来慰问太师箕侯公。"

箕子在朝中任太师时，曾听说西伯昌有许多儿子，其中姬发、姬旦、姬奭三人尤为杰出。今初见姬奭，箕子就感到了姬奭的风采和魅力。听了姬奭的来意后，箕子说："深谢西伯姬发公和阁下的关怀之情，寡人是个被囚禁之人，不值得阁下前来探望。”

姬奭爽朗地说：“前来慰问箕侯公，是西伯之意，在下奉命前来，不仅仅是慰问探望，也是在大战之即，与箕侯公探讨一下天下诸侯推翻暴君商王后，箕侯公的归宿与去向问题。”

箕子听到这里，点了点头，然后叹道：“西伯姬发和他的臣子们，果然是英雄盖世，谋事周全哪，在这个时候，姬发能派阁下来到寡人封地，真是见识超群哪！阁下说吧，西伯推翻商殷王朝后，要把寡人作何处置？”

姬奭连忙说：“箕侯公莫要误会，在下受西伯兄长的派遣，的确是来与箕侯公商议探讨，看箕侯公有何打算，以便好好安排。如箕侯公尚无打算，那在下就算前来正式相请，日后到我新朝继续出任师宰，以便共同兴盛国祚，造福黎民。”姬奭说这番话时，言词真切，态度诚恳，箕子听了，深信不疑。

原来，姬发在经过充分准备东进伐殷的时候，早已经想到了在大战之前，要做好商臣的安抚和瓦解方面的事宜。孟津大会诸侯的当天，姬发便召集群臣商议推翻纣王后建立新朝的诸般事宜。议事会上，姬奭、姬旦，太师姜尚，都充分发表了意见。众臣一致认为，在两军决战前，朝廷应做好箕子、微子的安抚事宜，确保他们不反对西周伐殷，而且连日后为已被纣王惨杀的少师比干重修坟墓，都商议出了具体意见。在诸般事宜都商定后，姬发亲自点将，派遣姬奭前往箕地，去安抚和探望箕子。姬奭出发前，姬发对姬奭说：“比干、箕子、微子，是商殷王朝最正直、最有能力的三位重臣，但商王杀了比干，囚禁了箕子，逼走了微子，如今商王身边，只剩下当年被我们买通并为我们向商王送有莘氏美女、骊戎文马、有熊九驷等物的那位奸臣费仲。暴君如今走到这个地步，安得不败！如今，比干已死，箕子、微子虽然出走在外，但其影响力不可小看，吾弟今番前往箕国，要好好安抚其人。如能劝此人在我新朝为官，则不管他有什么想法，尽可应承。如若他不愿在新朝为官，抑或有其他什么想法，弟也尽可答应于他。”

姬奭深知安抚箕子的重要性，且听说箕子其人知识广博，见识超群，高风亮节，备受国人敬重，因此他这次前往箕地面见箕子，态度虔诚，极其友好，且其友好之情和风采，已经深深感染和打动了箕子。

被姬奭的真情深深打动后，箕子说："深谢西伯和阁下的关爱之情，不瞒阁下所说，寡人被商王囚禁封国后，真是产生了一个涉及未来的想法，且听到西伯孟津会合诸侯准备伐商后，寡人拟近日实施这个想法。但经过寡人与众人商议，还是决定先与西伯打个招呼，然后再付诸实施。正待寡人决定派犬子前往孟津面见西伯的时候，阁下却来到了这里。"

姬奭高兴地说："那我们彼此真是不谋而合呀，箕侯公快向在下说说，这个想法是什么，实现这个想法需要西伯和在下做些什么？"

箕子说："寡人这个想法，就是要偕封国的一部分部众，前往东北的朝鲜去落脚，在那里延续我箕国的根脉，续接我夷人先祖的华夏风采。"

姬奭惊问道："箕侯公缘何想去遥远的朝鲜？"

箕子说："阁下想必知道，我华夏民族是个由各民族组成的大家庭，自先祖釜山合符后，东夷族便是华夏民族的重要成员，我商殷王室便是东夷族系的成员。既是东夷，自然源于东方，其中包括东北，这是其一。其二，朝鲜之地，族民既同属东夷族系，又是商殷王朝东方海外的古辰国。现在，商殷王朝即将灭亡，寡人投之此海外属地，不是正合时宜吗！"

姬奭点头说："原来如此。商之兴也，自东北来，箕侯公的先祖们已经在六百年前践行了。商之亡也，向东北去，这由箕侯公来践行，真是让人感叹不已，箕侯公到这个海外属地去开化教化那里的夷人，播撒华夏文明之种，定会万古流芳，影响深远哪！"

箕子叹道："纵是如此，但寡人眼下毕竟是怅然出走之举，恐难以承接如此美誉啊！"

姬奭说："在下早就知道，箕侯公乃当朝重臣中最有学问、最有影响之人，既是早已决定前往朝鲜，一定有其深邃的思考。"

箕子说："不过是重归故地，叶落归根而已。"

姬奭说："在下听说'朝鲜'之名的由来，乃是取'国在东方，先受朝日之光鲜'之意，是这样吗？"

箕子点头说："居东方日出之地，故名朝鲜，阁下说得不错。"

姬奭说："箕侯公东适朝鲜的去意是否已不可逆转？"

箕子目光注视着姬奭许久，然后说："除非西伯继续囚禁我！"

姬奭连忙摆摆手说："在下敬佩箕侯公的知识和学问，期望不走，早晚做在下的师长，如箕侯公去意已决，在下绝不敢拦，并会积极促成箕侯公的意愿。"

箕子连忙作揖说："那就烦阁下尽快通禀西伯姬发公，准允寡人启程吧。"

姬奭起身说："箕侯公再等旬日，在下即刻返回孟津，向我主奏明箕侯公的情况，请他同意箕侯公启程的意愿。"

箕子再次作揖道："如此，有劳阁下啦，寡人在此静候佳音。"

姬奭也作揖说："一定。"说完，告辞而去，箕子一直送出很远，二人才辞别。

却说西周姬发即周武王接过其父周文王的西伯之位后，以太公望姜尚为师，以其弟周公旦为辅，以其弟姬奭为助，继续准备推翻商殷的统治。为了检验和证实自己的实力，同时考验追随周人的各诸侯国是否忠诚于己，周武王在孟津举行了大规模的阅兵仪式，史称"孟津阅兵"。看看伐纣准备已经妥当，周武王正式向天下诸侯发表伐纣檄文，正告天下，"纣有重大罪恶，不可不消灭他。"然后，与众臣将率兵车三百乘，虎贲三千人，甲士四万五千人，东进伐纣。

周武王率讨伐大军到达孟津后，天下诸侯早已云集孟津。西北、西南和长江、汉水流域的一些氏族，方国之人，如庸、蜀、羌、髳、微、卢、彭、濮等，都前来助战。周武王到达孟津的第一天，便与姜尚、周公旦、姬奭等人商议了伐纣并推翻商殷王朝及建立新朝等大政方针，并派姬奭前往箕国封地安抚箕子等人。姬奭前往箕国后，周武王与姜尚、周公旦等人接连会见各路诸侯，接见各地氏族和方国的首领，与他们盟约谈心，共筑联盟。看看人齐心齐，周武王接着在孟津举行了伐纣誓师大会，与各路诸侯做好了伐纣的准备。

此时，恰好姬奭出使箕国后回到孟津。姬奭下马后，径直前往周武王的大营，报告安抚箕子情况。周武王见姬奭归来，立即命人请太师姜尚和主辅周公旦，一齐听取姬奭的报告。

姬奭将面见箕子的情况详细说了一遍后，周武王陷入了沉思。过了一会儿，武王对姜尚、周公旦和姬奭等人说："众家爱卿仔细分析一下，看箕子此时提出东适朝鲜，其背后是否隐藏着什么目的？”

太师姜尚说：“我主英明睿智，立即想到了箕子东适朝鲜的目的。依老夫看，箕子东适朝鲜是一种无奈之举，内中不能否定带有某种韬晦之隐，但最主要的初衷还是不愿看到他的先人们，维系了六百多年的商殷政权，被我周朝推翻。因此，老夫认为尽可放他前往朝鲜。”

周武王说：“师尚父神机妙算，料事如神，您老人家这么说，我也就放心啦。”姜尚被周文王请到帐下后，封为太师，武王继位后尊其为“师尚父”。

周公旦说：“臣弟同意太师的分析，箕子在这个时候出走朝鲜，多半是不愿看到商殷王朝被我们推翻的惨景，但的确也不能忽略了他有韬光养晦之心，因为箕子是个智者，对维护商殷宗庙社稷忠心耿耿，对商王受之荒淫无道痛心疾首，这个时候出走，也是积蓄力量，为日后光复商殷宗庙社稷等待时机。”

姬奭说：“臣弟与箕子公接触中，明显地感受到，他是一位智慧超群，目光深邃之人，但又是一位正直忠良之人，虽然不能排除他出走朝鲜带有一定的韬晦之念，但臣弟可以肯定地说，箕子是一位以江山社稷为重的忠臣，绝不会为了复辟其祖业而作乱。”

周武王点头说：“诸位爱卿说得都很有道理，我们权且先有这种防人之心，但同意放箕子东适朝鲜，待我们取代商殷政权后，商定些防范措施就是了。师尚父和二位伯弟以为如何？”

姜尚说：“就按主公之意就是。”周公旦和姬奭也都点头同意。

周武王说：“既然爱卿们都同意，本伯之意，还是由姬奭弟再次前往箕子封地，转达本伯同意箕子前往朝鲜的意见，同时致以问候和祝愿，并代我大周送他出行。众爱卿以为如何?”

姜尚说：“老夫赞成主公的意见，但要让箕子明白，即便他出走朝鲜，将来也是我新朝的封地和臣子，不能闹独立。”

周公旦点头。姬奭说：“臣弟遵命前往，并将伯兄和太师的意见转告于他，同时送箕子启程上路。”

周武王说：“我弟速去速归，待弟归来后，我等还要一同商定新朝开国的具体事宜。”

姬奭说："臣弟遵命，待臣弟送出箕子公一程后，即行赶回。"

搁下姬奭再次前往箕国转达周武王的问候并送行不提，且说姬奭再次前往箕子封地的第二天，周武王便率领伐纣大军向东进发，然后渡过黄河北上伐纣。

纣王因过惯了荒淫的生活，他杀害了比干，逼走了微子，囚禁了箕子后，更加无所顾忌地纵情酒色，整日沉浸在鹿台的酒宴歌舞中。这日，他和妲己正在观赏怪诞歌舞，侍臣来报，说西伯姬发在孟津大会诸侯，不日便要率军渡河北上，兵锋直指商都朝歌。纣王听后，为之一震，他连忙让人找来费仲，商议应对之策。费仲惊慌不已，嘴中上下牙齿直打架。二人商议了许久，才决定命人前往东夷各地，调动那里驻守的商军前往朝歌，抵挡西周军。同时，纣王将从事各种劳役的奴隶们集中起来，编成军队，发给戈、矛，让他们与周人作战。纣王还调集了朝歌、沙兵等处的亲军和卫队，参与作战。

待纣王调集凑齐七万大军后，这时已传来西周军队渡河北上的消息。费仲得知情况后，连忙奏报纣王。纣王问费仲说："我大军数量远远多于周人，爱卿以为我军取胜的可能性怎样？"

费仲战战兢兢地说："周军人数虽不及我多，但兵车众多，敢死队三千人，其余军士也都身披铠甲，且训练有素，士气高昂。相比之下，我军虽然人数众多，但缺乏兵车甲士，军纪不整，士气不高，谁胜谁败，难以论定。"

纣王听了，不禁心生怒火。因为在此之前，费仲一直在纣王面前说，周人和天下诸侯造反不足为奇，纣王的天威会瞬间将一切反对纣王的人击溃。如今听了费仲这样一番话，纣王自然恼火，但纣王看了看身边，昔日的大臣已所剩无几，像比干、箕子、微子那样正直敢言之人，再也不见踪影，只剩下费仲等善于迎合自己的人，在那里专看自己的眼色行事。纣王心里明白，费仲在周军已经兵临城下的情况下，说出来的这番话，肯定是真话啦。想到这里，纣王将怒火压了下去，他对费仲说："那爱卿以为我们应该如何迎敌呀？"

费仲跪在地上一边磕头一边说："依臣之见，眼下之势，只能是大王率兵上阵迎敌啦。"

纣王在地上来回走动着，过了一会儿，他转身对费仲说："你去传王之令，让七万大军立即集结，明日一早本王亲率大军南下迎敌。"

"遵令！"费仲领命后，转身出了殿门。

纣王忧心忡忡地来到妲己面前，妲己见纣王眉头紧锁，立即施出娇媚之性，伸出那尖尖细手，不停地抚摸着纣王，不一会儿，纣王竟昏昏沉沉地睡去。

第二天，纣王率商军南下迎敌。但刚走到朝歌的南郊牧野，却迎面碰上已先期到达这里的周军。原来周军太师姜尚与周武王率军来到这里时，见这里空旷如野，正好厮杀，便决定在这里摆开战场，而不去围攻朝歌，以免伤了朝歌城中的百姓。

纣王下令商军在这里扎下营寨，准备与周军交战。

第二天，两军在大平原上列好阵势，三通鼓罢，周武王在姜尚、周公旦和各路诸侯的簇拥下，来到两军阵前。纣王在几个商臣的陪伴下，也骑马来到两军阵前。不等姬发说话，纣王先发制人，他用剑指着姬发说："姬发，你周部不守规矩，不安本分，不但自己率众造反，而且煽动各路诸侯一齐造反，你知罪吗？"

姬发用洪亮的声音说："你是商王不假，但你荒淫无道，不守君道，不走正道，不仅误国误民，而且残害朝臣百胜，连你的叔父，朝中最贤达的比干、箕子二位大臣，你都不放过，你还有一点儿君心和人心吗！我今联合天下诸侯讨伐于你，实是替天下百姓打抱不平，替神灵先祖们清除祸害。今天，不是你这个荒淫的暴君在这里指责我们，而是天下人共同讨伐你这个无道的暴君！你可以亲口问问我身后这些诸侯，他们谁愿意再追随于你！"

纣王说："姬发，当年你父亲姬昌在世时，便心存不轨，蓄意造反，你继任这个西伯之位后，更加有恃无恐，搜罗反叛之人，与王朝作对，我恨当年没有杀了你父亲，没有剿灭你这个周部。今日让你僭越成害，我只好兴天兵诛伐于你，让你死无葬身之地！"

周武王哈哈大笑道："暴君，你惨杀和冤杀的人还少吗，不是我等积极自卫，恐怕也早被你残害了。今日，你再说什么也无用了，我等天下诸侯不仅要让你死无葬身之地，而且还要让你遗臭万年！"

纣王大怒，他亲自指挥商军向周军发起进攻。只见商军中那些原本是从事各种劳役的奴隶军，被驱赶着向前冲锋。那些奴隶一来是刚刚拿起戈、矛，大多数还不通战法，二来是奴隶们平日里在以纣王为首的奴隶主的压榨下，受尽苦难，恨不得有人领导他们推翻纣王和奴隶主们的统治，因此，他们在被驱赶着冲锋时，根本不卖力气。待向前冲了一阵后，又被英勇无敌的周军冲得七零八落，而且周军一边冲杀，一边高呼“反击暴君”的口号。奴隶军一看，索性将戈、矛掉转过来，向商军冲杀，形成倒戈之状。

有了倒戈商军的相助，周军很快将商军打得大败亏输。纣王一看，一边抵抗，一边向朝歌退却，周武王则挥军乘势追杀，一直追至朝歌城下。这一战，便是历史上著名的以少胜多的牧野战役。

纣王逃进朝歌城后，眼看周军大兵压境，而自己人心尽失，再也没有回天之力，且心想自己已经被国人和各诸侯国所唾弃，如果被擒，必是一死，还不如自己结果了自己的性命。想到这里，纣王怅然登上鹿台，穿好衣服，将自己爱好的美玉宝器尽皆堆放一起，然后命人抱来柴薪，放火点燃鹿台，自焚而死。

周武王见纣王自焚身亡，便在朝歌郊外设立祭坛，举行隆重的祭祀，宣告商殷王朝灭亡。

且说姬奭奉周武王之命，再次前往箕子封国之地面见箕子。箕国土地本来就离孟津和朝歌一带不远，加上周武王嘱咐姬奭早去早归，因此，姬奭辞别了周武王后，打马快奔，很快来到箕子封国。

听到姬奭同意自己率众东适朝鲜的意见后，箕子对姬奭说：“寡人深谢阁下和西伯的宽容和大度，也感谢西伯的关怀之情。既是西伯同意寡人前往朝鲜，寡人打算明日一早，便率众上路，不知阁下以为如何？”

姬奭说：“在下尊重箕侯公的意愿，并将代表我主为箕侯公送行，只是不知箕侯公是否还有何准备之处？”

箕子说：“寡人早已准备妥当，在阁下回孟津这段时间，寡人又进一步作了方方面面启程的准备，现在一切就绪，只待启程啦。”

姬奭说：“好，明日一早，在下前往府上相送。”

箕子说：“深谢阁下的深情厚谊，只是阁下和西伯再没有要约法于寡人的地方，就这样放寡人走了吗？”

姬奭说：“箕侯公智慧过人，聪明绝顶。眼下西伯即将取商殷王权而代之，作为新兴王权，对箕侯公出走，自然少不了一些疑虑。”

箕子做了个不让姬奭再说下去的手势，然后接过话来说：“阁下回去转告即将成为天下雄主的姬发大王，寡人出走朝鲜，丝毫没有日后企图复辟商殷宗庙社稷的韬晦之举。不管到了何时何地，寡人都会维护我华夏民族的团结和统一，决不会为了争夺霸主地位而去发动内战。寡人到了朝鲜后，会继续延续朝鲜作为中原王朝属国地位的传统，决不会行独立之举，更不会与中原王朝为敌。这一点，请阁下务必转告姬发大王，请他宽心就是。”

姬奭见箕子说得这样直白和坦率，连忙作揖道：“箕侯公真乃千秋之智者，万古之忠臣，在下一定转告西伯，此话你我今后谁也不再说了。”

箕子听了，开心地笑了起来，姬奭也爽朗地笑了起来。

第二天，箕子率五千部众从封地启程，北上前往朝鲜。姬奭率一行从人送出三十里，然后与箕子依依作别。告别箕子后，姬奭拨转马头，快速返往周军大本营去了。

且说纣王鹿台自焚身亡后，周武王在朝歌郊外举行隆重的祭祀仪式，宣告商殷王朝灭亡，而后，周武王率领各路诸侯进入朝歌，命人将纣王的尸体抬出，割下头颅挂在大白旗上示众。随后，武王下令将商殷逃匿的臣将全部押来审看。

就在此时，姬奭回到周武王的身边。周武王大喜，立即召集姜尚、周公旦、姬奭商议处置商殷降臣事宜。最后决定，将奸臣费仲、崇侯虎、妖妃妲己等人斩首。

斩杀奸臣妖妃后，周武王又分兵四处，征讨了一部分商殷各地的诸侯，大致控制了商殷原来的统治范围。

看看改朝换代的大业已经基本完成，周武王下诏，正式改国号为周，定都镐京，并大封群臣。看看其他众臣都已封地封侯，只剩下姬奭和纣王之子武庚两个人尚未分封，周武王对姜尚、周公旦和姬奭三人说：“在众位爱卿的参议下，该封地封侯的臣将都已封赐到位了，只有吾弟姬奭和商王的儿子武庚二人，尚未分封。姬奭的分封问题，本王考虑的是分封到何地适宜的问题，而武庚的分封问题，本王考虑的是究竟是否分封他的问题。三位爱卿再帮助本王好好参谋一下。”

姜尚笑道：“老夫已经知道大王的心思，姬奭分封何地未定，是因为大王在考虑着一个问题，这便是商臣箕子已东适朝鲜，大王心头一直没有彻底放下心来，还在考虑着将姬奭分封到离箕子前往的朝鲜之地近一些，以便监视他，防止他真的行韬晦之计，日后率朝鲜之兵扰乱中原。因为能稳住箕子者，姬奭公无疑是最合适的人选。大王是这样想的吗？”

周武王也笑道：“知我者，师尚父也。本王的确是这样想的。虽然箕子深受商王受的迫害，对我西周推翻受的统治予以默认，并且对姬奭表示得也很好，但对于我等新掌握天下政权者，却不能不想到这一点，否则我等可能给我宗周政权带来祸患。吾弟姬奭不仅才干出众，且有大家风范，君子之风，如果姬奭封于箕子之侧，纵使箕子有反心，可能也难于行之于实。”

周公旦说：“王兄和太师见识卓远，在这一点上，我们的确不能一点儿防备没有，毕竟人心隔肚皮，臣弟赞成将奭弟分封于箕子的身边，一来是代表我周王朝与其友好相处，二来也防备万一。同时，臣弟还在想，待箕子落脚朝鲜后，王兄也将他封于朝鲜，给他一个实在的名分。”

姬奭说：“臣弟同意太师和旦兄的意见，但臣弟可以预言，箕子绝不是那种行韬晦，留待日后反叛之人。”

周武王说：“不管箕子品行如何，只是我们不得不防。本王意见，现在就封奭弟于朝鲜之侧，同时封箕子于朝鲜。三位爱卿以为如何？”

姜尚、周公旦、姬奭三人同时点头。

周武王又说：“关于武庚，本王一直考虑是否分封于他，恐他为其父报仇，日后作乱于我，如若不分封他，又恐商人人心不稳，因为我们虽然推翻了商殷王朝，但忠于商殷的诸侯国还不在少数，封赐武庚可以稳住这些诸侯国的人心。三位爱卿有何考虑？”

姜尚说：“大王英明，对于武庚，的确这两种担忧都存在。但大王雄才大略，称雄四海，即使武庚日后有作乱反叛之心，谅他也难于反天，况我们采取得力措施防范一下也就是了。据此，老夫还是同意分封武庚。”姜尚说完这些，周公旦和姬奭都表示赞成。

周武王高兴地说："三位爱卿真乃见识超群，说得本王心里亮堂。就依师尚父之意，立即分封武庚，具体分封地点，师尚父和两位卿弟再考虑一下，然后我们尽快定下来。"姜尚和周公旦、姬奭领命。

过了几天，姜尚与周公旦、姬奭向周武王报告，建议将武庚封于朝歌。周武王听后说："三位爱卿所提与本王所想一致，我宗周已定都镐京，商殷旧都由武庚采邑，正合时宜。"

姜尚又说："老夫与旦、奭二公，也商议了姬奭公分封地点问题，臣等三人一致认为封地为燕，治地于蓟，较为合适。不知大王以为如何？"

周武王望着墙上的地图，姜尚用手指了指具体位置，周武王点了点头说："好，将奭弟封于燕山之野，治于蓟都之城，东制箕子，南扶中原，甚为合适。师尚父代本王草拟王诏，封姬奭于燕，封箕子于朝鲜，通令全国。"

欲知后事，且看下回分解。

第三回　燕王哙禅位引祸乱　武灵王安邻扶姬职

却说周武王推翻商殷王朝后，分封群臣，考虑到制衡和监视商殷出走朝鲜的大臣箕子，便将自己的弟弟姬奭分封到燕国，同时将箕子分封到朝鲜。

考虑到箕子此时可能尚未到达朝鲜，而西周王朝又是刚刚建立，作为西周王朝仅次于姜尚、周公旦之位的重臣姬奭，便没有立即前往燕国主政。但姬奭立即将自己的长子姬克派出，前往蓟都，去管理燕地，他自己跟随周武王在朝歌处理完相关事务后，便与周武王及姜尚、周公旦一起回到镐京，继续为新建的西周王朝日夜忙碌着。

且说箕子在得到周武王的同意后，立即率五千部众北上，向朝鲜之地进发。辞别前来送行的姬奭后，箕子并未快速赶路，而是率部众缓缓前行，一边走一边与姜驷、嫄雷、姒钧、伯藉四位老臣议论着时政，关心着姬发灭商的情况。箕子将部众中的几位机灵后生，编成三个小队，让他们轮换往返于大队人马前行的目的地和朝歌之间，不停地报告着西周军队攻打商都的情况。

这日，箕子率众来到一个依山傍水之处。此时正值春暖花开之际，箕子看到山清水秀的自然美景，自然是心中高兴。但从出走北上那天起就越来越放不下的那种对故国的惦记，此时更加浓烈起来。他让侍臣捧过自己的抚琴，轻轻地弹了起来。弹了一会儿，箕子忽然心潮澎湃起来，顿时，那琴声变得抑扬顿挫，也如箕子的思绪一般激昂起来。再看箕子，只见两行泪水流在脸颊上。箕子用衣袖拭了一下泪水，然后随着琴声唱了起来，歌词曰：

嗟嗟，
王为无道杀比干，
嗟重复嗟，
独奈何！
漆身为厉，被发以佯狂，今奈庙宗何！
天乎？天哉！欲负石自投河。
嗟复嗟，奈社稷何！

唱毕，箕子起身向水边走去，脸颊上依然挂着两行泪珠。

箕子自幼喜欢抚琴，并作有许多歌辞，经常弹唱来抒发自己喜怒哀乐的心情。刚才所弹的这首琴曲，被后世赋名为《箕子操》。原来，在古代，“操”“引”“弄”“畅”均为琴曲。“操”多体现作者的高风亮节和操守志向；“引”多体现作曲者的人格境界；“弄”多体现作者的祥和、自在愉悦的性灵；“畅”多体现作者体验人与自然和谐快乐的状态。

箕子正在水边观看水中的鱼儿嬉戏游弋，老臣姜驷走了过来，向箕子报告说，姬发率领的西周军，已经战败纣王军，纣王已在鹿台引火自焚。箕子听到这里，大叫了一声：先祖！然后扑腾一声跪倒在地，泪如雨下。

不知过了多久，箕子擦了擦泪水向身后看时，见四位老臣和自己的儿子箕松，都跪在自己的身后，不停地各自擦拭着泪水。

箕子起身，逐个扶起四位老臣和儿子箕松，然后缓缓地说：“君王荒淫，王道无存，这便是我商殷灭亡的原因所在啊！作为亡国之君的臣子，真是既悔恨又羞愧，我们对不起列祖列宗啊！”

箕松劝道：“父亲已经尽到了一个臣子的责任，是商王无道，致使国人抛弃于他，也可以说是商王自绝于民，父亲不必过于悲伤。”

箕子叹道：“不管怎么说，赶上亡国，作为臣子的，都有不可推卸的责任，有愧于先祖。”

箕松说：“听说姬发雄才大略，但愿他能将我华夏大地治理好。”

箕子默默不语，许久，他才在老臣们的劝说下回到木屋。

此后，箕子不断地得到探听情况的后生们的报告，从周武王封臣一直到将自己封于朝鲜，箕子在前往朝鲜的路上，西周新王朝所有情况，他都掌握了。

话休絮烦，箕子率部众经过数月的长途跋涉，这日终于到达朝鲜。

箕子到达朝鲜时，朝鲜半岛还处于相当于华夏文明的新石器时代中期水平，也是朝鲜传说中的檀君朝鲜时代，生产力和社会发展甚是落后。箕子到达朝鲜后，带去了先进的商殷文化。他以礼义教化人民，又教给耕织技术。受商殷文化的教化，朝鲜半岛社会有了迅速的进步，民风淳朴，法纪严明，达到了君子之国的境界。若稍细归纳，箕子对朝鲜半岛文明的贡献主要有以下诸方面：一是促进了朝鲜半岛农业和手工业的发展。箕子到达朝鲜前，半岛的原住居民以打鱼和狩猎为生，没有广泛种植庄稼。箕子教当地人们用中原的先进生产技术开荒种地，使人们逐渐从渔猎转为农耕，获得粮食丰收。箕子将商殷实行的井田制移植到朝鲜半岛，建立了箕田制。箕子还推广养蚕、纺织技术，在半岛制作出了华丽的服饰。二是促进了朝鲜半岛礼乐的发展和进步。箕子从箕国封地出发时，将所有诗书礼乐、医药卜筮之书，全部带到了朝鲜半岛。到达朝鲜半岛后，箕子及其臣僚言传身教，耳濡目染，大行教化之风，使当地民众很快接受了中原礼乐之制。三是将易学传播到朝鲜半岛。箕子对易学及八卦有极深的造诣，且身边有一批追随者。到了半岛后，易学及八卦逐渐被当地士人接受并传承下来。至今在朝鲜半岛还能看到这种文化传承的种种现象。四是将律法建设带至半岛。箕子到了朝鲜后，以商殷律法条文为范本，针对当地具体情况，制定了八条法令，后人称“八条之教”，传承千百年而不衰。“八条之教”实施后，朝鲜境内夜不闭户，路不拾遗，社会安定，风气良好。

由于箕子身为商殷王朝的重臣，又是个治国理政的贤才和智者，在经过一段时间后，很快被当地民众所接受，被公认为朝鲜国君，自此开始了八百年的箕子朝鲜侯国的统治历程。

且说周武王偕十多个诸侯国灭亡商纣王以后，建都镐京，开始了西周王朝的统治。因为周武王建立西周王朝后，还有一些诸侯国心系商殷，因此周武王特意分封了纣王的儿子武庚，且将其分封在商殷旧地朝歌。但考虑到武庚日后是否会谋反，为其父纣王报仇，周武王和大臣姜尚、周公旦、姬奭等人商议，将周武王的三个弟弟分封在武庚封地的周围，以便监视武庚。周武王的三个弟弟和其封地分别是：管叔鲜，分封于管，蔡叔度，分封于蔡，霍叔处，分封于霍。这件大事做完后，周武王稍感欣慰。

这日，周武王对姜尚和周公旦、姬奭三人说："箕子出走朝鲜已有半年有余，想必他早已到达朝鲜之地并站稳脚跟，但不知其详细情况究竟如何。本王在想，能否我朝派出一个使团前往朝鲜，一来是探望一下箕子，并将我宗周封其于朝鲜的王诏送至朝鲜，二来是邀请他回来一趟，本王想当面听听他有关商殷亡国的教训，及如何兴盛我宗周的意见。不知诸位爱卿有何见教？"

姜尚、周公旦、姬奭都知道，周武王对于箕子一直念念不忘，这内中不仅有对于箕子知识和智慧的敬佩和向往，也有对于箕子出走遥远的东北，还存在着某种不放心。三人听了周武王的话后，相互点了点头，然后一齐表示同意周武王的意见。

周武王说："好，既然三位爱卿都赞成，本王的意见，由姬奭派人前往蓟，通知姬克，让他作为我朝使者，率团前往朝鲜，传达分封他的王诏，并代本王邀请箕子前来镐京，本王要当面请教于他。"姬奭领命后，立即派出贴身侍从，带上周武王的王诏，前往燕国去了。

且说姬奭的儿子姬克，自代父到封地蓟，主持燕国政务，不觉已是半年有余。姬克来到蓟地之后，不负武王和父侯之命，日夜操劳，很快掌握了燕国的情况，与民众建立了友谊。这日，姬克正与几个侯国的臣僚出蓟都巡查，侍臣前来报告，说父侯遣人前来传达王令，并有重要使命需要去做。姬克听了，立即调转马头，车马朝蓟都驰去。

回到蓟都，姬克立即看了父侯姬奭写给他的亲笔信，明白了自己的使命。第二天，姬克带着一干随从，从蓟城出发，前往朝鲜。

且说朝鲜侯箕子立稳脚跟后，又在思索商殷毁亡的惨景和引以为戒的教训，并在着手写一部如何统治天下的大法。这日，他正在与四位老臣和儿子箕松议论商殷灭亡的教训，商谈治理朝鲜的治国之道，侍臣来报，说燕侯姬克奉周王之命，前来下发分封诏令。

箕子听了，连忙整束了一下衣冠，出了宫殿，前往驿馆，面见姬克。

姬克虽然年纪轻轻，但聪明伶俐，尊贤敬能。他见箕子亲自到驿馆来见自己，立即弯身向箕子施行大礼，箕子一看，伸手扶住姬克说：“燕侯乃王朝使者，屈身朝鲜侯国，小侯怎敢受王使大礼！”

姬克见大礼没有施成，连忙作揖说：“连晚辈之父，都是箕侯的晚辈和学生，何况晚辈的晚辈呢！”说着，又要给箕子施大礼。

箕子深为感动，他拉住姬克的手说：“燕侯小小年纪，竟会如此敬重老者，燕国焉得不兴，西周焉得不兴！可敬，可敬！”

姬克说明来意，并呈上了周武王分封箕子于朝鲜的王诏，同时转达了周武王邀请箕子回镐京，要听取他有关兴盛宗周意见的王命。

箕子双手接过周武王分封的王诏，激动地说：“寡人感激周王的信赖，恰好近日本侯正在着手写一部社稷兴衰存亡的大法，以总结商殷灭国的教训，提出兴盛新兴王朝的对策。既然周王要亲自听取寡人的意见，寡人尽快将此大法草定，日后献给周王就是。”

姬克高兴地说：“箕侯乃当今天下之学者和智者，如能将腹中之学写出来传世，实乃我周室之幸，但愿晚辈日后有幸亲眼拜读此法。”

箕子说：“燕侯如此谦恭，真令寡人高兴，你我且不说这些了，好好看看这东夷风光，品尝一下东夷之食，如何？”

姬克说：“只要不耽误了箕侯的国事，晚辈愿意与箕侯多多相处，同时看看朝鲜侯国的风光，品品异国美食。”

箕子拉着姬克的手说：“走，老夫陪燕侯先看看朝鲜的风土人情。”说着，二人一同出了驿馆。

姬克在朝鲜住了数日，天天与箕子在一起谈论国祚兴衰之道。几日下来，箕子要总结的国家兴衰之道，姬克基本都默记在心了。

姬克离开朝鲜不久，箕子让儿子箕松摄国，然后率领一干随从踏上了返回中原大地的路程。

经过一个半月的行程，箕子一行进入中原大地。一路上，箕子不停地观察各地的情况，特别是社会安定情况和百姓的生计情况。晚上宿住后，箕子经常在灯下起草修改着那部总结国家兴衰的大法。待进入中原大地后，箕子最终将自己的这部大法定名为《洪范》。“洪”者，大也；“范”者，法也。“洪范”即为统治天下之大法。

进入中原大地后，箕子没有直接前往镐京面见周武王，而是先前往商殷故都朝歌游历了一番。看到昔日的王都如今已经烟消云散，看到纣王当年享乐的鹿台和摘星楼已经破败不堪的惨景，看到朝歌街坊上的人们用一种异样的目光在打量着自己，箕子甚是伤心，他连连长叹，然后连忙出了朝歌城。

来到城外，看到淇河两岸的麦田里绿油油的麦子，箕子站住了，他注目看了许久，终于脸上现出了笑容。然后，他大声朗诵出了即兴所作的《麦秀歌》：

麦秀渐渐兮，
禾黍油油，
彼狡童兮，
不与我好兮。

朗诵完后，箕子跨上马背，打马朝西周国都镐京驰去。

周武王听说箕子从朝鲜回来，立即传令箕子进见。

待箕子在姬奭的陪同下走进王宫时，周武王降阶而迎，并连连说："箕侯辛劳！"

进了王宫，箕子欲下拜施大礼，周武王扶住箕子说："箕侯远道而来，况箕侯年长于本王，施大礼就免了吧。"

箕子说："正因为小侯远道而来，这个大礼必须施行，否则，有乱王道之嫌。"说罢，双膝下拜，施了大礼。

周武王赐坐后说："本王适从天人意愿，推翻了商殷王朝，建立了宗周新朝。今天下虽然初定，但本王每每想起前朝的弊政和我新朝的王政，经常坐卧不宁，寝食不安，生怕有教训而未识得，也生怕有善政而未实行。因此，本王甚是盼望与箕侯面谈一次，听听箕侯在这方面的见识和看法，这才让箕侯远涉万里之遥来到镐京。"

箕子听了周武王这番话后，甚是感动，他的心里在想，想当初，商王哪怕有一点点这样的想法，也不至于亡国啊！由于一方面感动，另一方面又心酸，箕子不禁热泪涌出眼窝。他用衣袖擦拭了一下泪水后说："在下接到大王要听兴盛宗周意见的王令后，日夜思索，最后在前些日子刚到达中原大地时，才将意见敲定，并将写成的文稿赋以《洪范》之名。大王若想听来，小侯将悉心讲奏。”

周武王大喜，他对姬奭说：“让师尚父、旦弟二人也来，我等到后殿与箕侯一同席地而坐，听箕侯讲解《洪范》鸿著。”说完，拉着箕子向后殿走去。

箕子与周武王及姜尚、周公旦、姬奭一起坐在宫殿的木板地上，侃侃而谈，一直说了一个多时辰，将《洪范》的九大教义大致讲了一遍。

周武王专心致志地从头听到尾，还不时地点头赞叹。当箕子客气地表示已经讲完时，周武王带头击掌，姜尚、周公旦、姬奭也都击掌祝贺并表示谢意。箕子起身相谢，并正式向周武王说：“臣献丑了。”

周武王看了看箕子，又看了看姜尚、周公旦和姬奭，然后笑了笑对姜尚说：“师尚父，本王想请您老人家评述一下今日之举，不知您有何感想？”

姜尚笑了笑，然后站起身来深情地说：“今日大王与臣等四人相聚听法，可能是人间万年之盛事。老夫已经是耄耋之年的老人，可不必说。我王与旦、奭及箕侯诸公，乃我华夏民族诞生以来屈指可数的仁者和智者，老夫料定，在日后万年之间，我王与诸公的大名必定青史永留、庙堂永享，箕侯公今日所讲的鸿著《洪范》，也必将万世留传。”

周公旦也站起来说：“人都说姜太公乃人间精英，有前算八百年、后算八百年之能，今日之言，定会成真，姬旦赶上这盛世辉煌的时刻，也不枉为人一生啦！”

周武王深深地点了点头，没有再说话。箕子站起身来说：“大王推翻暴政荒淫之君，建立仁政新朝，其功德自然千古传颂，太师、旦公、奭公佐助大王成千古之业，且的确各具千古智者之风，扬名万世也属自然。只是小侯，一个远走他乡的故朝旧臣，哪有什么万世留名？”

姜尚说：“箕侯公单凭东适朝鲜这一条，便可万古留名。”

周武王说：“是啊，箕侯公东适朝鲜，意义非同寻常，本王不仅有感谢之感，亦有钦佩之感。箕侯公在朝鲜建立箕子侯国后，不必像我中原诸侯对待王权那样，可稍显其独立性。”

箕子连忙说：“在下不敢，朝鲜虽然稍显遥远，但毕竟是宗周王朝驾下的侯国，小侯会尽一个诸侯之义务。”

周武王说：“我等不说这些了，今日本王设宴，欢迎远道归来的箕侯公，并祝讲法成功。”说完，起身拉着箕子和姜尚往外走去。

箕子在镐京住了数日，与姜尚、周公旦、姬奭等人日夜切磋易学八卦和国家兴盛之道，然后启程回到朝鲜。

且说周武王推翻商殷王朝，建立宗周王朝后，天下太平，人心渐稳。可周武王在建立宗周王朝不久，便病逝了，王位由武王的儿子姬诵继承，是为周成王。但此时的周成王年幼，只好由周公旦摄政，代成王行政。此时的太师姜尚、姬奭都积极支持周公旦摄行国政，可被封于管地的武王之弟管叔鲜，此时却野心大发，他借故四处散布谣言，说周公旦欲篡夺王位，并煽动武王其他两位弟弟蔡叔度和霍叔处，与周公旦作对，还怂恿纣王的儿子武庚及东方诸侯国反叛周室，妄图里应外合，颠覆周王朝的政权。

且说纣王的儿子武庚被封朝歌之地后，本来就在内心深处对商殷灭亡怀有刻骨仇恨，经常期望有朝一日复辟旧朝。现在，武庚见周室内部起讧，且作为监视自己的三监找上门来，希望共同推翻周王朝，真是大喜过望。但武庚没有立即起事，而且想到自己的阵营中缺乏具有韬略之人，在姜尚、周公旦等智者面前，不是对手。于是，武庚立即想到了箕子。他思考了一个夜晚，最后决定秘密请箕子出山，佐助自己与三监发动叛乱。

武庚连夜给箕子写了一封密信，并在天亮前派出心腹之人前往朝鲜，给箕子送信。

且说箕子为周武王讲法回到朝鲜后，也将自己《洪范》中的九大教义，更加注意运用到治理朝鲜侯国中去，将朝鲜侯国建成名副其实的东方君子国。这日，箕子正与儿子箕松在商议落实农用八政事项时，侍臣来报，说武庚秘密遣使前来，有要事相告。

箕子听说武庚派人前来，对箕松说：“周武王逝世不久，此时武庚遣人前来，为父预料，多半不会有好事。”

箕松说：“干脆不见来使，让其回去就是了。”

箕子说：“如此对待，从礼义上不妥。我儿去面见一下来使，如武庚果真要做什么不义之事，一口回绝于他便是了。”箕松点头。

箕松见到武庚的来人，看到武庚信中要让父亲为他们的叛乱当军师，便一口回绝了来人，并让来人立即离开朝鲜，那人听了，只好讪讪离去。

后来武庚与“三叔”及东方诸侯国，公开扯起了叛乱大旗，周公旦在姜尚、姬奭等人的支持下，率军东征，并镇定自若，大智大勇，历时三年，彻底平息了武庚及三监的叛乱。

周公东征，是武王伐纣的继续，对于周王朝的巩固和发展具有决定性意义。这次胜利消除了商殷旧势力企图复辟的威胁，也消除了周室内部的动乱势力，有力地巩固了周室的统治。

西周在周成王姬诵之后，又传了八代王，至周厉王时，国势大乱，厉王出奔镐京，由共伯和代行天子事，即历史上的共和行政。共和元年，即公元前八百四十一年，是我国历史上有确切纪年的开始。

共和行政之后，又经过宣王、幽王，之后就是周平王。周平王继位后，将西周国都由镐京迁至洛邑，自此西周改称东周。自这时起，名义上是东周王室执政，实际上中国已进入了周王室失控，社会空前活跃和动荡的春秋、战国时代。

春秋、战国时代，是诸侯的天下，诸侯国迭起和兼并，是这个时代的主旋律。经过数百年的兼并战乱，到战国末期，八百诸侯只剩下齐、楚、燕、韩、赵、魏、秦七大诸侯国。

且说周武王时分封的燕国，在华夏大地进入战国后，一直是战国七雄中较弱的诸侯国。自后来被尊称为召公的姬奭被封至燕后，由姬奭的儿子姬克代行父职，姬克之后的十七代燕侯，在历史上皆称侯。从第十八代燕侯开始，称为燕庄公，此后一直持续到第三十六代，即燕文公。从第三十七代开始，改称王，燕易王是开始称王的第一代燕侯。燕易王在位十二年，之后将燕王的位置让给儿子姬哙。此时已距周武王封燕七百多年了。

燕王哙继位时的燕国，是一个比较贫弱和后进的诸侯国，且南有强大的齐国相胁，北有东胡袭扰，可谓腹背受敌。燕王哙即位后，采取了一些改革措施，企盼振兴燕国国势。经过几年，燕国果然呈现出了一丝生机，燕国臣民也一改数百年的沉闷，期望跟着这位君王好好打一番天下，力争跻身于战国强国之列。

几年的改革虽然使燕国呈现出生机，但此时的燕王姬哙感到自己已经再也拿不出什么好办法，来进一步振兴燕国的国势，并陷入进退两难之地。

这日，姬哙请人将相国子之请进王宫，与他商议继续推进燕国改革事宜。姬哙对子之说："本王继位几年来，在相国的辅助下，已经多有成就，但下一步本王再没有什么城府可言了，本王想，今后的改革就由相国来主导吧。"

子之说："燕王继位后，心向庶民，日夜操劳，功高无量，一改我燕国建国七百年来积贫积弱的颓势，日后燕王只管传令，具体改革事宜本相认真去做就是。燕王乃我燕国之主，本相绝不敢行主导之举。"

姬哙叹了口气说："本王继位这些年，虽然做了一些有利于燕国发展之事，但面对齐、赵等强国的挤压，同时又经常遭受东胡的掠抢，本王真是食不甘味，寝不能眠哪，真恨不能一夜之间能把我燕国强大起来，但现在看，本王这点能耐怕是很难做到了。"

子之又说："只要燕王有决心强燕，用不了多少年，我们一定会像齐、秦、魏三国那样强大，一个积贫积弱的燕国一定会成为一个强大的燕国。"

姬哙又叹了口气说："但愿如此吧。"

又过了两年，姬哙又对子之说："本王已经心力交瘁，而燕国的强大尚不知何时能成为现实，本王已经决定，将燕王之位让出来，由阁下来继任，阁下莫要推辞。"

子之连忙说："不可，燕王之位自周武王分封群臣始，如今已历七百余年，传位三十八代，怎么能到了您这里而禅让别人呢！"

姬哙笑道："先王们都有称王的本事，而本王已经没有这个本事了，况先王们虽然都很艰辛，但想必谁也没有面临今日本王这种腹背受敌的危局。本王原想让太子平继位，本王做个清闲之人算了，但思忖再三，恐怕太子平也难以坐稳这燕王之位。因此，决定禅位于阁下，阁下就别客气啦。"

子之还待推辞，姬哙说："本王已经这样决定了，明日本王就颁下王诏，并举行一个禅让仪式，从明日起阁下便开始履行燕王之职。"说完，竟挥手而去。

第二天，姬哙举行朝会，当众宣布自己禅位的决定，并将禅位的王诏亲手递到子之之手。子之无奈，只好行起燕王之命。

且说燕国太子姬平见文王禅位于子之，便气冲冲地对父亲姬哙说："燕国自武王分封起，到父王这里已历三十八代王，历时七百年，姬姓王室一直传承至今，今父王却突然将王位禅让于别人，让国人如何看待孩儿，孩儿有何面目面见周人？”

姬哙说：“燕国国脉虽然一直在我姬姓中传承，但燕国国小人稀，力量单薄，且北迫蛮貊，内措齐晋，多次濒于危亡之间，甚至连西邻的小邦中山也时而侵略于我。为父这些年来为了振兴燕国，操碎了心，但成效甚微，因此才生出将王位禅于子之之念。为父已年迈体衰，且心力交瘁，我儿虽然年盛，但以父观之，如若继为燕王，燕国亦不会有何起色，不如就让子之去干吧。”

姬平一听，父亲对自己毫无信心之言，根本没把自己这个太子放在心上，一甩袖子，气呼呼地走了。

当下姬平让人请过燕国将军市被，二人在太子府密谋起来，准备公开策动武装叛乱，囚禁姬哙，擒杀子之，夺取王位。计议已定，二人很快将叛军集结起来，并迅速地包围了王宫。

且说子之继任燕王之位后，立即着手变法，革新内政，以图振兴燕国。这日，他正在王宫与臣僚商议进一步起用下级有为的官吏，有人来报，说太子平与将军市被谋反，策动叛乱，叛军已经包围了王宫。子之从继任燕王那天起，便早已想到了太子姬平有可能心存不满，策动叛乱。因此，他得知姬平发动叛乱的消息后，并未吃惊，而是迅速将早已准备好的护卫军调动起来，保护王宫。这些护卫军在王宫内早已做好了准备，听到燕王的命令后，立即登上城楼，与叛军接战。

叛军围宫与护卫军护宫的战斗持续了数月之久，叛军始终未能攻克王宫，渐渐地，叛军气焰消沉下来。子之抓住契机，率军反攻，很快将叛军首领太子平和将军市被擒获并斩首。

虽然子之取得平乱胜利，但燕人死伤数万，民众怨声载道，燕国政局极为不稳。此时，燕国内外正在酝酿着新的变数。

且说战国当时的霸主、燕国的南邻齐国，听说燕王姬哙将燕王之位禅让给颇有本领的相国子之后，便十分担心燕国的崛起，威胁自己的霸主地位，因此自子之继为燕王后，一直关注着燕国局势的发展。当得知子之击破太子平，进一步稳固了王位后，齐宣王更加坐卧不宁，他当即决定派将军匡章，率五都之军和北地之众，大举北上，公然武装干涉燕国的政局。

齐军迅速占领了燕国都城蓟，杀死已禅位于人的燕王姬哙，并将在任燕王子之剁成肉酱，燕国已成了齐国的属地。中山国也趁机占领了燕国大片国土。

且说齐国攻破燕都，斩杀新老燕王，并迁延不走，大有吞并燕国之势的举动，使燕国的西邻赵国深为震惊。此时，赵国在位执政的恰好是后来积极奋发图强，亲自提倡胡服骑射，进行军事改革，进而强兵富国的赵武灵王赵雍。当下赵武灵王得知齐国大规模入侵东邻燕国，并有吞并燕国之势后，立即召集群臣商议出兵讨伐齐国，保全燕国，进而减少齐国对赵国的威胁。赵国君臣商定出兵干涉齐国侵燕之后，又立即遣使前往楚、魏两国，以取得两国的支持。在赵、楚、魏三国干涉的巨大压力下，加之燕国国内人民的反抗，齐宣王被迫宣布从燕国撤军，赵武灵王干涉齐国侵燕的举动取得胜利。

赵武灵王见齐国撤军，立即与群臣商议尽快稳定燕国局势的举措。君臣议来议去，一致认为，当下燕国局势稳定的首要问题，是推选一位有作为的国君。

赵武灵王点头说："众卿之言正合本王之意，但选谁为国君至关重要，请楼缓和肥义两位爱卿认真考虑一下，提出个人选。"

楼缓和肥义是赵武灵王的两位重要大臣，平时总是不断地为赵武灵王出谋划策，赵武灵王对二人甚是器重。当下二人听了赵武灵王的吩咐后，立即在一起议了一下，然后一起来找赵武灵王，向他推荐燕国国君的人选。

赵武灵王看了看楼缓和肥义二人后，不慌不忙地说："二位爱卿且慢，本王心中，早有一位适合出任燕君的合适人选，二位卿家先不要说出你二人拟提的人选，只把人选的名字写在竹简上，本王也把这个人选写在竹简上，看我等君臣考虑的人选是否一致。"楼缓、肥义二人点头微笑，然后肥义操笔，将拟提燕君的名字端端正正写到了竹简上。

当赵武灵王和楼缓、肥义一同将竹简举起时，只见君臣写的两个竹简上，都写着同一个人的名字：姬职。

赵武灵王大喜道："好，就由姬职来出任燕王。"

欲知后事，且看下回分解。

第四回　兴国祚燕昭王招贤　弱燕敌苏季子献策

却说赵武灵王君臣联合楚魏两国干涉齐国入侵燕国成功后，便立即着手解决燕国眼下无国君主政问题。赵武灵王虽然让大臣楼缓、肥义二人考虑合适人选，但自己的心中，早有一位合适的人选在预备着。因此，当楼缓和肥义二位大臣来向赵武灵王报告二人拟选中的燕君时，赵武灵王让二人先不要说出此人名字，而是他与两位大臣都将人选名字写在竹简上，看君臣考虑得是否一致。当君臣亮出写有人名的竹简时，却不约而同地看到在两支竹简上写着同一个人名：姬职。赵武灵王当即拍板说，就由姬职来出任燕国君王。

原来姬职乃燕王姬哙的庶子，由于燕国国势弱小，燕国多少年来一直向其他强国定期派遣人质，以表示对强国的遵从和低下。

姬哙继任燕王后，将自己的几个儿子分别遣往齐、楚、韩、赵、魏、秦等国去做人质，其中便将庶子姬职派往韩国。姬职比太子平小几岁，虽不是嫡子，但他志向远大，聪明伶俐，且勤奋好学，谦虚恭让，与人为善，从小便在燕王哙的诸子中，享有较好的声誉。

姬职当年在前往韩国做人质的途中，恰好经过赵国国都邯郸。那时赵国国君赵武灵王刚继王位五六年，正在赵国国内及诸侯国到处招揽人才，他听说燕国公子姬职做人质于韩国途经于此，便亲自前往驿馆面见姬职。姬职忧国忧民的情怀、对强盛燕国的渴望，以及勤奋好学，恭让谦和的品格，给赵武灵王留下了深刻印象。姬职也对赵武灵王求贤若渴、不耻下问的风格敬重有加。姬职到了韩国以后，赵武灵王经常派人去韩国探望姬职，姬职有几次经韩王允许，越过黄河北上看望赵武灵王。

在燕王哙将王位禅让给相国子之时，赵武灵王便与群臣议论过，说质于韩国的姬职出任燕王最合适，群臣中了解姬职的人都赞成赵武灵王的看法。因此，当赵武灵王让楼缓、肥义二位大臣考虑燕王新任人选时，楼缓、肥义二人一下子便选中了姬职。

当下赵武灵王见君臣意见一致，立即对楼缓、肥义说："二位爱卿立刻去做两件事，一是派人前往燕国，宣布姬职不日便回国任燕王，二是派人前往韩国，将姬职公子从韩国接回来，送往燕国上任。"

楼缓说："臣等二人立即落实大王的王令，但在燕国宣布姬职公子回国任燕王和去韩国接公子出来，都非寻常之事，也非寻常之人能为，不知大王以为派谁去为好。"

赵武灵王思索了一会儿说："这一南一北的两桩差事，的确非同寻常。虽然我赵国联合楚魏两国出兵，迫使齐国撤军，对主宰燕国有很大的发言权，但燕国臣僚们未必都能接受我们的决定，特别是公子职，虽然才能出众，最宜出任燕王，但毕竟是庶出，那些燕王哙的嫡子们是否服气，尚不得而知。因此，需派一位得力的大臣前往燕国宣布才好。至于去韩国接公子，亦非寻常之举，其一是眼下燕王缺位，没有王令文书，随便接送人质是不符合常规的。其二是我赵国去人接公子，而非燕国去人，更是不符常规。因此，本王意见，去燕国宣布我赵国让公子职回国即位的决定，由楼缓爱卿前往较为合适。而去韩国接公子出来，肥义爱卿前往较为合适。将公子接到我赵国后，送回燕国上任时，本王再派乐池将军率军前往护送，那时肥义爱卿就不必前往了。"

楼缓和肥义见赵武灵王说得如此清楚，立即齐声说道：臣遵命。

第二天，楼缓和肥义几乎同时出发，一个北上前往燕国，一个南下前往韩国。

且说楼缓带领一干人驾车前往燕国，此时恰值秋高气爽之季，燕赵大地到处硕果累累，一派丰收和秋收的景象。农人丰收的喜悦之情更使楼缓心情愉悦，他命人扬鞭快行，尽快赶路，以便早早将赵武灵王的王令宣布于燕国臣民。果然没用几日，便来到了燕国国都蓟城。燕国国都蓟，是今日北京市广安门一带，至今遗址尚存。

由于赵国联合楚魏两国逼迫齐国撤军，拯救了燕国，因此燕国大多数臣僚和百姓，都很感激赵国。听说赵国派来了最重要的大臣，来帮助燕国选择新君，稳定局势，人们都纷纷走上街头，欢迎赵国使者。极少数对赵国有看法的臣僚，看到大多数人欢迎赵国使者，只是没有露面而已。楼缓在驿馆向燕国臣僚们宣布了赵武灵王推荐姬职回燕国即位的想法后，燕国臣僚们窃窃私语片刻，之后，便纷纷表示赞成和拥护。楼缓又和几个燕国老臣叙谈了一天，然后启程回国。

肥义带领一干人驱车南下，不几日，便到达黄河。在黄河北岸住了一天一夜，第二天一行人刚过黄河，早有韩国使臣前来迎接。原来赵国使臣一到黄河边，消息早就传到韩国。韩宣惠王听说赵武灵王派大臣肥义前来迎接燕国公子姬职回燕国称王，一边派出使臣前往黄河渡口迎接赵国使臣，一边派人将燕国公子姬职请进王宫，与他叙别。原来宣惠王已任韩王二十年之久，姬职此时在韩国入质已经十年，宣惠王自姬职来到韩国后，便知道姬职年轻好学，谦和恭让，颇有志向，因此一直敬重于他，更兼早已知道姬职与赵武灵王意气相投，来往密切，更增加了宣惠王对姬职的友善和器重。姬职此时已经知道赵武灵王保举他回燕国即位的消息，因此来到宣惠王的王宫后，一方面感谢宣惠王多年的友好相待，另一方面也向宣惠王告别。

二人正叙至感情浓重时，宣惠王的侍臣来报，说赵国使臣肥义已到驿馆。宣惠王对侍臣说："传本王令，在王宫举行盛大宴会，既欢迎肥义阁下，亦为燕王饯行。"说完，拉着姬职说，"走吧，你我一同去驿馆会见肥义阁下，然后一同回宫为阁下饯行。"姬职一边称谢，一边起身与宣惠王向宫外走去。

第二天，宣惠王率韩国群臣一直将姬职和肥义送到黄河渡口，然后依依相别。

姬职到达赵国国都邯郸时，赵武灵王率群臣出城迎接，然后举行盛大宴会，欢迎燕国新君。姬职与赵武灵王执手相庆，共诉多年情谊。宴会一直到深夜方散。

赵武灵王留姬职在邯郸住了三天，二人说了许多展望未来的话，姬职还认真听取了赵武灵王对燕国未来发展的建议。姬职启程回燕国这天，赵武灵王率楼缓、肥义等大臣一直送出三十里，并由将军乐池率军两千人护送至蓟城。

由于有先期赵国大臣楼缓的铺垫，姬职回到燕国后，很顺利地继承了燕国王位。赵国将军乐池见姬职继位顺利，在蓟城外驻守了几天后，便辞别姬职回赵国去了。姬职自此成为燕国最有作为的君王，即燕昭王。

姬职坐上燕王之位后，立即夜以继日地操持国务。他带领群臣迅速将太子平和将军市被发动叛乱留下的大量问题，以及齐国军队侵入时带来的混乱，一一化解，安定了人心。接着，他便与群臣商议振兴和富强燕国的对策。姬职遇到的第一个头疼问题，便是缺少有主见和得力的臣子。因为每当姬职向群臣问到如何使燕国强大起来时，群臣们总是面面相觑，即使发表意见，也说不出有见识的意见，许多臣子对其他战国诸强了解甚少，常常坐井观天。有时姬职说出一些在头脑中酝酿过的思路，群臣中则少有能理解者，姬职说了，臣子往往无言以对，姬职甚是失望。

姬职想起了赵武灵王临分手说过的话：燕国眼下需要大治，而大治的前提是招贤纳士。但招贤纳士又从何开始呢，姬职考虑了许久，决定找燕国最老的臣子郭隗商议一下。

当晚，已是人们入睡的时辰，姬职在一个侍臣引导下，来到了郭隗的府上。当郭隗得知燕昭王连夜来至自己的府上问计时，不由得跪在地上，连连磕头，嘴里说道："单凭大王这一点，看来燕国自此有盼头啦！"

燕昭王双手扶起郭隗说："本王莫说起点早，贪点黑，到众卿府上访问一下，就是通宵不睡，走遍群臣的府第，能得到富强燕国的主意，本王也会乐此不疲。"

郭隗让燕昭王坐下并亲手倒好茶水，然后说："大王继位短短的旬月之间，便亲手处理了内乱和外侵留下的乱政，实在令微臣敬佩。今大王一心想尽快富强燕国，使燕国跻身列强，少受欺辱，不惜屈身臣宅，不耻下问，真乃古今英明之主，有什么需老臣效力的，臣定当竭尽全力，虽肝脑涂地，在所不惜。"

燕昭王叹了口气说："燕国自我始祖召公受封主燕之后，至今已历七百多年。这七百年间，天下诸侯国战乱不已，争雄不断，我燕国除了被群雄宰割，便是袖手旁观，一直毫无作为，到头来积贫积弱，被其他列强所欺侮，以致世代质人于他国，看着他国眼色行事。先王让位于子之，恐怕实在是出于无奈，但王室又无法接受这种现实，以致内乱外侵接踵而至。今本王在动乱之后继任王位，肩负着振兴燕国、富国强兵之重任，怎奈众臣见识鲜寡，不能见教于本王。本王心急如焚，这才连夜访问老爱卿，以期得到老爱卿的指教，让本王尽快得到安国定邦、济尘救世的贤佐之臣。”

郭隗说：“老臣乃三朝元老，朝中之臣没有不熟悉的，但如要选出大王所要之臣，却是难哪！”

燕昭王听了，连连叹气，然后说：“国无贤臣，还有什么能比这还不幸的呢！”

郭隗说：“大王如果有耐心，不妨听老臣讲个故事，也许大王能从中感悟到点什么。”

燕昭王连忙说：“有，有，本王有耐心，老爱卿有什么能启悟本王的故事，请尽快讲来。”

郭隗喝了口水说：“相传在很古的时候，有个国君，最爱千里马。一次，他派人四处去寻找千里马，但三年过去了，还没有找到。这时，有个侍臣对国君说，他得知很远处有一匹名贵的千里马，只要肯花一千两金子，便可买回这匹千里马。那国君不假思索，立即派那名侍臣带着一千两金子去买那匹千里马。没想到，那侍臣到了那里，千里马已经害病死了。侍臣想了想，便拿出五百两金子将那匹死去的千里马的骨头买了回来。侍臣将马骨献给国君后，国君大怒，要治侍臣之罪。那侍臣不慌不忙地说：‘如果人们知道国君用重金买马骨，还愁没人将活马送来吗！’国君将信将疑，不再责备侍臣。果然，消息传开，不到一年，人们就从四面八方给国君送来了好几匹千里马。”

燕昭王听完点点头说：“老爱卿这个故事的确令人深思，本王可以去学那位古国君，但谁去做那位侍臣呢？”

郭隗说：“大王如果一定要下决心招贤纳才，就不妨将老臣当作马骨来试上一试吧。”

燕昭王想了想，一拍木案说：“好，本王明日便举行朝会，当着众臣之面拜老爱卿为师，并下令为老爱卿建造一所上等的府宅，让天下贤士知道本王的确是诚心实意地招揽人才。”

郭隗起身拜谢道：“老臣自知不配作大王之师，更不配去住精美的府宅，但为了让天下贤士知道大王的爱才之心，老臣权当领受啦。”

燕昭王执着郭隗的手说：“为了振兴燕国，为了不负先祖之望，你我君臣要同心同德，宠辱不惊，不避险阻，共造燕国之兴。”

郭隗说：“老臣受大王的恩宠，定会竭尽全力为燕国之兴效力，虽死无憾。”

燕昭王回到王府时，已是子时。他又找来侍臣，连夜策划了一下明日早朝拜郭隗为师的简单准备事宜，然后才上床安歇。

第二天，燕昭王举行朝会。燕昭王继任燕王后，还是第一次举行朝会，因此，满朝文臣武将悉数出席，王宫的大殿里站满了身穿朝服的臣子。燕昭王没有等臣子们到齐后才出现在群臣面前，而是在群臣陆续到场的时候，便来到群臣中间，并一面与群臣打招呼，一面与几个臣子攀谈着。

看看群臣已全部到齐，燕昭王走到王位的台阶之上，大声对群臣说：“今日的朝会，是本王继位后的第一次朝会，但本王不做朝纲王令的发布，也不做大赦天下收揽人心之事，本王今日要做的，只有一件事，这就是本王要拜师，拜一位朝中的老臣为王师，同时本王还要为这位王师建造一所胜过王宫的精美府宅，以表示本王对这位王师的敬重。”

众臣鸦雀无声地听燕昭王说完这段话后，立即小声议论开了，都在猜测着燕昭王拜的这位王师是谁。燕昭王环视了众臣一周后，哈哈笑道：“来呀，将本王这位王师请上来！”

话音刚落，只见有人推着一台装饰精巧的四轮木车，进了王宫大殿，车上坐着一位白发苍苍的老者，年纪在七旬开外。没等老者说话，也没等燕昭王介绍，群臣中立即有人认出了老者，只听有人喊道：“郭大夫，郭大夫！”随着有人呼喊，众臣都已得知车上的老者是燕国下大夫郭隗。

原来燕国官职系列中，设大夫一职，但大夫分上、中、下三档，下大夫为最低一档。

正当人们惊异燕昭王怎么选了个龙钟老态的七旬下大夫为师时，只听燕昭王又说话了：“各位爱卿，郭大夫虽已年过七旬，到了孔老夫子所说的‘不逾矩’的年龄，但郭大夫忠心报国，决心为燕国的振兴效力，因此本王决定，拜郭大夫为师，并官拜上卿，赐予一座与王宫无二的府第。”

众臣听到这里，更是一片喧哗声，有人说好，有人摇头，还有的人在叹气。

燕昭王向众臣挥了挥手说：“今后，不管是谁，不管他来自哪里，只要他有才能，愿意效力燕国的振兴，本王都会委以重用，并给予优厚的待遇。”

这时，群臣不再议论了，而是只管欢呼、击掌，赞成燕昭王的做法。

燕昭王走到郭隗的面前，从车上将他扶下来，并与他执手向案台走去。到了王台，燕昭王将郭隗扶到木凳上坐定说：“王师在上，本王在此拜师！”然后规规矩矩向郭隗作了三个揖。郭隗虽然答应做燕王之师，但燕昭王向他施礼时，他还是情不自禁地说道：“折煞为臣啦！”

燕昭王拜师后对郭隗说：“在今天这个王师拜师会上，还劳王师说几句话吧。”

郭隗早有准备，只见他站起身来向燕昭王点了点头，然后不紧不慢说道：“以老臣的德能，怎敢为王师！但大王执意尊老臣为师，说明大王尊贤爱能，兴国心切。老臣以为，我燕国能有当今大王执掌国柄，实是万民之幸，社稷之幸！老夫愿在这里倡议，我等共为燕国效力，尽快将燕国建成强势之国，诸位同僚愿意吗？”

群臣此时真被燕昭王尊贤的举动和郭隗一心效国的心情所感染，听到郭隗的问询声，众臣一致回答道：愿意！

燕昭王见此情景，一边扶郭隗坐下，一边向群臣说道：“本王相信，今后还会有郭爱卿这样的贤才来到我燕国，我燕国一定会很快强大起来，众位爱卿努力吧！”

群臣此时真是群情激奋了，大家听燕昭王这么一说，立即沸腾起来，不断地呼喊着：强国，强国！不知喊了多久，人们才渐渐退去。

当天，燕昭王下令，在全国选上等工匠，为郭隗建造府第。

果然，燕国新任国君尊贤敬才的举动，像长了翅膀一样，传遍了华夏大地。

且说燕昭王招贤图强的消息传到赵国后，国君赵武灵王大加赞赏。武灵王的夸赞和对燕的友好，不禁感动了一位少年将军，那少年叫剧辛，此时还不到二十岁，但文韬武略，都已在常人之上。这日，剧辛求见赵武灵王，并当面向武灵王提出，要前往燕国投奔燕昭王。赵武灵王听了剧辛的要求后，不禁哈哈笑道："果然英雄出少年，有勇有谋，不过阁下来对本王提出要求，要前往燕国为将，就不怕本王有想法吗？"

剧辛说："臣在向大王禀报前，的确想过这个问题，确曾想到一旦被大王怪罪，臣非但去不了燕国，反而有可能以不满大王而治罪。但臣想来想去，认为大王并非那种心胸狭窄的君主，且大王与燕王友善，这是普天之下所有人都知道的，因此臣便毫无顾忌，直接前来面奏大王。"

赵武灵王再次哈哈大笑说："说得好，一来本王确非那种心胸狭窄之辈，二来我赵国在齐秦两强的严重威胁下，亟须寻找共同抵抗齐秦的伙伴，如能使燕国尽快强大起来，实则是自我强大的好途径。因此，本王支持阁下前往燕国为将。"

剧辛说："臣到了燕国后，一定跟着燕王好好富国强兵，同时也为我赵国增光争气。"

赵武灵王高兴地说："好，本王亲手为阁下写上一个推荐表，然后本王派人陪同阁下前往燕国。"剧辛再次拜谢。

剧辛到达燕国后，燕昭王亲自出城迎接，并封为中大夫，同时拜为将军。剧辛到达燕国稍作安顿，便建议燕昭王立即招募兵勇，训练军士布阵攻城，以为战时之备。

燕昭王正为剧辛的到来高兴时，这日王师、上卿郭隗进宫报告说，中原大地新近正有一位年轻的奇士在寻找明主，得知燕国君主正在招揽贤士，意欲前来相投，但尚在踌躇之中，不知燕王作何考虑。

燕照王连忙问道："爱卿可知此奇士姓甚名谁，有何特长？"

郭隗说："臣对此人早有所闻，但不知近期情况如何。此人姓苏名秦，字季子，东周雒阳人氏，农家出身，但自幼便有大志，曾在鬼谷子门下学习纵横捭阖之术多年。学成之后，苏秦便到了秦国，向秦国游说统一华夏之策，整整四年，但没有成功。这时，苏秦的盘缠花完了，衣服也穿破了，于是便返回家中。但妻子不理他，嫂嫂看不起他，连父母都不愿和他说话。苏秦由是发愤，立志要做一番大事业，乃闭门不出，一头扎到书堆里，夜以继日地读书。在苦读姜尚《阴符》时，每逢困乏欲睡，便用锥自刺其股，所谓‘锥刺股’之故，便由此而来。后来，听说苏秦一口气写成两部书，一部为《揣》，一部为《摩》。又经过几年，他的技艺和辞令更加超群，志向更加远大，眼下正在雒阳家中准备投奔明主。因只是听说大王正在招贤纳士，未见其实，故尚在踌躇之中。”

燕昭王静静地听郭隗说完，然后说：“本王在韩国作人质时，便听说过‘锥刺股’的故事，心里一直在想着苏秦这个名字，不期他眼下是这种情况。本王以为，一国之政，无非是内政与外交，虽未成功，但能在强秦那里游说四年，必是个出众的人才。我燕国如得此人才，恰如雪中送炭，旱逢甘霖。爱卿即可派人前往雒阳，去寻找这位奇士，只要苏秦愿到我燕国为臣，本王什么要求和条件都可答应于他。”

郭隗应了一声，然后告辞出宫去了。

回到府上，郭隗立即唤过两位精明的府差，让他们带上黄金百两，骑上快马，前往雒阳，去请苏秦前来燕国为臣。那两位府差临出发时，郭隗又吩咐他们，务要把苏秦请到燕国来，且要快去快回。雒阳即今天的河南洛阳，两位府差打点行装后，立即上路向南驰去。

过了一个月，两位府差兴冲冲回来向郭隗报告，说苏秦已经北上燕国，不日便会到达蓟都。郭隗老大不高兴地说：“你二人临出发前，老夫一再嘱咐你们，让你们陪苏贤士一同前往，怎么你二人先回来，竟把苏贤士一个人扔在后面呢！”

那两个府差只是笑着，其中一人说：“小人二人在雒阳找到苏贤士后，便与他一同北上，但到了邯郸后，苏秦恰巧遇到魏国一个叫乐毅的好友，小人二人听苏贤士说，那乐毅是魏王派往我燕国为使的使臣，苏秦、乐毅二人决定结伴北行，并让小人二人提前回国报信儿，小人二人这才匆匆赶了回来。”

郭隗听了，这才知道错怪了两位府差，连忙说了句“下去歇息吧。”然后急忙唤车夫，前往王宫向燕昭王报信儿去了。

燕昭王听了郭隗述说的情况后大喜道：“苏秦这位大才子来了，又带来了乐毅这位年轻有为的将领。本王早就知道，这位乐毅字永霸，先祖为当年魏文侯手下的名将乐羊，据说乐毅像他的先祖一样，自幼聪颖，喜好兵法，长于兵术。且苏秦与乐毅又是一对好友，今日虽是结伴而行来到燕国，本王似乎觉得，实际上我燕国即将迎来一文一武一对将相之才。”

郭隗说：“大王思才盼才心切，此乃燕国之福，但苏秦、乐毅二人究竟才干如何，大王还需考察才是。”

燕昭王说：“王师言之有理，但苏秦、乐毅二人的确非常人可比，这一点毋庸置疑。我们一定要重视此二人的到来，把二人作为首要贤才留在燕国，并切实把二人用起来。”

郭隗听了点头说：“臣谨遵王令。”

燕昭王说：“刚才，侍臣向本王报告，说为爱卿建造的精美府第已经竣工，本王意见，爱卿这几天便先进新居，届时本王将亲临府第，共贺爱卿乔迁之喜。同时，本王还想在沂水之滨建造一座高台，待苏秦、乐毅到达蓟都时，本王将在高台上放置黄金数千两，且亲手将千两黄金赠给二位贤士，以便作为招贤用贤的进见礼。”

郭隗说：“臣迁居新府，大王就不要操心了，建造高台招揽天下贤士之事，臣以为甚好，苏秦、乐毅一定会被大王的真情和厚赏所感动，苏秦无疑会就此留在燕国，乐毅也很可能留在燕国。”

燕昭王说：“好，爱卿传本王之命，立即建造高台。”

郭隗说：“不如把高台叫作黄金台。”

燕昭王点头说：“好，就叫黄金台。”

当日，燕昭王又传令，派人前往燕国南部边境，等候苏秦、乐毅，以便一有消息，便做好迎接事宜。

就在黄金台建造完毕的时候，侍臣来报，说苏秦、乐毅已经临近蓟都。

这日，正是秋高气爽之季，苏秦和乐毅来到燕国都城蓟都。燕昭王率众大臣出城迎接。苏秦、乐毅见燕王亲自出城迎接，双双下车，跪于昭王面前。苏秦参拜道：“雒阳苏秦，仰慕大王招贤爱才的英名，千里来投，愿为大王效力。”乐毅也快步上前施礼道：“魏使乐毅，参拜燕王。”

燕昭王连忙上前，双手扶起苏秦，然后拉住乐毅。燕昭王看时，见苏秦高高的个子，凤眼长眉，身穿布衣，脚踏麻鞋，虽然衣着打扮稍显寒酸，但仍不失风流倜傥、举止文雅之风。再看乐毅，身材魁伟，双目有神，身穿臣服，脚踏皮靴，举止沉稳，彬彬有礼。燕昭王一面打量着二人，一面与二人寒暄着，然后，他一手拉着苏秦，一手拉着乐毅，笑着说：“今日得见二位，本王有一种周文王见到姜太公的感觉。走，我们吃酒叙谈去。”说着，将苏秦、乐毅拉上了自己的王辇，然后扬鞭飞马，直奔王宫。

到了王宫，燕国大臣郭隗、剧辛等人簇拥着燕昭王，共同陪同苏秦、乐毅一同走进宴会厅。

众人刚落座，郭隗便对苏秦说：“听说阁下是继张仪之后的纵横家，愿听阁下高论。”

燕昭王自见到苏秦后，也急着想知道苏秦的才干和见解，但不好急于发问，现在听到王师郭隗问起，便静静地看着苏秦，等待着听他的议论。苏秦早已做好了准备，只见他向燕昭王和郭隗、剧辛等人作了个揖后，微笑着说：“我等生活在一个群雄争霸、弱肉强食的战乱年代，如今，在八百诸侯相互兼并基础上称雄华夏大地的七雄中，谁都想兼并别人，强大自己。这一方面，要靠自己的武力和实力，但另一方面，又离不开相互联合，以外交和策略取胜。正是基于这种情况，诞生了纵横家张仪及其他的学说并取得成功。张仪以他的三寸不烂之舌，游说和离间诸国，为魏国出了‘欲以秦、韩与魏之势伐齐、楚’之主意，实际上真正的意图在于‘欲令魏先事秦而诸侯效之’，这就是张仪‘连横’之策。鄙人从前年开始，认真琢磨了七雄的状况和相互之间的关系，分析了张仪连横之策的奥妙，形成‘合纵’之策。所谓合纵者，合众弱以攻一强也，目的在于阻止强国兼并弱国。今七雄之中强者，齐、秦者也。因此，鄙人投奔燕王之后，将奔走游说于赵、韩、魏诸国之间，组织合纵攻齐或合纵攻秦，牵制齐、秦的精力，转移齐、秦特别是齐国对燕国的视线，以防齐国吞并燕国。”苏秦说到自己，总是以鄙人自称。

燕昭王从苏秦开口说话那一刻开始，就在静静地听苏秦说，他不仅在听苏秦说得是否有道理、有韬略，而且在听着看着苏秦的口才和表情，听着看着，燕昭王已经被苏秦的高论所感染，被苏秦口若悬河的口才所折服，也被苏秦的手势和表情所征服。苏秦说完后过了一小会儿，燕昭王才从那种沉醉感中回味过来，并带头击起手掌，以表示对苏秦这一段话的赞赏和褒奖。郭隗、剧辛见昭王击掌，也点头并击起掌来。

燕昭王端起酒杯高兴地说："为苏季子的合纵之策干杯！"说完，一饮而尽，众人也都一饮而尽。

燕昭王又端起刚倒满酒的酒杯说："本王和苏季子改日慢慢细谈，此杯酒本王要敬乐毅阁下。本王在韩国为人质时，便听人说魏国有个年轻的将领，是名将乐羊之后，年纪轻轻便长于兵术。今日乐公子作为魏使出使燕国，而且又与好友苏季子巧遇并一同来到燕国，本王认为这纯属天意，是上天要振兴燕国的开始。本王殷切地期望，乐公子也能落脚燕国，与季子阁下一道为强大燕国效力。为此，本王敬乐毅阁下。"

乐毅甚是高兴，他端起酒杯说："在下的归属改日再与燕王商定，不过在下在此说一句话，自从见到燕王那一刻起，在下已经下决心了，这一生在下都愿意作为燕王的臣子。"说完，与燕昭王一齐干杯。

郭隗对苏秦刚才说的一番话，一直在思索和回味着，他见燕昭王已敬完乐毅酒，又插空说道："过去张仪的连横之策，老夫也领教过，但张仪是秦国的大臣，所谓连横是为强秦服务的，今日苏秦站在齐、秦强国的对立面，提出合纵攻齐或合纵攻秦之策，苏秦阁下的合纵之策如若实现，老夫断言，齐、秦强国必会受到制约和牵制，这对我燕国解除齐国的威胁，必定会起到重要的作用。只是不知道苏季子的合纵之策什么时候能发挥作用？"

苏秦放下酒杯说："鄙人明日便向燕王提出个合纵的方案，然后全面实施。鄙人敢夸下海口，不出经年，在弱燕敌方面，必见成效。"

燕昭王大喜，他再次端起酒杯说："苏季子的到来，真乃本王之幸，燕国之幸！"

苏秦也格外高兴，他将杯酒一饮而尽说："明日鄙人便为燕王策划弱燕敌之策。"

燕昭王说："阁下不必那么着急，明日本王要做一件让苏季子和乐永霸阁下更为高兴的事情。"

欲知后事，且看下回分解。

第五回 施合纵引齐秦交恶 拒东胡稳北疆图强

却说燕昭王与投奔燕国而来的苏秦及由魏国使燕前来的乐毅，坐在酒席桌上一面开怀畅饮，一面纵论合纵之策，以便联合诸国弱化强国齐国和秦国，使燕国得到发展的喘息之机。苏秦和乐毅自与燕昭王相识的那一刻起，便对这位礼贤下士、立志富国强兵的年轻君王抱以好感，因此，几人越说越投机，苏秦表示，明日便要为燕国策划弱敌强燕之策。燕昭王听了高兴地说："阁下不必那么着急，明日本王要做一件让苏季子和乐永霸阁下更为高兴的事情。"

苏秦说："鄙人自立志做一名纵横家开始，便一直期望能遇到一位像燕王这样的贤明君主，以便把鄙人这些年养成练成的合纵之策贡献出来，今日得见燕王，鄙人心愿已足，因此格外高兴，不知燕王明日还有何能比今日之会还高兴的事情？"

燕昭王端起酒杯说："今日已晚，二位贤士连日奔波，待好好歇息一夜后，我们明日再相聚。"说完，一饮而尽。苏秦、乐毅及郭隗、剧辛等人亦一饮而尽。

燕昭王送走苏秦、乐毅之后，又思索了一下第二天之事，当他躺上木榻后，忽见天空两颗耀眼的明星变成人形，向他施礼问候。燕昭王十分惊异，坐起身来认真看时，却见那两位变成人形的星曜，是打扮成一文一武的两位大臣模样的人。燕昭王越发惊异，他却待要上前看这文武两位大臣时，那两位大臣却上前参拜道：臣苏秦、乐毅参见燕王！燕昭王大喜，他哈哈一笑，却把自己笑醒了。原来是一场梦幻。

燕昭王睡意全无，他兴奋地下床，在地上来回走动着，头脑中不停地回味着苏秦所说的合纵之策。接着，一个在苏秦、乐毅辅佐下，燕国逐渐强大，在诸强中越来越占上风的蓝图，在燕昭王的头脑中闪现出来。他越想越兴奋，越想前景越美好。他索性坐在案台前，拨亮烛光，提起管毫，在竹简上写下一个又一个的想法。就这样，一直写到天光大亮。

按照预定的安排，燕昭王驱车前往驿馆，亲自迎接苏秦、乐毅二人，前往沂水之滨的黄金台，去拜贤求士。待燕昭王亲自偕苏秦、乐毅二人来到黄金台时，燕国的臣子们早已到了那里，鼓乐声也已响成一片。看到国君亲自偕贤士一同前来，臣子们立即欢呼起来。在卫士们的护卫下，燕昭王与苏秦、乐毅并肩来到黄金台前。燕昭王站住脚步，看了看苏秦和乐毅，笑了笑说："这座高台是本王专门为招揽天下贤士所建，建成之后，王师郭隗爱卿将它叫成黄金台。本王今日要在这黄金台上拜贤求士，亲迎二位贤士来燕国效力。乐毅阁下昨晚说他的归属去向暂未确定，但本王今日与苏季子一并迎接拜纳阁下，你暂时到哪里都可以，不管是回魏国，还是去其他列国，本王都已经把你看成燕国臣将，并耐心地等待着你的到来。"

乐毅说："燕王如此器重在下，在下虽肝脑涂地，在所不惜。"一旁的苏秦也深深地点着头。

在侍臣的引领下，燕昭王与苏秦、乐毅登上黄金台。黄金台是个用方石砌成的四方形高台，四方象征迎接四面八方的天下贤士。高台上面的前面是个空地，上面铺着胡人织造的黄金地毯，后面是个防雨的檐式屋盖，下面摆着两个木凳。

燕昭王在鼓乐声中，将苏秦、乐毅请到木凳上坐定，然后自己站在空地的地毯上，给苏秦、乐毅二人施礼拜贤。拜贤之后，燕昭王亲自宣布，封苏秦为上大夫，乐毅为将军。苏秦、乐毅二人站起身来拜谢。此时，燕昭王喊了一声："来呀，将本王赠送给季子、永霸二人的黄金抬上来！"

只见四个武士从苏秦、乐毅身后的一个小屋里，抬出了两个沉甸甸的黄色木箱，放到燕昭王和苏秦、乐毅面前，并将木箱打开。

苏秦、乐毅看时，见每个木箱中，至少有两千两黄金金锭。燕昭王对苏秦、乐毅说："这是本王为上大夫和将军二人准备的，今日本王在这专门招揽天下贤士的黄金台上，亲手赠送给两位爱卿。”

苏秦说：“鄙人这一生能追随大王左右，为制约牵制强齐和强秦就够了，怎敢奢望有如此多的黄金？”

乐毅说：“眼下正是燕国振兴之际，招募兵勇，训练军队，制作战车，都要用钱，大王把金钱用到该用的地方吧。”

燕昭王摆摆手说：“这只是表明本王对招贤用贤的重视和决心，而且这笔钱必须用，两位爱卿就不要推辞啦。”

苏秦、乐毅听得出，燕昭王说得很轻松，但实际上是在发令，字字句句说得斩钉截铁，便不再推辞。

燕昭王又说：“如果两位爱卿愿意，本王愿与两位爱卿结成兄弟，日后，不求同年同月同日生，但求同年同月同日死，不知二位爱卿以为如何？”

苏秦说：“臣子与大王结义，如何使得？”

乐毅也说：“是啊，臣子与王结为兄弟，似有臣对王不敬之嫌。”

燕昭王说：“在本王看来，这正是王敬臣、臣敬王的表现。且本王此生能与两位爱卿相识并结拜为兄弟，也是本王的福分啦！”

苏秦和乐毅听了燕昭王这番话，相互看了看，一齐跪在地上，双双叫了声：王兄。

燕昭王也跪在地上，与苏秦、乐毅形成一个三人圈，相互跪对着。三人中，姬职年长，苏秦次之，乐毅最小。苏秦、乐毅当即拜燕昭王为大哥、燕昭王也拜苏秦、乐毅为二弟、三弟。苏秦与乐毅之间也相互对拜。

燕昭王大喜，他一手拉着苏秦，一手拉着乐毅说：“本王今生能与两位贤弟共掌燕国之政，我燕国大概可以振兴了。走，我等兄弟回王宫好好庆贺一番。”苏秦、乐毅簇拥着燕昭王，一同下了黄金台，回宫去了。

庆祝宴会结束后，苏秦、乐毅回到驿馆，乐毅对苏秦说：“小弟这两天一直在考虑着今后的归属和去向，但今日王兄黄金台拜贤并与我二人结义后，小弟已经最后认定，此生不再他往，就在燕国与二位兄长共振燕国之兴啦。”

苏秦高兴地说：“燕王兄与你我相识如此之短，便这样器重我们，与我们建立生死之交，生于这乱世，能遇到这样贤明的君主，你我此生足矣。这两日，为兄也在暗下决心，终生追随王兄，做一个与王兄生死相依的臣子。”

乐毅点头说：“兄长说得好，你我一文一武，一生不离王兄左右，定会把燕国变成赛过齐秦的强国。”

苏秦说：“大丈夫生于世间，跟着王兄这样的君主，为振兴一个积贫积弱的落后古国，穿行合纵于诸国之间，将齐秦强国玩于股掌之间，不管最后结果如何，都不枉人生啦！”

乐毅也说：“想乐毅乃名将之裔，与一个文能济邦的好友并兄长，辅佐一个开明向上、礼贤下士的君主，干一番轰轰烈烈的大事业，的确不枉人生！”

二人相互鼓励、相互鞭策后，又商议起合纵攻齐及富国强兵的事情来，一直到寅夜时分才入睡。

第二天，苏秦、乐毅一同进宫。乐毅先向燕昭王报告，表示从此以后，定居燕国，辅佐昭王，不再他往。接着苏秦向燕昭王提出，立即实施合纵之策，诱使齐、秦两个强国交恶，弱化燕国的头号敌人齐国的势力和对燕国的压力。

燕昭王自苏秦、乐毅来到燕国后，高兴得夜不能寐。前一天宴会之后，他也久久没能入睡，而是根据苏秦、乐毅的想法，在认真思索着实施中的可行性问题。在认定苏秦的合纵之策和乐毅的强兵之策的确可行后，他又在思考着实施过程和前后有可能出现的种种情况，以及作为君主，他应该如何为两位臣弟做好哪些事情。这样想来想去，一直想到寅夜时分才睡去。

听乐毅说自此以后，定居燕国，不再他投，燕昭王高兴地说：“三弟已下决心留居燕国，与二弟一文一武，本王从此有靠啦，燕国振兴从此以后有盼头啦！”

听完苏秦合纵及弱燕敌等想法后，燕昭王说：“二弟的想法为兄认为一定会行得通，以二弟之智之能，也一定会大显身手。但为兄以为，现在立即实施，尚显过早，条件似乎尚显不足。因此，为兄的意见是，一方面二弟再好好做些准备，另一方面为兄还要将二弟扶上更重要的位置，使二弟更有知名度，待二弟名声大振时，再穿行合纵于诸国之间，遏制强齐不迟。”

苏秦说：“我和三弟刚到燕国，王兄便封我二人为上大夫和将军，这已经是很高之位了，燕国朝臣之中，至今也没有几个上大夫和将军，我二人初来乍到，便获此高位，已经很荣耀啦。”

乐毅也说：“王兄用人不疑，雄才大略，真乃人主，我二人刚到燕国便获此高位，的确已经很荣耀啦。”

燕昭王说：“干大事者，且欲穿行游说于诸国之间，甚至还要面见强齐强秦的凶悍国君，固然要靠贤弟的机智和才能，但没有足够的官职之位，也是不行的。这便是为兄说的条件二字。因此，为兄想待过一段后，将二弟任为燕国相国，将三弟任为亚卿，共同执掌燕国军政大权。到那时二弟再实施合纵之策，效果定然会更佳。”

苏秦听后说：“王兄信任之情，臣弟定以生死相报。臣弟就按王兄之意再做些进一步的准备。”

燕昭王说：“合纵弱齐之策先缓一缓实施，倒是有一件事为兄以为应该尽快提到日程上了。”

乐毅说：“王兄莫不是说拒东胡之事？”

燕昭王点点头。

苏秦说：“东胡是我燕国两大祸患之一，南有强齐，北有东胡。我们已经有了弱齐之策，现在是应将拒东胡之事也提上日程了。”

乐毅说：“臣弟与二哥昨夜还议论过抗拒东胡之事，我二人共同认为，拒东胡与抗强齐一样重要，一样艰难，必须认真对待。臣弟想先认真研究一番东胡的情况，试探一番东胡的虚实，然后再拿出个对策，那时王兄再定夺，不知王兄以为如何？”

燕昭王高兴地说：“不愧为读书之人和将门之后，说事做事样样有规矩，那就请贤弟辛苦吧。”

乐毅说：“臣弟了解东胡的现状后，拿出一个抗拒东胡袭扰的对策后，先让二哥指点一下，然后臣弟与二哥一同向王兄报告。”燕昭王与苏秦对视了一下，然后二人一齐点了点头。

自此，苏秦和乐毅一方面协助燕昭王处理国务，一方面各自准备合纵之策和抵御东胡的对策。

这日，苏秦兴冲冲地进宫面见燕昭王。燕昭王一面亲自为苏秦让座，一面笑容满面地说：“听王师郭隗说二弟每日都在研究诸国情况，有时还在训练自己的口才和演说才能，真是辛苦啦。”

苏秦说：“臣弟在雒阳这些年，深入研究了大量各国情况的资料，早已熟悉了各国的人文和地理、历史，但我们身处的这个世界，各国心态百异，弱肉强食、纵横无常，如果不及时研究新情况，并分析提出相关对策，实施合纵之策是难以成功的。”

燕昭王说：“贤弟如此用心，合纵之策一旦实施，定会取得成功。为兄今日已与王师郭隗商定，准备近期择日举行个仪式，任贤弟为燕国相国之职，以便贤弟出使诸国，实施合纵之策。”

苏秦说：“臣弟今日进宫，恰好要向王兄报告一个可以离间齐秦的机会，以便制约齐国。不知王兄对这个机会可有兴趣？”

燕昭王说：“快说来听听！”

苏秦说：“臣弟派出去的细作回来报告说，齐秦两个强国在诸国无视东周王朝、擅自称王的基础上，准备进一步犯上作乱。如果齐秦同时称霸，二强必然进一步联手，形成对其他五国的兼并压力，当然我燕国的压力首当其冲。臣弟听细作说，齐王眼下尚未拿定主意，究竟称霸还是不称霸。因此，臣弟拟前往齐国，游说齐王，离间其与秦国的关系，甚至使两国交恶，使局势向着更加有利于燕国的方向发展，不知王兄以为如何？”

燕昭王听了点头说：“这的确是个好消息，也是个好机会。且贤弟如出使齐国游说于齐王，也很有可能收到成效。只是任贤弟为燕国相国之事，尚未办理，致使出使条件稍显欠缺。”

没等苏秦说话，燕昭王又说：“可否这样，明日一早为兄便主持朝会，将任贤弟为燕国相国之事在朝臣中公布，贤弟可先以相国名义给齐王写封信，告之随后就到齐国，这样贤弟到达齐国时，可能情况会稍好些。”

苏秦说：“王兄对臣弟的器重和信任，臣弟虽肝脑涂地，不能报也。臣弟这就给齐王写信。”

第二天朝会时，燕昭王颁下王诏，任命苏秦为燕国相国，位列满朝百官之首。

过了几天，苏秦身背宝剑，带了两个书童，拉着一车竹简书，南下出使齐国。

且说齐国乃战国七雄之一，位于今山东省北部和河北省东南部。齐威王时，在相国邹忌的辅佐下，果断实行了明法申令、整顿吏治和广开言路、善于纳谏等方面的改革，使齐国大治，不仅打退了赵、卫的侵袭，还迫使赵国归还了从齐国夺走的侵地长城。三晋中最强大的魏国，也多次被齐国打败。齐威王还任用田忌和孙膑，训练出一支强大的军队，在有名的桂陵之战和马陵之战中两次大败魏军，使齐国成了诸侯国中最强大的国家。

在燕王姬哙将君位禅让给子之并引起动乱时，齐国君主齐宣王乘燕国内乱之机，出兵攻燕，差点灭亡了燕国，幸亏赵国君主武灵王联合楚、魏两国干涉齐国入侵，才使燕国恢复了国祚。齐宣王从燕国撤军后，一方面密切注视着燕国的一举一动，防止燕国联合诸国实施报复，另一方面也希望与燕国缓和紧张的关系，以便能有更好的喘息之机，来积攒实力，对诸国发动更大的兼并之战。

这日，齐宣王正在思索着秦国大臣魏冉来游说齐国称帝之事究竟如何对待，侍臣来报，说燕国新任相国苏秦有书信至此，问齐宣王看还是不看。齐宣王稍思索了一会儿，然后说了声："呈上来。"侍臣随后将苏秦的信件送到了齐宣王的案台上。

齐宣王展开很粗的一捆竹简，一联一联地看了起来。只见苏秦在信中很是客气和友好，说自己当上燕国相国后，很想与齐国改善关系，并期待着与齐王相会。齐宣王将竹简信从头到尾看了一遍，然后闭目沉思起来。

又过了几天，侍臣来报，说燕国相国苏秦来访，要面见齐宣王。齐宣王说了声"请"，侍臣转身出去了。

不一会儿，苏秦来到齐王宫，齐宣王在章华宫门迎接苏秦。苏秦见齐宣王出宫迎接自己，立即向齐宣王拜了两拜，以表致谢。可不等齐宣王说话，苏秦却马上仰起头念起悼词来，那声调甚是凄惨与悲壮。齐宣王大怒，他指着苏秦说："你这个靠嘴皮子煽动人心的说客，怎敢如此无礼，让本王丧气！"

苏秦说："人饿的时候，之所以不吃毒药，是认为即使能填满肚子，也会很快死去。燕国虽然比较弱小，但也是强秦的翁婿之邦。大王贪图燕国的十个城邑，却和强秦结下了怨恨。如果弱小的燕国做先锋，而强大的秦国做后盾，联合天下诸国的精兵来攻击齐国，对于齐国来说，这与毒药充饥有何两样，大王不觉得危险吗！”

原来燕昭王的母亲易王后，是秦惠文王的女儿。因此苏秦说燕国是秦国的翁婿之邦。齐国因燕王哙禅位而引起动乱后，侵入燕国，虽然被迫撤军，但还继续占着燕国十个城邑不还。苏秦在离间齐国与秦国的关系时，首先说出了此事。

齐宣王听苏秦说出了这件事，不禁心里吃了一惊。他连忙对苏秦说：“以相国之意，本王该如何去做？”

苏秦说：“燕国太后易王后现在对齐国继续占着燕国的十座城邑甚是恼火，正在嘱咐燕王与秦国联盟，以便尽快夺回齐国占领的十座城邑。”

齐宣王说：“哎，阁下就别施压和绕圈了，本王立即归还燕国十座城邑就是。”

苏秦说：“大王这样就对了，如果秦王知道大王因为顾及了他的情面归还燕国十座城邑，一定会感激大王，燕国收回城邑后，也会感激大王。这样，大王在诸国那里得到了人心，今后再发号施令，天下诸侯谁会不听大王的话呢！”

齐宣王说：“好，好，本王立即归还十座城邑就是。这件事我们不再去说了，阁下还是说说你对那件事的看法吧。”

苏秦知道，齐宣王所说的那件事，显然是指秦国大臣魏冉来齐国游说齐王称帝之事。

苏秦说：“如果齐国和秦国都建立了帝号，大王认为诸侯将尊重秦国还是尊重齐国呢？”

齐宣王想了想说：“尊重秦国。”

苏秦说：“齐国和秦国如果都放弃帝号，大王认为诸侯是亲近齐国还是亲近秦国呢？”

齐宣王不假思索地说：“亲近齐国而痛恨秦国。”

苏秦说：“齐国和秦国都建立帝号，并结盟共同进攻赵国有利，还是进攻宋国有利呢？”

齐宣王说：“还是进攻宋国有利。”

苏秦笑了笑说：“齐国和秦国相约建立帝号，可是诸侯只是尊重秦国而看轻齐国；齐国如果放弃帝号，那么诸侯将亲近齐国而痛恨秦国，进攻赵国不如进攻宋国有利。有了以上这三条，大王是否应该公开放弃帝号，以亲近诸侯呢。”

齐宣王想了想说：“本王就按阁下说的去做了。”

第二天，齐宣王召见秦国大臣魏冉，向他通报齐国不想称帝的想法。魏冉见自己在齐国等了几十天，却等来了这样一个结果，当初自己在秦王面前夸下海口，说一定能让齐王与秦国一起称帝的目标落空了，不禁恼羞成怒，他一甩袖子，离开了齐国。

回到秦国后，魏冉向秦王诉说了齐王无视秦王、自大傲慢的表现，并说了齐王许多坏话。秦王大怒，于是与齐国交恶。

苏秦出使齐国，不仅要回了齐国占领燕国的十座城邑，而且离间了秦国与齐国的关系，从而缓解了齐国对燕国的压力。

苏秦第一次出使游说齐国，就取得了这样大的成果，这使燕昭王异常高兴。苏秦回到燕国的当天，燕昭王在王宫举行盛大宴会，为苏秦接风。郭隗、乐毅、剧辛等大臣出席作陪。

苏秦向燕昭王及其同僚们简单述说了出使齐国的情况。燕昭王端起酒杯说：“二弟此次出使齐国，不但制止了强秦和强齐称帝的企图，还使两强增加了隔阂，激化了矛盾，尤其是本王还没敢想的齐国占领我国的十座城邑，竟被相国要了回来。本王得知这些情况后，感慨万千。都说弱国无外交，但我弱燕的相国却说动了强齐，两件大事都按我国的意愿了结。如此看来，相国贤弟的智慧和辞令胜过千军万马呀。”说完，与众臣一同干杯。

乐毅说：“齐秦交恶，强齐对我燕国的压力自然减小，这对我国富国和强兵，都提供了有利条件，相国兄初次出使，便有如此丰硕成果，真是了不起呀！”

郭隗说：“大王继位后，立志振兴燕国，血复先王之仇，于是招贤纳士，卑身厚币以招贤者。一定是大王的诚心感动了上苍，使上苍促使苏秦、乐毅二位天下奇士前来燕国，才使燕国有了贤相良将，振兴燕国的大业才有了指望。这次相国使齐，以我燕国之弱势，说动强齐归还占我之十座城邑，逼迫二强放弃称帝，真是功劳不浅，以弱降强。”

剧辛自乐毅到燕国来后，便当起了乐毅的副手，和乐毅一道招募兵勇、训练军士，还和将士们一道制作战车、研究兵法。等到他敬酒时，他捧起酒杯向燕昭王和分列两旁的郭隗、苏秦、乐毅等人拱了拱手说：“要说大王继位后我燕国的变化，臣是最有体会的。我燕国过去一直积贫积弱，人少力单，多年来被齐国欺负，被东胡袭扰，民不安生，军队数量少而涣散，现在不仅军士的数量多了，军纪也开始严整了，战力也开始强起来了。就这样发展下去，经过十年，我们完全可以和强齐抗衡。”

燕昭王听了众臣的话，不禁大喜，连连与众臣干杯。乐毅说：“前些日子，臣弟曾说就抗击东胡的侵扰问题，拿出个对策方案，如今臣弟这个方案已经形成，待让季子兄过目后，即可向王兄报告。”

苏秦说：“如今齐秦两国闹起一场不痛快，强齐对我燕国的压力暂时减轻，我们正应抓住这个机会，抓紧商议抗击东胡问题。”

燕昭王看了看郭隗和剧辛，二人皆点头赞成苏秦、乐毅的意见。燕昭王举起酒杯说：“好，众位爱卿满饮此杯，明日我等君臣共同商议抗击东胡事宜。”说完，将杯中之酒一饮而尽。

第二天，燕昭王召集众臣商议抗击东胡问题。燕昭王说：“乐毅、苏秦二位爱卿经过认真琢磨，拿出了一个抗击东胡的对策方案，今日我们好好商议一下，以便彻底消除来自北面的这个祸患。”

乐毅拿出几片竹简，竹简上面写满了隽秀的毛笔字。不用说，这是乐毅准备的发言提纲。乐毅说：“在向大王和各位同僚汇报前，我和苏秦兄长作了商议，之后我又查阅了相关资料，并遣人潜入东胡部落作了些秘密的了解，这才形成了这份对策方案，请王兄和各位同僚不吝赐教。”说着，乐毅先拿出一张羊皮地图，放到案台上，然后接着说道：“自有史以来，东北大地即为多民族聚居之地，曾先后有数以百计的部落、部落联盟和部族生活在这广袤的大地上。随着历史的变迁和人群的发展，至目前为止，东北大地已形成了四个大的族系，这便是华夏族系、东胡族系、秽貊族系和肃慎族系。”乐毅不仅是位杰出的军事家，也是位才华出众的谋略家，他知道在说明一个事物前，应该先把包括这个事物在内的总的情况都作个交代。

“至于华夏族系、秽貊族系和肃慎族系，臣弟就不作详细介绍了，还是重点说说东胡族系”，乐毅把东北四大族系点明后，立即转入正题。“东胡族系是以戎族为主体发展起来的，其成员多是马背上的民族，最早以山戎见称。山戎的居住地在这一带。”乐毅一边说，一边用手指着羊皮地图，其位置是指向今呼伦贝尔湖附近。然后他接着说：“山戎如同东北其他族系一样，都是尧舜禹部落联盟的成员，周的属国。一直到春秋时期，都是处于家长奴隶制状态。山戎是东北几个族系中最为强大者，不断袭扰我燕国以及邢、晋、齐等毗邻诸国，直到春秋时齐桓公北伐，才解除了山戎的威胁。山戎被齐桓公打败后，各部与其脱离，转而服从齐国，尊齐桓公为盟主。令支、孤竹等诸侯国受到毁灭性打击，从此销声匿迹。臣弟考察认为，这些族群多半并于我燕国群落之中。”燕昭王听到这里，不禁深深地点了点头。

乐毅继续说：“山戎衰落后，东胡继之而起。东胡是周人在东北的属部，一直向周人进贡黄熊。东胡强大起来之后，集合了部分原属山戎军事大联盟的部落，结成了以东胡为首的军事大联盟，并在此基础上形成以游牧经济为基础的他国。”

燕昭王一直认真地听乐毅讲述着，乐毅说到这里时，燕昭王站起身来，亲手为乐毅倒了一杯水并送到乐毅手中。

乐毅用感激的目光看了燕昭王一眼，然后接着说：“现在的东胡族系，正是在这种军事大联盟主导下生存发展着，且一直焕发着能征惯战的活力。近些年来，我燕国深受东胡的袭扰，并造成灾难。远的不说，先王禅位的前一年，我燕国就遭受了东胡的严重袭扰，后来向东胡赔付了许多财物，并派遣人质前往其部受质。直至最近，北部边境还不时地遭受其袭扰和掠抢，百姓苦不堪言哪！”

燕昭王听到这里，心情甚是沉重，他用拳头狠狠捶打了一下自己的大腿，然后默不作声，在等待着乐毅述说他最期望听的内容，即抗击东胡的对策。

乐毅似乎猜透了燕昭王的心思，他提高了嗓门说：“臣弟介绍以上情况，目的是让王兄及诸位同僚了解目前东胡的情况，然后再以这种紧迫性来审视下步我们应采取的对策。”乐毅看到，自己说这几句话时，燕昭王深深地点头，表示赞同。

乐毅继续说：“那么，抗击东胡的对策究竟是什么呢？我与季子兄商定的结果是三步，即遣换人质、熟谙彼情、戎戈相见。先说这第一步遣换人质。眼下，我们只知道东胡分布于燕国之北，但其境内地理山河的详细情况，我们却不得而知。我们也只知道东胡乃马背上的民族，但其详细的风俗习惯、人情世故，都不得而知。还有，都说东胡人凶猛彪悍，作战勇敢，但他们的军队组织、作战风格，包括骑兵、步兵的战法情况，我们都很陌生。因此，我们亟须派人前去，把这些情况详细了解清楚，以便日后有针对性地用兵。要做到这一点，必须挑选精明之人，前往东胡族群之内，日积月累，最后把情况摸清楚。臣弟已了解到，眼下我燕国尚有人质在东胡，但这位人质只是被东胡人看押着，并经常对其发号施令，提些无端要求，以要挟我燕国。臣弟以为，我们必须改变现状，派遣一位精明能干、文武全才、威望极高之人，替换目前这位人质，让新的人质完成熟悉东胡方方面面情况的任务。”

“好，说得好！”燕昭王听到这里，不禁叫起好来。他站起身来，在地上来回走了几步后又说：“精明能干、文武全才、威望极高，这样的人应该是谁呢？”

乐毅笑道：“王兄莫急，小弟后面还有选用具备这些才干之人的建议。”

燕昭王听了，似有歉意地说：“贤弟先说，贤弟先说。”

欲知后事，且看下回分解。

第六回 燕昭王诏令选人质 秦少勇智勇服众人

却说燕国将军乐毅根据燕昭王的要求，与相国苏秦制定了抗击东胡袭扰的对策方案。燕昭王在苏秦出使齐国，游说齐宣王归还了占领的燕国十座城邑，以及通过游说迫使齐国打消了称帝的想法，离间了齐、秦两强的关系后，便立即将抗击东胡侵扰之事提上了日程。乐毅制定了抗击东胡的对策方案，将东胡的起源、兴盛过程都述说了一遍，还追述了东胡对燕国的侵扰及对燕国造成的伤害。在这些状况的基础上，才提出了抗击东胡对策的三步，即遣换人质，熟谙彼情，戎戈相见。

关于遣换人质，乐毅认为，目前燕国对东胡的山河地理、风土人情、军队组织、行军打仗诸方面的情况，都不甚了解，无法用兵。因此，他建议，通过派遣精明能干、文武全才、威望极高之人，作为燕国派往东胡的人质，来完成熟悉东胡方方面面情况的任务。燕昭王心里清楚，东胡兵马强悍，对燕国的侵扰十分严重，不把东胡制服，燕国永远也不会有宁静的日子。而要制服东胡，把东胡的情况先摸清，以便日后有把握地用兵，的确是重要问题。因此，乐毅提出通过遣换人质来达到摸清东胡情况的建议后，燕昭王不由地连连赞成，并当即思考起乐毅提出的人质条件问题。

乐毅见燕昭王马上思索起人质的条件和具体人选时，连忙笑着说："王兄莫急，小弟后面还要说说选用人质的建议。"燕昭王听了，似有歉意地让乐毅先继续说完。

乐毅继续说道："理想的人质人选选出来后，第二步就是要把东胡的方方面面情况摸清楚。孙子曰：知己知彼，百战不殆。我燕国多少年来，只是被动地被东胡一次又一次地侵扰，从来没有与东胡对过阵，更不知道东胡内部各方面的情况。日后我们要征服东胡，必须首先摸透东胡的内部情况。这是一项艰巨而细致的使命，而且一般人是做不来的，也不会轻易得手。”

燕昭王说：“因此，贤弟提出要选派一位精明能干、文武全才、威望极高之人出任东胡人质。”

乐毅、苏秦一齐点头。郭隗、剧辛也点头。

乐毅接着说：“摸透东胡情况后，我们早晚是要与东胡兵戎相见的。由于东胡等北方民族缺少道家、儒家及诸子百家学说的教化，懂得仁、义、礼、智、信的人极少，包括东胡君长在内的大小头目，他们长期形成了武力征服的思维惯性，只有在军事上打败他们，他们才会臣服别人，否则他们永远不会向你服软，更不会轻易投降别人。”

燕昭王听到这里，轻轻地叹道：“是啊，包括华夏族在内的诸多民族，开始臣服别人时莫不是军事上有了输赢才有了臣服和依附关系。东胡是个马上惯战的民族，不从军事上取胜他们，他们的确是不会善罢甘休的，也不会臣服于我们。”

乐毅点点头，然后对燕昭王说：“臣弟就说到这里，下面的话还是由季子兄说吧。”

燕昭王笑了笑说：“好，那就由相国贤弟接着指教。”

苏秦向燕昭王施了一礼说：“永霸贤弟将抗击东胡的三步都说了，臣弟主要想说一件事，这便是选定赴东胡的人质问题。眼下齐秦交恶，我们抓住契机解决东胡这个心腹之患，无疑是英明决策。但抗击东胡对策的三步，最主要最关键的是选定一位能胜任此项使命的人质人选。这个人质人选，与眼下在东胡充质的人员是不一样的，名义上是个人质，实际上是一位能征服东胡君长和大小头目，能不被东胡人左右，甚至是能左右东胡君长及大小头目，并能影响东胡人心，来去和活动自由的高人。只有这样的高人，才能完成熟谙彼情的使命，也才能为日后我燕国征服东胡奠定基础。因此，臣弟建议，王兄要亲自出面，遍及全燕，选定这位高人人质。臣弟之言是否妥当，还请王兄斟酌。”

燕昭王听了苏秦这番话后，先是点了点头，但接着他又摇了摇头。

沉默了许久，燕昭王对郭隗和剧辛说：“二位爱卿有何想法，说出来听听。”

郭隗说：“老臣以为，相国和将军二位说得有道理。我们要消除东胡侵扰这个心腹大患，只有在军事上战胜它。而要战胜东胡，必须先掌握东胡内部诸方面的情况，做到知己知彼。要做到知己知彼，不派遣有本事的人质前往，是没有办法实现的。因此，的确应该在举国上下，选定一位高人去东胡充作人质，以完成这项艰巨而细致的使命。”

剧辛说：“臣对东胡有所了解，他们的确是必须通过军事征服才能臣服别人，否则它会永远欺负于你。因此臣赞成苏相国和乐将军的意见，必须通过选派有本事的人质，摸透他们的情况，待我燕国强大起来并做好征讨准备后，一举击败它，使其再也不敢侵扰我们。”

燕昭王见郭隗和剧辛没有说出其他意见，便站起身来说：“好，就按相国爱卿和永霸将军的意见，本王即刻颁发诏令，在燕国上下征选前往东胡充质之人。待有人报名后，众位卿家再好好把关。”众臣应诺。

第二天，燕昭王颁发诏令，在燕国全国征选人质。书写诏令的布帛上，开出了长长一串充当人质的条件。诏令的后面，是燕昭王玉玺的大印印章。

诏令贴出后，一连数天，并不见有人报名。燕昭王传令将诏令誊写数十份，贴遍蓟都城，还让快马将诏令贴到燕国一些大的城邑中去。

可是又过了十多天，还不见有人报名。燕昭王有些着急，他再次召集几位大臣商议对策。

将军乐毅说：“看来我们规定的人质条件有些苛刻，但不这样规定又不行，只怕是举国上下没有这样的人才。如若王兄认为臣弟可以，臣弟愿意赴东胡去充当这个人质。”

没等燕昭王作答，中大夫剧辛说：“永霸阁下乃大王册封的燕国将军，乃我燕军之统帅，在我燕国富国强兵刚刚开始之际，将军不宜离开统帅之位。如若大王认为臣可以胜任，臣愿意赴东胡充任这个使命艰巨的人质。”

燕昭王听了乐毅和剧辛的话后，不由得叹道：“我燕国自召公开始，已历七百余年，这七百多年以来，一直积贫积弱，落在其他六国之后。但怎么也不会想到，竟连一个愿去做人质的人也没有，真是可叹哪！”

郭隗说：“老臣也很惭愧，但诏令规定的人质条件的确很苛刻，一般人恐怕可望而不可即，大王不必着急，再继续物色就是了。”

燕昭王说：“诏令贴出去已有半月有余，竟没有一个人前来应试，再过半个月、一个月，恐怕也难有人应试啊！”

郭隗说：“大王是否可以再继续招贤，将此人质人选面向其他诸侯列国招取？”

苏秦说：“臣弟以为此人质的人选还是应该由燕国本土之人出任较为合适，因为只有燕人才能更深刻地体会东胡作乱的情况及双方之间的情仇，只有燕人才能比较接近东胡人的习性，相对熟悉他们的情况，距离东胡稍远的其他诸侯国人，比起燕人来，无论如何也会有所差别。”

燕昭王听了苏秦的话，不由得点了点头。郭隗也点了点头，表示同意苏秦的分析意见。

苏秦又说：“依臣弟之见，与其我等坐在这里发愁，不如王兄派出若干人马，分赴燕国各城邑，去寻访各地的能人，说不定会发现适合条件的人质人选。”

燕昭王看了看郭隗、乐毅、剧辛等人，几人都点头赞成苏秦的意见。

燕昭王说：“好，就按相国爱卿的意见，立即选派若干王差，前往各城邑寻访能人。相国爱卿亲自部署此事，务必让分赴各地的王差，都必须至少选定一位能人带回都城，以便我等再进一步遴选。”

苏秦说：“臣弟谨遵王命。”

当日，苏秦便与乐毅、剧辛等人选出了三十多名王差，然后每两人作为一组，让他们到各城邑去寻访适于东胡充质的能人。

战国时期的燕国，比较大的城邑不过数处，主要有：燕都蓟城、居庸塞、令疵塞、武阳、屠何、孤竹、纲成、独鹿。燕国的地方行政组织如同其他战国各诸侯国一样，也实行郡县制，郡的长官称“守”，县的长官称“令”。县之下还有乡、里、聚或连、闾等基层组织。除此之外，燕国在各地设有司徒、司马、司工、丞等官职。

当下三十多位王差分成十几路，分赴燕国各城邑寻访能人。各郡守和县令听说燕王亲派王差分赴各地寻找充质能人，都纷纷去迎王差，并积极献计献策，希望这个能人出在本郡。

且说寻找充质能人的王差里面，有两位精明的年轻人，一个叫孙擒虎、一个叫李虎，二人在王宫当差时，便十分要好，且上进好学，肯动脑筋。王宫的大小官员平日都很喜欢这二虎，每逢有什么重要的事情，都愿让二虎去做。因此，这几年中孙擒虎、李虎二人结伴去各地办差多次，每次都办得很好，很得宫中官员们的赏识。燕昭王选派王差前往各地寻访东胡充质能人的王令下达后，孙擒虎、李虎二人首先被双双选定。宫中官员们都知道二虎多年来一直好结伴办差，因此不约而同地将二人编为一组，孙擒虎、李虎二人一商议，一致提出到离蓟都城较远的纲成郡去寻找前往东胡充质的能人，宫中官员们立即答应了二人的请求。

孙擒虎和李虎有个共同的好友，叫陈奈。陈奈自幼心灵手巧，爱好木工，因此到了青年时，便成为一名木匠。由于先天灵巧，又勤恳好学，陈奈在成为一名木匠后不几年，已经成为远近闻名的能工巧匠，许多人称他为小鲁班。陈奈自乐毅被燕昭王封为将军后，便被召至燕军监造战车，因此燕国上下发生的事情他都清楚。

燕昭王诏令在燕国上下征选前往东胡充当人质的能人后，陈奈便经常与孙擒虎、李虎二人聚到一起，谈论着燕昭王的为政情况和征选能人的进展情况。当得知燕国举国上下半月之内竟无人报名时，孙擒虎、李虎、陈奈三人甚是着急，私下议论要外出暗访，替君王查访并推荐可以充质的能人，但由于孙擒虎、李虎近期宫内事务繁忙，陈奈也日夜忙于指导监造战车，一时都脱离不开，才没有出行。恰在这时，燕王又传下王令，派遣王差赴各地寻访能人，而且孙擒虎、李虎二人首先被选中。这使得陈奈一方面为二虎高兴，但另一方面又为自己不能参加而着急。

当下陈奈约孙擒虎和李虎二人在自己的家中见面，商议要和二虎一同外出去寻访能人的问题。

孙擒虎和李虎领下前往纲成郡建议充质能人的任务后，都自然想起了好友陈奈期望与他二人一起成行的愿望，因此接到陈奈的邀请后，二人一同来到陈奈的家中。得知孙擒虎、李虎二人即将外出寻访能人的情况后，陈奈的新婚媳妇朱氏连连向二人祝贺，并不停地端茶倒水。

寒暄之后，朱氏微笑着进了西屋，让丈夫与二虎商议事情。陈奈先张口说："得知两位兄弟作为王差拟去纲成寻访能人，为兄甚是羡慕，也很是着急，请二位兄弟帮助为兄想一想，怎样才能与二位兄弟一同出行，去寻访能人。"

李虎说："除了硬走，还能有什么办法！"

孙擒虎摇了摇头说："不能不与乐毅将军和剧辛中大夫请假就私自硬走，我燕国祖祖辈辈南受齐国欺负，北受胡人侵扰，好容易出了个立志富国强兵的大王，又有乐毅将军和剧辛中大夫这样忠于君主的带兵之人，他们一心布阵练兵，只为日后血我燕国多少年的仇恨。我等在将军手下做事，怎么能擅离职守，说走就走呢！"

陈奈点了点头说："所以为兄想不出正当的理由离去。"

李虎听了，憨厚地笑了笑，算是承认自己说得不妥。

孙擒虎说："依小弟之见，此事我等还是走正道，说不定乐毅将军会支持兄长与我二人同行。"

陈奈说："贤弟是说去向乐毅将军告假？"

孙擒虎点点头说："正是。我等向将军说清为国家寻访能人的意愿，将军很可能支持我们。"

李虎说："也只能如此去试试啦。"

陈奈说："好吧，二位贤弟一同陪为兄去向乐毅将军恳请一次，如将军不允，也没有办法。"

当下三人一同来到乐毅将军的府衙，来替陈奈告假。乐毅听陈奈和孙擒虎、李虎三人各自简单述说后，先问陈奈说："阁下缘何非要参加与你本人差事无关的事情？"陈奈说："一是在下期望尽快找到质胡的能人，二是在下对发现能人很有信心。"

乐毅听了陈奈的话后，当即说："好，本将军不再多问，单凭阁下这简练自信的两条，本将军准啦。"说完，乐毅又问二虎说，"两位是寻找质胡能人的王差，为什么非要拉着陈奈同行呢？"

孙擒虎看了看李虎，李虎点点头，孙擒虎说："我等三人一向友善，并多次在一起合作做事，这一次我三人都很有信心，一定要为大王寻访到能人，但在下和李虎如果离开陈奈，信心就要减半啦。"李虎点头，意思是赞同孙擒虎的话。

乐毅听了笑道："看来你们这是一文两武的好搭档啊，既然如此，本将军祝你们成功。"李虎、孙擒虎双双施礼说："多多感谢将军成全。"

三人从乐毅府衙出来后，向纲成驰去。纲成即今日之河北省张家口市。三人一边走，一边商议着寻找能人的种种打算。陈奈笑着向二虎说："二位贤弟当初为什么提出要到纲成去寻找能人呢？"

孙擒虎说："还不是兄长教我二人的吗？"

陈奈说："此话怎讲，你二人选择纲成时，为兄并不曾参言。"

李虎说："擒虎兄是说，是兄长平时让我们考虑问题时要细致，要善于动脑筋，于是我二人商议了一下，才提出到纲成去寻找能人的主意。"

陈奈说："贤弟说来听听，你二人当时是怎么想的？"

李虎说："还是由擒虎兄说吧。"

孙擒虎勒了一下马，放缓了前进速度，然后说："当时我二人想，日后去东胡作人质的能人，其第一个条件就是要熟悉东胡人生活的习性，而熟悉东胡人的习性，就必须是接近东胡的人。纲成既是郡守镇守之地，又是离东胡最近的地方，这样的地方是比较容易产生符合质胡能人的，因此，我二人便选择了纲成。"

陈奈拍手说："二位贤弟真是越来越聪明，想得完全正确。为兄感到，我等三人此行，必能访到能人。"

李虎说："就算我们访到能人，还得燕王和郭隗、乐毅、苏秦等诸位国卿们认可才行，否则，访到多少能人也是无用。"

孙擒虎说："是啊，我也怕这一点。"

陈奈说："二位贤弟首先应该确信我们一定会访到能人，只要我等将纲成的能人访遍，能否得到君王和国卿们的认可，那就另当别论了。也许能人生长在其他郡中，我们只要尽力也就是了。当然为兄也期望被君王和国卿认可的能人产生在我等的手上。"

孙擒虎说："那就看兄长了，我和李虎二人都寄希望于兄长。"

三人晓行夜宿，很快到达纲成。纲成郡守得知燕王派遣的王差到来，带领司马、司徒等官员出城迎接陈奈三人。

当日晚，纲成郡守李成设宴款待陈奈、孙擒虎、李虎三人。李成说："三位王差到我郡寻访能人，需我等如何去做，王差只管吩咐就是。"

陈奈说："我等三人商议，拟在纲成举行两场文武比赛，便于从中发现能人，还望郡守予以支持。"

李成说："本郡守当鼎力相助，帮助三位王差发现能人。文武两场比赛，就烦劳司马公孙廉和司徒王驷二位阁下协助王差操办，本郡守做好相关保障。"

司马公孙廉和司徒王驷一齐领命。

宴会上，众人只顾议论寻访能人之事，谁也没顾得上喝酒。

陈奈等人商议，先举行武场比赛，筛选出出众者后，再进行文场比赛，最后确定能人。经过数日准备和在全郡通告，很快便有数十人报名参加。经过司马公孙廉的筛选，最后将比赛的参加人员名单送到陈奈、孙擒虎、李虎三人手中。陈奈三人商议后，决定让所有报名的人员全部参加比赛，以便尽可能发现人才。

武场比赛的时间很快到来了。比赛共分三个内容，一是射箭，二是马上的功夫，三是步战的本领。经过五六天的比试，数十位参赛人员中，最后剩下五位射箭、马上功夫和步战都比较优秀者。陈奈与二虎商定，五天后对此五人举行文场比赛。

文场比赛的内容是背诵和解释《论语》《道德经》和《孙子兵法》，背诵的内容最多、解释准确者为胜者。陈奈和二虎对五位比试者逐一进行了考试。考试的结果，五人都能背诵一些三部经典的原文，并能做出各自的解释，但陈奈和二虎都不甚满意。考试结束后，陈奈等三人又与五位与试者进行了交谈，观察了每个人的神情、应变和机智方面的情况。然后，陈奈三人送五人出堂。

就在彼此分手，陈奈转身回堂时，陈奈听到五位比试者中的一人对身边另一人说："如果今天少勇在，这文武两场的胜者定然是他的了。"

虽然那人声音很小，但还是被耳朵听力极强的陈奈听到了。陈奈立即转过身去喊道："五位壮士且住，在下有事相问。"

那五人立即停住脚步，将身体转过来。陈奈迎上前去问道："适才这位壮士说的'少勇'敢问是谁？"

其中一人说道："少勇是我等众人的好友，是一位文武出众之人，年龄与我等相仿，但他一直在西山草屋读书练武，适才是在下说的，如果今天他在，不管是文场还是武场，我等五人谁也不及他。”那人说完，其余四人都点头。

此时，孙擒虎、李虎二人也来到五人面前。不等陈奈再问，孙擒虎一把抓住那人的手说：“壮士带我三人去见这位少勇好吗？”那人立即点了点头，其余四人也点头。

陈奈问道：“西山离此有多远？”

那五人说，西山离郡守之地只有五六里路，翻过两道岗就到了。

陈奈说：“五位壮士与我等同行，去见这位少勇如何？”

其中一人说：“王差不说时，我等五人也要去会见少勇，如果王差想去，我等愿带路并陪同前往。”

陈奈三人大喜，立即牵过各自的坐骑，那五位应试的壮士也各自牵过马匹，八人上马，朝西山方向驰去。

转眼之间便到了西山。陈奈看时，原来所说的西山，并不是高山，只是一道稍高的山冈，那山冈呈一个圆弧形，形成三面是山的地势。山虽然不高，但山上的林木却粗壮高大。山下是一个较为平阔的小平川，山下有几间茅舍，茅舍的前面，是一个小小的校场，校场东边的木架上，插放着一杆长大的铍，旁边还有矛、戈、戟、钺和短剑、弓箭等兵器。在校场的前面，还有一条流水清清的小河。陈奈对孙擒虎、李虎二人说：“这里既像仙境，又像个隐士出没的地方。”

那个首先说出少勇的应试者对陈奈说：“这里就是西山，这几间茅舍，就是少勇读书的地方，这个校场，是他练武的地方。器架上插着的那杆又长又粗的铍，就是少勇平时爱使的兵器。”

说话间，众人已来到了校场的兵器旁。孙擒虎用手提了提那杆长铍，觉得这杆铍足有五六十斤重。看其他兵器时，也都是件件长大粗重。孙擒虎、李虎二人每看一样兵器，都伸一次舌头，赞叹使兵器之人的力气。

陈奈、孙擒虎、李虎几人还在看着兵器发愣时，那五位应试者早已将茅舍中的主人请了出来。陈奈等人刚一抬头，只见一位英俊的青年已经站在面前。那青年彬彬有礼地说：“不知王差到此，在下秦开这厢有礼啦！”说着，给陈奈、孙擒虎、李虎三人施了个大礼。

陈奈等人看时，见面前这位自称秦开的青年，有十七八岁，但生得高大魁伟，方正的脸庞，两条浓浓的长眉下长着一双深邃的眼睛，并透着慈善和睿智的光芒。身穿粗布长衫，脚踏毛皮长靴，腰系锦带，锦带上还挂着一个上等的玉佩。陈奈看到这个玉佩，知道秦开不是平民出身，必是个官宦之后。

看到这里，陈奈连忙还礼道："在下陈奈，给阁下还礼。"孙擒虎、李虎也先后还礼，并报上了自己的姓名。

秦开伸手做了个请的姿势说："王差请进茅舍看茶。"陈奈等人听了，便一齐走进了茅舍。

进了茅舍一看，陈奈等人见舍内并不简陋，木案、木凳、木床应有尽有，特别是木架上，堆满了竹简书，案台上还放着笔墨砚石和成捆的竹简。

秦开将陈奈三人让至上座后，又让他那五位好友也坐下，然后亲手生火，为众人烧水沏茶。陈奈见秦开虽然年轻，但举止言行都很老成，且彬彬有礼。陈奈喝了口茶说道："看来阁下乃官宦之后啦。"

秦开点点头说："祖上几代都是我燕国的臣僚。"

孙擒虎见陈奈没有先向秦开说明来意，而是先聊起了家常，也问道："阁下为何不在郡城学文习武，而到西山来独自吃苦？"

秦开笑道："在下在这西山茅舍并不受苦，家人每日要来几次照顾在下的衣食起居，在下之所以独自在此苦读苦练，主要是想不受外界干扰，同时也少干扰别人。"

陈奈说："阁下在此苦读，读的都是什么书？"

秦开说："从上古的《尚书》到孔子、老子、孙子等前辈的典籍，无不是在下的涉读范围。"

陈奈一听，连忙说："阁下可背诵《论语》《道德经》和《孙子兵法》否？"

秦开说："在下早已能背诵三位先贤的三部经典大作，但也很长时间没背诵了，今日当着几位王差和好友的面，就背诵一遍，也好看看自己是否忘记了。"

陈奈说："那阁下就先背诵《孙子兵法》吧。"

秦开点了点头，然后便张口背诵起来。背诵了一会儿，陈奈见秦开真是背得滚瓜烂熟，便打断秦开的话说：“阁下背诵最后一篇吧。”

秦开知道陈奈是想看看自己是否能背诵通篇，因为往往越到后面便难以背诵。听完陈奈的话，秦开说：“《孙子兵法》最后一篇为《用间篇》，孙子曰：凡兴师十万，出征千里，百姓之费……”，不等背完，陈奈说：“阁下且住吧，不必再背诵了，再背一下《道德经》和《论语》吧。”

秦开点点头，先背诵起了《道德经》。不等背完，陈奈又让秦开止住，让他背起了《论语》。几段过后，陈奈拱起双手说：“佩服，佩服，三位先贤的三部经典，阁下竟能倒背如流，仅凭此一点，便可看出阁下的聪慧和刻苦。阁下再给我等讲讲三位先贤这三部经典的故事吧。”

没等秦开说话，孙擒虎连忙说：“兄长，秦开阁下如此聪慧和刻苦，把长长的三部经典背得滚瓜烂熟，其他事还用问吗，不如我们将文的放下，让秦开阁下给我等演示一下武的方面，你看如何？”

李虎也马上说：“对，对，让秦开阁下背了这么长时间，还是让我等看看他的武艺吧。”

陈奈说：“好，那阁下就让我等看看你的武艺如何？”

秦开说：“在下习文练武，目的是报效我燕国，今王差到此，又如此有兴致看在下演示，在下安敢不尽力！”说着，起身说了声：“王差请！”

陈奈、孙擒虎、李虎及那五位应试者，随秦开一同出了茅舍，来到了校场。秦开说：“不知王差让在下如何演示？”

孙擒虎连忙说：“先演示一下铍法吧。”

秦开点了点头，上前拿起那杆又粗又长的大铍，来到校场中间舞了起来。

原来铍是战国时期武将们常用的兵器。铍是一种用于直刺的长柄兵器，其锋尖平脊，两面带刃，酷似长矛，但其以茎装柄，外用丝绳捆绑，与矛以骹装柄不同。铍尖处的扁茎形状与剑相似且尺寸较长，因此具有劈砍的威力，后人常误为是大刀的先祖。

当下秦开舞起他那杆又粗又长的大铍，只见他脚步灵活，身段柔软，跳跃卧直不断变换，而手中那杆大铍恰似蛟龙入海，上下翻飞，刺、砍、劈、挑，钺法变化莫测。陈奈和二虎看着看着，都禁不住喝起彩来。秦开一个收式，结束了钺法演示，然后一拱手对陈奈等三人说："王差见笑，秦开献丑啦。"

孙擒虎夸赞道："在下和李虎二人也时常演练武艺，但演练了近十年，却不及秦公子的一半，真是惭愧。"

这时，不知是那五位应试者中的谁说了声："王差何不与少勇比试一下！"

陈奈连忙说："这个主意好，二位贤弟，怎么样，你二人自以为武艺高强，今日遇到高人，与秦公子比试一番如何？"

孙擒虎和李虎相互看了看，李虎说："比试可以，不过需我和擒虎兄二人对秦公子一人才行。"

孙擒虎连忙说："对，我二人一起对秦公子，否则我二人不管是谁，都不是秦公子的对手。"

陈奈对秦开说："秦公子，就和我这两位虎兄弟过上几招，让我等见识见识吧。"

秦开一拱手说："那就请两位王差指点吧。"说罢，重新拿起大钺。孙擒虎拿起架上的长矛，李虎则拿起长戟。孙擒虎对秦开说了声："承让！"然后挺长矛直向秦开刺去。李虎也持长戟向秦开刺去。秦开不慌不忙，用大钺架住二虎的兵刃，与二人战在一起。

孙擒虎和李虎二人武艺虽然也很高，但哪里是秦开的对手，加之二人使着秦开的兵器感到过重，舞过几招后便感到气力不支。正在这时，却见秦开的大钺直向李虎的咽喉刺来。李虎吓得大叫一声。

欲知后事，且看下回分解。

第七回　慕英雄九兄弟结义　察贤良四大臣亲考

却说陈奈、孙擒虎、李虎三位王差，为了为燕王寻访到东胡作人质的高人，在五位应试者的带领下，来到了纲成郡城的西山，与在这里闭门习文练武的青年秦开见面，并测试秦开的文才武略。文才试过之后，又让秦开演习武艺，秦开演习了铍法后，王差孙擒虎、李虎二人又与秦开比起了武艺。孙擒虎和李虎一来是武艺逊于秦开，二来是二人力气小于秦开，使着秦开练武用的兵器，感到甚是沉重，因此几个回合过后，便气力不支。恰在此时，秦开的大铍直向李虎的咽喉刺来，李虎吓得大叫一声，手中的长戟也掉到了地上，可秦开在李虎大叫的时候，早已将长铍收回。看到李虎兵刃脱手，秦开连忙将大铍扔在地上，口中说着："见谅，见谅！"

李虎不好意思地说："让秦公子见笑啦！"

孙擒虎从地上捡起秦开的铍，不好意思地说："别说我二人，看来再来二人，也未必是秦公子的对手啊。"

陈奈在秦开与二虎比试时，就一直叫好，现在看到比武就这样轻松地结束了，不禁高兴地说："秦公子真是文武出众，如果到燕国为将，定是位大将军。"

那五位应试者听了陈奈的话，都欢呼起来。秦开有些不好意思地说："多谢王差夸赞，秦开还差得远呢。"

孙擒虎走到兵器架前，将秦开的长铍和自己使的长矛放回架上，然后回身对陈奈说："我说陈兄啊，依小弟之见，秦开算是我等此行见到的能人啦，我看秦开去当东胡的人质，肯定绰绰有余，燕王和各位国卿准会相中。”

李虎也大声说道：“对，我也认为秦开能胜任东胡人质，燕王和各位国卿肯定会相中。”

秦开听到这里，才真正明白了陈奈等人来西山访他的目的。陈奈此时也想到，来到西山已有一两个时辰了，对秦开进行了文武测试，但真正的目的还没告诉秦开。听了二虎的话，又见秦开似乎刚明白的表情，陈奈对秦开说：“秦公子，是这么回事，为了振兴强大我燕国，君王和国卿们商议，要彻底制服东胡，消除来自燕国北部的袭扰，燕国需先派一位高人去东胡作人质，以便日后展开一系列的活动，最终战胜并驱走东胡。为此，君王颁下王诏，要在举国寻访质胡的能人。我等三人作为寻访高人的一个小组，负责在纲成郡寻访能人。就在我三人寻访高人的官差即将结束时，却无意当中得知了秦公子在西山闭门习文练武之事，因此，我等便立即赶到这里。经过文武测试，我等认为，公子是我等从未见过的高人或能人。我等几人感到，公子在全国寻访到的高人中，也必定是位佼佼者，因此，我等恳请公子出山，去王都接受君王和国卿们的遴选，去出任质胡的角色。不知公子认为如何？”

秦开在五位好友陪三位王差到来的那一刻，便知道王差到自己这里来，肯定有一定的目的，但没想到却是现场发现和测试能人。王差到来，让做什么就做什么好了，秦开从一开始就这么想，因此一步一步地走了过来。听陈奈述说了他们来此的目的，并让自己进都城接受君王和国卿们的遴选，秦开不免犹豫起来。过了一会儿，秦开诚恳地对陈奈说：“王差的激励之语和关爱之情，在下甚是感激，但在下自感文武学业远未学成，文才方面，虽然读了一些道家、儒家和兵家的经典之作，但只是熟知而已，并未在内心融会贯通。武略方面，自己的武艺还不精，用兵用计方面还远未学成。因此，如果作为充任质胡的人员，恐负了君王和国卿们的期望。”

这时，五位应试者中的一位说：“少勇，你就别客气啦，我等五人还当了数十人中的出众者，我等与你相比，不如你的一半，你肯定会被君王选中的。你就答应王差的邀请吧。”其余四人也在劝着秦开。

孙擒虎对秦开说：“我等三人作为王差，虽然不能最后决定质胡的人选，但我等认为，阁下是我等发现的出众的能人或高人，我敢断定，阁下一定会被选中的。”

陈奈又说：“不管是否被选中，作为一名国之臣民，总该有义务接受国君的选择吧！”

秦开听到这里，连忙点点头说：“王差说得对，作为国民的一员，随时为国家出力和献身，是义不容辞的责任，秦开就按王差之意，赴王都接受挑选就是。”

那五位应试者高兴地欢呼起来，陈奈和孙擒虎、李虎也高兴地击起掌来。

李虎看到这里，对陈奈和秦开说：“在下有个想法，我等今日在这幽静的西山会面，说不定是一生的缘分，因此我提议，我等九人干脆在此结为兄弟。如果日后秦公子当了人质，我等就随秦公子一道到东胡，秦公子如果当了将军，我等就作为秦公子手下的战将，如何？”

孙擒虎说：“李虎兄弟今日的这番话，是我认识李虎兄弟后，说得最有见地的一番话，我完全赞成，我愿与秦公子及诸位结成兄弟，日后为我燕国更好地出力。”

秦开拱手对陈奈说：“若蒙王差不弃，在下愿与诸位结为兄弟，日后同甘共苦，为国效力。”

陈奈大喜，他向那五位应试者说：“五位阁下愿与我等结拜吗？”

那五人异口同声说愿意。

此时，陈奈才说：“我等相聚了半天，还没有彼此熟悉各自的姓名。我等三位王差的姓名诸位还都不知晓。五位应试壮士，我还分不清谁是谁。现在我等都先自报家门，然后再结拜，确定兄弟之间的长幼顺序，如何？”

众人一致赞成陈奈的意见。陈奈说：“我先把我三人的年龄告诉诸位，本人陈奈，今年二十八岁，这位孙擒虎，今年二十五岁，这位李虎，今年二十四岁。秦公子和五位壮士再报一下各自的名姓年龄。”

秦开说：“在下秦开，今年十七岁。”

陈奈问道：“五位壮士称公子为少勇，想必少勇是公子的字啦？”

五位壮士中的一位说：“少勇之称是人们平时对秦开的爱称或说是绰号，并非是秦公子的字。”陈奈点了点头，秦开也笑着点了点头。

说话的壮士接着说：“在下姓王名信，我等五人中，在下年龄最大，今年二十六岁。这位向羊最小，今年二十二岁，其余三位宫宇、田夏、华云，都是二十五岁。”宫宇、田夏、华云又各自报了自己的生日，按月份计算，三人中宫宇居长、华云居中，田夏最小。因为孙擒虎与宫宇三人同年，因此孙擒虎又与三人比较了一下生日的大小，结果是孙擒虎年龄居长。

陈奈说：“我等九人，在下年龄最大，秦公子最小，我等现在就结拜为兄弟，如何？”

众人同声说好。

恰在此时，秦开的家人前来。看到众人要结拜的样子，立即为众人作了些准备。众人当下面朝香案，背靠西山，拜了八拜，然后又相互对拜，誓言自此结为兄弟，不求同日生，但求同日死。兄弟九人中，陈奈为大哥，王信为二哥，孙擒虎为三哥，宫宇为四哥，华云为五哥，田夏为六哥，李虎、向羊为七弟和八弟，秦开为九弟。

陈奈对王信等五人说：“今番有了九弟这样年轻而优秀的高人，五位贤弟选不上质胡能人，该不会埋怨三弟、七弟及我三人吧！”

王信说：“本来就该选上九弟，日后我等众人在九弟帐下听令，此生已经足矣。”

孙擒虎说：“日后九弟成为东胡人质或击胡大将，我等都是九弟帐下的先锋或部将，三哥愿终生追随九弟。”

秦开不好意思地说：“还不知能否选中小弟，诸位兄长不可如此自信。”

陈奈说：“好，我等先不说这些了，走，我等回郡城，今日大哥我请客，我等来个兄弟相逢，一醉方休。”

秦开说：“小弟这个茅舍小了点，但如以地设席，也可在此一醉方休。”

陈奈说：“我等还是赶回郡城，先向郡守等人作个报告，然后在郡城找个地方一醉方休。”

秦开说：“如此，到了郡城，还是由小弟做东。”

陈奈说：“也好，就由小弟做东，权且算我等先吃小弟的喜酒啦。”

当下秦开嘱咐了几句家人，然后与八位兄长跨上坐骑，随手提起自己那杆长铍，向纲成郡城而去。

纲成郡守李成等人听说王差寻得了质胡能人，十分高兴。当见到秦开时，郡守李成，司马公孙廉，司徒王驷等人夸个不停。李成当即吩咐，就在郡守官衙后堂设宴，庆祝王差寻得能人。

第二天，陈奈等兄弟八人，簇拥着秦开向王都蓟城进发。纲成郡守李成等人一直送出城外三十里，才辞别回城。

辞别郡守后，兄弟九人将赶路当成了赛马会，不时地赛跑一场。不几日，兄弟九人便回到了蓟城。

陈奈先将秦开等人安排在城外住下，然后让孙擒虎和李虎二人进城，打听其他寻访高人的王差小组的情况，然后再决定如何报告。

傍晚时分，孙擒虎和李虎二人赶回城外，向陈奈和秦开等人报告说，多数寻访小组已经回都，提交了质胡能人，但时至今日，燕王还没选中一人。

陈奈说："这是上天在等待着九弟的出现。我等在此宿住一夜，明日早饭后进城。"众人皆赞成陈奈的主意。

第二天一早，陈奈对孙擒虎和李虎说："二位贤弟一会儿早早进城，想法向燕王转告，就说纲成寻访小组已经发现天下奇士，并已将奇士带至都城之外。"孙擒虎听后说："我二人现在就进城。"说完，拉着李虎进城去了。

二人进城后，直奔乐毅府上，乐毅此时正在一面吃早饭，一面观看孙子兵法。当听到木工能手陈奈一同寻访质胡能人的同伴前来禀报事项，立即让家人将孙擒虎、李虎二人带进府中。

孙擒虎和李虎二人向乐毅施过礼后，便迫不及待地说起了寻访到秦开的情况。孙擒虎主说，李虎补充，二人一直说了将近两刻钟。乐毅静静地听着，还不时问话。听完二虎述说后，乐毅站起身来说："听二位王差之言，看来这位叫秦开的年轻人，的确才能出众，年轻有为，你二位速回城外，告诉陈奈，将秦开请到我这里，让我看看这位奇士，然后本将军便奏知君王，让君王决定是否选用。"

孙擒虎和李虎听了，双双跪在地上给乐毅磕了一个头，然后快步出府去了。

二人回到城外驿馆，向陈奈和众位兄弟述说了面见乐毅的情况，陈奈说："乐毅将军真不愧为我燕国的统帅，既有一派大将的风度，又是那样善于倾听我等普通人士的意见，有了这样一位统帅，燕国强兵有希望啦！"

秦开说："小弟听说乐毅将军乃名将之后，自幼聪颖，喜好兵法，虽年纪不大，但一派大将的风度。今日小弟能见到乐毅将军，也是小弟的福分啦。"

陈奈说："但愿小弟步乐毅将军的后尘，日后也能成为乐毅将军式的燕国大将。"其他众兄弟听了，都高兴地击起掌来。

说话间，陈奈带着秦开和众兄弟来到了乐毅的府上。刚进大门，乐毅亲自迎了出来。陈奈连忙上前参见乐毅，秦开和众兄弟也上前向乐毅施礼。陈奈将秦开介绍给乐毅，并将秦开的情况向乐毅作了简单的介绍。乐毅高兴地说："刚才听孙擒虎和李虎二位王差所言，本将军一直在想，一个十七八岁的年轻人，缘何使三位王差如此折服，看了秦开阁下第一眼，本将军已经认为三位王差说得不谬啦。"

秦开再次向乐毅施礼道："秦开能见到将军，已是三生有幸啦，日后如果能在将军帐下听令，秦开此生足矣。"

乐毅说："刚才本将军还在想，见到秦开阁下时，本将军不免要先和秦开阁下纵论一下文才武略方面的事情，现在本将军已经放弃了这个想法，本将军这就进宫面见君王，向君王推荐秦开阁下出任质胡之士。诸位就在此稍等，如君王能立即召见秦开，本将军便速差人回来通知秦开阁下，国王如暂时无暇召见，本将军便回来与秦开阁下叙谈一番。"

秦开施礼说："蒙将军错爱，秦开感激不尽。"

陈奈也说："深谢将军厚爱我等众人之情。"

乐毅一拱手说："我去也。"说完，出府向王宫走去。

乐毅走后不到半个时辰，乐毅家人兴冲冲地回来向陈奈说，燕昭王传令，让秦开即刻进宫，并让陈奈等人在乐府稍歇。

在乐毅家人的引导下，秦开出了乐毅府，直向燕昭王王宫走去。到了王宫大殿的殿阶下，乐毅已等候在那里，秦开跟着乐毅急步上了通向宫殿的数十道台阶，然后在侍臣的引领下，向燕王操持国务的宫殿走去。

燕昭王自传下王诏，下令在全国寻访质胡能人后，一直在关注着寻访能人的进展情况。派出王差组成的寻访小组后，燕昭王不停地了解各组的具体情况，听到各组带回质胡人选后，他都是及时召见，了解考察被推荐人选的才能情况。直到昨天，燕昭王已经召见了多数寻访小组推荐的人选，但没有一个令他称心如意的。乐毅、苏秦为此还多次劝慰了他。

刚才，乐毅向他推荐秦开时说，纲成小组寻访到一个年轻的奇士，文才出众，武艺超群，是一个令人满意的人选，请他召见。燕昭王听了乐毅的话，高兴地说："自举国寻访质胡能人以来，本王还没见贤弟这么有把握地推荐评价一个人，看来这个秦开的确是个出众的人才。"

就在乐毅出宫去迎引秦开的时候，燕昭王已经兴奋得坐不住了，他起身在宫殿里来回踱步等待，头脑中萦绕着刚才乐毅评价秦开的那些话。

听到侍臣报告秦开进见的声音后，燕昭王大步跨出宫殿，急不可待地想见到秦开，他的快步出迎差点与快步进见的乐毅、秦开撞个满怀。秦开听说君王出宫迎接自己，当即双膝跪倒在地，口中说："小民秦开，拜见君王。"燕昭王急忙上前拉起秦开，面对面看了许久，又上下打量了一会儿，然后一手拉着秦开，一手拉着乐毅，走进他的办公殿堂。到了殿上，他又仔细端详了一会秦开，然后不禁点头说道："像，像个少年英雄。"然后他亲自为二人让座。

秦开被燕昭王一直拉着，一直走到殿内，还没有机会说话，现在他被燕昭王按在坐墩上坐下，便连忙站了起来一边施礼一边说："小民在山里习文练武，但耳中灌满了大王招贤纳才、立志振兴燕国的赞许声。今日有缘拜见君王，小民愿今生今世为燕国效力，为君王效力。"

此时的燕昭王，见到秦开的那种兴奋劲刚刚稳下神来，他听秦开连着说了几声"小民"，立即纠正说："爱卿乃官宦之后，又被选为质胡人选，已是我燕国的臣子，不要再自称小民。"

秦开连忙说："臣遵令。"

燕昭王说："听乐毅将军说，爱卿虽然年轻，但熟读兵书，竟能将长长的《孙子兵法》倒背如流，且儒学、道学无一不通，更兼武艺高强，一杆长铍无人能敌，是这样吗？"

秦开说："是乐毅将军厚爱，臣自感还差得远，比起乐毅将军臣不得值一提。"

燕昭王哈哈大笑说："乐毅贤弟，你看，英雄惜英雄，英雄也比英雄，秦开年纪轻轻，但他敢与你相比，尽管他很谦卑，但为兄认为，他是个英雄，起码说他想做个英雄。”

乐毅点点头说：“是啊，臣弟听王差说了秦开阁下的文才武略后，心中甚是敬佩，刚才臣弟一见他，第一眼就感到他是个英雄。”

燕昭王又哈哈一笑，然后对秦开说：“乐毅将军乃名将之后，自幼聪颖，喜好兵法，且武艺高强，治军有方，爱卿能以乐毅将军作比，本王感到高兴。”

秦开说：“臣今日结识了乐毅将军，日后定当以乐毅将军为榜样，终生追随将军。”

燕昭王大喜道：“本王自诏令在全国寻访质胡能人以来，各寻访小组已推荐给本王多达十人，但本王看后都不可心。今日一见秦开爱卿，便让本王心中高兴，无法舍弃，看来上天是给燕国送能人来啦。”

秦开说：“听几位王差兄长说，臣才得知大王寻找质胡人员之事，臣只是略作过一点才能的表演，大王还需仔细考察臣才是。”

燕昭王点了点头说：“不错，虽然乐毅将军和本王都感到爱卿优秀，是质胡能人的首选人才，但还需一一考察，然后再作定论。”

秦开说：“臣自懂事开始，家父便教导臣要习文练武，做个将才，日后为燕国的振兴出力。臣虽然数年习文练武，但毕竟只是下了些笨功夫，缺乏名师指点，还望大王严格考察。即使不够质胡人才资格，为臣作些检验和指导，臣亦求之不得。”

燕昭王说：“好。”他转身对乐毅说，“考察秦开爱卿，由贤弟亲自负责吧。”

乐毅说：“好，臣弟请郭隗上卿、苏秦相国等人亲自出面，对秦开阁下进行一次文武方面的考察，然后再向王兄报告。”

燕昭王想了一会儿，然后对秦开说：“爱卿先去准备并歇息吧，本王和乐毅将军有些事再商议一下。”

秦开施了一礼，便先回乐毅府上去了。

燕昭王对乐毅说：“这位秦开，看来真是位质胡的理想人员，但贤弟还要与上卿、相国等人好好测试考察一番，除了文才武略以外，还要多看看其人品如何，包括仁、义、礼、智、信等诸方面的情况。德才兼备且才能出众，才能更好地担负起质胡的重任啊！”

乐毅说：“王兄英明，前往东胡做人质之人，的确需要一个德才兼备且才能出众者，不仅文才武略重要，仁、义、礼、智、信更是哪一方面都不能缺。臣弟一定会与上卿、相国等人严格考察秦开。”

燕昭王说：“秦开还不到二十岁，还不到成家立业的时候，贤弟测试秦开时，一方面要严格，另一方面还要看到他的可塑性。有了基本的秉性和素养，其他才能和德行可再加充实。”

乐毅说：“臣弟领命，三天后测试考察开始。”

三天后，郭隗、苏秦、乐毅、剧辛四人对秦开的文武测试考察开始了。郭隗和苏秦重点负责文才方面的考察，乐毅和剧辛重点负责武略方面的考察，包括二人各与秦开比一次武艺。

且说燕国上卿郭隗接受考察秦开德能的任务后，派人迎请秦开到自己的宅第做客叙谈。秦开早就知道郭隗为燕昭王献计进而招贤纳士之事，因此格外敬重这位燕国重臣。又得知郭隗的宅第是燕昭王亲自下令建造的精致宫殿，便一个人跟着郭隗派来的府役前往郭隗的府上。郭隗看了秦开堂堂的仪表后，不禁满意地点了点头，然后说：“阁下如果被选上质胡能人，老夫将建议君王也为阁下建造一所这样精美的屋子。”

秦开连忙说：“上卿在我燕国最为艰难的时候，为君王献计，招贤纳士，一方面功高德劭，另一方面君王也要以此示范于天下贤才，秦开即便作为质胡能人，也决非能与上卿相比，因此上卿千万别向君王建议此事。”

郭隗听了点点头，然后又说：“当年老夫向大王建议，效法古时候那位侍臣五百两黄金买一具千里马的马骨的做法，后来真的引来了乐毅、苏秦、剧辛等贤才。老夫期望我燕国能再次推行招贤之策，还望阁下多向燕王建言献策。”

秦开说：“上卿当初向君王讲述五百金买马骨之事，真是精辟至极，并由此引来君王招贤的具体行动，传为佳话。在下以为，我燕国眼下招贤之势依然强劲，在下大可不必向君王献此无用之策，且在下去向君王献这方面的计策，也不合身份和时宜。请上卿见谅。”

郭隗听了笑道：“看来老夫是糊涂了，但老夫以为招贤纳士方面，似乎还应做些什么。”

秦开说："恕在下放肆，依在下之见，我燕国眼下要做的，不是再次推行招贤之策，而是进一步采取措施，让前来投奔的贤士们更好地发挥他们的作用。"

郭隗点点头说："阁下见识过人，武艺又出众，日后出任质胡能人后，一定要杀尽胡人，为燕国血复多年遭受东胡欺辱之仇。"

秦开说："请老上卿谅解，秦开如果真的出任质胡使者，决不会与胡人动干戈、复前仇，而应该通过释其前嫌、收服人心，收到不战而胜的效果。"

郭隗听到这里，不禁哈哈大笑。秦开连忙说："在下初次见到上卿，便连发议论，多有不敬，请上卿见谅，在下愿认真接受上卿的考察。"

郭隗又笑了一阵，然后说："阁下在老夫这里的考察已经过关了。"

秦开此时也明白了，原来郭隗刚才说的一些不合时宜的话，都是在考察自己。想到这里，他又对郭隗说："老上卿的机智对在下启发极大，请再次谅解在下的冒昧。"

郭隗说："从阁下刚才发表的意见看，阁下完全具备儒家倡导的仁、义、礼、智、信的士风，也具备兵家倡导的智、信、仁、勇、严的将风。选到阁下这样的人才质胡，真乃我燕国之幸也！"

且说相国苏秦听乐毅说要他考一次秦开，笑道："这个容易，我只需和他说上几句话便可。"这日，乐毅亲自陪秦开去见苏秦。双方寒暄过后，苏秦对秦开说："人们都说鄙人是当代的合纵家，而把我们的前辈张仪说成是连横家，对于连横与合纵的本意，各有不同说法，阁下有无最简单的理解？"

秦开思索了一会儿说："横者，大地之东西也；纵者，大地之南北也，最简单的理解莫过于连横为东西诸侯国之间的联合，而合纵为南北之间的诸侯国的联合。"

苏秦听了哈哈大笑说："妙，妙啊！"笑完后，苏秦又说："听说著名的木工匠鲁班，在拜师学艺时，他的师傅问了他一个问题，说两个人学艺，一个人三天学成，一个人三年学成，二者区别在什么地方。阁下可知二人的区别是什么吗？"

秦开说："这个故事在下六岁的时候就听人说过，二人的区别，三天学成者是看在眼里，而三年学成者是记忆在心中。”

苏秦又说：“二者的本质区别在什么地方？”

秦开说：“一个可能只是会说，而另一个既会说又会干。”

苏秦对乐毅说：“贤弟，好了，秦开这个质胡能人，为兄选定了，看来我还要问的许多话题，都是多余了，为兄不再啰嗦啦。”说完，苏秦拉着秦开一道坐下说：“燕王为了振兴燕国，也为了血复齐国侵燕致使先王被杀的前仇，正在富国强兵，整顿国政，其中改变东胡长期袭扰我们，是使燕国翻身的一个宏伟目标，也是我们由弱国成为强国的一个标志。此次能发现阁下这样的人才，真乃我燕国之幸。望阁下不负燕王之命，担起质胡这个大任，最终完成振兴燕国的使命。”

秦开自接触陈奈、孙擒虎、李虎三位王差后，虽然知道了到东胡作人质是一件关乎燕国命运的大事，但还没有人说到苏秦说的这样重要和直接。看到眼前这位被世人称为纵横家的年轻的相国，看到年轻相国那副为国忧愁并充满自信的神情，秦开被深深地感动了。只见秦开撩衣跪倒在地上，郑重地说：“相国一番铿锵的肺腑之言，深深打动了在下，在下定不负君王之命，追随相国和乐毅将军，为我燕国的振兴出力。”

苏秦拉起秦开说：“人兴则国兴，有了阁下这样的人才，我燕国一定会兴盛起来，让我等在君王的引领下，为富强燕国共同出力。”

三人又说了很多，乐毅对秦开说：“相国为了强大燕国，经常奔走在战国诸强之间，闲暇时又为燕国内政不停地谋划，咱们不打扰相国了，去办咱们其他的事情吧。”说完，乐毅和秦开辞别乐毅，离开了苏府。

路上，乐毅问秦开说：“听说阁下熟读兵书，对《孙子兵法》倒背如流，不知阁下对《孙子兵法》最感兴趣的是什么？”

秦开不假思索地说：“在下对《孙子兵法》最感兴趣的，或说是感到最应该熟记并时时牢记的，是两个地方，一个是首篇的开头，即战争是国家的大事，是军民生死安危的主宰，是国家存亡的关键，是不能不认真考察研究的。另一个地方是最后一篇的开头，即凡是兴兵十万，出征千里，百姓的耗费，公家的开支，每天都要花费千金，因此在出征前，一定要舍得重用间谍，准确地掌握敌情，否则就不配作为军队的统帅，也不会成为胜利的主宰。”

乐毅叹了一声，不再说话。秦开问道："在下说得对吗？"

乐毅说："与本将军所想一致。"

回到府上，乐毅让人通知中大夫、燕军副统帅剧辛，明日与秦开校场比武。乐毅对秦开说："本将军对阁下的考察也结束了，阁下交出了满意的答卷，明日阁下与剧辛比武时，本将军前往观看，本将军就不与阁下交手啦。"

第二天，乐毅亲自陪秦开来到校场，与剧辛比试武艺。剧辛使一杆方天画戟，胯下一匹上等的千里马。秦开骑上一匹燕昭王刚刚赐予的上等宝马，手持长铍。二人来到校场后，乐毅传令军士们擂鼓助威，然后再交手。

三通鼓毕，剧辛和秦开催动战马，来到校场中间，彼此客气了一阵后，便戟铍齐举，战在一起。燕军虽然天天布阵练兵，但由于那个年代还不甚时兴战将骑马交战，军队战场作战都是战车加步兵，马上交战只是那些出众将领的特殊技能，因此军士们还从来没有看过两位武艺高强的领将在马上比试武艺。虽然校场观战的军士数量并不多，但欢呼呐喊声已经将鼓声淹没。乐毅在点将台上一边看一边频频点头。

两人战了五十个回合，剧辛说了声："阁下且住！"然后将长戟戳在地上，下马对秦开说："阁下武艺超群，剧辛不是对手。"

乐毅走下点将台，迎着二人说道："秦开武艺高强，可称得上军中上将。"

剧辛说："秦开武艺远在末将之上，只是和末将维持平手罢了。"

当日，乐毅将考察秦开的情况奏报了燕昭王，燕昭王听了十分高兴。乐毅说："秦开文武出众，士风、将风皆存，可谓是质胡的理想人才啦。"

燕昭王说："为兄近日还想，秦开还应该有一课，这便是让他到中原地区，走访一下其他列国，拜访一些诸子名流，进一步增长他的知与识，开阔眼界和胸怀。贤弟以为如何？"

乐毅说："王兄不仅知人善任，更重视臣子的知与识，不愧为明主。"

燕昭王说："贤弟以为可以，为兄亲自来安排此事。"

欲知后事，且看下回分解。

第八回 通诸子秦开访名流 传真谛少勇得经典

却说负责考察质胡人选事宜的将军乐毅，将燕国大臣考察秦开的情况向燕昭王报告后，燕昭王不仅十分高兴，还提出应该让秦开到其他诸侯列国，去拜访一些诸子名流，进一步增长知识，开阔眼界和胸怀，并表示要亲自为秦开安排去拜访诸子名流事宜。

乐毅一方面协助燕昭王为秦开拜访诸子名流做准备，一方面帮助秦开为赴东胡做人质作着考虑。乐毅向秦开提议，在燕昭王与列国联系期间，再抓紧时机进一步切磋武功，提高武艺，同时研习战法，更好地运用兵法。乐毅还表示，他将亲自与秦开一起切磋兵法，研究质胡后的形势和对策。

且说秦开见燕昭王亲自联络自己去列国拜访诸子名流事宜，便抓住尚未成行的时机，按照乐毅的吩咐，与八位结拜兄弟研习兵法，练习武艺。乐毅奏报燕昭王批准，将陈奈、孙擒虎、李虎等八位秦开的结拜兄弟，划归秦开作为侍从，日后跟随秦开一道质胡。八位兄弟喜不自胜，个个兴高采烈，自此与秦开一道研习兵法，切磋武艺，准备日后一同质胡，为振兴燕国出力。

秦开与八位结拜兄弟商定，每天上午练习武功，下午在一起研习兵法。兄弟九人早起晚睡，个个刻苦钻研，武功兵法大有长进。秦开除与众兄弟切磋武功外，还经常向乐毅请教，乐毅也乐见这些年轻人那股用心练功的劲头，随时予以指点，有时还跨上战马，手挺长矛，与秦开等众兄弟练上几招，以点拨众人的技艺。

这日，乐毅与秦开等人正在校场练武，恰好苏秦出使列国归来，乐毅、秦开与众兄弟连忙凑上前去问候。乐毅与苏秦问候了一声后，便看着苏秦发起愣来。苏秦笑道："贤弟除协助王兄整顿国政，训练兵马外，还担负起了秦开兄弟们的武术教师，想必是太劳累啦，快回府歇息一会儿吧。"

乐毅回过神来，立刻拉住秦开说："你看，相国身背宝剑的姿势多好看。"说完，乐毅又对苏秦说，"二哥辛苦啦，倒是你需要好好歇息一下了，小弟刚才看你背剑的样子，一下子想起了一招武术的架势，故此发起愣来。"

秦开听乐毅说苏秦背剑的姿势好看，不禁转到苏秦的背后认真看了起来。原来，苏秦出使列国时，总是坐上一辆马车，车上装满了竹简书，带上一名书童，再配一名车夫。他自己总是身背一把青铜剑，剑把朝上插在背后，只要手向颈后一伸，随时可以剑刃出鞘，用以护身，平时还可用作健身之械。

秦开看了苏秦背剑的姿势后，对乐毅说："相国仪表堂堂，风流倜傥，背上这把宝剑，的确很好看。"

乐毅说："刚才阁下在马上练的那一招铍法架势，在你的铍法套路上，还缺少一个称呼，看了相国背剑的样子，我突然想到，将阁下的那个招式，叫作'相国背剑'如何？"

秦开听了，高兴地拍了一下手说："好，乐毅将军真不愧为军事统帅，竟能从相国背剑的样子联想到武功的套路。在下的这招铍法，叫作相国背剑，简直太形象啦。"

乐毅和秦开二人的对话，也引起了苏秦的兴趣，他让秦开将他铍法的招式演示了一遍后，连连点头说："好，真像我背剑的样子，叫作'背剑'的确很形象。不过，不能叫'相国背剑'，因为当今天下诸侯遍地，哪个诸侯国都有相国，叫'相国背剑'究竟是哪个相国呢！不如干脆就叫作'苏秦背剑'，如果叫出名了，本相国也跟着名垂青史啦。"

乐毅说："好，就按相国之意，秦开这一招式今后就叫作'苏秦背剑'。"

苏秦打趣地说："我虽然出使列国时剑不离身，实则剑术平平，不知道的还以为我的武功多高呢！”众人听了，都笑了起来。

一晃，秦开等众兄弟练习武功、研习兵法过去了两三个月，这日，陈奈兴冲冲来到校场，告诉秦开，说燕王亲自为秦开联系去列国拜访诸子名流的事已经办妥了，近日就可以上路出访列国了。原来秦开在与八位兄长研习兵法中，发现大哥陈奈比其他兄长更加精于谋划，因此，便让陈奈作为兄弟九人中的大管事，侧重出谋划策。陈奈领命后，练武的场合出现得少了，内外沟通、上下协调的事多了。陈奈的精明能干，指点的及时，见识的高明，很快为众兄弟所称道，众兄弟渐渐地开始称他为军师。

众兄弟听说出访列国拜访诸子名流的事办妥了，立即围上前去，问陈奈消息来自何处。陈奈说："我刚才在王宫的外面碰到了苏秦相国和乐毅将军，他们正在前往宫中去见燕王，听说苏秦相国最近前往中原地区的列国游说，顺便与一些诸侯国联系，确定了九弟出访事宜。乐毅将军对我说，一会儿他从王宫出来后，便来与九弟商定行程。"

众兄弟等了不到一个时辰，只见乐毅在几个武士的随从下，来到校场。秦开等人放下兵器，围上前来。乐毅招手让众人坐在木凳上，然后说："苏秦相国最近再次出访列国，君王让他顺便联系了秦开到列国去拜访诸子名流事宜，苏秦相国刚才已将此事报告了君王，并希望秦开尽快成行。相关事宜君王让本将军亲自安排。"

陈奈连忙问道："不知可去哪些诸侯国，允许拜访哪些诸子名流？"

乐毅说："已经与列国定下来的诸子名流共五人，有邹人孟轲，蒙人庄周，楚人鬼谷子、许行，宋人宋荣子。君王说了，除这五位名人之外，各位还可以视情况多寻访一些，接受他们的思想和教诲。"

陈奈问道："将军所说的'各位'是指谁呀？"

乐毅笑道："这个陈奈呀，难怪你的兄弟们叫你军师，真是有心计。告诉你们一个好消息，君王让我转告你们，此次秦开出访列国，你等八位兄弟都作为陪同，与秦开一道前往。君王还说了，此次秦开及诸位出行的盘缠，全部由国库开支。"

秦开听了乐毅的话，立即抱起拳头说："君王对秦开的期望及知遇之恩，秦开虽死不能报也。"其他各位兄弟，也抱拳向王宫方向施礼。

乐毅说："苏秦相国说，他抽时间将他与列国沟通的情况，详细向你们介绍一下，以便你们出行和拜访名流们更方便。你等也顺便请教一下相国，了解一下列国的风情及应注意的事项，便于行事。”

秦开说：“秦开代表诸位兄长感谢将军的关怀之情，我等拜会苏秦相国时，不仅要向他请教列国的情况，还要向相国学习他纵横捭阖的智谋和勇气，还有他善于学习，善于倾听的品格，以便把这次学习当今天下名流的机会用好，多学一些本领，日后为燕国效力。”

乐毅拉着秦开的手说：“阁下年少志高，勇于担当，不愧你这个少勇的绰号。”秦开称谢。

苏秦利用处理国务以外的休息时间，一连三个晚上向秦开等结义兄弟们介绍战国列国的情况，重点介绍了秦开要拜访的诸子名流的情况，并叮嘱秦开要注意哪些事项。秦开等人用心听讲，并默记在心。

秦开等人临出发的这一天，燕昭王亲自前往驿馆送行，并检查了秦开等人乘坐的车马情况。燕昭王握着秦开的大手说：“爱卿肩负着振兴燕国的重任，也面临着如何征服胡人的课题，此行的任务，要博采诸子百家学说之长，丰富学识，增长才干，为征服东胡做好文武等诸方面的准备。”秦开及众兄弟喏喏领命。

秦开与众兄弟商议，既要按照国君的要求，认真学习诸子百家的先进思想，丰富常识和才干，又要抓紧时间，尽量不耽搁时间。众人商定，拜访五位诸子名流由近及远进行，第一站先前往邹国和滕国拜访孟子和许行，接着到宋国拜访庄子和宋荣子，最后到楚国拜访鬼谷子。

辞别了燕昭王后，秦开一行有的骑马，有的坐车，一路南下，他们早起晚宿，抓紧赶路，只用了一个多月的时间，便来到了孟子的家乡邹国。邹国的故址在今山东省邹城市周围地区，其前身称为邾，是一个先秦古国，战国后称邹。秦开一行到达邹国后，立即拜访了国君，期望尽快参拜孟子。但邹国国君说，孟子有个规矩，凡是远道而来拜师求学者，要先去祭拜孔子，然后才能见他。

秦开听了，连连点头说：“应该，应该，是我等众人急着见孟子，竟越过了曲阜孔夫子祠庙。”

李虎听了有些不高兴地说：“这个孟老头，你愿见谁就见谁，不愿见谁就不见谁，为何把祭祀孔子作为见你的条件！”

秦开说："当今的人们都已习惯称'孔孟'，把孔子和孟子联系起来，人们也称孟子为亚圣，把他作为儒家的第二大圣人。有第一大圣人的祠庙在，让人们先去祭祀一下，然后再来见自己，足以说明这位当今的大儒的忠孝和仁义。"

陈奈说："孔孟二人是儒学的两大圣人，先祭祀孔子，也可以增强对孟子的学说以及孔孟学说之间联系的认识。"

秦开点头说："兄长见识深远。"

一行人很快来到曲阜，参拜了孔子陵墓和祠庙。原来曲阜只在邹国北部的不足百里之处，秦开等人只用了几天时间，便在祭祀孔子后又回到了邹国。孟子听说来自燕国求学的学子到此，当天便接见了秦开。

孟子名轲，字子舆，是战国时的著名思想家，代表着孔门嫡系正传。他着重发挥了孔子的仁学，提出"仁政"的主张，描绘出一套以"井田"为模式的理想蓝图。他强烈抨击开疆拓土，反对兼并战争，公开宣扬"民为贵""君为轻"的主张。他还从"性善论"出发，主张君子大发仁心来实现仁政，并从心性哲理修养上，构造出一整套"尽心""知性""知天"的思想体系。

此时，孟子已年过花甲，正在与其弟子万章、公孙丑等人在家里著书立说。得知邹国国君亲自介绍燕国学子来求学，便放下手中的著书活儿，为秦开等人讲学。

一连讲了三天，孟子才将自己的主要主张讲完。第四天，秦开又理出了自己若干疑问和想法，当面请教孟子。孟子得知秦开日后要前往东胡作人质，而且此次前来求学正是为日后质胡做准备的，不禁大加赞赏。赞赏之余，孟子又忧心忡忡，告诉秦开说，东胡也好，西部的林胡也好，都是我华夏的子孙，不可采取为敌的手段。他还要秦开给燕王捎信，对待胡人一定要实行仁政。秦开连连应诺。

临行前，孟子将他让人赶写出来的宣扬仁政的一部竹简书，亲手送给秦开。秦开接过书后，与众兄弟给孟子施跪拜大礼后，才辞别孟子，继续南下，去拜访许行。

许行也是战国时期与孟子同时的思想家，是农家的代表人物。许行是楚国人，晚年才到滕国游说。滕国在邹国南百里之处，秦开等驱车两日，便到达滕国。在滕国国君的安排下，秦开很快见到了许行。此时许行正在为数十个求学者讲学，秦开等人来到后，许行吩咐将秦开等九人与其他求学者合并一处，一起听许行讲学。许行的农家思想主张“贤者与民并耕而食”，自理炊事，不烦他人代劳。第一次讲学结束后，秦开等众兄弟便按照许行的要求模仿着许行亲手做饭的样子，自己动手，做菜做饭。看到秦开等人很快就学会了做饭，许行大加赞赏。许行一再告诉秦开，不管是在燕国，还是日后前往东胡，都要提倡人人平等劳动，实行分工互助，然后有了劳动成果再等量交换。秦开连连应诺。

辞别许行前，许行将他的农家学说竹简书赠送给远方的客人。秦开等人拜别了许行后，然后驱车继续南行。

走了一会儿，秦开对众兄弟说：“众位兄长还记得苏秦相国说过，殷商末年三大贤臣之一的微子之墓，就坐落在微山湖之滨的微山岛的话吗？”众人都点头。

秦开又说：“微子是帝辛的庶兄，是殷末著名的忠臣，今日我等路过此地，何不前往祭祀一下呢！”众人一致赞成。

于是，秦开等人驱车向微子墓行去。到了墓前，秦开与众兄弟绕墓三匝，表示敬仰，并以佩剑掘土培墓，缅怀微子。

离开邹鲁大地后，秦开一行越过泗水，前往宋国。

宋国是西周及春秋战国时期的诸侯国，位于今河南商丘一带，为周朝三恪之一、春秋战国十二诸侯之一。周武王死后，武庚叛乱，被周公平叛杀死，另封纣王庶兄微子于商丘，国号宋。宋襄公时，宋国国势达到鼎盛时期，并成为春秋五霸之一。

此时，宋国乃最后一代国君康王偃在位。偃乃宋剔成君之弟，二十年前逐兄自立为王。偃继位称王后，由于逐兄自立，名声多有不佳。加之偃兴兵进攻邻国，贪酒好色，荒淫无道，被群臣和列国诸侯称为“桀宋”。

进入宋国境内后，秦开对众兄弟说：“微子作为忠臣名列今古，可其后代竟荒淫到这种地步，真是令人感叹哪！我等在邹和滕时，都是通过国君联系我们要见的名流，今日到了宋国，小弟之意我们不去见这位夏桀式的人物，直接去见庄子和宋荣子，如何？”

李虎听了大声喊道：“这种整日泡在酒堆里和女人堆里的暴君，我若见了，说不定会杀了他。”众兄弟都笑了起来。

陈奈说：“听说庄子其人自来主张逍遥，当年楚庄王用厚币相聘，他竟表示宁为‘孤豚’不作‘牺牛’。既是如此情况，说不定国君也难以找到他，还不如我们自己找他算了。”

秦开点头说：“大哥说得有理，我等自己找他就是了。”于是，众人便一路打听庄子和宋荣子，一边前进。

这日，秦开一行来到一个山冈上，众人正想停车在此歇息，忽见一位老者迎面而来。秦开看时，见那老者甚是怪异，只见他高高的个子，上身穿着用树叶做成的衣衫，下身仅穿着一个粗布做成的裤头，脚踏一双用青草编成的草鞋。看他的面目，丹凤眼，长眉毛，三绺胡须，头发高高地绾起，用一根树皮扎住。两只耳朵甚是长大，耳前垂散着长长的发绺。只听那老者嘴里不停地说着几个字：知其雄，守其雌。

秦开记得，“知其雄，守其雌”，是老子《道德经》中的句子。秦开瞬间觉得，眼前这位老者，一定不是等闲之人。想到这里，秦开快步走上前，一面对老者施礼一面说：“敢问老夫子高姓大名，小生秦开有礼啦！”

那老者听了秦开的话，将脚步停了下来，扭头看了看秦开，然后说：“国之栋梁，名垂千古。”一来是那老者的口音与秦开等人不同，二来是那老者说这几个字时，声音并不大，因此，秦开不似那老者说“知其雄，守其雌”时听得那样真切。

那老者大概看出了秦开并未听清他的话，便慢悠悠地说：“老夫还礼啦，请问阁下来自何方，要去何处？”

秦开连忙又施了一礼说：“小生叫秦开，来自燕国，今番来这里要寻访一位高人，特向老夫子请教，望老夫子指点。”

那老者笑了笑说：“适才阁下问老夫姓名，老夫还没回答呢！老夫姓庄名周，宋国蒙人，请问阁下要寻访何人？”

秦开听得真真切切，那老者说他姓庄名周。秦开高兴地说：“列国之间传诵着的世之高人庄子，可是老夫子吗？”

那老者笑着点点头说：“老夫并没有什么大才大德，但世人却错爱老夫，并以子称之。”

秦开听了，当即跪在庄子面前，并招手让众兄弟都过来参见庄子。众兄弟在秦开与庄子对话时，都看得清楚，知道眼前之人便是要寻找的诸子名流庄子，于是一齐跑过来跪在庄子面前。

庄子先把秦开扶起来，又把其他人都扶起来，然后说："阁下既然是远道来找老夫的，那就到老夫家里叙谈吧。"

秦开大喜，连忙让庄子坐到马车上，庄子却摆摆手说："道法自然，一切顺其自然，山野之人，常年双腿行走，永远这样行走下去。"

秦开听了，并不完全明白庄子的意思，但知道庄子不愿坐车，便陪着庄子向前步行，让车马离开一段距离，跟在后面。

下了山冈又走了不远，庄子指着前面山脚下一座草房对秦开说："那便是老夫的茅舍。"

秦开连忙向后挥手，让众兄弟将车马停在远处，然后他跟着庄子走进了那所茅舍。

秦开刚进茅舍，便有一位气质高雅的夫人与秦开打招呼，欢迎秦开的到来。庄子告诉秦开，这位夫人是他的内人，而且笑着对秦开说，他们已经是四十年老夫老妻了。秦开惊讶不已，因为他看到眼前庄子的这位夫人，年龄似乎只有三十岁。

庄夫人端上茶水后，秦开才大致打量了一下庄子的茅舍，只见茅舍一共三间，虽然摆设质朴，却整齐洁净，秦开所在的那间客厅里，除了泥壶泥碗等茶具外，最显眼的莫过于木架上一摞一摞的竹简书了。

秦开喝了一口茶，然后便向庄子介绍了自己的身世和燕昭王派自己等一行人前来列国学习诸子学说的情况，并恳请庄子不吝赐教，把先进的学说传授给自己。

庄子听了点点头说："眼下是我华夏民族的一个战乱年代，更是一个人才辈出、百家争鸣的时代。我华夏民族痛心数百年的战乱和纷争，但也庆幸经历了这样一个诸子灿烂争辉的时代。诸子百家都是应世而生，有助于我华夏民族的启蒙和开智。阁下年纪轻轻，不远千里之遥，来寻访诸家学说，博采众长，真是难能可贵呀！"

秦开说："在百家争鸣的诸子学说中，老夫子的学说是学生看重和有兴趣的一门，还望老夫子训导，以便学生尽快掌握老夫子的学说。"

庄子说："老夫的学说说来容易，其实老夫是老子的忠实学生，其学说无非就是一个'道'字。'道''我'合一，是老夫学说的核心。从明天开始，老夫就为阁下讲解这个'道'字。"秦开再次致谢。

第二天，庄子在茅舍后面的树林里，开始为秦开和他的结义兄弟讲学，一直讲了五天，才将自己的学说讲完。末了，庄子将自己学说的竹简书，连同老子的《道德经》竹简书，一齐送给了秦开。

辞别老子后，秦开又驱车寻访宋荣子。

宋荣子的思想主流，为道墨两家"忘我"精神的结合，提倡"见侮不辱"，"使人不斗"，"以禁攻寝兵为外，以情欲寡浅为内"。

秦开拜见宋荣子后，宋荣子为他讲解了两天。宋荣子通俗易懂、并善于联系日常生活中的人之常情的讲学风格，给秦开留下了深刻美好的印象。辞别前，宋荣子将他自己的书赠送给秦开。

告别宋荣子后，秦开一行驱车继续南行，前往楚国大地，拜访让人感到神秘莫测的鬼谷子。一路上，秦开顾不上观看沿途美景，而是与陈奈等人不停地讨论着几位诸子名流的学说，有时兄弟几人还要争论一番，但最后大多数还是被秦开说服而结束争论。

楚国是春秋战国南方的诸侯国，最早兴起于汉江流域的丹水和淅水交汇的淅川一带，全盛时最大幅员为今日之湖北、湖南全部，重庆、河南、安徽、江苏、江西、浙江的部分地方。在浩瀚的历史长河中，楚国先人用自己的勤劳与智慧，创造出了无数灿烂的楚文化，同时产生了无数杰出的人物。战国时期的思想家鬼谷子，便是其中的一位代表。

鬼谷子姓王名禅，号玄微子，因隐居周阳城清溪之鬼谷，故自称鬼谷先生。鬼谷子通天彻地，兼顾数家学问，人莫能及。在神学方面，日星象纬，占卜八卦，预算世故，甚是精确；在兵学方面，六韬三略，变化无穷，布阵行军，神鬼莫测；在游学方面，博闻广记，审势明理，出口成章，万人难当；在出世学方面，修身养性，祛病延寿，学究精深。实为春秋战国时期著名的思想家、道家、谋略家、兵家、教育家，是纵横家的鼻祖，为诸子百家中最具神秘色彩的奇人。

秦开与众兄弟商议，绕开官府，按照苏秦为他提供的寻访路线，径直向鬼谷子隐居的清溪山鬼谷之地前行。这日，秦开展开苏秦为他绘制的羊皮地形草图对众兄弟说："清溪山离这里已经不远了，我等今日在此找个地方住下来，明日起早上山拜访老夫子，如何？"众人点头。

第二天天未亮，秦开等人沐浴更衣，将车马留在山下，兄弟九人步行向清溪山鬼谷之地走去。

陈奈一面走一面不无担心地对秦开说："听苏秦相国说，鬼谷子今年已经九十多岁了，这么大年纪的老人，还能为我们讲述学问吗？还有，为兄担心，鬼谷子能轻易见我们吗？"

秦开说："不瞒兄长说，小弟也在盘算着，这位神秘而传奇式的人物是否肯见我们。至于鬼谷子的年纪与健康，兄长不必担心，因为鬼谷子精通修身养性之道，虽年过九旬，身体一定会依然健壮。"

陈奈说："但愿他老人家能见我们，能为小弟讲述他的通天彻地之道。"

秦开说："我等需有足够的虔诚之心和耐心，否则，很可能难得一见这位当今的奇人。"

陈奈说："苏秦相国既然让我们来见鬼谷子，想必他已有把握我等能见到这位奇人。"

秦开说："鬼谷子这一生只收过庞涓、孙膑、张仪、苏秦四个徒弟，不知最后是否能收小弟这个徒弟？"

陈奈听到秦开说出这句话，连忙安慰说："九弟少年英勇，又要担当振兴燕国的大任，我想鬼谷子一定会见九弟的。"

秦开点点头说："但愿能让我等聆听一次老夫子的教诲。"

一行人整整走了半天，方来到一个密林深处的幽静地带。秦开指着旁边的一条小溪对陈奈说："清溪山，真是名不虚传，你看溪中的水多么清澈啊！"

一行人又走了一会儿，来到一个秀美的山谷，秦开向四周瞭望了一会儿，只见北山下坐北朝南之处，有一所木房子。秦开高兴地说："看，那座木房子一定是鬼谷子的隐居之处。"众兄弟看了，个个兴奋不已，都急步向木房子走去。到了木房子前面，秦开看时，但见木房子极为别致美观，房前屋后还种植了种种作物，鸡鸭鹅狗应有尽有。

陈奈小声对秦开说："所谓鬼谷，应该是个极为恐怖可怕之处，可这里分明是个山清水秀、宜人仙居的地方，苏秦相国会不会把地方告诉错了？”

秦开摇摇头笑道：“这大概正是鬼谷子的智谋过人之处，要么怎么能让人揣摩呢！”

陈奈也笑着说：“有道理。”

说话间，秦开来到木房子前，停下脚步将衣衫稍作整理后，轻轻走上前去叩门。不一会儿，屋里出来一个童子。那童子见眼前来了这么多人，便连忙向众人作揖。秦开抚摸着童子轻轻地问道：“敢问鬼谷子老先生在家吗？”

那童子眉清目秀，伶牙俐齿，但却极有礼貌地说：“先生去深山采药，不在家，请问诸位英雄从何而来？”

秦开说：“我等来自北方的燕国，特来向老先生请教。”

那童子说：“英雄们过些时日再来吧，先生大概一两个月便可回来。”

秦开说：“先生采药都去什么地方？”

童子说：“神农顶、云梦山，先生无处不往，小童不知先生去了什么地方。”小童说完，转身忙别的事情去了。

秦开等人无奈，只好暂时离开鬼谷子的木房子，来到小溪边商议起对策来。

秦开说：“童子说老夫子需一两个月才能回来，诸位兄长说我等该作何打算？”

八哥向羊说：“既来之，则安之，我们就在此等上一两个月就是了。”

七哥李虎说：“我看说不定就是老夫子不肯见我们，一个九十多岁的老头儿，能去那么远采药吗，多半是那小孩在支吾我们。”

三哥孙擒虎说：“不要说那些不好听的话，像鬼谷子这样的人物，我们就是等上一两个月能见到，也算幸运啦。”

其他人也都各说各的想法，秦开看了看陈奈说：“大哥说我们该怎么办？”

陈奈迟疑了一会儿说：“依为兄看，小童说老夫子去深山采药，未必是真的，多半还是老夫子在观察和测试我们，我们要想见到老夫子，一定要耐心等下去，别无选择。”

秦开站起身来说：“对，鬼谷子一生收的四个徒弟到目前止，都做出了惊天动地的大业，小弟一个毫无名气的人前来求见，肯定不会那么轻易见到，尽管苏秦相国已为我们做了铺垫和准备，但真正见到老夫子，还要靠我们的诚心和耐心。”

秦开说到这里，众兄弟都纷纷表示，跟着秦开耐心地在这里等下去。

秦开向众兄弟一抱拳说：“那就感谢众位兄长了，小弟之意，我们从明天开始，便帮助鬼谷子干些活计，以便等待鬼谷子，如何？”

李虎说：“鬼谷子哪有那么多活计等待着我们去做呀！”

秦开说：“鬼谷子独立隐居这远离闹市的清溪山，一定有许多需要维持生计的活计去做，如打柴、莳弄蔬菜和庄稼、修缮房屋、采集山货等等。我等再次去问那看家的童子，必知需我等要做的活计。”众兄长皆点头赞成。

秦开再次来到鬼谷子的木房子前，那童子得知秦开的来意后说道：“英雄所说的这些活计，都需要做，只是不敢烦劳诸位英雄。”

秦开听了，抚摸了一下童子的脸蛋说：“仙童不用管了，我等自会安排。”

当下秦开众兄弟各自紧衣挽袖，开始做起各种活计。干到第三天时，木房子前后的庄稼和菜园，莳弄得利利索索，柴火已堆成了一个小山，木房子连同旁边的仓房也修理收拾得干干净净，井井有条，连房前小河上也重新搭建起一座新桥。

第四天，众兄弟一起上山打柴。正在秦开干得起劲时，忽听远处传来急促的救命声。

欲知后事，且看下回分解。

第九回　赴东胡燕昭王结义　纳人质胡君长施蛮

却说秦开与众结义兄弟寻访鬼谷子不见，便为鬼谷子做起各种活计来。兄弟九人用了三天时间，将鬼谷子屋里屋外一应活计干得利利索索。第四天，为了给鬼谷子多多积攒一些烧柴，秦开与众兄弟一同上山打柴。正当秦开干得起劲时，远处却传来了救命声。

当下秦开扔下斧头，快步向呼救声的方向跑去。到了近前，秦开看时，却见一只体态硕大的黑熊正在扑打一个樵夫。秦开大吼一声，跳到那黑熊的面前，将樵夫救下，自己去和黑熊扑打起来。

尽管秦开力大且灵便，但由于黑熊体重凶猛，扑打了一会儿，秦开便渐渐处于守势。此时，秦开的众兄弟也都赶了过来。李虎一看，抡起砍柴的大斧便要冲向前去帮助秦开。就在此时，却见那樵夫吹了一声口哨，那只黑熊却撇开秦开，跑进树林中去了。

秦开等人正在诧异，却见那樵夫走过来说："少年英雄，真不愧为少勇其号啊！"

秦开此时什么都明白了，眼前假扮樵夫之人，分明就是当今奇人鬼谷子，用遭受黑熊攻击来试探自己。这位奇人连自己的绰号都知道，不用说又是苏秦相国的铺垫哪！想到这里，秦开连忙跪倒在地，一边磕头一边说："秦开拜见鬼谷子先生！秦开能得见先生，此生足矣！"

假樵夫上前扶起秦开，上下打量了一眼秦开说："鬼谷子让公子等候数日，还望见谅。"

陈奈等兄弟们开始时尚未反应过来，直到秦开跪在地上说话时，才搞清眼前是怎么回事。当听到鬼谷子洪亮和蔼的声音时，才一起跪倒在地，参拜鬼谷子。

鬼谷子一一将众人扶起说："有劳列位英雄为老夫做了这么多的事情，走，我们屋里说话。"说完，大步流星向他的木房子走去。秦开等人欢欣雀跃，跟在鬼谷子后面一同回到木房子。

回到木房子，却见那童子早已在屋子里面摆上了木桌和木凳，并端上了浓浓的茶水。秦开感觉到，一切都是那样神秘，一切又是那样自然。

鬼谷子进内室换了一身衣裳，再次与秦开等人见面。秦开看时，见鬼谷子身体健壮，红红的脸庞，乌黑的头发，两道浓眉下是一双闪着智慧的凤眼。秦开心里叹道：这哪里是九旬开外的老人，分明是一位四五十岁的壮年之人。

秦开起身再拜道："秦开经燕王和苏秦相国的指点和帮助，自燕都前来拜老夫子为师，还望先生不吝赐教。"众兄弟也起身施礼。

鬼谷子示意众人坐下说话，然后笑吟吟地说："老夫这一生只教了庞涓、孙膑、张仪、苏秦四个弟子，本想从今以后不再收徒，但今日见到秦公子后，不容老夫不答应。"

秦开听了，连忙跪在地上说："弟子感激师傅收留之恩！"众兄弟也连忙跪倒致谢。

鬼谷子扶起秦开笑道："公子在燕国没听过老夫已经辞世的消息吗？"

秦开说："因为苏秦相国在燕国，大概没有人相信这件事。"

鬼谷子笑道："前些年楚国各地都在流传，说老夫已经病逝，享年八十八岁，因此来鬼谷探秘之人也不见了，老夫乐得逍遥自在，只是弟子苏秦还在，并几次前来看望老夫。数月前他来探望老夫，并说起了公子的情况，老夫当时就和苏秦说，待老夫看看公子再说。今日见到公子，你这个弟子为师收留啦。"

秦开还要拜谢，鬼谷子说："公子不必多礼，你我还是商议一下为师传授你一些什么本领吧。"

秦开连忙说："弟子什么都想跟师傅学，师傅所有的学问和智慧弟子都想学！"

鬼谷子说："苏秦早就想到你这一点了，因此也提醒我，让为师选择一些紧要的学问传授给你，且不可耽搁太多的时日，因为燕国有大任等待你尽快去担当。"

秦开听了，沉默了片刻说："那师傅看教弟子些什么学问和本领吧。"

鬼谷子说："为师听说你很早就熟知儒、道、兵等方面的学问，这次出来又拜访了诸子名流，想必多有收获。为师想，公子日后作为我华夏民族大家庭诸侯国之间捭阖和争战的主将，最紧要的是既能达到国君想要达到的目的，又不要去杀戮我华夏各民族各诸侯国的同胞。因此，日后用兵最要紧的是要把握好一个谋字，即《孙子兵法》所云'故善用兵者，屈人之兵而非战也，拔人之城而非攻也，毁人之国而非久也'。如公子与为师想法一致，为师就好好给公子传授一下谋攻的学问，如何？"

秦开听了施礼道："我师不仅智慧通天，而且大仁大义，大慈大悲，弟子就好好跟师傅学习谋攻之策吧。"

鬼谷子说："公子今日好好歇息并准备一下，明日开始，为师便向公子传授谋攻之策。"

当晚，秦开和众兄弟就住在鬼谷子的木房子里。秦开心中高兴，众兄弟们自然也跟着高兴。只是众兄弟不能一道作为鬼谷子的学生，多少有些失望和难过，但大家都知道，鬼谷子收留秦开为徒，已是非常之举，众人不可能同时都跟着沾光。于是，众兄弟感叹了一阵后，决定白天继续为鬼谷子做家务，晚上听秦开为他们讲述所学之道。

第二天一早，秦开早早做好了听讲准备，在木房子等待鬼谷子为他讲学。鬼谷子笑着拉起秦开向屋外走去，秦开以为鬼谷子要到屋外为他讲课，便拿起竹简和笔墨向外走去。可鬼谷子却一直向屋后走去，走到山前，不知鬼谷子触动了什么机关，只见一座石门在山墙上豁然出现，鬼谷子向秦开招了招手，便走进了石洞中。秦开进了洞中看时，只见洞中灯火通明，石案、石凳、石碗、石杯，一应俱全。鬼谷子让秦开坐在一个铺着皮毛的石凳上，自己也端坐在一个石凳上，然后开始了他滔滔不绝的讲述。

到了中午，童子前来请鬼谷子和秦开吃饭，秦开以为要出石洞回木房子吃饭，但鬼谷子却拉着秦开来到石洞的一间屋子用餐。吃完饭后，鬼谷子继续为秦开讲学。当晚，鬼谷子开始考问秦开所学内容，并提出许多问题让秦开回答。一直到他满意时，才与秦开在石洞内歇息。此时秦开才知道，鬼谷子教弟子，从不出山洞。

秦开虽然暂时与众兄弟隔绝，但却能毫无干扰，一心一意研习学问，因此一天一天不觉飞逝过去。这日，鬼谷子问秦开说："公子在洞中听老夫讲述了多少个日夜啦？"

秦开摇摇头说："弟子开始还记着天数，后来就无心记日子啦。"

鬼谷子笑了笑说："好，公子忘记其他一切，夜以继日，一心扑在学业上，且学习成效显著，老夫甚是高兴。不过老夫数着天数，今日已经整三个月啦。"

秦开说："真是光阴如梭，怎么转眼就是三个月呢！"

鬼谷子说："徒儿天资聪颖，且悟性高，肯于吃苦用功，今日已经学成，明日该下山啦。"

秦开连忙说："徒儿觉着还差得远呢！"

鬼谷子笑道："学海无涯，人们永远也不会学尽一门学问，特别是对公子这样善学好学者，更是永远不会感到学到尽头的。徒儿记住为师这三个月的所讲所问，再带上为师的这部《鬼谷子》，日后自己再不断地去揣摩，智谋定会不断提高的。"

当晚，秦开出了山洞，与近在咫尺却三个月不见的众兄弟聚在一起，众人直说至夜半三更方入睡。

第二天，秦开带着鬼谷子亲手送给自己的《鬼谷子》竹简书，与众兄弟辞别师傅下山。秦开跪在地上磕了三个头，感激之情和留恋之意不禁令他热泪盈眶。鬼谷子抚摸着他说："燕国周边包括东胡、林胡，都是我华夏子孙，徒儿切不可对他们大动干戈，涂炭生灵，双方相争要以谋攻为要。"秦开连连应诺。

鬼谷子将秦开等人送过房前小溪，然后与众人挥手相别。李虎走在众人的最后，他走了几步又突然转身问道："鬼谷先生，在下有件事在肚里憋了三个多月，我可以问一下先生吗？"

鬼谷子微笑着说："阁下请问。"

李虎说：“那日老先生为什么打个口哨，黑熊便转身跑了，难道那黑熊是先生训化出来的不成？”

鬼谷子听了哈哈一笑说：“难道阁下不知道楚国国君为熊氏吗！”说完，又哈哈大笑起来。

李虎听了摇了摇头，又点点头，一拱手转身离去。秦开等人下了山后，与看马赶车的仆人汇成一路，北上向燕国驰去。一路上，秦开与众兄弟不停地总结梳理着向五位诸子名流学习诸家学说的体会和收获，并希望众家兄弟学习运用。

且说燕昭王送走秦开前往南方诸侯国拜师求教后，与苏秦、乐毅等人继续为富国强兵而日夜操劳。王师、上卿郭隗此时由于年纪越来越大，身体状况也每况愈下。正在燕昭王因为郭隗身体不好而忧思时，有一位齐国大臣姓邹名衍者，来投奔燕昭王。邹衍是阴阳五行家，文韬武略、济世经邦，样样出众。燕昭王大喜，亲自在黄金台再次拜贤，下令为邹衍修建一座碣石宫，供其居住讲学，并任命邹衍为上大夫。然后又根据郭隗的建议，任命乐毅为亚卿，协助郭隗操持国务，整顿国政，训练兵马。邹衍被任命为上大夫后，主要协助相国苏秦忙于外交，中大夫剧辛主要协助乐毅掌管兵马。

恰在邹衍前来，燕国大臣阵容进一步规整之际，侍臣向燕昭王报告，说秦开寻访诸子名流结束，自楚国归来。燕昭王大喜，立即在王宫接见了秦开。看到秦开从容的表情，优雅的举止，燕昭王甚是高兴，他拉着秦开上下打量了好久，然后点点头说：“看得出来，爱卿这将近一年的时间，一定风尘仆仆，潜心钻研，吃了许多辛苦，在学习诸子百家学问方面，也一定收获很大吧！”

秦开说：“臣甚是感激大王对臣的关心和爱护，为臣创造了如此好的条件，向当今天下的诸子名流，学到了人世间最为珍贵的学问和智谋，臣一定将这些学问和智谋化为臣报答大王、效忠燕国和振兴燕国的本领，不负大王的期望。”说完，秦开简略述说了向诸位名流学习诸子学说的情况，燕昭王静静地听着，并用心记忆着。

听完秦开的述说，燕昭王满意地说：“爱卿此行收获颇丰，本王相信，这对爱卿前往东胡做人质，很好地摸清东胡的情况，进而征服东胡，必会大有裨益。近日，本王将与诸位国卿商议质胡的时机和策略问题，爱卿好好歇息休整一段时间，然后准备前往东胡赴任。”

秦开说：“臣不用歇息，也没有更多的休整必要，只要大王一声令下，臣立即动身前往东胡。”

燕昭王思索了一会儿说：“前往东胡前，一些必要的准备还是要用心去思考的，虽然东胡的情况我们知之甚少，但还是需要认真去思考一些日后将要遇到的问题。”

秦开说：“臣谨遵王命，好在臣出生在与胡人交界的纲成郡，从小耳濡目染，多少知道一些胡人的习性和情况。臣近日再认真搜集掌握一些东胡的情况，并做好应对各种复杂情况的准备。”

当晚，燕昭王举行盛大宴会，欢迎秦开学成归来，苏秦、乐毅、邹衍、剧辛等国卿出席。秦开向众人述说了拜访诸子名流的情况和收获，众人皆祝贺并羡慕不已。当秦开述说拜见鬼谷子的情况和在山洞中闭门学习三个月时，众人皆嗟叹不已。

过了几天，燕昭王与诸位大臣商议质胡问题。燕昭王说：“秦开爱卿经过近一年的跋涉，拜访了儒、道、兵、农等诸子名流，文才和智谋有了进一步的长进，如出任质胡使，正合其才，也正合时宜。诸位爱卿有何见教，尽请发表。”

苏秦说：“自大王执掌燕国国柄后，招贤纳士，吊死问孤，励精图治，夙夜在公，眼下我燕国国势日益趋强，在列国中的地位日益上升，正是派强人质胡的好时机。臣同意派秦开尽快质胡，以便进入与东胡的对决时期。”

乐毅说：“眼下我燕国军队不仅人数日益增加，而且战力不断增强，披甲之士和战车数量也越来越多，东胡已经不敢再小看燕国，诸侯列国亦不敢轻视燕国。在这种情况下，派出高强之人去质胡，已经时机成熟。”

邹衍来到燕国后，还是第一次参加燕昭王召集的群臣会议。他来到燕国后，亲眼看见了燕王礼贤下士、励精图治的王风和众臣齐心全力振兴燕国的朝气，心里甚是敬佩和感动。虽然时间不长，但邹衍已把燕国的情况熟悉得很透彻，且有自己的见地。他听苏秦、乐毅将外交、军队情况说罢后，也发表了自己的见解：“臣来到燕国后，最深的感触便是大王礼贤下士和励精图治的精神，臣永远不会忘记，大王在迎接臣时，竟亲自用衣袖裹着扫帚，退着身子边走边扫，在前面清洁道路。臣在入座时，大王竟主动坐在弟子座上，让臣坐在师长座上。眼下，燕国军民齐心合力，国势大增，在这种情况下，不仅应尽快让秦开前往质胡，而且应该和东胡提出互质条件，我们派人去做人质，东胡也应该派人来我燕国做人质。”

剧辛对秦开前往东胡做人质，甚是拥护，而且提出要对东胡采取强硬态度。

燕昭王见几位国卿对秦开立即前往东胡做人质都表示赞成，不禁点点头说：“好，那就让秦开爱卿近日启程，前往东胡。其他有关策向，诸位爱卿还有何见教？”

苏秦说：“秦开质胡的主要任务，应该是将东胡的情况摸清楚，为日后进攻东胡做好准备。具体应包括东胡的地理环境、风俗人情、军事虚实及作战特点。同时，还要稳住东胡，使其不再滋扰我们，能使我们安安稳稳富国强兵。”

苏秦说完，其他大臣都赞成苏秦的意见。

燕昭王说：“邹衍爱卿提出我燕国和东胡应互质，众位爱卿以为如何？”

乐毅说：“邹大夫的意见甚是有道理，但互质的前提是双方实力相当。眼下东胡虽然可能知道我燕国正在崛起，但还未必服气我们，想让他们也质于我们，大概还是个难题。臣的意见，待秦开到了东胡时，可先与东胡的君长提出此事，然后再视情况促进。”

邹衍说：“乐将军之言甚是有理，臣同意此事应相机行事，逐步推进。”

燕昭王见大家说得极为妥当，不禁高兴地说：“众位爱卿说得都很好，本王都赞同。一会儿本王便请秦开前来商议，让他尽快前往东胡履行人质之责。”

且说秦开受到燕昭王接见后，回到结义兄弟堆里，立即向众兄弟传达了燕王有关尽快去东胡做人质的意见。众兄弟们日夜做准备，很快将一应事宜准备完毕，只待王令一下，便跟随秦开前往东胡赴任。

正在秦开与众兄弟议论何时前往东胡时，王宫传令官前来，让他即刻前往王宫。众兄弟听了，立即陪同秦开赶赴王宫。到了王宫前，秦开说：“诸位兄长稍候，如果大王传下王令，我等即刻启程前往东胡。”

秦开进了王宫后，燕昭王亲自迎出门外，拉着秦开一起来到宫殿。赐坐、看茶后，燕昭王对秦开说：“本王已与诸位国卿商议过了，众人一致认为，眼下已是质胡的好时机，如果爱卿准备完毕，可于三日后启程前往东胡赴任。”

秦开说：“臣已做好了各种准备，三日后即可启程。”

燕昭王说：“关于爱卿质胡的使命，与以往我们无奈时让那些贵胄官宦或他们的子嗣前往东胡做下人以求燕国稳定不同，爱卿此次赴东胡做人质，是在爱卿作为能镇服东胡的高人和强人的前提下，主动去做人质，其目的是摸清东胡方方面面的情况，如地理环境、风俗人情、军事虚实及作战特点。同时，要以爱卿的出众才能和我燕国日益强盛的国势，稳住东胡，不再滋扰我们，以便我们一心一意谋求燕国的发展，进而富国强兵，振兴燕国。爱卿明白本王说的这一切吗？”

秦开听了燕昭王这一番话，立即跪倒在地说：“臣一定牢记大王的训示，决不辜负大王的期望，保证完成使命。”

燕昭王双手扶起秦开说：“征服东胡，是我燕国振兴过程的开始，也是关键性环节。而能否征服东胡，又取决于爱卿质胡的成功与否，爱卿要切切牢记这一点。”

秦开再次跪倒并含泪说：“秦开决不辱王命，如果完不成使命，甘愿受到惩罚。”

燕昭王又一次双手将秦开扶起来说：“爱卿言重了，以爱卿的才能，本王坚信，决不会辜负本王的期望，也绝不会辱没使命。”

秦开泣泪说：“大王对秦开的知遇之恩和恩德，秦开誓死以报。”

燕昭王眨了眨已发热的双眼说：“本王欲与爱卿结为兄弟，爱卿可愿意？”

秦开听了，连忙说：“臣怎敢与大王结拜，那岂不是委屈了大王吗！”

燕昭王一把拉住秦开说：“走，你我到先祖的祭祀堂中结拜去！”一边说，一边拉着秦开走出王宫，径往祭祀殿而去。

到了祭祀殿，侍臣们早已点燃香烛，列在两旁侍候。燕昭王与秦开跪在香案前，面对燕国历代先王的画像，拜了三拜，然后二人又相互对拜，最后秦开又给燕昭王拜了三拜。拜完之后，秦开喊了声："王兄。"然后又双膝跪了下去。

燕昭王双手扶起秦开说："小弟，你我自今日始，一道为燕国振兴效力，不达目的，死不罢休！"

秦开点点头说："为燕国效力，不达目的，死不罢休！"

此时，秦开结义的其他八位兄长得知秦开与燕昭王结为兄弟，早已经来到祭祀殿的大门外等着秦开和燕昭王。当八兄弟看到燕昭王与秦开手拉手从祭祀殿走出来时，不禁欢呼起来。燕昭王扬起手来大声说："各路英雄，你们既是秦开兄弟，也是我姬职的兄弟！"八位壮士听了，齐呼为燕国效力。

当晚，燕昭王设宴宴请秦开及他的八位兄长，并邀请苏秦、乐毅陪同。众人同称兄弟，直叙至寅夜方散。

秦开质胡出发的这一天终于到来了。一大早，蓟都城的街坊各处，人群不约而同地向王宫涌来。人们要亲眼看一看这位与以往质胡人员大不相同的后生秦开，并为他壮行。

燕昭王与苏秦、乐毅、邹衍、剧辛等人，也按时来到了王宫前面宽阔的广场上。在人们的欢呼声中，只见数十位王宫的武士，簇拥着秦开，从王宫的前方走来。秦开骑着燕昭王亲赐的千里马，身背燕昭王亲赐的令牌，雄赳赳来到燕昭王的面前。秦开下马向燕昭王施礼，然后与苏秦、乐毅、邹衍、剧辛一一辞别，之后又转身向前来送行和围观的人们施礼并告别。燕昭王亲手将秦开扶上千里马，然后大声说："出发！"秦开在马上向燕昭王和众人施礼后，顺着人们让开的一条大道，一直向前驰去。

到了城外，秦开与早已等候在那里的陈奈、王信、孙擒虎、宫宇、华云、田夏、李虎、向羊八位兄长会合，驾着拉着众人的衣物、粮食、兵器等物的长车，缓缓向东胡方向行去。

却说东胡是东北古代民族四大族系之一。华夏自古以来，便是一个多民族形成的大家庭。在东北，很早就有原始人类群落生活的足迹，他们与中原及其他地区的古人类一样，经由旧石器时代发展进入新石器时代，创造了丰富灿烂的原始文化，成为中华文明重要的起源地之一。旧石器早期原始人类遗址最北的发现地已达到松花江流域，中、晚期原始人类遗址不仅遍布东北各地，而且向东进入朝鲜半岛，向北穿过白令海峡陆桥进入美洲。

箕子朝鲜侯国建立后，其疆域不断扩展，已不局限在古朝鲜地，但朝鲜侯国依旧属于东北地区的地方民族政权，不是独立的国家。除朝鲜侯国外，东北大地由四大族系构成，并形成北肃慎、南夏族、东秽貊、西东胡的民族分布格局，一直到唐代仍维持基本不变。唐以后，随着秽貊族系的消亡，东北的民族分布变为三大族系的格局，并一直沿袭下来。

虽然史书把居住在东北的少数民族全部泛称为“东夷”，但实际上，先秦时期居住在东北地区的并不仅仅是夷系民族。东北古民族之间存在着明显的差异，可以分成胡、夷两个系统。大体说来，东北东部地区主要是夷人的分布区，而西部地区早期主要居住着诸戎。山戎就是其中最强大的一系。春秋时期，山戎遭到以齐桓公为首的中原各诸侯国的沉重打击，战国时期北方胡人兴起，吞并了东北西部地区残余的山戎诸部，形成了后世的东胡族系各族。

东胡是典型的游牧民族，狩猎在其经济生活中占有相当重要的地位。山戎衰落以后，东胡渐渐强大起来，集合部分原属于山戎军事大联盟的部落，结成以东胡为首的新的军事大联盟，并在此基础上形成以游牧经济为基础的早期国家。这一时期的东胡军事大联盟已不包括夷系民族。

山戎的先世与殷人的先世处于相同地域，两者有文化上的交流。殷人南下进入中原地区后，仍有殷人的后裔留了下来，如孤竹国及殷末箕子东适朝鲜迂回地带，因此，山戎与中原文化自古就有联系。东胡兴起后，不断地进攻包括燕国在内的中原地区，与中原存在文化上的联系是个重要原因。

燕国地处西周的东北部，自春秋以来，一直是个弱小的诸侯国，以致在燕昭王当政的几年前，还遭受了东胡的袭扰，因此燕昭王在全面振兴燕国的蓝图中，首当其冲的便是要解决困扰安定发展的边患问题。

且说东胡军事大联盟发展到燕昭王继位时，势力已经相当强大，不仅有数以十万计的骑兵，而且大规模使用青铜兵器，战力空前提高。燕王哙在位时东胡对燕国实施了大规模的抢掠后，这些年一直预谋再次发动侵扰行动，因此，联盟长数次与众臣商议，准备适时发兵事宜。

这日，东胡联盟长大瑞青再次召集众臣议事，准备出兵抢掠燕国。

因为东胡是典型的游牧民族，除了与中原各诸侯国进行一些牲畜交易和狩猎得来的皮毛生意外，再无其他方面的财富来源。这几年，东胡用历年抢掠的财富和牲畜、毛皮交易收入，大量换取了中原列国的青铜，将将士们的兵器换成青铜器。军士们操持着青铜制作的戈与矛，更加扬眉吐气，直赞中原人聪明能干，那些军队的将领们，更诱发了再次抢劫燕国的念头。因此，众臣听君长要再次商议出兵抢劫燕国的问题，一个个兴冲冲地来到了联盟长大瑞青的中心大帐。

众臣席地而坐。大帐的地上铺满了虎豹熊鹿各类兽皮，这些兽皮隔凉保暖，舒适美观。大瑞青见众臣已到齐，便居中坐下，然后对身边的侍臣说："把夫人和两位公主也请来。"侍臣应了一声，开门出去了。不一会儿，只见三位女人走进帐中，前面的那位风姿绰约，满面春风，身挂宝剑，原来她是大瑞青的夫人山女。后面那两位女子，苗条秀丽，乌发披肩，上身穿着绸丝紧衫，下身穿着胡式紧裤，脚踏皮靴，且二人都是柳眉细目，面容俊美，一看便知是姐妹俩。原来这两位女子都是大瑞青的妹妹，长妹叫冬青，这年十八岁，幼妹叫云青，这年十六岁。冬青和云青见东胡主要大臣都在这里，微笑着向众臣点了点头，稍带羞涩地坐在了嫂嫂山女的两边。

大瑞青开门见山地说："我们已商议过几次了，今日我们再商议一次，看我们何时发兵，抢掠弱燕。各位都说说你们的想法。"

一位腰圆膀阔的人一抱拳说："君长，不用再商议了，我看明天就发兵。"说话的人是东胡将军，叫骨宁。

一位矮胖的人点头说："对，明日就发兵。"此人亦是东胡将军，叫咬哈。

骨宁和咬哈说完后，一位满脸胡须的人说："臣也同意发兵，但近期听说燕国正在笼络能人，搞什么富国强兵，我们不妨派个探子到燕国探听一番，然后再发兵不迟。"这位说话者，是东胡军队的统帅人物，大将舍木。

舍木说完后，众人沉默了许久。大瑞青说："本君长也曾听说燕国新君招贤纳士，搞什么富国强兵，但他再怎么折腾，一个小小的燕国，有什么可怕的！"大瑞青这么一说，骨宁和咬哈都喝起彩来，要求立即发兵。舍木听了说："君长如果同意发兵，臣也同意。"

大瑞青见三位军队将军都同意出兵，便又说道："那我们便做最后的准备，三日后本君长亲率五万大军，抢掠弱燕。"

大瑞青说完后，一位老臣从地上站了起来说话。大瑞青曾向众臣们说定，群臣议事，坐在地上的兽皮上时，不必起身。大瑞青见起身说话的是自己的叔父，东胡参议大夫吐金，知道吐金一定有重要话说。

吐金说："舍木将军开始说的话很有道理，老夫也听说燕国今非昔比，且国势大增，我们这次不可贸然深入，还是到燕国探听一下然后再行动为好。"

吐金说完后，东胡上卿居长里也点头赞成。大瑞青看看夫人山女，山女也点点头。

大瑞青正要说话，忽然一个军士推门进来，慌慌张张地说："君长，不好了，燕国新派来了一位人质，还有好几位随从，他们不听劝阻，谁也挡不住，非要面见君长。"

大瑞青一听，霍地站了起来，然后嗖的一声抽出腰中宝剑说："嘿，刚说到弱燕有长进了，这就来了。一个人质竟这么硬气，真是不识天高地厚，看本君长怎么治他！"说完，他又对众臣说："出兵弱燕之事再行商议，三位将军与本君长一起去看看来了个什么样的人质。"说完，将宝剑插入剑鞘，大步走出大帐。舍木、骨宁、咬哈也紧随其后出帐。

欲知后事，且看下回分解。

第十回　施仁爱秦开广交友　研战法少勇绘草图

却说东胡君长大瑞青召集众臣议事，准备再次出兵抢掠燕国，但群臣意见不一，有的主张立即发兵，有的则担心燕国正在富国强兵，国势已今非昔比，因此主张探听一下情况再定。大瑞青正要作结论时，忽报燕国人质到，且要立即见他。大瑞青早已习惯了胡强燕弱的思维方式，听到燕国人质要见他，且又是很强硬，要立即就见，不免很是气愤。于是，他对众臣说了几句话后，便招呼东胡三位将军，前去面见燕国人质去了。

且说秦开率众结义兄弟自蓟都出发后，一路北上，前往东胡联盟大帐所在地渔水营。原来此时燕国与东胡之间的分界线在纲成、居庸塞、令疵塞一线，即今日西起张家口，向东经居庸关，至迁安一线。燕国蓟都与东胡大本营两地相距很近，渔水营便是今北京市北部白河流域一带。秦开众兄弟进入东胡后，便有东胡兵上前看押，将秦开等人一路押送至渔水营。到了渔水营，胡兵要秦开等人自搭营帐，并在营帐等上两个月再说。秦开自进入东胡之地后，凭着他的敏感，觉察到东胡很可能正在酝酿南下侵燕。他与陈奈小声商议了一阵后，陈奈等人也有此感觉。因此，秦开决定必须立刻见到东胡君长，以凌厉的气势和先发制人的做法，制止东胡南下侵燕。于是，他便让胡兵报告东胡君长。

秦开见无论如何去说，东胡兵都不把他的话当回事，于是便与众兄弟们全身披挂，骑上千里马，手执长铍，再次来到胡兵面前，让他们去报告东胡君长。胡兵见眼前是一位从未见过的威风凛凛的大将，登时吓得目瞪口呆，只好带着秦开等人来见君长大瑞青。

且说大瑞青与东胡将军舍木、骨宁、咬哈，跟着那位禀报情况的军士来到中心大帐南边赛马场，当一眼看到身骑高头千里马，手执又粗又长大钺，全身披挂的秦开时，大瑞青不禁倒吸一口凉气。他左右看了看身边的三位将军，见那三位将军也在发呆。但大瑞青立即恢复了高人一等的胡强燕弱思想，他用手指了指秦开说："眼前人质报上名字，见了本君长为何不下马磕头？"

大瑞青与三位胡将走过来时，秦开断定他肯定是东胡君长，但秦开没有下马，而是坐在马上观察着他们的举动。听了大瑞青的话后，秦开哈哈大笑道："君长一向可好啊，本人姓秦名开，是燕王新派来东胡做人质的。过去，我燕国一直受东胡的侵扰，双方不平等，燕国人见了你要下马磕头。如今我燕国已国势大增，再也不会受东胡的欺辱，因此见了君长我们应彼此以礼相见，而不是单方给你下马磕头。"说完，秦开挂住大钺，双手合抱施了一礼。

大瑞青在听秦开说话时，见秦开虽然高大魁伟，但慈善可亲，义正词严。他下意识地也给秦开还了一礼。

秦开见大瑞青还礼。便跳下马来，赶到大瑞青面前说："在下前来做人质，还望君长接纳。"

大瑞青下意识地还礼后，又有些后悔。他的头脑中，还在想着如何让眼前这位燕国人质服服帖帖听从自己的摆布，如何能透过这个人质尽快下定决心抢掠燕国。因此，秦开再说话时，他似乎没听见，而且指着秦开问道："秦开，你说燕国已经国势大增，再也不会受我东胡的欺辱，你有什么证明，你以为你这样说说，本君长就会相信吗！"

秦开听到这里，微微一笑说："君长容秦开简单道来：我燕国自当今大王继位后，招贤纳士，吊死问孤，励精图治。眼下举国臣民同心同德，人心思变，文有苏秦一班忠臣，武有乐毅一班猛将，燕国再也不是过去积贫积弱的样子啦，如果东胡再敢侵入燕国抢掠，我敢肯定，东胡定会大败亏输，损兵折将，双手空空。"

大瑞青听了，冷笑了一声说："本君长不相信，弱不禁风的燕国上来一个新王，就会立即变得这么好。你说的那些本君长没看见，也不去管他，本君长今日只想看看你这个人质究竟有多大本事。你如果有些本事，本君长就信服于你，如你是在虚张声势，自吹自擂，不出数日，我东胡大军照样进入你燕国抢掠。”

秦开听了哈哈大笑道：“不知君长要看什么，是文看，还是武看？”

大瑞青说：“连文看带武看，文武一起来。”

秦开一抱手说：“秦开愿意奉陪。”

大瑞青眨了眨眼说：“有一个汉子携带三样东西过河，这三样东西分别是一只狼，一只羊，还有一捆草，但小船每次只能运一样东西，汉子只好一样一样地运，可只要人不在跟前，狼就会吃羊，羊就会吃草……”

秦开哈哈大笑道：“君长，这个故事我在四岁的时候就听大人讲过了，你下面要问的是，三样东西什么也不能少，还必须一样一样地运过河，问汉子是怎样运过去的，对吗？”

大瑞青一听，说话的声音立即变小了说：“是啊。”

秦开说：“把羊多运一次，就谁也吃不了谁啦。”秦开说完，陈奈等人都笑了起来。

大瑞青说：“你们夏人都读过书，有文化，文看咱就不说了，还是来武的。咱们比射箭如何？”

秦开说：“是比单射，还是比双射？是比飞射，还是比静射？”

大瑞青说：“单射、双射、飞射、静射，各怎么讲？”

秦开说：“单射容易，每次只射出一支箭，双射就是每次射出两支箭，同时射中两个目标。静射也容易，就是射中不动的目标，飞射是或站定射飞鸟、飞雁，或飞马射静物。”

单射和飞射、静射这几种形式，大瑞青都知道，但双射大瑞青却没听说过。他眨了眨眼说：“如此说来，阁下这几种射法都会喽？”

秦开说：“在下只是偶尔射过。”

大瑞青说：“那你给本君长射个双射，让我等看看如何？”

大瑞青说话间，在一旁的李虎立即将秦开的硬弓和雕翎箭壶递给了秦开。秦开接过弓箭，将两支箭同时搭在弓弦上，然后说：“君长让在下射什么？”

大瑞青左右看了看说：“在百步开外插两杆矛，你能同时射中吗？”

秦开说：“那就试试吧。”

此时，早有两个胡兵将两杆长矛插于百步之外的地上，并闪在远处观看着。只见秦开将强弓拉开，将两支羽箭对准远处两杆长矛，嗖的一声射去。大瑞青站在秦开的旁边，都已清楚地听到了箭头射中铜矛的声音。不一会儿，那两个胡兵跑过来说，两支箭同时射中了两杆矛。

大瑞青脸色铁青，舍木、骨宁和咬哈三人也都面面相觑，谁也不说话。

大瑞青过了一会儿又说："其余都无大用，还是矛对矛、钺对钺说明问题，我们各持兵刃，战上一场如何？"

秦开说："君长请便。"

大瑞青对三位将军说："三位将军谁与秦开阁下比试一场？"

舍木、骨宁、咬哈相互看了看，因为咬哈年龄较小，资历较浅，只好硬着头皮出战。他向大瑞青一拱手说："末将与秦开比试一场。"

不一会儿，有人将咬哈的坐骑牵来，另有人将咬哈的长柄钺扛来。咬哈将身上的紧衣胡服脱下来扔在一边，赤着上身，操起长钺，跨上炭黑马，来到秦开面前。秦开见来人矮胖敦实，胳膊和常人的腿一般粗细，又见他手执长柄大钺，知道此人有些力气。

钺在商周时期，便开始作为兵器使用，其形和用法如同斧一般，但钺较一般斧大，多圆刃、长柄，有"斧王"之称。咬哈手使的，是一柄青铜圆刃单孔钺，钺头有四五十斤重。尽管自己钺重力大，但咬哈看着秦开那杆长大的利铍，还是不寒而栗。

大瑞青见咬哈已做好了交战准备，便问秦开说："秦开阁下，开始吧。"秦开听了，手握铍柄拱手说："将军请！"咬哈也有礼貌地说："请！"

二人言毕，便各执兵刃，战在一起。秦开开始时并未进攻，只是左右招架。战了一会儿，咬哈见秦开武艺平平，便抖擞精神，接连向秦开劈来。两人战了十几个回合，李虎在一边沉不住气了，他大喊一声："九弟，该出手啦！"秦开听李虎这么一喊，又见咬哈气势汹汹，便接连主动抖铍向咬哈刺去。咬哈见秦开变了招数，连忙挥钺抵挡。二人又战了十多个回合，秦开看准时机，一下子将长铍的刃尖穿进咬哈钺面的孔中，然后双手一挺，一下子将咬哈的大钺从咬哈的手中挑了出去，那柄大钺重重地砸在了远处的草地上。

咬哈大惊，连忙拍马逃走，秦开勒住战马喊了一声：“咬哈将军，得罪啦！”

大瑞青见状，大喊了一声：“将本君长的宝马和长锤拿来，我要与秦开比试一番！”

不一会儿，有人将大瑞青的红鬃宝马缰绳和长柄铜锤一齐递到大瑞青手中，大瑞青紧了紧玉带，跨上战马，握着长锤，来到秦开面前。秦开见了拱手施礼说：“在下如果将君长伤了，须不好看。”

大瑞青也不答话，举起长锤便向秦开打去。原来北方游牧民族自古便善于使用锤类兵器。大瑞青的长锤亦是青铜铸造。锤体形似扁圆柱，表面上还有突起错位的乳钉，锤重足有五六十斤。

秦开见大瑞青亲自来与自己比试，又是不言便战，心想正好借机给大瑞青一个下马威，挫挫东胡人的锐气。他见大瑞青抡锤打来，便用长铍使劲向大锤磕去。只这一式，便将大瑞青震得双臂发麻，大锤险些脱手。大瑞青甚是慌乱，又不好罢战，于是便谨慎出锤，尽量避免与秦开兵器相磕。

秦开见大瑞青已处于下风，便接连向大瑞青刺了数铍，大瑞青招架不住，只得收锤罢战。秦开连忙说：“得罪，请君长谅解。”

大瑞青此时既恼不得，又无法向秦开认输，只好应付了一句说：“阁下新到东胡，先安下身来，日后我们再叙。”说完，将长锤扔在地上，撇开马缰，与三位将军回到中心大帐。

大瑞青进帐连干两碗奶酒，然后抹了一把嘴巴说：“这个秦开，看来真是来者不善哪！众位有何看法？”

上卿居长里、参议大夫吐金，还有山女、冬青、云青等人在大瑞青到赛马场后，也跟着到了赛马场，在远处观看双方的情况。看到大瑞青败战回到中心大帐，几个人也陆续回到大帐。听大瑞青说秦开来者不善，冬青忍不住地说：“我和嫂嫂、小妹在远处看，这位秦开真是太了不起了，年纪轻轻，就这么武艺高强，还不卑不亢，矜持有礼，我看咱们还是和燕国和好吧，再不要想着去抢劫燕国了。”

咬哈摇摇头说：“如果再到燕国抢掠，不说别人，只要遇到秦开，咱们必败无疑。”

舍木说：“看来我们谁也不是秦开的对手。”

骨宁点头，表示赞成舍木的话。

吐金说：“老夫还是那句话，先将抢掠燕国的事放放再说吧，这个秦开就够我们对付一阵子的啦。”

上卿居长里是大瑞青最重要的谋臣，他不轻易说话。他见大瑞青看着自己，让自己表态，便点点头说：“抢掠燕国的事只能先放下了，这位秦开的到来已经告诉我们，燕国以后再不能轻易去抢掠啦。”

大瑞青看看夫人山女，山女叹了一声，又摇了摇头。

大瑞青站起身来说：“诸位说得对，这位秦开的到来，看来真是告诉我们，今后燕国再不能进犯啦。因此，我们就暂不抢掠燕国啦，以后观察一段再说吧。”

众臣听了，都各自散去。

且说秦开与众兄弟在东胡的渔水营安下身来后，东胡军队便一直有人在远处的木楼上监视着他们外出的一举一动。好在东胡人并不限制秦开等人的行动自由，秦开等人外出射猎和采集野物时，东胡人也只是有人跟随，并不干预。对于秦开等人的生活，东胡人很是关心，秦开落脚不几天，大瑞青就派人送来一大群牛羊马驼，让秦开等人放养，同时也作为他们的粮食。

秦开等人安下身来后，便开始考虑如何更好地完成质胡使命。这日，秦开让从人看住帐门，防止东胡人的突然出现，他与众兄弟商议起事情来。秦开说：“我们来到东胡后，第一件事情即制止东胡南下抢劫已经成功，众位兄长都说说，我们下步从哪开始，做些什么？”

李虎说：“我看下步我们主要是和胡人比武，让他们都领教领教九弟的武艺，让他们服气后，从此再不侵扰燕国，我们的使命不就完成了吗！”

陈奈说：“七弟莫要想得那么简单，这次九弟高强的武艺的确是镇住了东胡君长和他的将军们，但一向自以为比我燕国强大的东胡君臣，决不会因为这一次被九弟镇住而服输，更不会从此不再去想侵扰我燕国，九弟质胡的使命还任重而道远。”

陈奈说完后，其他人都点头赞成，李虎做了个鬼脸，不再说话。

秦开对陈奈说："兄长经过这一段的观察和体验，一定有些想法，快说出来让我们听听吧。"

陈奈自被秦开等众兄弟奉为大管事后，更加主动地为秦开出谋划策，凡事都爱动脑筋，许多事都与秦开不谋而合。陈奈敬重秦开这个少年英雄，秦开也敬重这位结义大哥。听到秦开让他说说自己的想法，陈奈知道秦开又在将他二人的想法作比较和综合了。于是，他也不客气地像一位军师为主帅作谋划似的说："为兄以为，由于九弟以高强的武艺镇住了东胡君臣，东胡暂时不会侵扰我燕国，因此君王可以安心地富国强兵，不受干扰，我们也暂时不必担心这一点，可以静下来谋划长远的事情，这是其一。其二，我料东胡君臣绝不会就这样罢休，他们还会千方百计想办法压过我们，以便日后继续侵扰和抢掠燕国，这一点我们必须有足够的认识。其三，九弟要放开做事，按照君王赋予的质胡使命，一项一项地做起来，最终将东胡的所有情况摸清，为征服东胡做好准备。至于要做的具体事情，是个长期的过程，不可能短期内完成，我们可以随时商议对策。"

听完陈奈的话，众兄弟都点头赞成。秦开说："兄长说得与小弟想得基本一致，下步我们就按大哥所说，放开做事，逐项逐项地掌握东胡的各方面情况。小弟要说的是，虽然我们初来时对东胡君长采取了强硬态度，但那是面对东胡要发动抢掠我燕国行动不得已而为之的做法。接下来我们要做的，是既要暗暗摸清东胡方方面面的情况，又要善待东胡民众，因为都是华夏子民，炎黄子孙，我们凡事都要出于善心，不可伤害他们。"众兄弟一齐点头应命。

第二天，秦开带着大哥陈奈，开始拜访东胡的大臣。秦开首先来到将军咬哈的军帐拜访。咬哈自与秦开交手后，曾多次感叹秦开超人的武艺和儒雅的将风，几次想前往燕质营结交秦开。今日听说秦开前来拜访，来不及系上衣扣，便跑出营帐迎接秦开。二人见过礼后，咬哈连连夸赞秦开武艺高强，并希望跟秦开再次比武切磋。秦开一口答应，并夸赞咬哈勇猛。末了，秦开将一柄铜剑送给咬哈，咬哈见铜剑制作精巧，轻重长短皆适于己手，不禁连连称谢。

接着，秦开又与陈奈拜访了将军骨宁。骨宁膀大腰圆，力大无穷，一贯主张抢掠燕国。自秦开来到东胡后，骨宁情绪比较低落，一直在盘算着如何压服秦开，为抢掠燕国排除障碍。这日，他正在自己的军帐后面练习单弓射双箭，军士来报，说燕国人质秦开前来拜访。骨宁把牛角弓挂在架钩上，在地上转了一个圈，思考着见不见秦开。但很快还是嘴不由己，让军士有请秦开。

不一会儿，秦开和陈奈来到骨宁的营帐，看到秦开满脸笑容，一副真诚友好的样子，骨宁有些内疚，连忙为秦开让座端奶，并连声问候。二人说了一会儿，很快说到射箭上，骨宁此时已释前嫌，拉着秦开来到帐后的射箭场，让秦开教他一弓射两箭。秦开认真把要领一一教给骨宁，骨宁熟记在心并接连试射了数次。然后他把牛角弓一挂说："不练啦，今日本将军与秦将军喝上一壶！"说着，拉着秦开回到军帐。不一会儿，军士端上东胡奶酒和各式烤肉，骨宁亲自为秦开倒酒并把盏，二人连干几碗后，骨宁说："阁下喝得惯我东胡这种马奶酒吗？"

秦开赞美地说："色清而味甜，真是好酒！"

骨宁说："东胡酒与你们中原酒不同，这酒是将马奶倾入木桶之中，用木棍不停地搅动十数日后，使其发酵而成，谓之'黑马奶'，喝了能滋体强身，滋养五脏六腑。"秦开连称好酒。

二人又喝了一会儿，秦开起身告辞，并送上青铜剑一柄。骨宁连连感谢，并回赠一张牛角弓。

在回燕质营的路上，秦开对陈奈说："东胡兄弟质朴实在，两位将军就这样成了我们的朋友。"

陈奈拿着骨宁赠送的牛角弓说："东胡人制作的牛角弓堪称弓箭之精品，既短小，又强硬有力，看来其杀伤力胜过中原人的平常弓箭。"

秦开点点头说："看来我们前来质胡，不仅仅要摸清东胡的情况，还要跟东胡兄弟好好学习一些先进的东西才是啊！"

陈奈也点点头说："小弟之言说得真好，你看东胡将士个个窄袖短衣，长裤贴身，行动甚是方便灵活，不似我中原人长袍宽袖，行动不便，东胡人许多东西的确需要我们好好学习。"

拜访骨宁和咬哈两位将军后，秦开对东胡人好感日强。这日，他又与陈奈一起去拜访东胡大将舍木。舍木因见秦开有将军之风，亦没有把秦开当作普通人质去看待，因此得知秦开登门拜访，便热情接待了他。舍木很早就羡慕中原兵法，二人叙谈了几句，舍木便将话题拉到中原兵家名流上，问秦开是否了解这些兵家名流和他们的兵法。秦开谦虚了一会儿，便将《孙子兵法》大段背给舍木听，又向他述说了鬼谷子等名流的兵家思想。舍木虽然听不懂《孙子兵法》，对鬼谷子的兵学思想也觉得似懂非懂，但对秦开立即肃然起敬，不停地夸赞。夸赞了一会儿后，舍木又摇头叹息了一阵，然后说："中原人真是了不起，不仅人人识文撰字，而且能想出这么多智谋。"

秦开借机说："因此，我们两个族民应该尽快融合起来，变成一家人，今后不再相互征战。"

舍木点了点头，然后又摇摇头笑道："阁下说得对，用你们的话说，我们都是炎黄子孙，但融合在一起的事你我都说了不算。"

秦开说："我们可以各自报告君王和君长，如果东胡和中原融合在一起，互通有无，取长补短，那该多好啊！"

舍木说："我们不说这些了，阁下以后多给本将军讲些中原的故事和兵法可否？"

秦开高兴地说："在下记住啦。"

陈奈说："东胡部落联盟内没有人识字吗？"

舍木看了一眼陈奈说："满东胡的大臣中，只有上卿居长里和君长的叔父、参议大夫吐金认识一些夏文，知道一些中原族群的故事，别人都是睁眼瞎。"

过了几天后，秦开再次拜访舍木，并教他识字，给他讲了许多故事，自此以后，舍木与秦开很是要好。

秦开还要去拜访东胡上卿居长里和参议大夫吐金，但二人不愿相见。秦开又数次前往君长大瑞青处，大瑞青也推托不见。

由于有东胡三位将军的友好相待，秦开渐渐与东胡军队的关系密切起来。

这日，将军骨宁邀秦开前往深山射猎，秦开带上骨宁赠送的牛角弓和雕翎箭，带上陈奈和李虎，各骑马匹，向渔水营北部山里走去。秦开暗地嘱咐陈奈和李虎，一方面要善待所有见面的胡兵胡将，另一方面要用心观察掌握所到之处的地形地势和胡兵分布情况。陈奈几次与秦开拜见东胡几位将军后，已经掌握归拢了大量东胡情况，并事后一一记载在羊皮上。李虎此次参加骨宁邀请的射猎活动，在出发前捡了许多小石子，又向其他兄弟借了好几个羊皮口袋，以便对东胡兵的分布情况暗作标记。陈奈问李虎这是要做什么，李虎笑着说："小弟没有大哥那么好记性，用这些小石子也好记个数嘛！"

射猎整整行进了五天，经过了若干东胡部落和兵营，秦开都逐一记在心中。这日，射猎一行人经过一个驯马场，秦开对骨宁说："在下在纲成时，就听说东胡兵骁勇善战，今日在下陪将军射猎至此，将军可否让东胡骑兵演练一场，也让在下开开眼界？"

骨宁说："让燕国其他人开开眼界倒是必要，也拿得出手，在阁下面前演练就拿不出手啦！"

不等秦开说话，骨宁又说："也好，阁下看过胡兵演练后，然后作点指点。"

当下骨宁让随行军士传令，让东胡兵集合二百人，分成两伙，相互对战，让秦开观战并指点。

原来东胡的驯马场，都是屯兵之处。当下骨宁号令已出，不一会儿，二百名胡兵全副披挂，分两边列好阵势，准备相互攻击。骨宁与秦开、陈奈、李虎在数名胡兵的簇拥下，站在一个高台上，做好观战的准备。骨宁将手中的剑一举，胡兵立即各自拍马上前，相互攻战起来。

秦开、陈奈和李虎三人，一来是还从未历过战阵，没见过满副戎装的军士相互攻杀，二来是他们知道的，历来是战车加步兵的攻击方式，没见过骑兵相互对阵。秦开好在自幼长在纲成，看惯了人们骑马，自己也学会了马上交战和射箭，陈奈和李虎二人却是只会骑马，不会骑马交战。因此，秦开看了胡兵对阵后，不禁暗暗惊讶和称奇，陈奈和李虎二人则简直看呆了，好久才回过神来。秦开从胡兵马上交战，到胡兵的披挂装束，逐一看在眼里，记在心上。

两列胡兵攻杀了约近半个时辰，秦开对骨宁说："将军让弟兄们住手歇息吧，在下已经大饱眼福了，也大开眼界啦！"

骨宁听了，立即传令，让胡兵各自停止演练，在马上听令。然后对秦开说：“阁下武艺高强，你看军士们还有何不足，请予指点。”

秦开先赞扬了一番胡兵，说他们矫健灵活，训练有素，勇猛善战，武艺精熟，然后又对骨宁说：“如果说不足，军士们的招式还显得单调，缺乏套路。”

骨宁高兴地说：“阁下虽是个燕质，但不愧为将军之风，一眼便看出了我胡兵的不足之处。”

说完后，他大声向胡兵说道：“这位燕国人质，武艺高强，无人可比，让他给我们演练一套铍法如何？”胡兵立即发出一阵欢呼声。

秦开走上前，接过一位胡军军士手中的长铍，在众军士的中间舞了起来。他的精湛的铍法套路博得胡兵的阵阵喝彩。一些胡兵还走到秦开面前，向秦开请教了许多问题。

回到燕质营，秦开将众兄弟召到一起说：“我们来到东胡后，通过与东胡将领接触，特别是这次与骨宁将军远出射猎，对东胡的方方面面情况有了许许多多的了解，其中有些情况对我燕国熟悉了解东胡十分有用，因此我们需要坐下来，好好梳理一下，便于日后向君王报告。”说到这里，秦开笑着对李虎说：“七哥先向各位兄弟说说你的收获和看法吧。”

李虎将好几个羊皮口袋放到眼前，又从各口袋中倒出数量不等的石子数了起来，数着数着，李虎拍了拍额头说：“怎么不对呢，好像和我心记的不一样呢！”

陈奈哈哈一笑说：“别数了，你记的那几个数我都用心记下来了，我来说给你听听，你看对不对！”说着，一口气将各个数字说得一清二楚。

李虎摇了摇头说：“看来是我把羊皮口袋搞混了。”

秦开又笑道：“还是让大哥把这一段掌握的东胡的有用情况说给众位兄长听听吧。”

陈奈点点头说：“君王派九弟来东胡当人质，目的是把东胡的情况摸清楚，为日后征服东胡做准备。这一段时间，我陪九弟拜访了几位东胡将军，接触了一些东胡的人士，特别是这次与骨宁将军一同进山射猎期间，掌握了东胡许多情况，对我们日后征服东胡用处极大。我和九弟私下碰了一下，大致有以下几个方面：其一，也是最主要的，就是东胡军士的服饰问题。兄弟们不知注意到了没有，胡人的服装与我们中原人不同，他们都是身穿短衣和长裤，脚登皮靴，腰系皮带，行动十分灵活方便，不似我中原人宽衣博带式的服装。其二，东胡军士是骑在马上作战，加之身着短衣、长裤的胡服，因此开弓射箭、挥戈持矛，极为灵便，且往来如飞，行动迅速而敏捷。这与我中原列国的军队大不相同，中原列国武器可能比胡人精良，但千百年来作战时都是步兵与兵车混合编制，加之官兵都是身穿长袍，甲胄笨重，行动极不方便……”

没等陈奈说完，孙擒虎再也憋不住话了，他使劲拍了一下大腿说：“大哥别的都不用说了，光是这两条，如果我们改了，就一定再不用怕胡兵了。如果不改，就这两条就能要了我们的命！你想啊，如果在东胡这样的山地里，我们的战车怎么能和胡人的骑兵相比呢！”

秦开对孙擒虎摆了摆手说：“先让大哥说完，然后我们再议论。”孙擒虎点了点头，不再说了。

陈奈继续说：“其他还有如我们掌握了胡兵的一些驯马场和兵营，掌握了一些重要地方的地形地势，还有胡兵的武器，包括弓箭，等等。但我同意擒虎兄弟的看法，其他都不重要，最重要的是胡人的服装和军队的战法。我们把这两条防了，其他方面我们就不怕胡人啦。”陈奈说完这些后看着秦开说：“为兄说得不知妥否，还是九弟说说吧。”

秦开听了，深深地点点头说：“兄长说得很好，对主要东西捕捉准确，与我想的一致。我也认为，胡人的服装和战法，其优点远远超过我们，如果我们将东胡兄弟的这两条借鉴到手，或者说对他们这两大优点有所防备，日后在我们征服东胡时，一定会稳操胜券。为此，小弟昨夜用了几乎一夜的时间，做了一件事情，把胡服和战法都画了出来。”说着，从一个羊皮袋里拿出了一卷薄薄的羊皮展了开来。

欲知后事，且看下回分解。

第十一回　胡君长嫁妹笼人质　三部落出兵掠赵国

却说秦开到了东胡一段时间后，通过与东胡将领的接触，特别是与东胡将军骨宁外出射猎，对东胡的方方面面情况有了许多的了解。这日，秦开与众兄弟坐在一起，梳理着对燕国征服东胡有用的种种情况，长兄陈奈提出了最主要的是胡兵的胡服和军队的骑兵战法，对日后燕国征服东胡最为重要和有用，得到众兄弟们的认同。秦开早就发现了胡军这两个方面的优点，为了将胡兵的这些优点形象地表现出来，秦开几乎用了一夜时间，将胡服和骑兵战法用羊皮画成系列草图。当多数兄弟既认同又感到陌生时，秦开拿出一卷薄薄的羊皮，在众兄弟面前展开说："诸位兄长请看，这就是胡服和胡人的骑兵。"

陈奈看时，见几张羊皮上画着无数张图画。秦开指着图画说："你们看，这就是东胡军士们穿的服装，个个都是窄袖短衣，腿着长裤，脚踏长筒皮靴，骑在马上作战，动作甚是灵活方便，不管是挥戈交战，还是开弓射箭，都活动自如，动作敏捷，往来如飞。再看看我们兄弟们身上的衣服，长袍宽袖，拖拖拉拉，用手拿个东西要这手把那手的袖子撸起来才能伸出手来。特别是我们的军士，上战场作战除少数兵车外，大多是步兵，而官兵都身穿长袍，甲胄笨重，不管是在兵车上还是步行在地上，都极不方便，因此，在双方交战时，只能处于被动挨打的地位。"

说到这里，秦开又指着另一张图画说："你们看，这是什么？"众人看了看，然后都摇了摇头。秦开接着说："这是我按照东胡将军骨宁身上那个样式画出来的，这叫'蹀带'，也叫'蹀躞带'，可别小看这条腰带，它的用处太大了，在我看来，简直有些神奇。你们看，这些都是带环，是用来佩挂各种随身所用的物件，如带弓、剑、囊、砺石等等。刚才七哥说他带了几羊皮袋石子，以便记忆胡兵情况，结果还是弄混了。如果我们佩带这样的蹀带，并将小口袋系在固定的环上，那就不会弄混。这种蹀带，不仅东胡将军身上束带，而且东胡骑兵人人身上都束带着一条，佩挂着自己要带的东西，真是方便极啦！”

秦开说到这里，李虎若有所思地说：“我说嘛，那些胡兵腰间都挂着各种东西，原来是这样一条神奇的带子。如果我有这么一条带子，能系下五个口袋，我的石子就不至于弄错。”

秦开笑了笑又说：“你们看，这又是什么？”众人又看了秦开手中的图画，又都摇了摇头。秦开说：“这是带钩。”陈奈点了点头说：“不错，是带钩，我也想起来了。”秦开接着说：“千万别小看这个带钩，它是蹀带上的重要机关。胡人的蹀带，都是用皮革制成，皮带上都打着小孔，带头部分装有一个铜环扣，并缀有扣针，使用时将皮带穿过环扣，收紧之后以扣针固定，不仅方便，而且牢固。而我们在穿衣裳时，也系腰带，但我们的腰带多为纺织之物，要固定时则需系成结，既不方便，又不牢固。如果在战场上所系之结一下子开了，说不定就会被活捉，甚至搭上性命。”秦开说到这里，众兄弟一边抚弄着各自的腰带，一边点头。

秦开又指着一幅图画说：“这个是什么，诸位兄长一定认识啦！”众人看时，原来秦开画的是一双皮靴。秦开说：“对，这是皮靴，是东胡人男女老少都穿的鞋，也叫胡履。这种皮靴，筒和底都是皮做的，特别是这种高筒，穿上后既舒适，又跟脚。而我们的鞋，往往以丝帛为面，麻缕为底，大臣上朝穿的鞋则多用木底。这种矮帮的麻履和木履，极不适宜行军打仗，更不适宜跋涉于水草之地。”众兄弟听了，不停地点头。

秦开又指着几幅胡兵骑马打仗的图画说：“由于身穿胡服，骑在马上就格外显得轻巧灵便，我和大哥、七哥在观看胡兵演练时，甚至看到有的胡兵突然把身子藏到马肚子下，他们叫‘镫里藏身’，那种躲闪和攻击的动作太灵巧啦。如果这样一支骑兵和我们兵车步兵的队伍相遇，诸位兄长说我们军队能取胜吗？”众人听了，都摇着头。秦开也一边叹息着，一边摇着头。

秦开把图画收了起来，对众兄弟说："小弟按照君王的布置，前来质胡，就是要将东胡比我燕国强的地方了解清楚，以便日后我们赶上或超过他们，从而战胜他们。现在看，东胡军队比我们强的地方，主要是他们的戎装和他们的骑兵，其他地方我们都不比东胡弱。因此，我想我等众兄弟要把这些情况搞得清清楚楚，同时要尽快将胡人的这些本事和优点学到手，然后尽快报告给君王，让我燕国的军队也都学到手。这样，随着燕国国势的强大，就再不会受东胡侵扰了。"

秦开说完后，陈奈说："九弟真有心计，竟将东胡这些优势和长处掌握到这种程度。九弟说得对，我们既要把这些情况搞得清清楚楚，还要尽快把这些事尽快学会，便于回燕国后向大王报告。众位兄弟说是不是这样？"众人一致赞成。

秦开说："好，那我们就从今天开始起，先学习胡人的骑射。众位兄长都有较高强的武艺，但大多是马下的功夫，马上骑射本领需要重新学习锻炼。各位兄长先选各自的坐骑，然后再练马上奔跑和各种骑术，包括东胡人镫里藏身之术。骑马的功夫过硬后，再练马上骑射。各位兄长过去马下功夫所使用的兵器，有可能与学会骑射后的马上功夫不同，要尽快重新确定自己使用的兵器，之后再练习马上交战的本领。所有这些练成之后，我们才能敢说已经赶上胡人。至于胡服，我们兄弟九人，都要慢慢每人各有胡式单衣和棉衣，日后回燕国向君王报告时，要把胡服穿给君王亲眼看一看。"众兄弟皆点头赞成。

自此，秦开与众结义兄弟天天练习骑马。好在秦开生长在离胡人很近的纲成，很早时已学会了骑马及马上射箭和交战，因此众兄弟学习骑射时，秦开一直为他们当教练，悉心地指导他们。很快，众兄弟都将马术练至炉火纯青。

接着，众兄弟都自选兵器，以便成为马上战将。九兄弟中除秦开使用长钺、孙擒虎使用长矛、李虎使用长戟外，其余六兄弟中，各自使用的兵器都不确定。大哥陈奈，以军师角色为主，众兄弟都不让他再去练武，也不让他日后上阵交战，可陈奈对众兄弟说，就是护身也必须有自己的固定兵器，因此他选择了双剑。二哥王信，对秦开的钺法甚是羡慕，因此自己也选用了长钺，只是钺的分量比秦开轻了许多。四哥宫宇与三哥孙擒虎甚是情投意合，他见孙擒虎使用长矛，便学着三哥也选择了长矛。五哥华云和六哥田夏自看到东胡君长大瑞青与秦开比武时使用长锤，便对锤这种兵器产生了兴趣，但二者都愿意使用双锤，一手一个。于是，二人自行设计了短柄铜锤，华云确定了一对菱形铜锤，田夏则确定了一双扁圆柱形铜锤。八哥向羊见九兄弟中大多数已形成二人同使一类兵器的局面，便笑着对秦开说："除大哥之外，二哥与九弟都使铍，三哥四哥都使矛，五哥六哥都使锤，只剩下七哥一人使戟，那我干脆与七哥做伴，也使长戟就是了。"秦开听了哈哈大笑，并点头赞成。

各自使用的兵器确定之后，秦开拿出燕昭王亲赐的黄金，让东胡铸铜师为众兄长铸造了兵器。此时，陈奈也为众兄弟每人订制了单棉两套胡服。众兄弟身穿胡服，骑在马上，演练武艺，一个个别提多高兴啦。

一晃，秦开质胡的时间已过了一年多，众兄弟早已适应了东胡人的习惯，不仅衣着打扮都与胡人无二，连日常生活的各种习惯也渐渐与胡人一般。

这日，正是渔水营一带春暖花开之季，秦开看到山坡上各种鲜花竞相开放，不禁高兴地对众兄弟说："我等已来东胡一年多了，这一年来可谓收获颇丰，我们不仅了解清楚了东胡军优于我燕军的方方面面，而且已经把这些优势全部学到手并掌握起来。今后，只要君王下令，在我燕军推行胡服和骑战，我燕军战斗力一定会赶上或超过东胡军队。我现在想，我等尽快将这一年多来的情况报告君王，以改变我军情况的时候已经到了。"

陈奈点点头说："是啊，如果君王接受了我们的建议，尽快改造燕军，几年之后，我们肯定会从此不再怕胡军。"

李虎拉着向羊对秦开说："让我们这两杆长戟回燕国向君王报告吧。"

孙擒虎拉了李虎一把说："这样的事，必须九弟回国后亲自向燕王报告。"

秦开看了一眼孙擒虎说："那倒未必，不过小弟确实应该向君王报告。只是不知东胡君长是否同意我等暂时离开。"

陈奈说："我等还应继续与东胡人密切关系，多交朋友，彻底打消他们的种种顾虑，到那时再回国报告不迟。"

李虎说："虽然大哥这个监造战车的大总管不在了，这两年内不知乐毅将军又制造了多少辆战车。"

秦开说："这些事我们暂时都顾不上了，还是按照大哥说的，继续与东胡人密切关系，多交朋友，说不定什么时候就有回国向国君报告情况的机会。"

王信说："为兄的钺法还有许多别扭之处，九弟再为二哥指点一些可否？"

秦开点头说："我兄弟九人中，二哥与小弟同使长钺，我二人可好好相互交流一下，相互指点，相互启发。"

王信高兴地说："如果和九弟在一起交流几天，二哥的钺法一定会有长进。"

秦开对众兄弟说："各位兄弟多做自己的事情去吧，这几天我就和二哥切磋钺法啦。"说完，对王信说："二哥请！"

王信说："九弟，二哥前些日子到渔水营东部闲游时，见那里有一处空旷之地，三面环山，还有一条小河，眼下正是树木发芽之际，我想那里一定风光美丽，而且安静，无人打扰，我们二人到那里静静地切磋上几天，你看如何？"

秦开说："好哇，那就走吧。"

于是，秦开和王信各自骑上自己的战马，提上各自的长钺，带着肉、奶等物，向渔水营东面驰去。

春季的渔水一带，空气格外清新，树上的鸟儿忙个不停，河水清澈见底，水中倒影中不时地呈现出一幅幅美丽的图画。秦开和王信顺着渔水河走了一段后，王信对秦开说："前面不远处便是那个幽静的小山谷啦。"

王信刚说到这里，突然前面传来女人的尖叫声，接着又传来似乎是打斗的声音。秦开说"看看去！"然后催动坐骑，向前驰去。王信也打马跟在秦开后面向前跑去。

转眼间，秦开便来到了女人尖叫声发出的地方。秦开一看，不禁大吃一惊。原来是一位女子正在手握短剑与一只吊睛白额的老虎在打斗着，旁边两个看似随从一般的女子，都被吓倒在地上，直打哆嗦。秦开来不及去想什么，只见他把长钺往地上一扔，纵身从马背上跳下来，几步便跑到那女子和老虎搏斗的地方，顺手从地上捡起一根木棍，向那女子喊了声："闪开！"然后便与那老虎厮打在一起。

那老虎与持剑女子斗了一阵，抓破了女子的衣裤，却没扑倒那女子。现在一看，一个又高又猛的壮士手持木棍来打自己，吼了一声，转身想跑，可此时恰好王信将秦开的长铍掷了过来，口中喊道："九弟接铍！"秦开顺手接过长铍，手一抖，便刺了出去，只见那支铍尖正好从老虎的屁股刺了进去，穿透老虎的肚肠后，又从肚皮刺了出来。那老虎惨叫了一声后，便倒在地上死去了。秦开将长铍从老虎肚子中抽出来，然后在虎皮上擦了擦血污。

这时，那位被救下的女子来到秦开的面前，柔声地说了句："多谢将军救命之恩！"那两名随从似的女子，也立在被救女子的后面，连连称谢。秦开这时才仔细看了看那女子，只见那女子年纪轻轻，身材窈窕，端庄秀美，身穿丝绸紧衫，下身穿着胡式长裤，脚踏棕色皮靴，一副洒脱利落和干练的样子。秦开还了一礼并说道："区区小事，不必在意。"

那被救女子用她美丽的大眼睛看了看秦开后又说："将军是燕国来我东胡做人质的秦开，是吗？"

秦开听了那女子的话，也再次打量了一下那女子，见那女子虽然被老虎抓破了衣裤，却从容自若，并无慌乱之相。虽然有一种洒脱威严的气质，却也含有几分娇羞之态。秦开抱了抱拳说："在下正是秦开，请问芳名？"

那女子说："我乃东胡君长大瑞青之妹冬青是也。将军刚到东胡时，在赛马场与我兄长及咬哈将军比武时，我曾与妹妹云青在远处见过将军。今日见将军这么利落地将老虎杀死，我断定将军一定是秦开。今日将军救了本公主，本公主感激不尽！"说完，又让那两个侍女过来给秦开施礼。秦开也让二哥王信与冬青公主见面，冬青给王信施礼后，口中言谢。

秦开问道："不知公主今日欲往何处，却在此遇到山中之王？"

冬青说："这几日，本公主与妹妹云青一直在赛马场赛马比武，今日清晨，本公主见春暖花开，天气爽朗，便决定出营游山踏青，于是带着两个侍女顺着渔水河走到这里，不期迎面遇到老虎，多亏将军出手相救。不知将军与王大哥要到哪里去？"

秦开向冬青说了要到前面小山谷切磋钺法情况。冬青说："如此，本公主便不打扰将军了，改日本公主专门到燕质营去答谢将军。"

秦开连忙说："区区小事，公主千万别挂在心上，况不管是谁，遇到此种情况，都会出手相助。"

冬青说："本公主敬佩将军，一定要和将军交个朋友。"

秦开说："公主还要到哪里去，秦开和二哥为公主保驾就是。"

冬青连忙说："本公主以后再也不往深山里去了，今日既然遇到了老虎，游山踏青就此结束，我三人回头向西，直回渔水营就是了，将军不必惦记。"说完，向秦开和王信施了一礼，然后捡起地上的短剑，与两个侍女回渔水营去了。

秦开与王信在小山谷切磋了三天钺法，然后回到了燕质营。刚到营前，李虎立即跑上前来告诉秦开，说大瑞青的妹妹冬青已来过，见秦开不在便回去了，这几天可能还要来。李虎刚说完，只见两个胡兵前来通报，说冬青公主一会儿便到。此时，其他众兄弟都跑出营帐，与秦开议论起救冬青公主之事。秦开简单述说了那日杀虎救公主之事。

陈奈高兴地说："可能我们的机会已经来了。"

李虎正要问陈奈，怎么知道机会来了，却见那日那两个侍女陪着冬青来到营帐。冬青见到秦开后，连忙施礼，口中说道："冬青再次谢过将军救命之恩！"

秦开还礼并与冬青寒暄之后，向冬青逐一介绍了诸位结义兄弟，冬青连连夸奖。秦开将冬青让进帐里，并为她端茶倒水。二人说了许多，且越说越投机。看看天色已黑，冬青无奈起身告辞，但此时已是恋恋不舍。

回到营帐，冬青先与小妹云青述说了秦开忘我相救、杀死猛虎的英勇壮举和她与秦开难舍难分的情意。云青说："那还不容易，去与哥哥说说，明天与秦开结亲不就完了吗！"

冬青说："没那么容易，我东胡人多少年来一直靠劫掠燕国财富来富有我们自己，如今如果姐姐和秦开结亲，那今后也就再不能抢劫燕国啦，我们的君长兄长会同意吗？"

云青说："东胡多少年来靠抢劫燕国富国，这是事实，但如今这位秦开来作人质，你说今后我东胡还能继续抢劫燕国吗！依我看，燕国这次把秦开派来，就想告诉东胡，抢掠燕国的日子已经一去不复返啦！”

冬青说：“是啊，面对秦开这样的英雄豪杰，包括君长兄长都是他手下败将，日后谁还敢去抢燕国呀！”

云青说：“所以，今后再抢掠燕国这条心就让兄长死了吧，这样姐姐不就可以嫁秦开了吗！”

冬青说：“鬼丫头，就你有心眼。”说完，转身回自己营帐去了。

第二天一早，冬青来到中心大帐来找哥哥大瑞青。大瑞青自秦开来到东胡后，准备南下抢掠燕国的念头再也兴不起来了。但不去抢掠，中原的好东西什么也没有，要壮大东胡也不可能。因此，整日在帐中发愁。前一段时间，他得知舍木、骨宁和咬哈等人和秦开关系密切，不禁非常生气，把三人找来训了一顿，但第二天他又后悔了，又宽慰了三人，表示不干涉三人与秦开的交情。但从此后，他天天都在想如何对待秦开。想来想去，也想不出什么好办法。

听冬青说要和秦开结亲，大瑞青一下子跳了起来。他指着冬青说：“你疯啦，你与他结了亲，我东胡以后还怎么抢掠燕国！”

冬青立即反驳说：“妹妹不与秦开结亲，兄长还敢去抢掠燕国吗？”

大瑞青张了张嘴，说不出话来。过了一会儿，他又说：“秦开的确是个英雄豪杰，但他毕竟是个低人一等的人质，君长的妹妹嫁给人质，让东胡的贵族和将士们怎么看，我这个君长还有什么面子！”

冬青说：“兄长如果不说这些话，妹妹也不愿意说下面的话：我听秦开那些兄弟们私下说，秦开与燕王是结义的兄弟，燕王姬职把他当作亲兄弟，秦开来东胡那一天，燕王亲自送他启程。”

大瑞青再一次跳了起来说：“你说的这些都当真？”

冬青说：“妹妹撒这些谎有什么用！这些话都是最近几天才听那几个燕人说的。”

大瑞青一屁股坐在木凳上，过了好大一会儿，他才自言自语地说：“是啊，以后还敢去抢掠燕国吗，再打秦开的主意已经没有意义啦！”

想到这里，大瑞青对冬青说：“好，为兄同意你嫁给秦开为妻，从今日起，你要和秦开好好相处，等为兄办完一件大事后，就为你二人操办婚事。”

冬青说："兄长啊，你看你，要么不同意，要么又要立即为我们办婚事。现在还不知道燕国人什么婚俗习惯，男女双方一开始结亲时，用不用提媒，但妹妹想起码还需要有个人向秦开提个亲吧。"

大瑞青说："女人家说起事来拐弯抹角，你就说让为兄为你提亲不就是了吗！好，我明天派骨宁将军为你提亲就是啦！"

冬青听到这里，心里一阵欢喜，辞别兄长出帐去了。

冬青刚出帐，大瑞青立即告诉侍臣，让他去请三位将军和上卿居长里，参议大夫吐金前来大帐议事。

不一会儿，五位大臣先后来到中心大帐，并在自己的位置上坐下。大瑞青对五人说："最近，本君长一直在思索着我军南下抢掠中原财富问题，其中主要在考虑着如何对待和对付秦开。今天，本君长突然想明白了，我们不能因为来了个秦开就不再抢掠财物了……"

没等大瑞青说完，大瑞青的叔父、参议大夫吐金立即站起来说："使不得，使不得，有秦开在，我们真的不宜再去燕国抢掠啦！"

大瑞青笑着招了招手，让叔父坐下，然后说："叔父且听我说，我的意思是有秦开在，燕国是不能再抢掠了，但别的侯国难道我们也不能去抢掠了吗！"

大瑞青话音一落，五位大臣立即热议开了。大瑞青听了一会儿嘈杂的议论，然后说："诸位爱卿还是一个一个地说，看看我们可以去抢掠谁？"

咬哈说："还是君长英明，竟想出了去抢掠燕国之外的地方。这些日子，臣一方面感到有秦开在，燕国的确不能再去抢掠了，但另一方面还总是在想，我偌大的东胡联盟部落，若没有中原人财物的支撑，我们很难支撑整个部落的发展，因此，臣赞成尽快去抢掠燕国以外的诸侯国。"

骨宁说："话说明白了，其实就是撇开燕国去抢掠赵国。"

舍木说："对，下步我们就是要去抢掠赵国。"

三位将军说完了，大帐一阵寂静，谁也不再说话。大瑞青看了看吐金和居长里，然后说："两位老爱卿对抢掠赵国有什么意见，也说来让本君长听听啊！"

居长里眨了眨眼说："放弃燕国，抢掠赵国，臣是赞成的，这一点与三位将军并无二致，但臣是在想，我们就这样突然发兵抢掠赵国，未免太轻率了，大概还要再做些什么，才可以发兵。”

吐金说：“上卿言外之意，由老臣来言明吧。其一，赵国乃百年前与韩、魏两家三家分晋而来，周威烈王封赵烈侯赵籍为诸侯立国，三国到现在还不到一百年。在现今这位赵武灵王产生前，赵国比燕国强不了多少，可现今这位赵武灵王，听说是位极负盛名的有为之君，他自继位以来，国势日渐强盛，现在我们去抢掠他的财物，不知是否能行。其二，赵武灵王继位后，不仅国势日益强盛，与各诸侯国亦相处甚好，如我们抢掠赵国，回过头来他联合诸国讨伐于我，重蹈当年齐桓公伐我山戎诸部之覆辙，我东胡岂不是要被动吗！”

听完吐金的话，大瑞青不禁犹豫起来。骨宁说：“这么多年我们都清楚了，什么事总是有利有弊，抢掠哪个诸侯国都有危险，除非你谁也不犯着人家。就算你不犯人家，人家强大了还要来犯你呢！自古中原大地哪天不是你争我夺，弱肉强食！因此，依我看，用不着过于担心，大不了被人打败，或碎尸马下，更何况我东胡骑兵英勇灵活，往来如飞，中原的战车是追不上的。”

大瑞青听了骨宁的话，点了点头说：“将军之言有理。”

咬哈说：“既然如此，君长下令发兵就是了。”

大瑞青对骨宁和咬哈摆了摆手，然后问居长里和吐金说：“依两位老爱卿之意，需如何去做，才能既不轻率，又能尽快出征？”

参议大夫吐金说：“还是由老臣代上卿来回答吧。老臣认为，我们在出兵抢掠赵国时，只要将赵国北部我东胡的两个邻居一起拉上，既能成功，又能替我东胡分担危险。”

大瑞青说：“叔父是说林胡和楼烦两个与我东胡相同的游牧民族？”

吐金说：“正是。赵国地处北方，其北部边境与我东胡和林胡、楼烦相接，我三大部落一起行动，自然是胜算多多！”

大瑞青说：“好，那就遣使前往林胡和楼烦，约他们一同发兵，抢掠赵国。”

居长里摆了摆手说：“不必了，臣早已与林胡、楼烦的君长联络过了，只要我东胡发兵，他们即可发兵，一同南下赵国。”

大瑞青听了哈哈大笑道：“上卿和参议大夫两位老臣，真是未雨绸缪，早有妙算。既如此，明日一早，便派出快骑，通知林胡、楼烦，发兵赵国，我东胡大军三日后发兵南下，直指赵国。”三位将军一面领命，一面给居长里和吐金施礼。

第二天，大瑞青让夫人山女代他前往燕质营，为妹妹冬青向秦开提亲。秦开率众兄弟热情接待了山女，双方相处气氛甚是融洽。秦开答应下来这门婚事后，向山女并大瑞青请求，回燕国向燕王申请批准这门婚事。山女答应秦开，待向大瑞青说明情况后，由大瑞青批准秦开回燕国向燕王报告。

提亲的第二开始，一连三天，山女带着冬青，在众女侍人们的簇拥和护卫下，天天到燕质营与秦开相聚。秦开的结义兄弟们见秦开娶了这么一位美貌干练的胡女为妻，又是东胡君长大瑞青的胞妹，这次总算有机会回国向燕王报告东胡情况了，因此个个满心欢喜，天天饮酒庆祝，甚至一醉方休。

三天热热闹闹的欢庆和酒宴，使秦开和众兄弟们乐不自禁，但东胡两万骑兵闪电式地南下赵国抢掠，众兄弟们却谁也不知道。

又过了两天，大瑞青派夫人山女再次来到燕质营，请秦开到大瑞青的中心大帐赴宴。秦开在陈奈、李虎二人的陪同下，来到大瑞青中心大帐的宴会厅赴宴。大瑞青请夫人山女、幼妹云青陪同秦开和冬青及陈奈、李虎。直到此时，秦开才知道东胡骑兵已深入赵国境内抢掠去了。

大瑞青批准，让秦开偕冬青三日后启程回蓟城见燕王，不过要尽量早去早回。秦开回到燕质营后，与众兄弟们将诸多事情一一商议完毕，然后准备启程回燕国。

且说东胡两万骑兵在舍木、骨宁、咬哈三位将军的率领下，以闪电的速度闯入赵国。林胡、楼烦两个部落各出兵五千，几乎与东胡军同时闯入赵国。三万大军一路南下，所过之地，如风卷残云，所有官府和百姓凡有金玉宝物者，一概掠走。遇有官府仓库，不问何物，一律装车北运。

且说赵武灵王自十五岁继赵王位，到此时已在王位上近二十年。自听政以来，他奋发图强，日夜与众臣谋划着赵国的振兴与崛起。这日，赵武灵王正在赵城与周围几个郡的郡守们商议着振兴赵国的若干设想，突然侍臣来报，说北部东胡、林胡、楼烦三个部落的三万骑兵结伙而来抢掠，所过之处，金银玉铜宝物被劫一空，官府仓库，不管何物，皆被劫走。

赵武灵王听到赵国北部遭劫，却没有表现出异样的惊讶，而是对侍臣所说的“三万骑兵结伙而来抢掠”感起兴趣来。他一拍案台对几位郡守说：“命令赵国军队不惜一切代价，务要捉住几个胡人的骑兵，寡人要看看，是什么样的骑兵这么有威力，能在数天之内将大半个赵国洗劫一空！”几位郡守当即离开府衙，去布置任务去了。

赵武灵王随即站起来，对身边大臣肥义和楼缓说：“走，去看个究竟！”

欲知后事，且看下回分解。

第十二回　武灵王效胡服骑射　乐将军废兵车混编

却说赵武灵王听说东胡伙同林胡、楼烦两个部落，共三万骑兵，采取闪电式的劫掠，将赵国北部的金银玉铜等宝物劫掠一空，立即对北方部落的骑兵产生了兴趣。他命几位郡守务必要活捉几个骑兵，他要亲眼看看胡兵究竟是什么模样，为什么如此厉害。布置完后，他与大臣肥义、将军楼缓，乘兵车前往被劫掠的地方去了。

几位郡守按照赵武灵王的要求，与各地军士们迅速赶到胡人骑兵抢掠的地方。郡守及军士们听说赵王和大臣们也前往观战，一个个奋力向前，一些步兵在观望了一阵胡兵的活动后，找来兵车上的长绳，在胡兵经过的路上埋伏起来，待胡兵经过时两边一起将长绳拉起，把胡兵坐骑绊倒，将胡兵捉住。赵军将这种长绳绊马叫作绊马索。绊马索绊倒胡兵的做法迅速在赵军中传开，胡兵得知后，纷纷往回撤退。赵军凭这种绊马索，活捉了上百名胡兵。这上百名胡兵中，大部分是东胡兵，也有少量林胡和楼烦部落的胡兵。

赵武灵王得知赵军活捉了上百名胡人骑兵，传令赵城郡守，由他负责将这百名胡兵，连同他们的坐骑，一并押送到赵国都城邯郸，他要亲眼察看，亲自研究。赵武灵王与大臣肥义、楼缓查看了几处被胡兵抢掠过的地方，安抚了百姓，又对防范胡兵再次入境抢掠作了一些部署后，乘车回都城邯郸去了。

回到邯郸，赵武灵王当即前往丛台，观看研究胡兵情况。在武灵王的引导下，赵城郡守也对胡人及他们的坐骑、服装产生了兴趣，他担心这些胡兵不听话，甚至惹赵王生气，便提前与军士、百姓一起，与那些胡兵聊天谈心，安慰他们。那些胡兵们虽然凶悍，但却诚实，在赵人的感染下，一个个都表示归附赵国。赵武灵王得知这个情况后不禁大喜，他嘉奖了赵城郡守后，在丛台亲自接见了这百名胡兵，安慰他们在赵国落户，娶妻生子。胡兵们甚是感动。

丛台古称武灵丛台，始建于赵武灵王继位之后，是赵王检阅军队与观赏歌舞之地。因楼榭台阁众多而“连聚非一”，故名丛台。台上有天桥、雪洞、花苑、妆阁诸景，结构严谨，装饰美妙，曾名扬战国列国，也是如今邯郸的象征。赵武灵王鼓励安慰胡兵后，又带领他们逐一观看了丛台的景致，并给胡兵讲述了一些故事，胡兵甚是感动，有的还流出了热泪。

让胡兵放松欣喜之后，赵武灵王下令，让所有胡兵恢复成他们进入赵国抢掠时的原样，并在丛台演练他们的骑术和武术。胡兵们只以为赵武灵王喜欢看异国风情的热闹，便用心打扮和表演。

当这百名胡兵身穿胡服，骑着战马出现在丛台之下的阅兵场时，赵武灵王立即惊呆了。他站在丛台的检阅台上，目不转睛地看着身着短衣长裤，骑在战马上的胡兵。看了许久，他才下令让胡兵演练他们的骑术。口令一下，只见胡兵催动战马，被分成五人一组的骑兵立即飞奔起来，转眼便在检阅场上跑了个来回。赵武灵王一边看一边不停地点头赞叹。

看过胡兵骑术表演后，赵武灵王再次传令，让胡兵各持自己的兵器，两人一组，相互攻防，演练马上交战情况。口令一下，胡兵相互对阵的二人兵刃齐举，战在一起。检阅场上乒乒乓乓，好不热闹。赵武灵王一边观看着胡兵交战表演，一边似乎在思考着什么。

许久，赵武灵王才下令停止对攻表演，改作马上射箭表演。霎时，胡兵们弯弓搭箭，箭似流星一般一支一支地从胡兵手中射出。看到胡兵飞马开弓放箭的优美姿势，赵武灵王不禁自我模仿起来。

看完胡兵射箭，赵武灵王走下丛台，来到胡兵面前。他仔细地观看着胡兵的衣着打扮，连蹀带上的饰牌和小环，都逐一查看。最后，赵武灵王让将军楼缓将这些胡兵编入赵国军队，并让大臣肥义予以优厚待遇和照顾。

第二天，赵武灵王请大臣肥义、将军楼缓议事。赵武灵王对二人说：

"这几日两位爱卿对胡兵有何印象？"

将军楼缓说："想不到胡兵如此矫健灵活，舞动兵刃，开弓放箭，坐在马上比站在地上还灵便，真是神奇极啦！"

肥义说："胡兵之所以如此矫健灵活，最主要的是他们穿的胡服与我们中原服装大不相同，他们短衣窄袖，长裤皮靴，蹀带环腰，诸物随身，再加上他们骑在马上作战，奔跑自如，往来如飞，才有闪电般的速度，超强的杀伤力。"

赵武灵王说："二位爱卿说得好，与本王感觉一样。我赵国军队若论武器，并不比胡人差，可我们的军队，多为步兵与兵车混合编制，加上将士们都身穿长靴，甲胄笨重，行动起来极为不便。即便骑马，也不会灵便。这样，如和胡兵对阵交战，肯定处于不利地位，不可能打胜仗。本王昨夜彻夜难眠，想来想去，想在我赵国仿照胡人的习俗，把我们的服装改一改，改成短衣窄袖，长裤皮靴，把我们的长袍大褂宽袖口的服装废掉，二位爱卿以为如何？"

楼缓问道："大王是想只在军队推行胡服，还是要在全国推行？"

赵武灵王说："当然是在全国推行啦！"

楼缓点头说："臣赞成，如此一来，我军的战力肯定会大大提高。只是我们需要尽快增加马匹。"

肥义说："臣也赞成仿照胡人习俗，将我们宽大服装改成胡服，如此一来，不管是我们的军士，还是我们的农人，干活打仗，都会极大方便起来。"

赵武灵王说："胡人值得我们学习仿照的是两个方面，一是穿衣的习俗，即胡服，二是骑马打仗，即骑射。本王预料，改兵车步兵混编为骑射，大概不会有什么阻力，但改革穿衣习俗，一定会有阻力。二位爱卿以为如何？"

肥义说："大王英明，臣也认为改穿胡服会有阻力，特别是王系之中，有人会不赞成。"

楼缓说："行军打仗，目的是要打胜仗，现在已经看得清清楚楚，穿衣不适合打仗，兵车步兵混编不如骑兵灵便，不管阻力多大，臣都支持大王将胡服骑射这两件事改革下去。"

赵武灵王站起身来说：“我赵国建国百年来三易国都，历代先王虽奋发图强，但赵国一直积贫积弱。本王自十五岁继位以来，虽时时寻求振兴赵国，怎奈成效甚微。如今，本王以为从胡服骑射入手，改革我赵国的习俗，必能革故鼎新，变换国人的风貌，最终强大我赵国。因此，本王已下定决心，不管此次倡导胡服骑射有多大阻力，本王都会坚定不移地推进下去。希望二位爱卿与本王一道，将这项移风易俗之举推向前进。”

肥义、楼缓一致表示，虽赴汤蹈火，在所不惜。

过了几天，赵武灵王颁布王令，在全国实行胡服。从王令下达的当日起，赵武灵王自己首先穿起了胡服，肥义、楼缓和一些臣子，也穿起了胡服。

王令下达十几天后，赵武灵王与大臣肥义、楼缓再次商议深入推行胡服骑射问题。肥义报告说，全国百姓响应王命穿胡服的人很少，大多数人有抵触情绪，特别是朝中大臣，以推行胡服不合礼法而拒穿胡服。

赵武灵王说：“这种情况是我们当初已经想到的，不足为奇。要让举国百姓都穿，本王和国卿们必须先带头穿，现在本王虽已带头，但大臣们还不响应，究其原因，是大臣中的王室成员在阻挠着。肥义爱卿亲自去一趟本王叔父赵成那里，传达本王之令，让他尽快穿上胡服，以便示范其他大臣。”肥义领命。

且说赵成乃赵武灵王的叔父，即公子成。公子成是个守旧的顽固派老臣，他得知赵武灵王在全国推行胡服后，带头反对，因此其他大臣也就视王令如儿戏。这日，赵成正在府中饮酒作乐，急报肥义来见。赵成与肥义话不投机，几句话便把肥义气走了。气走肥义后，赵成又想了许久，决定以托病不上朝来继续对抗实行胡服的王令。

听肥义述说了赵成的情况后，又见赵成第二天没有上朝，赵武灵王不禁十分生气。但他想了想，又笑了起来，于是整理了一下自己身上的胡服，拿起传国玉玺，徒步向赵成的府邸走去。

赵成虽然以装病不上朝来阻挠赵武灵王推行胡服的王令，但听说赵武灵王手拿王印，徒步来到自己的府邸，还是吃了一惊。他连忙从床上起来，半靠在床头上，等待着赵武灵王。

赵武灵王问候赵成之后说：“不知叔父因何阻挠本王推行胡服？”

赵成说："王者，既要有自己的王法，又要遵循先王的古法。衣服习俗，古之理法，变更古法，乃罪过也。"

赵武灵王说："古今不同俗，有什么古法！帝王之间，都不是承袭而来的，哪有什么理可循！夏、商、周三代帝王都是根据他们所处时代的不同而制定理法，这种理法时间长了还要去修订。律法、礼制都要根据实际情况去制定，穿衣只要方便于人，灵活于事，又何必去死守古人那一套东西呢！"

赵成张嘴要说什么，但半天什么也没说出来。赵武灵王接着说道："叔父是侄的长辈，过去先王们奋斗了一代又一代，都想变革古法，革新时政，以图发展，但成效甚微，赵国也一直贫弱到今日。侄继王位二十年来，时时都在想着振兴赵国，但也总是事倍功半。这次，侄看准了改革服装与骑射对于振兴我赵国的意义，才下定决心要在全国推行胡服，如果叔父都不支持，如何让大臣和百姓们去响应呢！如果叔父还想不通，干脆侄儿将这个王位交给叔父，叔父愿意让谁当谁就当去吧！"说完，便将王印推到赵成眼前。

赵成没想到武灵王用不必死守古人之法的言辞咽了自己一顿，又来了这么一出。看到赵武灵王将玉玺推到自己的眼前，赵成顿时有些慌了。他一下子站到了地上说："王侄请原谅叔父一时糊涂，王侄放心，从即日起，叔臣一定积极响应王命，把朝中大臣穿胡服的阻力统统都搬掉！"

赵武灵王握住赵成的手说："侄儿多谢叔父啦！"

赵成将王印捧给武灵王，然后大声说："走，叔臣穿上胡服到众大臣堆里去，然后我们一起再到百姓中去。"说完，君臣二人都笑了。

听说公子成也穿起了胡服，赵国几位大臣赵文、赵造、周袑、赵俊等人，也立即改穿胡服，不久，举国百姓都穿上了胡服。

接着，赵武灵王发动国人养马驯马，并从北方胡人那里买马，在军队里全部弃车乘马，过去那种由车兵和步兵构成的军队，逐渐更换成全部骑兵的精锐部队。

后来，赵武灵王又经过几年的经营，使赵国逐渐造就了一支快速、灵活、英勇、善战的骑兵军队。几年后，赵国接连打败了觊觎已久的中山国和林胡、楼烦，将林胡和楼烦上千里的土地并入赵国版图，并设置中、雁门、代三郡治之。赵国由此进入除秦、齐之外的战国强国之列。

赵武灵王胡服骑射的改革，改进了军队的服装装备，弱化了服饰的身份标示功能，强化了实用功能，增强了胡人对中原民族的归依心理，推进了民族融合，转变了民风民俗，奠定了中华民族服饰由交流而互进的良好基础。与此同时，军队告别了宽衣大袖、甲胄笨重的军士或驾战车，或步行作战的时代，代之而起的，是一人一骑的骑兵，中华大地各时各地军队，自此进入了一个新的时代。

且说秦开得到大瑞青批准回燕国见燕王后，心中高兴，连夜与众兄弟商议。冬青与山女因已知秦开是燕国贵族之后，又是燕王姬职的结义兄弟，生怕冬青去燕国面见国君有何不周之处，因此方方面面的准备甚是细致而周全。

秦开与冬青从东胡渔水营出发前往燕国都城蓟城的这天，山女代表大瑞青与云青一起前来送行，云青送了一程又一程，直送至东胡与燕国交界的居庸塞。秦开与随行回国的陈奈、李虎二人，与其他兄弟辞别，回到了燕国。

且说燕昭王听说秦开回到燕国，并带回了胡人媳妇，甚是高兴，他对乐毅说："秦开东胡结亲，带回了胡女作为夫人，这也是我燕国的大喜事，本王拟举行一个盛大的欢迎宴会，好好庆贺一下。三弟以为如何？"

乐毅说："秦开结亲，娶的又是东胡女子，的确可喜可贺。不过王兄认为秦开此时回国，就是回来让王兄批准他这门婚事吗？"

燕昭王点了点头说："是啊，秦开此时回燕，说不定真有什么向我们报告的大事，否则，不要说为了婚事专门回来让为兄批准，恐怕能否答应这门婚事都未必。"

乐毅说："王兄真乃英明慈善之主，既是如此，见到秦开，自然一切明了。"

秦开回到蓟城的当天，燕昭王在王宫举行了盛大的欢迎宴会，燕昭王亲自为秦开和冬青把盏，乐毅、邹衍、剧辛等燕国大臣，都纷纷给秦开和冬青祝酒，冬青甚是感动。

第二天，燕王妃亲自出面，设宴款待冬青，并将她留在王宫做客。接着，燕昭王的母亲易太后又将冬青接至太后宫做客，并由宫女陪冬青在蓟城观景游玩。一连数日，冬青很是开心。

王妃、太后接待冬青时，秦开早已与燕昭王、乐毅二人坐在一起，向他们报告赴东胡一年多来的情况。为了让燕昭王和乐毅将军感受胡服的灵便性，秦开将自己的胡服穿在身上，演练起开弓射箭和骑马练武的功夫。

待秦开报告完情况并演示胡服骑射情况后，乐毅走到秦开面前，双手握住秦开的双手激动地对燕昭王说："王兄，我们的秦开贤弟做了怎样一件事，王兄给评判一下吧。"

燕昭王也激动地说："惊天动地、决定生死！具体评判还是三弟来描述吧。"

乐毅深深地点了点头说："王兄这八个字说得太精彩了，秦开贤弟说的胡人服饰和骑兵作战这种情况，真是惊天动地、决定生死啊！臣弟自幼喜欢兵法，天天琢磨兵事，将士乘坐何种战车，步兵披挂何种甲胄，臣弟无时不在思索着。可我们怎么也想不到，我们的对手东胡人竟是这种衣着打扮，竟能人人骑马上阵交战。怪不得胡兵抢掠财物是那样迅速敏捷，怪不得他们作战是那样勇猛利落。现在经秦开贤弟这样一说，我们全明白了。我们中原人无论是兵器的种类、式样，都比胡人精良，我们的军士也不比胡兵拙笨，但我们一次一次地遭受胡人侵袭，一次一次地被胡人抢掠，说到底，是由于我们将士的戎装宽大笨重，不得施展。而我们的兵车和步兵混合编制，比起胡人的骑兵作战，更是逊色得多。几个人在兵车上，无法施展，只能重复那些简单的动作。遇有坑坑洼洼的地形时，有时兵车不攻自破，陷入深处自拔不得。步兵徒步作战，经常与兵车脱节，一面跑路，一面开弓射箭或持兵刃作战，导致军士们常常自顾不暇，顾此失彼。而胡兵个个骑在马上，随身所带之物不用军士个人负重，前后左右，想往哪里去就往哪里去，且战马的奔跑速度不知比人的两条腿快多少倍！如此行军打仗，焉有不胜之理！"乐毅越说越兴奋，后来竟一边走一边说，直说得眉飞色舞。

"三弟说得更精彩，"燕昭王听完之后，不禁大发感慨，"听三弟这么一说，胡人短衣窄袖、长裤皮靴这种便利灵活的服饰，战马做脚力，军士行动自如、往来如飞的骑射方式，与我中原服饰的宽大笨拙，兵车步兵混编的不协调，真是形成天壤之别！二位贤弟，你们说，对比胡人这些习俗作法，我们该怎么办？”

“那还用说，改，依照胡人的习俗和方式改！”乐毅挥起拳头，坚定地说出了自己的意见。

秦开接过话来说：“是啊，臣弟在东胡时，发现了我们与胡人这些差别和差距后，天天着急尽快报告王兄和将军，便于我们尽快改革。臣弟形成这些想法后，便开始寻找回国的机会，恰好有了大瑞青许嫁冬青之事，为了借机回燕国向王兄报告情况，臣弟顺水推舟，答应了这门亲事，也才有了这次回国的机会。”

燕昭王和乐毅一起笑了起来。笑完后，燕昭王对秦开说：“刚一得知贤弟回燕的消息时，乐毅将军便断定贤弟此次回燕必有大事报告，但没想到的倒是不知道竟有如此重要的情况。不过，依为兄看来，这位异族夫人倒是蛮不错的，不仅人长得端庄美丽，还是武将，又是东胡君长的亲妹妹，方方面面都称心如意，贤弟可要善待这位夫人，可不要因为军情的需要，委屈了夫人。三弟你说是吧！”

乐毅说：“王兄之言甚善，公主一表人才，端庄秀美，正好配秦开贤弟。我等为将者，不去玩弄那种以女人为招牌，而实际上被人讥笑为‘美人计’一类的下流计谋。”

秦开连忙说：“秦开牢记王兄和将军之言，不会由于双方得失，去做负心郎。”

燕昭王说：“好，为兄和王妃商议一下，选个黄道吉日，将你二人的合卺之礼操办一下。三弟就按你的想法，在军士们的服饰方面和改兵车步兵为骑兵之事方面，抓紧去做吧。”

乐毅、秦开一齐说：“谨遵王命！”

过了几天，燕昭王亲自主持，为秦开和冬青举行了合卺的仪式，二人遂正式结为夫妻。

这日，乐毅请秦开到将军府，对他说：“本将军已按大王之命，认真策划了燕军改革的方案，昨日，我与剧辛大夫已经商议过了，今日再请贤弟帮助把把关，然后本将军便组织实施。”

秦开称谢后，认真阅读了这个方案，然后又向乐毅介绍了一些在东胡见到的东胡军士们的装束和配置情况，乐毅又作了一些细微的改动。

乐毅又将燕军改革方案向燕昭王做了报告，然后便与剧辛一道开始实施这个方案。

这日，相国苏秦从赵国回来后，向燕昭王说，赵国正在进行以“胡服骑射”为内容的改革，所改事项值得燕国借鉴。燕昭王听了笑道：“相弟才华横溢，不出门便遍知天下事，什么也瞒不了相弟。如今终于抢先相弟一步做了一件事。”

苏秦说：“王兄所说莫非与秦开回燕有关？”

燕昭王摇了摇头说：“还是没有抢先相弟。相弟走后，秦开才从东胡回来，相弟刚刚回来，便知道秦开回来的消息。”

苏秦说：“秦开回来，莫非是与胡服骑射有关？”

燕昭王说：“正是。秦开了解清楚东胡兵服装优势和骑兵作战的优势后，便寻得一个机会归来，向为兄和三弟报告了这些情况。”

苏秦叹道：“人说英雄所见略同，果真如此，秦开发现的问题，赵武灵王也同时发现了，并立即下令在赵国实行胡服，军队改为骑射。”

燕昭王说：“赵武灵王作为一国之君，偶尔接触胡军，便能立即看到胡军的长处，并能在举国之内下令实行，不愧为英明君主。”

苏秦说：“如此说来，我燕国也在实行啦？”

燕昭王说：“我们没有像赵国那样，由君王下令在全国实行，而是三弟在燕军之内实施。前几天，三弟刚刚向为兄报告过，他已制定出了以学习胡人胡服骑射为主要内容的燕军改革方案，现已开始实施。”

苏秦高兴地说：“好啊，秦开质胡真是有成效，不仅镇住了东胡人侵扰我们的野心，而且抓住了东胡人比我们强的关键。再经过一段时间，待我军胡服骑射诸事做定后，国势再进一步强大起来，征服东胡的日子便来到了。”

燕昭王点点头说：“过些日子，便让秦开再回东胡，进一步摸清其他方面的情况，为征服东胡做好进一步准备。”

苏秦说：“以臣弟之见，秦开不要急着回东胡，而要帮助三弟好好组建骑兵。三弟自幼精通兵法，日后指挥大军征战无人能比，但东胡骑兵的具体情况，他毕竟没有亲眼所见，还是由秦开这样熟悉胡人骑兵情况的人，好好帮助指点一下为好，以免出现细微的差错，导致不可弥补的损失。”

燕昭王说：“相弟之言甚是有理，组建骑兵是我燕国从未有过的大事，的确容易出现纰漏，特别是战马身上那些环带之类的东西，还真需要有亲眼所见之人去指点。”

苏秦说：“回头臣弟也向三弟将赵国实行胡服骑射的情况向他说说，让他心中有数，必要时可到赵国去观摩一下。”燕昭王点头。

由于苏秦的意见，秦开暂时没有回东胡，而是日夜帮助乐毅组建骑兵。乐毅将秦开在东胡时画的草图看了看后，便很快使这些草图上画的东西成为实物。个别细微之事，秦开又多次请教了夫人冬青，冬青凭着自己的了解和记忆，每次都给出了正确的答案。

乐毅实施燕军改革方案的第一步，便将步兵和兵车混合编制废掉。此时，燕军经过数年的积累，已经制作战车六千多辆。乐毅除将其中一部分改作运粮车和其他用途之外，其余大部分都将这些车改作民用，无偿送给燕国百姓，百姓们感激涕零，纷纷给燕军送来粮食和其他物品，慰劳并感谢燕军。

废掉兵车混合编制后，乐毅立即着手组建骑兵。但组建骑兵遇到的第一个困难，便是军队的战马数量太少。实行兵车步兵混编时，马匹的用途主要是拉战车，因此所用数量比骑兵制度下的一人一匹战马数量要少得多。此时，乐毅已将燕军编制扩大到十万人，因此，实行骑兵制度后，战马数量缺少十之七八。

这日，乐毅与剧辛、秦开一起商议解决战马不足问题。乐毅说：“秦开贤弟考察东胡军队的现状后，找出了东胡兵战力强的原因，根据国君的意见，我们已经废弃了千百年来兵车混编的做法，将近年来制作的大量兵车改作民用，但我们眼下缺少战马，需尽快补充起来。有关这方面情况，二位阁下有何见教？”

剧辛说：“眼下缺少战马的数量不是个小数，而是七八万匹。以我燕国自身实力而言，可以在年内解决三四万匹，以后每年只能解决三四千匹，因此缺口较大，而且距乐毅将军三年内将所缺马匹补齐的目标差距很大。末将以为，解决的途径应多管齐下，多方采取措施，如加大燕国自身养马驯马力度，从多国购买战马，包括官方贩马与百姓买马，等等。这些措施如何确定，还望将军定夺。”

秦开说：“在下赞成剧辛大夫的意见，应多措并举，解决我军战马不足问题。就国内而言，在下认为养马的潜力巨大，以在下出生和自幼长在的纲成郡而言，那里人烟稀少，遍地都是肥美的青草，是养马的天堂。在下建议趁眼下我燕国北部边境比较安定之机，让军士们前往边境，一边养马一边戍边，三年下来，可以新生大量战马。”

乐毅高兴地说：“二位阁下所见极是，特别是秦开阁下关于军士戍边养马的建议，的确是个补充我军战马的好办法。如果此意见得到实施，三年之后，将全军战马补充齐全大有希望。明日本将军先将此意见报告君王，如君王赞成，我等立即落实。”剧辛、秦开皆点头赞成。

燕昭王早已想到了军队实行骑兵制后缺少战马问题。他听了乐毅报告的情况后说：“三弟所谈情况很好，剧辛、秦开两位爱卿的建议也很好，都可行，三弟可立即实行军士戍边养马的做法。不过，要注意军士的训练和休养，使二者张弛有度，还要保证军心稳定。本王近日向相关郡治颁发王令，让各郡守配合燕国将军，做好军士戍边及养马驯马事宜。”乐毅称谢。

乐毅将现有十万军士分成三部分，一部分利用现有的战马进行骑兵训练，一部分前往边境戍边养马，另一部分在前两部分中定期充当轮换者。短短的数日，乐毅便将这三部分军士确定下来，并开始运转。

燕昭王得知乐毅将军队十万军士分为三部分，骑兵训练和戍边养马都开始运转，甚是高兴。这日，燕昭王与乐毅商议，要前往纲成去看望戍边养马的军士们。可就在即将出发时，侍臣来报，说王师、上卿郭隗病重。

燕昭王与乐毅商定，暂时取消纲成之行，然后与乐毅、苏秦等人前往郭隗的府上看望。

郭隗乃燕国三朝元老，自辅佐燕昭王招贤纳士，走上振兴之路后，一直在兢兢业业为国事操劳，经常为燕昭王参谋一些利国利民的好事善事。无奈年事已高，身体渐渐弱了下去。生病之后，燕昭王曾多次探望，并坐在病榻前相伴数日。这次得知郭隗病重，燕昭王和苏秦、乐毅都知道，老先生这次恐怕真的不行了。

得知燕昭王与乐毅、苏秦前来探望，时而昏迷的郭隗竟苏醒并镇定下来。他握着燕昭王的手，有气无力地说："大王承数十代先王七百多载的基业，担负着振兴燕国的光荣使命，任重而道远哪！但今日老臣看到，一向积贫积弱的燕国，终于开始迈大步啦。眼下，无论是内政还是外交，都出现了从未有过的好局面、好势头。老臣期望大王这种敬贤爱贤、平易近人的作风一直持续下去，还要再多一些卧薪尝胆的气概。只要大王再奋斗十年到二十年，我燕国一定会振兴起来，到那时，燕国一定会成为列国中的强国，燕国以往的耻辱一定会得以雪耻。"郭隗说到这里，两颗老泪涌出眼窝。

燕昭王连忙安慰郭隗，让他安心养病。郭隗接着说："老臣的生命已经走到尽头了，让老臣高兴的是，老臣在晚年能效力大王，并成就了老臣的心愿，老臣对大王感恩不尽，这一生知足啦。"

闭目歇息了一会儿后，郭隗又与苏秦、乐毅拉了拉手说："两位阁下都是当今天下的贤臣能将，既智谋超群，又善佐明君，望你们继续图强，纵横捭阖于外，凝聚万众于内，为我燕国的强盛做出不懈地努力。"苏秦、乐毅二人一面拭泪，一面点头。

郭隗回过头来对燕昭王说："老臣还有个愿望，不知大王认可否？"

燕昭王连忙说："我师有话尽管说，小王定会遵从。"可不等说话，郭隗便再次昏迷过去。

欲知后事，且看下回分解。

第十三回　秦少勇结识部首领　大瑞青动怒因秦开

却说燕昭王正要与燕国将军乐毅前往纲成郡，去察看燕国军士在那里戍边养马情况，侍臣报告，说燕国老臣、上卿兼王师郭隗病重。燕昭王听了，暂时放下去纲成之事，与乐毅、苏秦一道来到郭隗府上看望。郭隗讲了一些感叹和期望之语后，正要向燕昭王说自己的一个愿望时，却再次昏迷过去，不省人事。慌得燕昭王急忙俯下身去呼唤，可郭隗就是不醒。燕昭王一直等了一个多时辰，可郭隗却还是不醒。

苏秦、乐毅和郭隗家人见此情况，都劝燕昭王暂回宫去歇息，待郭隗醒来后有何话说再报告昭王。燕昭王摆摆手说："那哪行啊，一来是王师病重，本王一定要陪在身边，二来是王师之愿，本王必须亲耳聆听。"

过了一会儿，燕昭王对苏秦、乐毅二人说："二位贤弟回府歇息去吧，本王在此守候王师就是啦！"

苏秦说："大王亲自在此陪伴老上卿，我二人岂有回府歇息之理！"乐毅一句话没说，只是深深地点了点头。

郭隗的夫人和子女见此情形，都感动地偷偷在抹着眼泪。

一直到夜半时分，郭隗才苏醒过来，他见燕昭王和苏秦、乐毅一直守候在自己身边，两行老泪流了出来。隔了一会儿，他断断续续地对燕昭王说："老臣的愿望，是在臣死后，由上大夫邹衍来做王师。"

燕昭王听了，连连点头应诺，嘴里连连说"好"。郭隗闭了一会儿眼睛又说："邹衍是阴阳家学说的创始者，他致力寻求经世致用之学，以尽匡世济民之责，实为治国之大才。"

燕昭王握着郭隗的手说："小王知道了，王师放心，小王一定会以邹大夫为师。"郭隗听了，脸上露出了笑容。不一会儿，竟悄然逝去。

在为郭隗举行葬礼的第二天，燕昭王举行仪式，正式拜邹衍为师，并下令为邹衍修筑碣石宫。燕昭王还与邹衍商定，待他与乐毅从纲成回来后，要亲自主持邹衍为燕国臣僚和学子们讲学。

参加完郭隗的葬礼，秦开进宫向燕昭王辞行，想尽快返回东胡继续履行人质之职。燕昭王说："为兄已与邹夫子商定，待为兄从纲成回来后，便为他主持讲学活动。郭夫子乃阴阳学的创始人，其学说高深，有经世济民之效，小弟还是将他的课听完再走吧。"秦开点头。

不到半个月，燕昭王和乐毅从纲成归来。原来燕军实行胡服骑射后，燕昭王和乐毅商议，燕王和大臣们都开始学习骑射，具备武将两军阵前交战的本领。因此，燕王与乐毅二人前往纲成的往返路上，都没有乘坐车辇，而是骑马走了五六百里路。

回到蓟城的当天，燕昭王便与侍臣商定了为邹衍主持讲学事宜。

邹衍讲学这日，王宫大殿座无虚席。人们席地而坐，整整齐齐。燕昭王亲自将邹衍送至讲台，并发表了热情洋溢的讲话。

邹衍是中国战国时期阴阳家学派的创始者和代表人物。其主要学说是"五德终始说"和"大九州说"，又是稷下学宫的著名学者，因他"尽言天事"，人们称他"谈天衍"，又称邹子。邹衍在齐国时，就学于稷下学宫，先学儒术，又改攻阴阳五行学说，但后来还是以儒术为其旨归。但无论是学儒术，还是攻阴阳五行，邹衍都是以寻求经世致用之学为目的，他的全部学说，都在于为统治者设计政治方案。正是由于这一点，邹衍不仅受到燕昭王的器重，也受到战国列国的普遍器重和尊崇。

燕昭王介绍完邹衍后，邹衍彬彬有礼地登上讲台，开始了他那高深无比而又深入浅出的讲授。

邹衍认为，从天地剖判以来的人类社会，都是按照五德转移的次序进行循环的。而五德转移是依照自然界的五行相克，即土克水、木克土、金克木、火克金、水克火的规律进行的。人类社会的历史变化同自然界一样，也是受水、木、金、火、土五种物质元素支配的，历史上每一个王朝的出现，都体现了一种必然性。邹衍的阴阳五行思想对后代哲学、医学、历法、建筑等领域影响颇大，尤其是被后来汉代董仲的新儒学所吸收，成为支持“君权神授”学说的理论框架。

邹衍还认为，“所谓中国者，于天下乃八十一分居其一分耳。中国名曰赤县神州。赤县神州内自有九州，禹之序九州是也，不得为州数，中国外如赤县神州者九，乃所谓九州也。于是有裨海环之，人民禽兽莫能相通者，如一区中者，乃为州。如此者九，乃有大瀛海环其外，天地之际焉。”邹衍的这个大九州说在今天看来，虽然不一定符合实际，但在战国时期便提出这样的学说，无疑是惊世骇俗的，对古代地理学有着极大的贡献。

邹衍来到燕国后，便为燕昭王出谋划策，倡导发展生产，特别是提高燕国的农牧业发展水平。因此，邹衍讲学的一个内容，便是天气的温寒与五谷的生长。邹衍娓娓道来，讲得燕昭王和燕国臣僚一阵阵喝彩。

听完邹衍的讲学，秦开再次对燕昭王说：“臣弟从东胡回来已经数月，在东胡掌握的对日后征服东胡有用的东西，王兄和乐毅将军都已采纳并吸收，我燕国正在组建一支胡服骑射式的骑兵。对于最终建成十万骑兵大军的缺少战马问题，王兄和乐毅将军也采取了得力措施，数年后建成十万骑兵大军应无问题。既是如此，臣弟想早日回到东胡，继续以质胡的名义获取更多征服东胡需要的东西。”

燕昭王点点头说：“东胡一年多时间的贡献，竟使我燕国完成了抛弃战车时代，迎来骑兵时代这个伟大使命，还使骑兵紧衣紧袖，变成了善于征战的真正的兵。这几天，从赵国邯郸传来的消息，赵王赵雍已在赵国举国范围内，推行胡服骑射的改革，赵雍和满朝大臣都穿起了胡服。贤弟的这些发现，是和赵雍同时进行的，真可谓英雄所见略同啊！”

秦开说：“赴东胡后的下一步，王兄认为臣弟还要搞清哪些方面的情况？”

燕昭王说：“实行胡服骑射后，我燕国军队与东胡军队在战力上，已不会再有那么大的差距，剩下的事无非还有地形地势和胡人秉性习俗方面的情况啦。”

秦开说：“王兄所见极是，回到东胡，臣弟将秘密地将东胡各地的地形地貌逐步绘成草图，并熟记于心，同时进一步与东胡军民接触，与他们建立感情，从心理上先征服他们。”

燕昭王点头说：“好，为兄相信贤弟再赴东胡，一定会取得更多成果。不过，贤弟质胡的时间，大概最长也不会再超三年。”燕昭王说到这里，自己自信地点了点头，然后自言自语地说：“三年，燕国的军队该强大起来了。”

秦开站起来胸脯一挺说：“王兄放心，臣弟一定尽快将东胡其他情况摸清，决不会误了王兄征服东胡的大计。”

燕昭王高兴地说：“有贤弟的智谋和努力，征服东胡的时间一定会早日到来。”

秦开刚要辞行，燕昭王说：“贤弟明日出发时，为兄还是前往送行，届时为兄还有一件礼物要送给贤弟和弟媳。”秦开只好暂时告退。

第二天一早，秦开偕夫人冬青，还有结义兄弟陈奈、李虎，来到王宫前面等候着燕昭王的到来，以便与他辞行。不一会儿，燕昭王和乐毅、剧辛两位将军一起来到王宫前。秦开与冬青、陈奈、李虎连忙上前施礼。燕昭王与秦开及夫人冬青少叙后，侍臣捧上一个小小的玉匣，燕昭王打开玉匣对秦开夫妇说：“贤弟和弟媳举行合卺仪式时，为兄来不及为你们准备礼物，这一段为兄让玉人雕制了一对昆冈玉佩，作为为兄送给贤弟夫妇的礼物吧。”

秦开接过玉匣打开看时，见玉匣里面盛着两个双鸟兽面卷云纹玉佩，玉质温润通透，雕刻线条流畅，工艺甚是精美。原来战国时期的玉器雕制，已经发展到相当高的水平，各诸侯国的国君都能用上昆冈仔玉，即今日之和田仔玉。在雕琢上，技艺精湛，纹饰准确而流畅，各种造型应有尽有。秦开高兴地连连称谢，然后将玉匣递给了冬青。冬青连忙将两只玉佩分别戴在自己身上一只，给秦开戴上一只，然后高兴地说：“弟媳谢过大王，这对玉佩简直太美啦！”燕昭王说：“弟妹高兴，为兄也高兴！”

燕昭王又与陈奈、李虎寒暄了几句，秦开、陈奈、李虎也与乐毅、剧辛相互道别。然后，秦开等上马，拱手告辞，向城北驰去。

路上，冬青对秦开说：“我们回燕国这几个月来，似乎改穿我胡人衣服的人不少啊！”

秦开说：“我与大王和将军说，东胡兄弟紧衣窄袖，穿着利落，适于骑马射箭，大王和将军都很感兴趣，于是在军队中提倡效法东胡服饰。军士们改了服饰，民间难免有人效法，因此夫人看到了许多穿胡服之人。”

冬青说：“中原人识文撰字，礼数周到，王城宫殿阁群，繁华富庶，真是令人向往啊！”

秦开说：“开始回蓟城时，为夫还怕夫人不习惯中原人的生活方式，既是夫人习惯并向往，为夫也免去一份担心。”

冬青又说：“这几个月来，为妻与王妃、太后相处，情同家人，已难舍难分，如果从此永远居于蓟城，为妻才高兴呢！”

秦开说：“既如此，你我回到渔水营后，说动兄长、嫂嫂及诸位将军、大臣，让东胡部落联盟归附燕国，一道做东周王朝的臣民，岂不为好！”

冬青摇摇头说：“没那么简单，只凭说服，东胡人是不会归附谁的，除非你以军事实力征服了他。”

秦开问道：“夫人跟王妃等人学识字，这几日又新识多少字？”

冬青说：“总共已识五七百字，《道德经》为妻差不多会念啦。”

秦开说：“夫人聪颖，以后每日都坚持学会几个字，不出一两年，会将夏文全部学会的。”冬青点头。

且说秦开离开东胡后，剩下的那几位结义兄弟在东胡天天骑马射箭，练习武艺，打熬气力。这日，兄弟们听说秦开即将回来，高兴地提前来到居庸塞迎接秦开等人。兄弟相见，分外高兴，众人都纷纷祝贺秦开与冬青已结秦晋之好。只是众兄弟不知秦开是否与冬青说破此次回燕国主要是为了借鉴东胡胡服骑射方面的情况，因此谁也未先提起此事。秦开自知众兄弟心中关心此事，便大声说道：“你们的弟妹冬青说，我们回燕国这几个月来，我燕国人改穿胡服的人很多，众兄弟可知这是为什么吗？”不等众兄弟说话，秦开接着说：“我回到燕国后，便与国君和乐毅将军述说了东胡兄弟的习俗，其中尤其是紧衣窄袖、骑马作战之事，国君和将军连声称赞，并立即下令军队效法起来，于是燕人多起了穿胡服之人。”众兄弟听秦开这么说，都欢呼起来，谁也没有再问。

回到燕质营，众兄弟早已为秦开和冬青建起一座新营帐。秦开夫妇与众兄弟一起吃过饭后，便一同前往中心大帐，参见大瑞青夫妇。

大瑞青自秦开带着自己的妹妹冬青回燕国后，自知燕国国君必不会为难自己的妹妹，也不担心秦开有何举动，因此这几个月来他不停地盘点从赵国抢来的好东西，并亲自为舍木、骨宁、咬哈三位将军和有功军士分赃。三位将军倒也乖觉，他们将分到的好东西各拿出一半孝敬大瑞青，大瑞青心中高兴，几乎天天请三位将军吃酒作乐。

这日，大瑞青正在与舍木、骨宁和咬哈一起吃酒，侍臣来报，说公主冬青偕秦开前来拜见君长。大瑞青知道三位将军皆与秦开友善，便对侍臣说："好，让他二人进来，正好也吃上一碗。"

秦开和冬青进了大帐，见大瑞青正与东胡三位将军吃酒，便一一与四人相见。三位将军见了秦开，很是热情，唯独大瑞青端坐在那里不动，却望着秦开发愣。舍木给秦开让了个座，让人倒满一碗酒说："来，秦将军，刚才君长还说让你夫妇二人也吃上一碗。"秦开端起酒碗，说了几句客气话，然后一饮而尽。冬青也端起碗敬了哥哥一碗，然后又敬了三位将军一碗。

秦开正要告辞，这时大瑞青说话了："我说妹子和秦开，你二人结为夫妻，为兄为你们高兴。妹子虽然是东胡的公主，但我们的父母都不在了，一些规矩就要由为兄来掌握啦。"

秦开连忙说："兄长有什么事尽请指教。"

大瑞青端起碗将酒一饮而尽说："我们胡人的规矩，男子娶妇，女子出嫁，都要髡发。秦开既与我妹子结为夫妻，也要随我胡人的风俗，与冬青一起髡发。"

冬青刚要说话，秦开连忙拉了她一下说："好，在下既做了东胡君长的妹夫，理所当然髡发。"三位将军听了，都笑了起来。

回到燕质营时，秦开与众兄弟说起髡发之事，李虎立即跳了起来说："九弟娶了公主不假，但我们是燕人，公主应按我燕国规矩才是，为什么却要九弟随胡俗！"其他兄弟也嚷着不髡发。

秦开说："我们现在是在东胡，应该随胡俗，况东胡与燕国都是炎黄子孙，各有各自的习俗，谁随谁又有什么关系呢！"众弟兄听了，遂不再说话。

第二天，大瑞青找来东胡发师，为秦开和冬青做了髡发，原来北方游牧民族素来有髡发之习，东胡髡发习俗是结婚后的男女即将头上周围的头发剃去，留下顶发的大部分，编成发辫垂于脑后。

看到秦开梳着胡人的发式，众兄弟又好笑又好气。秦开说：“这下也好，方便我们到东胡各处去了。”

过了一段时间，秦开与冬青商议，要到东胡各地去走走看看。冬青对大瑞青说后，大瑞青思索了许久，还是点头同意了。

秦开见大瑞青没有阻拦自己到东胡各地，便与冬青带领众兄弟们开始了周游东胡各地。

秦开先前往东胡的西部，即燕赵两国的北方胡地，那里距楼烦和林胡两部较近。秦开到了那一带后，立即觉察到了赵国为复被东胡和林胡、楼烦抢掠之仇的战争气息。秦开与众兄弟用了几天，将主要河流、山脉和胡人部落绘成草图，然后沿着纲成北部向东走去。一边走，秦开与众兄弟一边绘制地图。十多天后，秦开又将一张张大比例尺的地图绘成稍小比例尺的地图。小一点比例尺的地图积攒多了，又绘成比例尺更小一点的粗略地图。

就这样，秦开与众兄弟一直向东北方向前进，地图绘了一张又一张，仅羊皮已用了厚厚的一摞。这日，陈奈对秦开说：“我等似乎已经赶到了东胡与朝鲜交界之处，还是否往前走？”

秦开说：“箕子朝鲜应该在朝鲜半岛才是，怎么边界移到了辽水？”

陈奈说：“周王室衰微之后，中原列国先后自尊称王。朝鲜侯也不例外，一边打着尊周室的旗号，一边自尊称王。由于我燕国数百年来弱小，而东胡、秽貊、肃慎等东北民族出于对周王室的臣服，箕子朝鲜便在尊周室的旗号下，将其侯国领域一点一点地推至辽水，因此与东胡依辽水分界东西。”

秦开叹了口气说：“我燕国数百年积弱积贫，屡遭欺扰，而箕子朝鲜打着尊周室的旗号又欺扰东胡、肃慎等部落，真是弱了就受人欺负哇！”

李虎在一旁说：“有朝一日，我燕国制服了东胡后，一定要把朝鲜赶回朝鲜半岛去。”李虎说完后，见冬青正与两个侍女走过来，连忙对冬青说：“弟妹，我刚才说等燕国制服东胡后，一定把朝鲜赶回半岛，你不反对吧？”

冬青笑着说："按照孔老夫子的思想，妇人嫁到婆家后，就要以夫君为纲。你们说什么我也不管，只要为了燕王的兴国大计，我还会和你们一起拼杀呢。"李虎听了拍起手来，秦开和陈奈相互看了看，也笑了起来。

一直在听着秦开和陈奈说话的孙擒虎说："燕王的想法是让燕国尽快强大起来，并征服东胡，战胜齐国，为先王报仇。除此之外，列国之间，包括箕子朝鲜，相互之间争地盘，打打杀杀，我们懒着去管那种闲事！"

秦开笑道："现在征服东胡的事还没提上日程，打不打朝鲜我们先不去想他。"

陈奈也笑道："刚才议论了那么多箕子朝鲜问题，我们终不成要渡辽水进入其境内吧？"

秦开说："虽然都是周室侯国，但眼下处于分裂割据状态，自行其是，我们也不去讨那个麻烦，还是调转方向，向北然后向西返回渔水营，众位兄长意见如何？"众人齐声赞成。

于是，秦开与众兄弟沿着辽水北上，然后顺着西辽水一路西行，沿途与东胡各部落的首领广交朋友。

却说西辽水畔有个人数超千的大部落，其首领听说燕国来东胡做人质的人武艺出众，非要与这位人质结为兄弟，因此，秦开一行刚扎下营盘，那首领便亲自率人来到秦开营中。

秦开与那首领见面后，见那首领虎背熊腰，力大无穷，甚是好客，便非常高兴。那首领告诉秦开，他叫牧羊，是辽水滨细水营首领。牧羊还告诉秦开，他们部落就在辽水之南，因前日有个买马之人路过细水营，并提起不久前曾在一个部落见过秦开一行，且知道秦开一行正沿辽水西行，故而掐着日子在等待着秦开的到来。秦开大喜，让夫人冬青及众兄弟都一一见过牧羊。牧羊得知秦开的夫人乃东胡君长之妹，又见秦开的众兄弟个个都是英雄气派，更是敬重有加。

秦开与牧羊叙说了一小会儿，牧羊便将话题提到了练武方面上。秦开兴致勃勃。便与牧羊细细交流起来。牧羊听完对秦开说："我们东胡人不比你们中原人，会识文撰字，还能研究兵法和武功，我们的武艺都靠自悟，很少有武师指点，因此人人练武，但却缺少精熟者，更不会什么套路。今日在下得见将军，可否为在下指点一二？"

秦开愉快地答应了。牧羊一看，拉起秦开说："走，将军及夫人，还有众兄弟，到我细水营住上一段，也让在下好好跟将军学上几招。"不容秦开分说，拉起秦开便走。秦开见状，只好让众兄弟们将刚搭好的营帐收起，跟着牧羊向他的部落走去。

到了细水营，秦开看时，的确是个上千人的大部落，仅大小营帐就有数百座。牧羊将秦开一行领到离水边不远的一组营帐前，让秦开一行在此安住。秦开看时，是刚刚搭起的羊毛棉帐，不禁连连感谢。牧羊让人杀牛宰羊，款待秦开。不到一个时辰，大块牛羊肉和成坛马奶酒便摆到了众人面前。

牧羊连敬三碗，然后提出与秦开结为兄弟。冬青笑着问道："牧羊首领，你为什么非要和秦开结拜成兄弟呢？"

牧羊放下碗说："夫人不知，在下的爷爷在世时，曾到中原去过，并在那里买过陶器。爷爷和我说，中原人会读书识字，讲究礼仪，也是文武的发源之地。在下多年都在想，读书识字这些文的，这一生可能无缘了，可操戈舞剑这些武的，正适合在下这样的人去做。因此，这些年在下一直与部落的一些后生在练武，可不管怎么练都是那点能耐，很难提高。今日得遇中原武艺高强之人，在下怎么能错过这个领教的机会呢！况且秦开将军文武双全，是中原的英雄，今日上天将他送到这里，在下不把他当作神仙拜，可一定要与他结拜为兄弟。"

秦开听了，一把抓住牧羊的手说："不用说，首领肯定年长于我，大哥在上，今日小弟秦开与大哥结为兄弟！"

牧羊大喜，他让人摆上案台，点燃香烛，放上牛头羊头马奶酒等供品，拉着秦开，双双跪在地上，磕起头来。向神灵磕完，二人又对磕。

结拜之后，牧羊让人重新置办酒席，庆祝他与秦开的结义。趁部落人重新置办酒席之机，牧羊拉着秦开出帐，要看看秦开和众人的坐骑。当看到秦开的坐骑时，牧羊连连点头，称赞是匹宝马，可当看到冬青和众兄弟的马匹时，牧羊却摇摇头说："在我东胡的广阔草原上，诸位不能骑这样的战马。"孙擒虎、李虎等人见牧羊是个识马的高手，连忙向他请教识马相马的学问。牧羊说："今日大哥先和秦开兄弟及诸位英雄吃酒庆贺，来日兄弟及诸位教我武艺，我给各位讲讲好马的样子和相马的学问。不过，今日大哥与秦开兄弟结拜，我要送给他的兄弟们每人一份礼物。”说完，他将一个部人招至身边，向他说了几句话，那人点点头，又笑着向秦开等人点点头，然后转身离去。

第二天，秦开等人刚刚起床，却听到帐外萧萧的马鸣声，秦开出帐看时，却见牧羊和几个部人牵着九匹马，来到众人营帐前。牧羊大声对秦开说：“兄弟，我给你的弟兄们和弟妹每人准备了一匹上等好马，让大家各自来认领吧。”此时，陈奈等众兄弟听到声音，早已出帐来到牧羊面前。众人看时，只见牧羊带来的九匹马个个身高体长，身上一根杂毛没有，那气势分明都是千里马。而且九匹马都配置了上等马鞍和颜色不同的马缰。冬青和众兄弟各看了分给自己的那一匹，人人高兴，感谢牧羊的声音不断。

秦开走上前拉着牧羊的手说：“大哥，小弟真不知怎样感谢你，我们这些学会骑马不久的燕国人，如今人人有了这样好的坐骑，真不知有多么高兴！”

牧羊说：“你我既已是兄弟，就不要客气啦！”

秦开与众兄弟们大声说：“走，与大哥一道切磋武艺去！”

自此，秦开天天与牧羊一起练武，牧羊学着秦开的样子，也让部人为他打制了一柄又长又粗的大铍，秦开毫无保留，将自己掌握的铍法全部传授给了牧羊。三个月下来后，牧羊的铍法和武艺已与秦开不相上下。牧羊除学精了铍法之外，还掌握了矛、戈、戟等技法。

这日，秦开对牧羊说：“转眼已过去三个多月了，小弟此次离开渔水营也近一年的时间了，小弟想近日便辞别兄长，返回渔水营。”

牧羊说：“这三个多月过得太快了，与兄弟结拜那天，恰似昨日。可兄弟毕竟是官人，公事在身，兄长能留兄弟在我这个小小的部落住上三个多月，已是兄长的莫大荣幸啦。”

秦开说：“如此，小弟明日便启程。”

牧羊说：“尽快启程兄长并不拦你，但怎么也不能明日就动身，再住三天吧，这三天内我们不练武了，兄弟们好好痛饮几天。”秦开点头。

果然，一连三天，牧羊天天牛肉羊肉、河鱼河虾，还有东胡特产戎菽、冬葱，以及上等马奶酒，与秦开等人痛饮。

第四天，秦开辞别牧羊，继续沿西辽水上行，牧羊依依不舍，送了一程又一程，直送出上百里后，才与秦开洒泪而别。

秦开与牧羊结拜并传授武艺的事迹，早已传遍辽水两岸，因此，秦开从细水营出发后，每经过一个部落，至少都要被所经部落留上十天以上，待一路西行至西辽水源头时，离辞别牧羊又过去了近一年的时间。秦开自踏上沿西辽水西行的路程后，一路交友，结识了数十个部落的首领。

到达西辽水源头后，秦开与众兄弟折而南下，又前行了两个多月，才回到了东胡都城渔水营。

且说大瑞青在秦开夫妇刚出渔水营周游东胡时，并没有想得太多，甚至在秦开出行近一年的时间里也没引起多大的关注。可在秦开与细水营的牧羊结拜并传授武艺后，大瑞青开始从一些部落的首领嘴里得知秦开一路与诸多东胡部落首领交往的情况。到后来，甚至过几天就有人向大瑞青密奏一次，说要防备秦开颠覆大瑞青的君长之位。大瑞青开始对这些议论并未上心，可说的人多了，他便渐渐引起了警惕。

这日，大瑞青对夫人山女说："许多人说秦开周游东胡，一路与部落首领交友，意在谋取东胡君长之位，夫人以为如何？"

山女说："一些人一天吃饱撑的，尽是胡说八道，秦开是质胡的燕人，且是燕人中的英雄豪杰，他的所作所为有可能是为了燕国日后征服我东胡，怎么会去抢夫君的君长之位呢！"

大瑞青听了点点头说："夫人说得对，秦开怎么会夺我之位呢！"想了一会儿，大瑞青猛地一拍大腿说："夫人说得对，秦开来东胡的所作所为，不是别的，就是为了日后燕国征服我们。"

山女说："夫君到现在才明白过来。"

大瑞青悔恨地说："我真是糊涂啊，过去燕国往我东胡派人质时，都是些王室宗亲，文武都远不及秦开，可这次派的这个秦开，文武双全，少年英雄，来的第一天便给了我们一个下马威，把为夫和咬哈将军战败，使我们不敢再去燕国抢劫。冬青和他结亲从燕国回来后，我听说燕国军队实行了大规模改革，将兵车与步兵的结合作战方式，全部改作骑兵。以往我们抢掠燕国时，骑兵一掠而过，待燕军想与我们对抗，靠他那种兵车步兵的组合，根本不是我们的对手，甚至想追都追不上我们。我猜想，燕军这种改革，一定是秦开回燕国后向燕王提的建议。现在，秦开又周游东胡两年，各地情况都被他摸清了，又拉拢了那么多部落首领，一旦燕国向我东胡开战，而且由秦开来统领燕军向我东胡开战，我东胡如何敌得过燕国！”

山女听了点点头说：“这还像个东胡君长的样子，那夫君说怎么办？”

大瑞青想了想，然后一跺脚说：“把秦开囚禁起来！”

山女说：“夫君只能秘密而行，现在东胡到处都是秦开的朋友，连三位将军都不可靠。”

大瑞青点了点头。

且说秦开等人回到燕质营后，很快安顿下来。第二天临近中午时，忽见大瑞青的侍臣前来相请，说大瑞青请秦开夫妇到中心大帐去赴宴。冬青说：“不对呀，我昨天回来时，已向云青妹妹说了，让她转告兄长，改日我们过去拜访兄长和嫂嫂，怎么突然让我们去赴宴呢！”她想了一会儿又说：“一定不对，我们从燕国结亲回来时，兄长都没有专门设宴，怎么这次周游回来却要设宴呢，一定有蹊跷。”

秦开此时也感到有些不对劲，他当即向陈奈嘱咐了几句，然后与冬青赴宴去了。

秦开和冬青进了大瑞青的中心大帐，没等说话，只听大瑞青大声喝道：“来呀，把秦开推出去斩了！”霎时，上来十多个军士将秦开绑了起来。

欲知后事，且看下回分解。

第十四回 秦开施计逃离东胡 燕王传令修筑将台

却说东胡君长大瑞青听到一些人说秦开结交东胡部落首领，意在谋取东胡君长之位，经夫人山女的提示，大瑞青终于认定，秦开这一切都是为了日后燕国征服东胡。因此，大瑞青下定决心要囚禁秦开，并秘密做了准备。

秦开一行周游东胡回来的第二天，大瑞青便以宴请秦开的名义，将秦开夫妇诓至他的中心大帐。不等秦开说话，大瑞青便大喝一声："来呀，把秦开推出去斩了！"大瑞青话音一落，立即从他的身后跳出十多个东胡军士，将绳索套到秦开头上，把秦开绑了起来。

秦开早有思想准备，他并未反抗。冬青也已有准备，她也要看看兄长大瑞青到底要干什么，因此她什么也没说，也没替秦开求情。

就在武士们将秦开绑起来时，只见山女走了过来对大瑞青说："秦开有什么不是，也不能斩他呀，斩了秦开我们的大公主怎么办哪！"

大瑞青本来就没想杀秦开，只不过是要把秦开囚禁起来，看到山女已装完好人，大瑞青大声对武士们说："押往木楼，囚禁起来！"说完之后，他又对冬青说："国事至上，只好麻烦妹妹暂时委屈一下啦。"

冬青把头一扭，要跟着秦开一起走，却被武士们拦住。冬青一屁股坐下，山女过来安慰了几句，冬青一句话没说，不一会儿，她起身出帐，回燕质营去了。

且说秦开被十多个东胡武士押着，来到了渔水河畔的一座木楼。木楼是一个简单的二层小楼，门窗都很小，整个小楼都是用巨大的圆木累积而成，十分牢固。秦开被推进楼门后，楼门立即被武士们用石块顶住。秦开看时，一楼有几个大木墩，是当作木凳用的，还有一些泥罐，罐内已装满了水，旁边还有个木瓢。一楼通往二楼的是几根方木垒成的楼梯。二楼的地面是木方上铺成的木板。二楼除有一个小小的窗户外，其余地方全部是木墙，因此比一楼显得更暗一些。在小窗一侧，有几张羊皮做成的被褥，是给秦开睡觉用的。

秦开刚从二楼下到一楼，这时楼门被外面的东胡军士打开，秦开看时，只见一个军士送来一个大木桶，那军士做了个动作，秦开明白，这是叫他拉屎撒尿用的。

不一会儿，楼门又被打开，秦开看时，见又是那个东胡军士，这次却端来了一大盘子牛肉。秦开朝那军士笑了笑，那军士也笑着点点头，然后转身出去了。接着，就听到外面两名军士的顶门声。

且说陈奈听了秦开的嘱咐之后，当即向众兄弟传达了秦开的要求，众兄弟立即警觉起来，并按陈奈的布置做好了各方面的行动准备。

华云和田夏二人按陈奈的布置，负责探听秦开赴宴情况，因此二人在秦开和冬青离开燕质营不一会儿，便一同前往大瑞青的中心大帐探听动静。二人还未到中心大帐，便遇到了迎面而来的冬青。冬青述说了刚才发生的情况，并建议二人一同回燕质营，与大哥陈奈等人一起商议对策。

回到燕质营后，冬青向众位兄长述说了秦开被押往木楼的情况。李虎一听，立即跳起来说："我现在就去找那个木楼，找到后把九弟救出来不就完了吗！"

陈奈摆摆手说："九弟刚才赴宴前已嘱咐过为兄，他说如果一旦发生意外情况，让我们沉着应付，除尽快回燕国报告国君外，其余任何过激的行为都不要有。现在既然将九弟押往木楼囚禁起来，又有冬青夫人这一层的面子，谅大瑞青不会对九弟如何，我等去木楼看看具体情况，然后尽快回燕国报告。"

冬青和众人一听，都一起站了起来，向帐外走去。冬青在前面引路，她走走问问，总算找到了囚禁秦开的木楼。但守卫木楼的东胡军士谁也不让靠近木楼，更不许人探望。冬青说了许久，那些军士只是摇头。陈奈说："我们还是回去从长计议吧。"

回到燕质营，陈奈立即写了一封竹简信，向燕王报告秦开被囚禁的消息，并请示下步该如何行动。孙擒虎和李虎二人按陈奈的布置，负责回燕国报告情况，传递两边的消息。陈奈写好书信后，又向二人嘱咐了一会儿，二人收好信件后，骑上牧羊赠送的千里马，一直向西南驰去。东胡的渔水营离燕国蓟城相隔甚近，二人又是人急马快，因此转眼工夫便到了燕国与东胡的边关居庸塞。好在东胡并未派兵阻拦。

回到蓟城，孙擒虎和李虎直奔乐毅的将军府。乐毅听了二人述说的情况后说："这种情况早已是意料之中的事情，二位阁下不必着急，待报告燕王后，大王必有对策。"说完，与二人一起前往王宫走去。

燕昭王听说秦开在东胡有情况，立即接见了孙擒虎和李虎。看完陈奈的书信，又听二虎述说了情况后，对乐毅说："贤弟有何见教？"

乐毅说："这是意料之中的事情，说明秦开质胡已取得成效，也说明东胡对秦开质胡的本质有了觉醒。臣弟的意见，此事不可着急，更不要过激处理，只能施计使秦开逃离东胡。只要秦开回到燕国，征服东胡之事也可提上日程啦。"

燕昭王说："贤弟说得好，现在为兄也盼望秦开归来，以便将征服东胡的大计提上日程。可施计使秦开逃离东胡，但有何计可施呢？"

乐毅笑道："王兄放心，臣弟料秦开自有办法，王兄只是让孙李二位阁下给秦开捎话，让他设法逃离东胡就行了。"

燕昭王高兴地说："贤弟不仅有管仲之智，且有知人之明，秦开贤弟曾拜师鬼谷子，自是智谋出众，今日自己身陷囹圄，定会有逃离之策。二位爱卿回去告诉秦开贤弟，让他自己想办法，逃离东胡。如有何意外，再回来报告本王。"孙擒虎、李虎领命。

孙擒虎、李虎走后，乐毅对燕昭王说："如今我燕国马匹已经充足，十万骑兵已经组建而成，秦开归燕后，这十万骑兵就可以用来征服东胡啦。"

燕昭王说："苏秦贤弟这几年的合纵之策，也有很大成效，中原列国对讨伐强齐和强秦的信心在不断增强，待秦开贤弟征服东胡后，讨伐强齐，为先王报仇之事便可提上日程啦。"

乐毅说："讨伐强齐需内政外交同时达到鼎盛状态，现在看，我燕国国势在日益增强，但要达到讨伐强齐的地步，恐非短期所能，王兄还需继续努力奋斗，以燕国的强盛为根本出发点。只要国势强盛了，与列国的关系自然会改善起来，那时苏秦二哥的合纵之策施行起来也会更加得心应手。”

燕昭王点头说：“贤弟说得对，为兄经常急躁，也经常急于求成，以后需要认真改正，以免重蹈前人欲速则不达的覆辙。”

且说孙擒虎和李虎二人见国君已有明确的指示，便连夜赶回了东胡。冬青、陈奈及众兄弟听说国君让秦开自己想办法逃离东胡，都陷入了沉思。李虎大声说道：“弟妹及众兄弟们都不必担忧，我早已想好啦，待夜里我们众兄弟冲到木楼，将守护木楼的东胡兵都杀死，把九弟救出来，然后我们一起杀回燕国不就行了吗！”

陈奈说：“七弟不要乱想乱说，九弟到东胡三四年的时间了，他是怎样对待东胡人我们还没看清吗，采取杀人劫牢的办法，九弟是万万不会同意的。”

李虎又说：“如果九弟在，我也知道他肯定不会同意，可现在九弟不在，我们就这么做了，待把九弟救出来，他同意还是不同意，都无关紧要了。”

冬青说：“这样的确不行，且不说这样做秦开不会同意，就是他同意我们也不能这样做，因为一旦与东胡军发生争战，我们人少势弱，必然会吃亏，甚至会吃大亏。”

陈奈说：“是啊，九弟不在，如果三位东胡将军出马，我们兄弟中谁能招架得了！”

冬青说：“不过，如果让秦开自己想办法，他除了越狱之外，还能有什么办法自己逃离呢！”

陈奈说：“我等再好好想一想，看还有什么办法没有，然后再与九弟商议吧。”

李虎听了，大声说：“大瑞青连我们兄弟去看望九弟都不许，如何与九弟商议？”

陈奈说：“这事只能靠冬青弟妹啦！”

冬青听了，对陈奈说：“我去找我的哥哥大瑞青，让他下令，准我前去探望秦开。”

陈奈说：“弟妹速去速回，以免众兄弟着急。”

冬青一面点头，一面出帐去了。

冬青见到大瑞青后，说明来意，可大瑞青一直摇头。无奈，冬青又去后帐找嫂嫂山女。恰好小妹云青也在山女那里。山女见冬青满脸愁云，取笑地与云青说：“也是啊，一个才结婚两三年的小夫妻，硬把两人这么分开，谁能受得了啊！”

云青对姐姐冬青如此痴情爱着秦开和不加选择地向着燕国，并不太赞成，但却心疼自己的姐姐，看到姐姐美丽的面容中透出来的那份憔悴，她也心动啦。她对山女说：“嫂嫂别取笑姐姐，你和我哥哥成亲这么多年来，从来没离开过。你二人整日在一起，还这么甜甜蜜蜜，谁也离不开谁，如果硬把你们分开，你能受得了吗！”

山女一听，连忙说：“嫂嫂这不是在同情着大公主吗，走，我和你们姐俩一起找你哥哥说情去。”说完，拉着冬青、云青姐俩，来到了大瑞青的大帐。

大瑞青见夫人山女、幼妹云青一齐为冬青说情，便对冬青说：“好吧，你去见秦开吧，不过我给你定两条，一是好好劝劝你的夫君，让他休生是非，别打我东胡的主意，二是见一面就速速离开。”说完，让侍臣递给冬青一面通行的木牌。

冬青拿起木牌倔强地说：“秦开打谁的主意我不管，至于我与他见面问题，我去了就和他在木楼做伴，不回来啦！”说完，竟头也不回地走啦。

冬青回到燕质营后，将情况向陈奈兄弟说了一遍，并问陈奈怎么让秦开想办法逃离。陈奈说：“燕王和乐毅将军都说九弟自有办法，这是燕王和将军对九弟有着深刻的了解，才做出这种判断，想必自有道理。弟妹先和九弟说说，看九弟有何办法，还需我等如何配合，然后再说。”冬青点头后，带着一大包好吃的东西，在两位侍女的陪同下，前往木楼去了。

却说秦开自被大瑞青关进木楼后，东胡军士每日三餐、送水送奶、换洗便桶等事，倒也做得无可挑剔。秦开虽然在这方寸的囹圄之地，但也没有消沉和闲寂起来，他每日都在木楼里练武打拳，还做着各种基本功。歇息时，又在背诵着诸子名流的典籍，或在思考着各种问题。

这日，秦开正在习武，冬青前来探望。夫妻相见，说不尽的相思之语。过了一会儿，冬青对两位侍女说：“你二人暂且退下，到木楼之外等我。”两个侍女抿着嘴笑了笑，转身出了木楼。

冬青一口气地将众人这一段计划营救他的情况，对秦开说了一遍，并问秦开有何想法和办法。秦开听了对冬青说：“回去与众位兄长说，千万不可鲁莽造次，更不可伤害东胡兄弟。”

冬青拥着秦开说：“那夫君如何才能出去，我夫妻何时才能团圆？”

秦开说：“燕王和乐毅将军的确了解为夫，为夫出去的办法也不止一个，但还是选一个不伤人的办法为好。”

冬青说：“那夫君就快决定吧，陈奈大哥说了，看众兄弟能做些什么！”

秦开说：“夫人还记得西辽水滨细水营的首领牧羊吗？”

冬青说：“牧羊大哥为人仗义爽快，与夫君和众位兄长建立了生死之交，为妻怎么能忘记他呢！”

秦开说：“如今这种状况，要想逃离东胡，又不伤人，恐怕就要请牧羊大哥出面帮忙啦。”

冬青说：“要牧羊大哥怎么个帮法？”

秦开拥着冬青，在她耳边说了许多。冬青说：“好，为妻回去对陈大哥说后，我们立即行动。”

秦开说：“如此，便有劳夫人长途跋涉啦。”

冬青说：“为了夫君，为妻哪怕跑上十万里，也心甘情愿，在所不辞。”说完，深深地拥吻了一下秦开，然后快步出了木楼。

回到燕质营，冬青立即将与秦开所商议的逃离东胡的办法，向陈奈等众兄弟说了一遍，并要求马上启程，前往细水营。

陈奈想了想说：“既然是九弟的主意，那我等只管照办就是。只是弟妹亲自出马，前往遥远的细水营，君长那里如何交代？”

冬青说：“这个我与秦开已经商议过了，我就来个不辞而别，兄长如果问起众人来，就说不知道就是了。”

陈奈说：“也只能如此了。”

当天晚上，趁天黑人静之际，冬青在孙擒虎和李虎的护卫下，带着两个会骑射的侍女，踏上了前往辽水之滨细水营之路。

且说细水营首领牧羊自与秦开分手后，每每思念起秦开来，总是想念不已。在秦开尚未结束周游东胡时，牧羊便派人看望过秦开两次。秦开回到渔水营被大瑞青囚禁后，牧羊又派人看望了一次秦开，但来人没有见到秦开，并飞快地赶回细水营，向牧羊报告了秦开被囚禁的情况。牧羊甚是着急，天天思索着如何解救秦开，但又怕解救不成，反倒害了秦开，因此一直没敢行动。

这日，牧羊正在营帐中思索着如何解救秦开之事，部人前来报告，说秦开夫人在两位结义兄弟的护卫下，来到了细水营，要求面见牧羊首领。牧羊听了大喜，连忙跑出营帐，亲自将冬青迎进帐中。

冬青和孙擒虎、李虎与牧羊寒暄之后，将秦开被囚禁情况以及想让牧羊出面营救的想法，向牧羊说了一遍。牧羊听完后说："我与秦开兄弟结义后，我曾对他说，日后如有用着为兄的时候，我会抛弃一切，去帮助他，去投奔他。今日秦开兄弟既然被囚禁，又是秦开兄弟亲自出的主意，让为兄前往营救，为兄就兑现往日之诺言。而且为兄一定会按秦开兄弟的嘱咐，依计行事，不会做出无仁无义之事，夫人尽可放心。夫人和两位兄弟且宽住两日，好好歇息一下，为兄也好好准备一下，我们三日后启程，前往东胡大本营渔水营，如何？"

冬青和二虎见牧羊这样爽快，又是如此深明大义，便一口答应下来。

第四天一早，牧羊将妻子女儿带上，每人各骑一匹上等宝马，另外带了数十位愿意投奔燕国的部落军士，并赶着三百多匹上等好马，来与冬青和二虎会合，以便共同前往渔水营。冬青和二虎甚是高兴和感动，大家寒暄了几句后，便飞身上马，向南驰去。

渔水营到细水营之间，整整上千里的路程，众人只走了五六天，便来到了渔水河畔。

牧羊与冬青、二虎商议后，让自己的夫人与女儿赶着三百多匹宝马，前往东胡西部靠近赵国的地方等候，自己则全身披挂，身坐千里宝马，手提又粗又长的铜钺，带领那数十位满副戎装的军士，向渔水营驰去。冬青与孙擒虎、李虎等人，回到燕质营向陈奈报告情况并等待消息去了。

且说牧羊来到渔水营外，让守卫大本营的东胡军士向君长大瑞青报告，就说细水营首领不服君长的统治，要求与君长比试武艺，并一决高下，然后决定谁当东胡的联盟长。

大瑞青听到这个情况后大怒，他将舍木、骨宁、咬哈三位将军召至中心大帐后说："真是岂有此理，本君长这个联盟长，是祖上靠实力得来并传下来的，现在竟有人想挑战本君长，三位将军有何看法？"

舍木是东胡大将，也是东胡军队实际的副帅，他听了大瑞青的话后说："是谁这么胆大妄为，竟敢挑战东胡的部落联盟长！"

大瑞青说："都是秦开作孽，将辽水滨细水营的首领牧羊，教成武艺高强之人，听说此人也像秦开一样，使一柄大铍，无人能敌。如今牧羊在营外公开叫号，你们说怎么办吧？"

骨宁说："那有什么办法，君长和他应战就是了，届时视情况再说。"

大瑞青没好气地说："应战？谁去出战！"

咬哈说："末将先替君长去会会这小子，如他武艺平常，末将就斩了他，将他的头提来见君长，如他的武艺果真了得，再徐图良策。"

咬哈说完，舍木和骨宁都点头赞成。大瑞青听了，也点头赞成，并说道："将军辛苦啦，还望多加仔细！"

咬哈披挂上马，手持长钺，来到营外，来会牧羊。牧羊见来的是东胡将军咬哈，且只是咬哈单钺匹马，便立即让数十名军士退到身后一箭之地以外的地方，自己则拍马迎上前去。

咬哈也见过牧羊，但他不知道牧羊已经跟秦开练成高强武艺。两人走至近前，咬哈看时，只见牧羊身高马大，手执又粗又长的铜铍，那副打扮与秦开一模一样。

咬哈用长钺指着牧羊说："牧羊，你一个小小的部落首领，跟着秦开学了几天武艺，怎么就敢无法无天，想夺君长的宝座呢？还是快快回去，老老实实当个小头头，想吃啥吃点啥去吧！"

牧羊说："想当年，君长的先祖靠实力夺得君长之位，人们都服气，可如今的君长有何本事，还不是靠着老子的名声来当的这个君长吗！因此，本人不服，想会会君长。如果他的武艺了得，本人情愿给他当奴仆。

如果他的武艺不及本人，那就委屈他让贤吧！”

咬哈喝道：“你以为当君长只是武艺高强就行吗！作为君长，统治方圆数千里的幅员，数以百万计的各类部落，有多少大事需要定夺，即便你武艺高强，就能胜任君长之位吗！”

牧羊说：“咬哈，你少来教训我，你说的这些我不听，我只服武艺高强之人，你快回去让大瑞青来会我，让我看看他的本事究竟多大？”

咬哈大怒道：“你先胜了我手中的长钺再说！”说完，挥长钺劈面便向牧羊砍去。

牧羊不慌不忙，只是用铜钹向长钺磕去。只这一式，把个咬哈震得虎口发麻，战马也向后倒退了好几步。咬哈一看，没敢再出第二手，拨转马头，回大帐向大瑞青报告去了。

大瑞青在咬哈拍马出战后，已经与舍木骨宁二人披挂上马，前往交战之地观战。三人还没到地方，便见咬哈在马上一手提着长钺，一手在不停地甩动着手腕，慢慢向这边走来。

见到大瑞青后，咬哈直摇头，并述说牧羊的厉害，一面说还一边甩动着自己发麻的手。

大瑞青听后对舍木和骨宁说：“看来这个牧羊果然厉害，如同秦开一模一样啊！”

舍木说：“牧羊本来长得虎背熊腰，力大无穷，现在又学到了秦开的钹法，不要说我们几个，即便秦开在这里，可能也很难制服。”

大瑞青说：“那倒未见得，猫教老虎，最后还要留着爬树这一手。”

骨宁说：“这么说，只能把秦开请出来制服牧羊啦？”

大瑞青摇摇头说：“大公主冬青已失踪近半个月，如今牧羊突然前来挑战君长之位，不知这两者之间有无什么联系。我们可不要上了秦开的什么当啊。”

舍木说：“要么君长亲自去会会牧羊，试探他一下，不就什么都清楚了吗！”

大瑞青点点头说：“有道理，走，会会这位牧羊去！”说着，拍马向前跑去，舍木、骨宁跟在后面也向前跑去。咬哈看了，也只好掉转马头，再次向交战之地跑去。

牧羊一式便吓退了咬哈，于是他来到了自己军士堆中，吃起了牛肉干，自闲地等待着其他人的到来。

正在自闲之际，牧羊见大瑞青领着三位将军一齐来到他的面前，便持铍上马静立等候着。大瑞青走到牧羊面前，勒住马说道："牧羊，你好大的胆子，竟敢觊觎君长之位，现在本君长就在你面前，你还不悬崖勒马，去掉幻想吗！"

牧羊笑道："我以为你来到我面前，是要与我比试武艺，一决高下，原来还是要说教于我。你现在是东胡的联盟长，休要废话，还是与我见个高低再说话。"

大瑞青听了，恼羞成怒，抡起手中的长锤狠狠地照牧羊打去。牧羊早有准备，只见他就势将长铍迎着大瑞青的长锤抡去。只听响亮一声，大瑞青手中的长锤一下子被磕出了手，飞向空中，然后锤头先落地，锤镦朝上，立在地上。

大瑞青大惊，连忙拨马逃走，但跑了几步，他见牧羊并未追赶他，便勒马又返了回来。这时只听牧羊说道："大瑞青，如今你已败在我的手下，这说明你的武艺和你的君长之位是不相配的，我再给你三天时间，如果三天后还无人赢我，我就会占领你的中心大帐，夺取你的君长之位。"大瑞青听了，拨马向中心大帐走去，骨宁走到大瑞青锤前，拿起长锤，与舍木、咬哈，跟着大瑞青回到中心大帐。

回到中心大帐，大瑞青一屁股坐在地上，对三位将军说："怎么办，各位说怎么办吧，我们怎样才能制服牧羊？"

舍木说："现今之势，没有别的办法，只能请出秦开，把牧羊赶走。"

骨宁点头说："末将也同意把秦开请出来。"

大瑞青说："看样子牧羊前来和秦开被囚禁没有什么关系，牧羊看来就是昏了头，非要东胡的君长之位呀！"

舍木说："那就尽快把秦开请出来吧。"

大瑞青说："还是谨慎些为好，另外本君长现在怀疑，恐怕秦开真不是这位牧羊的对手。因此，本王先找找大公主，问问秦开是如何教牧羊武艺的，二人的武艺谁更胜一筹，然后再说。"

舍木说：“刚才牧羊说只限君长三天时间，大公主现在还不知在哪里，可不要误了这个时限哪！”

大瑞青见三位将军一个比一个怕牧羊，心里非常生气，但自己这种狼狈相又说不出口，只是一扬手，将三位将军打发走了。

三位将军刚出帐，大瑞青立即叫来侍臣，让他多带几个人，务必在两天内找到冬青。侍臣去了不到半个时辰，却将冬青领到了大瑞青的面前。大瑞青没好气，却又是急不可待地对冬青说：“你到哪里去了，是否有半个月啦，你到底干什么去了？”

冬青说：“你把我的夫君囚禁起来，还不许我到处去散散心吗！”

大瑞青紧接着说：“你我是同胞兄妹，我现在只想问你一件事，秦开把他的钺法都传授给了细水部那个牧羊，他就不怕牧羊的武艺超过自己，日后被牧羊杀了吗？”

冬青心中好笑，但她却认真地说：“秦开把他的钺法都传给了牧羊这不假，但看家本领他能传吗！”

大瑞青又追问说：“这么说，秦开现在仍能制服牧羊？”

冬青说：“妹妹听秦开说过，他有一招，叫作‘苏秦背剑’，是个置人于死地的绝招，这一招他谁也没有传。”

大瑞青既高兴又郁闷地说：“这才像个中原人。”说完，大瑞青递过一个通行木牌，对冬青说：“你去将秦开接出来，明天让他击退牧羊，然后为兄还他自由。”冬青显得不情愿，然后拿起木牌，转身走了。

冬青回到燕质营，立即向陈奈兄弟众人述说了刚才大瑞青找她的情况。陈奈一面让众兄弟做好明天搬走的准备，一面让冬青去迎接秦开，同时做好明天与牧羊佯战的准备。

没到半个时辰，秦开回到了燕质营，众兄弟看秦开时，虽然被囚禁木楼一个多月，但依然精神焕发，毫无疲惫的样子。众兄弟大笑一阵后，一直将第二天的事情安顿得稳稳当当，然后才各自睡去。

第二天，秦开满身披挂，坐下千里马，手执铜钺，来到与牧羊交战之处。众兄弟和冬青也满身披挂，各乘坐骑，一同前往交战场所。大瑞青与舍木、骨宁、咬哈，都以为秦开为他们出气的时候到了，于是一齐前往观战。

为了助战，大瑞青特意让军士们准备了战鼓。只听三通鼓毕，秦开和牧羊双双出场，大瑞青等人一看，真如两个天神下凡，因此不停地喝彩。只见秦开与牧羊相互问候后，便双钺并举，战在一起。

大瑞青和三位东胡将军从未见过如此精彩的大战，因此他们只顾喝彩，却忘记了观看其他人的情况。突然，大瑞青似乎看到了冬青与秦开众兄弟同牧羊率领的数十个军士阵中移动的影子。大瑞青似乎明白了什么，但自己和三位东胡将军身边连坐骑和兵刃都没有，因此什么也做不了。这时，只听牧羊喊了一句："兄弟，我们走人，不陪他们玩啦！"于是，秦开、牧羊二人各收兵器，拨马向西跑去。这时，牧羊手下的军士和秦开的众兄弟们已经汇成一支队伍，都在拍马向西驰去。大瑞青与三位东胡将军呆呆望着已人走地空的西边，半晌说不出话来。

秦开和牧羊及手下众人，全部都是千里马，不一会儿，早已驰出百里。秦开和牧羊勒住马大笑一场，便再次催马向前驰去。众人驰骋了两个时辰，与牧羊妻女及驱赶的三百匹宝马汇合，然后转身南行，向赵国境内走去。

到达高柳郡后，秦开和牧羊商议先在此地屯住一些时日，然后一面报告当地郡守，一面派孙擒虎和李虎回燕国，向燕王报告情况。

且说燕昭王自孙擒虎和李虎回燕报告秦开被大瑞青囚禁后，一直放心不下，孙擒虎、李虎二人走后，燕昭王派出多名细作，进入东胡打探情况。这日，细作前来报告，说秦开已施计逃离东胡，进入赵国北部的高柳郡歇息。第二天，侍臣又报，说秦开的结义兄弟已从赵国启程回燕国报捷，秦开不日将回到燕国。

燕昭王听了大喜道："你先去传本王之命，命匠人立即修筑一个拜将台，然后再命孙、李二人进宫见本王。"侍臣应令而去。

欲知后事，且看下回分解。

第十五回 燕昭王计议征东胡 大瑞青下令选战将

却说燕昭王自秦开被大瑞青囚禁以来，放心不下，几次派细作前往东胡打探情况。这日，细作来报，说秦开已施计逃离东胡，进入赵国北部的高柳郡。第二天，侍臣又来报告，说秦开的结义兄弟已从赵国启程回蓟城报捷，秦开不日便将回到燕国。

燕昭王听了大喜，他对侍臣说："你先去传本王之命，令匠人先在蓟城之外修筑一个拜将台，然后再让孙、李二位爱卿进宫见本王。"

侍臣听了燕昭王的命令后，连忙出宫，向蓟城司马府走去。蓟城司马伯男是燕昭王新近任命的一个颇有能力的燕国武官，他担任蓟城司马后，正在进一步扩大城区规模，修缮各个衙门。同时也在酝酿建设燕下都。侍臣向他述说了修筑拜将台之事后，伯男问道："大王有何具体要求没有？"侍臣摇摇头说："没有，王令只是说令匠人在蓟城之外修筑一个拜将台。"伯男说："好，下官领命就是。"

侍臣离开司马府后，又前往驿馆，找到孙擒虎、李虎二人。此时二虎正在等待着燕昭王传令接见他们。看到侍臣来驿馆传令，二人立即起身，跟着侍臣进了王宫。

侍臣简单回复了落实修筑拜将台之事后，燕昭王连忙说："快让孙、李二位爱卿进来，本王要听秦开的情况。"侍臣应了一声，转身出来将孙擒虎、李虎二人领进燕昭王的办公之殿。

燕昭王看到二虎后，不等二人施礼，一手拉住一人说："快说说，秦开是怎么逃离东胡的，现在情况如何？"二虎见燕昭王如此急切，你一句我一句，把秦开施计逃离东胡情况说了一遍。燕昭王听罢哈哈大笑说："如此说来，秦开贤弟还给我燕国带回来一位武艺高强的战将？"二虎自豪地一齐点头。

孙擒虎又说："秦开还让我二人报告大王，说他要在赵国少住几日，还有重要事情要做，请大王批准。"

燕昭王说："重要事情？秦开贤弟一定是要顺便看看赵国实行胡服骑射的情况，以便把我燕国军队建设得更好。"二虎露出钦佩的微笑，并再次一齐点了点头。

燕昭王嘱咐二虎，让他们掌握秦开回燕国的具体日期，以便他要亲自出城迎接秦开。二虎连声遵令。

且说秦开到达赵国北部的高柳郡后，早有人将这一消息报告了高柳郡守和司马，不等秦开派出的人向当地报告，高柳郡守和司马便赶到了秦开屯驻之地。秦开见到二人后，连声致歉，并述说了自己一行从东胡逃离归来的情况。那郡守和司马见秦开少年英雄，又极为温良恭让，且是燕国质胡人员，便甚是友好地接待了秦开。秦开赞扬了赵武灵王实行胡服骑射的功绩，也向二人述说了燕国实行胡服骑射情况。双方越说越投机，那郡守索性提出让高柳郡的赵国军队做一次攻杀演习，请秦开等人予以指点。秦开也许诺让他和牧羊带领的军士们，也做一次骑射表演，以便双方进行切磋交流。

高柳郡守大喜，与司马二人设宴款待了秦开、牧羊等人。然后，高柳郡守陪同秦开前往赛马场，观看赵国军士攻杀演习。演习之后，牧羊亲自出场，与他带领的数十位军士们，进行骑射表演。秦开与高柳郡守边看边交谈，亲如一家。

秦开在赵国高柳郡住了几天后，又派人观察东胡是否有人前来追赶，或是否对燕赵两国袭扰。当确信东胡军队在他和牧羊逃离后并无任何动作时，才辞别高柳郡守返回燕国。

得知秦开归来的消息后，燕昭王在乐毅、剧辛的陪同下，出蓟城迎接。燕昭王拉着秦开的手说："贤弟质胡，成效卓著，劳苦功高！"秦开与众人向燕昭王参拜后，又向乐毅、剧辛两位将军施礼，然后，秦开将牧羊和众兄弟向燕昭王及乐毅、剧辛作了介绍。燕昭王见牧羊一副英雄气派，不禁连连夸赞。牧羊向燕昭王述说了他和秦开的情谊及冬青不远千里去请他解救秦开的事，燕昭王连连说道："弟妹功不可没！"

燕昭王对秦开说："小弟历经曲折回到燕国，回到都城后先好好歇息一段，然后我们再共议大事。"

秦开连忙说："臣弟一点儿也不辛苦，也不用歇息，今日回到都城安顿一下后，明日臣弟便向王兄和乐毅将军报告质胡情况和征服东胡的想法。"

乐毅打趣地说："秦开贤弟，大王一方面怕你辛苦，让你歇息，另一方面他急着征服东胡，恨不得现在就出征啊！"

冬青小声对秦开说："有这样的好君长，就是为他死了也值了。"秦开望了望燕昭王，又看了看冬青，然后深深点了点头。

当天晚上，燕昭王在王宫举行宴会，欢迎秦开质胡归来。除苏秦在列国游说外，乐毅、邹衍、剧辛等国卿皆出席作陪。燕昭王亲自为秦开、冬青、牧羊、陈奈及一班弟兄们把盏，秦开、牧羊、冬青轮流给燕昭王和几位国卿讲述东胡方方面面的情况，燕昭王时而哈哈大笑，时而静静沉思，众人直至戌时末方散。

第二天，秦开首先前往将军府拜访乐毅，向他全面汇报了质胡以来所了解到的东胡情况，具体给乐毅讲述了东胡与燕国所不同的地方，还拿出了他绘制的一张又一张羊皮地图给乐毅看，向乐毅描述东胡的地势地形及兵力分布状况。乐毅静静地听了一个多时辰，还不停地在竹板上记述一些自己的想法。

报告完情况后，秦开对乐毅说："不知在下所说情况是否适用，抑或抓住重点？请将军指点，或还需要哪些情况？"

乐毅高兴地说："阁下第一阶段质胡期间，便抓住了胡人服饰和骑战这两个关键特点，使燕王看到了东胡与燕国军队的不同和作战上的差距，因而下决心改建我燕国的军队。眼下我燕国十万骑兵大军已完全武装完毕，已具备征讨东胡的能力。阁下第二阶段质胡，不仅摸清了东胡的地理地势及兵力分布情况，而且熟悉了东胡的人文和习俗，在东胡人中建立了崇高的威望，实际上已从心理上瓦解了东胡的战力，为日后征服东胡奠定了坚实的基础。以本将军之见，阁下这几年的质胡收获远远不止这些，有些东西想必已经固化在心里，对日后征服东胡最为重要。因此，本将军认为，质胡已经非常成功，燕王的所有期待都会得以满足。”

秦开说：“感谢将军的鼓励和厚爱，如此便望国君和将军对下步行动做出部署啦。”

乐毅说：“这一段，国君与本将军曾多次议论征服东胡问题，国君有许多期待和想法，明日我们共同向国君报告情况后，再一起商定下步部署吧。”

在乐毅的沟通协调下，第二天燕昭王召集乐毅、剧辛两位国卿，听取秦开汇报质胡情况，商议征服东胡的具体部署和对策。

燕昭王说：“秦开爱卿三四年的时间质胡，取得了很大成就，为日后征服东胡、稳定燕国北境，从而为全面振兴燕国奠定了基础，今日我等好好听听秦开爱卿掌握的东胡情况，然后认真商议一下下步的行动方案，尽快做出部署。”

秦开侃侃而谈，并不时地展开羊皮，在一些图画上指指点点。乐毅几次插话，发挥秦开的想法和想象，不时引来燕昭王的频频赞许。

秦开说完后，燕昭王说：“秦开爱卿生动形象地述说了东胡方方面面的情况，本王听后感到在知己知彼上，已经心中有数了。剩下来的，我们要商议好这样几件事：其一，我军实力与东胡军的比较问题；其二，征讨东胡的时机问题；其三，我军将领的选定与兵力配备问题；其四，进攻东胡的进军路线问题。众卿还有何见教？”

乐毅说：“大王说的这几件事我们议清了，征讨东胡的行动方案也就有了雏形。关于我军与胡军实力的比较问题，臣也认为目前我们已经知己知彼，只要认真做些比较，就可以得出结论。臣以为可以做这样几方面的比较：一是数量。虽说兵不在多而在勇，但数量问题至关重要。现在我燕军已经整整十万大军，东胡则是十几万，比我军多了几成，数量上我们并不占优势。二是骁勇比较。胡军历来骁勇，且都是善于奔驰的骑兵，我军经胡服骑射改革，已完全仿照东胡骑射的样式，全部改成骑兵编制，且在布兵列阵方面优于胡兵，骁勇善战方面，不会比胡兵差。整体而言，可能会超过胡兵。三是天时、地利、人和方面。我军征讨东胡，东胡除占据地利优势外，天时与人和方面，他们不占优势。如今，我燕国国势日渐强盛，与列国的关系也在缓和并加强，对征讨东胡极为有利。且我军经多年的建设培育，人心思强，士气高涨，军心、民心与君心已经趋于一致。”

燕昭王听到这里，禁不住地站了起来说：“好！将军这一番话说出来，让本王心里有底啦。”说完，燕昭王似有歉意地向乐毅示意了一下，让他继续说。

乐毅继续说：“关于征讨东胡的时机和进军路线问题，一会儿还是先听听秦开阁下的意见，臣先说说将领的选定与兵力配备问题。将领的选定，臣认为秦开最为合适。不仅从质胡的经历和成就，单凭文韬武略和高强的武艺，已经足足具备统兵打仗的资格啦。关于兵力配备，现今我国军队主要兵种都是骑兵，臣的意见，十万大军，秦开阁下需要多少就出动多少。”

剧辛说：“臣赞成乐毅将军的判定和意见。经过大王继位以来各方面的图强和努力，特别是经过胡服骑射的改革，我燕军再也不是过去小而弱的军队啦。关于征胡将领，臣亦赞成由秦开出任。”

燕昭王对秦开说：“那爱卿再说说你的具体想法吧。”

秦开点头说：“双方军事实力问题，是诸项问题的核心问题，乐毅将军已作了透彻的分析对比，臣甚是赞成。关于征讨的时机问题，臣以为大的时机已无问题，但具体出兵时间需要仔细掂量。眼下正是植物繁茂季节，而东胡大本营渔水营一带恰处燕山山脉一线，在这个季节发动进攻，由于树林的遮挡，处于明处的我军，显然容易受到伤害。因此，臣建议待树叶谢落之时再进攻不迟。关于进军路线问题，臣倾向我燕军自赵国北部进入东胡，由西向东发起进攻，将东胡人驱往东北。关于我大军征讨东胡的结果问题，臣也做过思考。臣认为，东胡居于燕国之北，多年来一直袭扰燕国，不仅掠走燕国大量财富，导致燕国积贫积弱，而且使燕人的心理受到创伤，甚至造成燕国百姓逃离，人口减少，影响国势的发展。虽然如此，但胡人毕竟是我炎黄子孙，是我华夏家族中的一员，我们征讨他们，应以征服为目的，而不是以杀戮为目的。因此，臣一直在思考着日后将东胡驱赶到哪里去的问题。想来想去，无非是北部之东西问题。燕赵之北，广袤的大漠之地，都是林胡、楼烦族人的聚居之地，但东胡往西去的可能性很小，因为除林胡、楼烦所占之地外，其余地方比较狭小，东胡不会向西撤离。北方大漠深处虽广袤千里，但东胡也不会愿意撤往那里。而唯一比较可能撤往的地方，便是东北部。正因为如此，臣建议届时我军征讨东胡时，进军路线由西向东。至于兵力配备和将领选定问题，臣以为，我燕国十万骑兵不必都出动，有五万骑兵足矣。两位燕军统帅皆推荐臣出任征胡将领，如大王认为臣可以，臣定当担负起这个重任。”

燕昭王听完秦开的话，再次站起身来说：“三位爱卿说得都很好，与本王想的一致。如此，我们将征讨东胡事项作以下决定：其一，由秦开爱卿作为征讨东胡的将领，率领并指挥我燕军与东胡作战。本王已下令修筑拜将台，择日本王将拜秦开为燕国将军。其二，征讨东胡的时间，就按秦开爱卿所说，待秋风扫落叶之后再进军，以免我军遭受胡人的暗算。其三，兵力配备亦先按秦开爱卿所说，让五万骑兵做好随时出战准备，其余大军做好随时策应准备。其四，关于进军路线，本王亦同意秦开爱卿所说，届时我军由西部进军，将东胡驱往东北部。但究竟如何，还要看双方较量情况和事态的发展，能将东胡驱赶得远一些更好，以便我燕国拥有更大的疆域。”

燕昭王问乐毅、剧辛、秦开还有何意见，秦开说：“臣感激大王和两位统帅的信任，但臣的意见，拜将之事暂时放一放，待大军要出发之前的合适时间，再做不迟。”

乐毅说：“秦开阁下显然是为了届时打东胡一个措手不及，以免现在事定了却不能立即出征，给东胡以准备应对时间。这样也好，但秦开爱卿统军将领的职责，必须立即履行，否则，军情不熟，会影响指挥。”

燕昭王说：“好，就按二位爱卿之意，拜将之事放至出征前再做，但征讨东胡的准备事宜不可耽搁，从现在就开始，秦开爱卿统帅征胡大军的职责，也从即日起开始履行。这一点，乐毅、剧辛二位爱卿与秦爱卿好好衔接一下。”

乐毅、剧辛、秦开一齐领命。

且说东胡君长大瑞青自秦开逃离东胡后，一直数日闷闷不乐。夫人山女说：“现在看，秦开来东胡做人质，就是来掌握了解东胡情况，以便日后为征服我们做准备。”

大瑞青叹了口气说：“我们胡人心眼实，道道少，虽然秦开与以前燕国来我东胡做人质的人不一样，但在很长的时间内，我一直没看清秦开的真面目。现在，不仅让他把我东胡的情况都掌握去了，还让他娶走了妹妹，带走了武艺高强的战将，真是后悔莫及呀。”

山女说：“为妻预料，秦开回到燕国后，燕国必定要将征讨东胡提上日程。眼下之势，夫君需尽快振作起来，做好燕国征讨我们的应对之策才是。”

大瑞青说：“夫人不愧为女中豪杰，见识比为夫强多了。你若不说，为夫险些误了大事，我现在便召集各位大臣商议对策。”

东胡的诸位大臣自秦开逃离东胡后，也都表现各异，有担忧的，有埋怨的，也有着急的。众人听说大瑞青要商议应对燕国的对策，很快都来到中心大帐。

大瑞青说：“燕国人质秦开逃回燕国后，燕国很可能将对我东胡的征讨提上日程。为了早做应对准备，众位爱卿都说说你们的想法。”

大瑞青帐下的文武大臣舍木、骨宁、咬哈三位武将，与秦开交情都不错。秦开逃离东胡后，三人都开始担忧起来，担心一旦秦开率燕军攻进来，胡军抵挡不住。三人听了大瑞青的话，相互看了看，都沉默着不说话。不一会儿，咬哈说：“那末将说几句吧。依末将之见，燕国征讨东胡是早晚的事情，因为燕国新王继位后招揽了一些能人，国势开始强大，燕军也学着我们胡人的样子作了改革。现在，燕国翅膀硬了，征讨我们自然也就不奇怪了。如果燕军征讨我们，末将认为我胡人的骑兵及其作战能力，是不必担心的，值得担心的倒是战将的武艺问题，包括君长在内，我等都战不过秦开，如果秦开为将率军而来，我们如何应付！”

大瑞青听了咬哈这几句话，心里有些不舒服，但他还是压着火说：“爱卿不要只是向本君长提问题，而是要提出应对之策。我等众人的确都战不过秦开，但两军阵前遇到秦开怎么办，你等武将总要为本君长拿个主意才行。”

咬哈听了，嘴张了张，又闭上了。

骨宁接过话来说：“自秦开出现以来，我等众人都是既羡慕又担心，现在，令我们担心的这一天恐怕很快就要来了，秦开为将来讨伐我们肯定是早一天晚一天的事。末将的意见是，君长尽快在我东胡选择武艺出众之人，以抵挡秦开那势不可挡的架势。”

舍木说：“骨宁阁下的话有些道理，我东胡部落联盟自古能人层出不穷，力大艺高之人何止一二。依臣之见，为了抵御燕人的进攻，一方面要加强训练我们的骑兵，提高军士们的作战能力，另一方面的确要继续选拔武艺高强的战将。臣相信，像牧羊那样的战将，我东胡绝不止他一个。”

大瑞青开始对三位武将沉默不语的表现有些不高兴，听了咬哈只提问题的话也不高兴，现在听骨宁和舍木提出选拔武艺出众者，觉得倒是个好办法，脸上也有了笑容。舍木说完后，他点点头说：“好，主意不错。”说完后，他又看了看居长里和吐金两位重臣，然后说：“还请两位老爱卿赐教。”

吐金虽是大瑞青的叔父，但他自己知道，自己毕竟是参议大夫，大事还需由履行相国之职的上卿居长里去权衡。听到大瑞青的话后，吐金说：“那老臣就说点意见吧。其一，燕国已经强大，对于东胡这个屡屡滋扰的邻国，动武征服是必然的。其二，两军阵前，兵对兵，将对将，兵将的武艺如何，是决定生死的关键。如今燕国有个武艺高强的秦开。我东胡也应该产生出个能抵挡秦开的人，因此老夫同意在东胡各部落选拔武艺出众者。对于军士，也要抓紧时间训练，提高各自的武艺。其三，中原人主张知己知彼，我们的情况已被秦开都掌握到手了，燕国的情况我们也应尽快掌握到手，只有这样，我们应对起燕军进犯来，才能心中有数。”

居长里说：“诸位阁下说得都很好，老臣都赞成。眼下之势，的确要尽快办好几件事，其一便是尽快派细作摸清燕国的行动计划。其二是遴选武艺高强的阵前战将，确保两军阵前交战不能轻易吃亏。其三，还需学着中原人那样，琢磨排兵布阵，既斗智又斗勇。”

听完两位老臣的话，大瑞青心里更有了安慰，他对众臣说：“爱卿们说得都很好，我们立即落实这样几件事，一是由居长里上卿亲自安排细作，潜入燕都，将秦开回国后燕国的行动计划摸清，尽快回来报告，以便我们有针对性地应对燕国的进犯。二是由舍木将军牵头，骨宁、咬哈二位将军配合，立即在东胡诸部落中选拔武艺高强者，出任东胡战将。三是由三位将军共同负责，抓紧骑兵的军事训练，提高我军的作战能力。”几位大臣听罢，都各自回帐安排部署去了。

居长里选择了两对青年男女，让他们扮作夫妻，假装到蓟城去贩卖虎皮并购买陶器，借以探听燕国的军事情况。两对青年男女结伴而行，赶着马车，大摇大摆过了居庸塞，前往蓟城。到了蓟城，他们走街串巷，进军营，出官衙，热情与每个人交友和攀谈。十天下来后，两对夫妻已将燕国计划征讨东胡的情况尽皆掌握到手，然后拉着满满一车陶器返回渔水营。

且说东胡大将舍木奉命在东胡各部落中选拔武艺高强者，他与骨宁、咬哈简单商议了一下后，立即派出二百个军队的小头目，前往各部落去了解武艺高强者，限期回来报告情况。任务布置下去后，舍木与骨宁、咬哈又发出军令，让各地的东胡骑兵立即行动起来，展开大规模的军事训练。舍木、骨宁和咬哈三人，不停地前往各地察看骑兵训练情况，还偶尔下赛马场与军士们对战对练。

且说居长里得到燕国行动的情况后，立即向大瑞青做了报告。大瑞青听了，立即拉着居长里，去找舍木。此时舍木恰好正在听取那些派出的众多小头目汇报各地发现武艺高强者的情况。大瑞青见状，示意舍木继续听取情况，他拉着居长里在帐中的一个角落里坐下来听军士们述说着情况。

大瑞青和居长里一直坐了近一个时辰，赴各地的军士们才说完。军士们散去后，舍木对大瑞青和居长里说："我东胡各部落果然人才济济，刚才赴各地的军士们推荐上来的武艺高强者，多达数十人，看来我们遴选的余地很大。"

大瑞青说："本君长与上卿来阁下这里前，上卿爰卿与本君长述说了一下细作前往燕国刺探情况之事，现在看，情况很是紧急，形势也很严峻，我们必须加速遴选武艺高强者的速度，以应对燕国有可能发起的突然进攻。"

舍木说："军士们提供的数十位武艺高强者，臣对其中的五人颇感兴趣，这便是驼盘营的速其、林下营的木浑兄弟、天女营的金仙姐妹。不知君长及上卿意下如何？"

大瑞青点头说："这五人的情况刚才我和上卿都听到了，本君长也认为这五人出类拔萃，可以将此五人尽快招来渔水营，看看他们的武艺情况，如可，便尽快确定为东胡战将。上卿以为如何？"居长里点头赞成。

当下舍木立即传令赴驼盘营等地寻找武艺高强者的众军士，让他们迅速再赴驼盘营、林下营和天女营，去迎接速其、木浑和巨台兄弟、金仙和玉婵姐妹。三处寻访的军士们接到舍木大将的命令后，立即各自前往自己的目的地去了。

过了几日，前往迎接速其、木浑兄弟、金仙姐妹的军士们接连来报，说五位拟作为东胡战将的候选者都已来到渔水营，等候将军召唤。舍木听了，连忙让军士们去通知骨宁和咬哈二位将军，一起先去看望一下五人，然后再去与君长大瑞青报告。

舍木、骨宁、咬哈三人看过五个候选人之后，便一起又来到了中心大帐，向大瑞青汇报情况。大瑞青听说五位战将都已云集渔水营，甚是高兴。他一边让座，一边说："三位爱卿快说说，这五人情况如何，有无能敌秦开者？"

舍木说："臣三人看过后，认为此五人都很理想，看样子和听情况，五人一个比一个了得。但是否能敌过秦开，还需君长现场观看他们的武艺后才能下结论。"

大瑞青点头道："有道理，待本君长明日观看一番，自然明了。那三位爱卿就传令下去，明日在赛马场举行五位战将候选人的选拔表演，让渔水营的军士们都参加观看。"

舍木、骨宁、咬哈领命而去。

第二天，东胡大本营渔水营赛马场上一片欢腾，在赛马场的中间地带，临时搭起了一个不高的木台，大瑞青与夫人山女、妹妹云青，大臣居长里、吐金，以及三位将军，一起来到台上的木墩前坐定。此时，在比武场地的周围，已经聚集了无数的东胡军士和百姓，人们要亲眼看一看这些东胡英雄的精彩表演。

驼盘营的壮士速其首先出场表演自己的武艺。在一阵鼓声中，只见一位壮士走上木台，参见大瑞青和众位东胡大臣。大瑞青看时，见速其身长八尺，腰阔臂长，两只大手像个小簸箕。大瑞青说了声"好"，然后传令表演开始。

速其走下木台，这时有人牵来他的坐骑，有人扛来他的长戟。速其先接过长戟，然后抓过马缰。只见他单手执戟就势一跳，便稳稳骑上自己那匹高头大马。接着，速其在马上舞起了自己那杆长戟。只见他坐在马上，身体自如，前后转动，那杆长戟却不停舞动，恰似风车一般。舞了一会儿，速其跳下马来，对着木台施了一礼说：“献丑了！”

大瑞青似乎没看出兴致，也没看出速其的本事，但他又一时觉得不知怎么办好。正在这时，咬哈站起来对大瑞青及其他大臣说：“一个人在马上舞来舞去，能看出什么，还是两人真实较量一下，才能看出高低！末将与速其比试一番可好？”

大瑞青正不知怎样才能测定速其武艺的高低，听了咬哈的话，连忙说：“好，好，爱卿就与速其比试一番。”

咬哈走下木台对速其说：“阁下步战，我也步战，我二人对战一番，如何？”

速其说了声：“遵命。”然后持戟等在一边。

咬哈从随从手中拿过自己的长钺，来到速其面前，说了声“请”，速其也回了声“请”，然后二人便战在一起。

咬哈采取先发制人之势，他抡起长钺劈面朝速其砍了过去，速其见咬哈硕大的铜钺劈了过来，便横起自己的长戟用力磕了过去。只见咬哈被磕得向后退了好几步，差点坐到地上。咬哈立住脚步，向速其摆了摆手说：“不用比了，阁下果真厉害！”

他把长钺递给随从，赶到木台上对大瑞青说：“与秦开无二。”大瑞青笑着点了点头。

接着，由林下营选拔的木浑、巨台兄弟二人表演。兄弟二人也学着速其的样子，上台参拜大瑞青和各位东胡大臣。众人看时，只见木浑兄弟如同一对双胞胎，长相和穿戴打扮十分相似，二人都是身材魁伟高大，臂粗手长，力能扛鼎。二人参拜完毕，大瑞青说：“二位分别与速其交手演示一番，如何？”木浑兄弟齐声“遵命！”

速其听到传令后，再次来到演武场地，手持大戟等待与木浑兄弟交战。木浑兄弟二人也各使大戟，领命后，弟弟巨台率先来到速其面前。这时台上大瑞青亲自喊了声“开始”，二人双戟齐举，战在一起。二人战了三十回合，不分胜败。大瑞青在台上看得喜不自胜，他见二人三十回合还不分胜败，知道木浑兄弟均是上等战将。于是，他大喊了一声“二位住手！”速其和巨台听君长发出命令声，立即收势，结束了比试。

大瑞青传令，木浑不再比试演习，由天女营两位女将金仙、玉婵姐妹二人开始演示。金仙姐妹听到传令后，也一同来到木台上，参拜大瑞青及东胡大臣。大瑞青看时，见金仙虽然生得美丽清秀，但却并不瘦弱苗条，而是雍容丰满，骨骼壮实。再看玉婵，浓眉大眼，身材修长，骨骼健壮，充满活力。大瑞青点头并自言自语地说："美，这类女子更美啊！"

金仙和玉婵参拜完毕后，见大瑞青并未传令她们如何演示，玉婵便忍不住地问道："请问君长，我姐妹二人如何演示？"

大瑞青听到玉婵清脆的问话声，才回过神来说："二位女将认为如何演示为好？"

金仙马上说："我姐妹听君长的，怎样演示都行！"

舍木对大瑞青说："让二位女将与木浑兄弟对阵一番，如何？"

大瑞青点点头说："好，就让两位女将与两位男将比试一番。"

木浑兄弟得令后，各持大戟再次来到演习场，当他们看到也已来到场内的金仙姐妹时，不禁吃了一惊。

欲知后事，且看下回分解。

第十六回　下战书秦开劝君长　决胜负兄弟战姐妹

却说大瑞青在选择东胡武将中，为了让来自天女营的金仙、玉婵姐妹更好地表现她们的武艺，便让刚刚表演过武艺的林下营木浑、巨台兄弟，与金仙、玉婵姐妹对阵一场。木浑、巨台兄弟得令后，各持大戟来到演习场。可当他们来到比武场看到金仙姐妹时，不禁吃了一惊。只见金仙姐妹各自身穿短衫短裤，两只胳膊和两条大腿都露在外面，那浑如雪莲似的白肉格外引人注目。木浑悄悄对巨台说："我们胡人穿短衣，但从未见过袖子这么短的。"巨台也说："更不曾见过上阵穿这么短的裤子。"木浑又说："众多部落风俗各异，五花八门。"

两兄弟和两姐妹走至近前，相互施礼问候。木浑兄弟此时仔细看时，只见金仙姐妹虽衣裤长短一般，却是一红一绿两种颜色，金仙红衣红裤，玉婵绿衫绿裤，姐妹二人立在一侧，红绿相配，甚是好看。再看两姐妹的坐骑，金仙坐下桃花马，玉婵坐下青鬃马，连二人马鞍缰索等物，都似衣装一般颜色。木浑兄弟看金仙姐妹手中兵器时，却是第一次见到这种器械，只见姐妹二人都使一杆类似长戈般的带钩尖器，既不是戈，又不是戟，更不是矛。

四人相互施礼问候后，巨台忍不住地问两姐妹说："请问二位女将，你们使用的兵器叫什么？"

金仙扬起手中的兵器看了看说道："我姐妹二人用的兵器叫作双尖钩，由于钩上缨丝颜色不同，因此我的双尖钩叫作红缨钩，妹妹的双尖钩叫作绿缨钩。"木浑和巨台看了金仙扬在空中的尖部时，见双尖钩果然是两个尖头，尖头的后部是一个长大的铜钩。

此时，大瑞青传令再次擂鼓，场上鼓声立刻响起来。随着战鼓咚咚的响声，木浑兄弟和金仙姐妹各自催动战马，上前比试。四人钩戟并举，战在一起。

由于木浑兄弟第一次见到这种双尖钩，不知它的使法和厉害，因此兄弟二人格外谨慎，开始交战时只是留心观看，并未立即出手用力，这样四人混战了多时，大瑞青等人并未看出什么端倪。大瑞青传令，让他们一对一比试。四人接令后，玉婵和巨台先退出场外，让金仙和木浑二人交战。此时木浑和金仙都已适应了对方的战法，因此二人各自用力，大战起来。

战了三十个回合，金仙的尖钩一下钩到了木浑戟的刃部，二人来回各自用力拽了几次，谁也没拽过谁。正在此时，大瑞青传令，让二人比试至此，不必再比下去。此时，金仙和木浑二人才共同下马，将钩与戟摘开。

大瑞青在木台上对舍木等三位东胡将军说："金仙能与木浑大战三十回合而不败，可见金仙武艺与木浑不相上下，玉婵与巨台大概也是如此。本君长的意见，今日参加演示的五人，全部确定为东胡战将，待日后才能有所展示时，再适时提拔，各位爱卿意下如何？"

舍木、骨宁、咬哈齐声赞成，居长里，吐金也点头。于是，选拔战将的表演结束。

第二天，大瑞青正式拜授速其、木浑、巨台、金仙、玉婵五人为东胡战将，由东胡大将舍木和骨宁、咬哈二位将军共同节制他们。

五位战将上任后，立即与三位将军一道，训练东胡军士，研习排兵布阵之法，准备应对燕国的进攻。

且说燕昭王与众臣商定讨伐东胡的大政方针后，便让秦开立即履行统帅征讨东胡大军的职责，练习进攻与防御及布阵回旋诸法。秦开受命后，与牧羊、陈奈一班结义兄弟天天演练阵势，比试切磋武艺，研究各种进攻与防御之策。一晃，几个月过去了，燕国大地迎来了秋去冬来之季。

这日，燕昭王对乐毅说："贤弟，我们数月前商定的征讨东胡的大事，是否该拜将出征啦！"

乐毅说："眼下林木叶落，草枯秋黄，正到了大举进攻的时候啦，王兄宜尽快拜将排兵，出征东胡。"

燕昭王说："贤弟传兄长之令，明日在城外拜将台，举行拜将仪式，让诸位国卿和军中骑尉都参加，贤弟亲自告诉秦开，让他和他的一班兄弟们，如数参加，届时兄长都有任命。"乐毅领命而去。

第二天，蓟城秋高气爽，万里晴空，数百位骑尉早早来到拜将台前的校场，在那里排起了整齐的阵势。秦开率牧羊、陈奈一班兄弟也提前来到拜将台。辰时末，燕昭王在乐毅、邹衍、剧辛等大臣的陪同下，来到拜将台，燕昭王同秦开及众兄弟一一见面寒暄后，健步登上拜将台。乐毅、邹衍、剧辛也登上拜将台。这时，校场锣鼓喧天，人们不断地发出喝彩声。

只见乐毅扬了扬手，锣鼓声立即停了下来，这时，燕昭王健步从拜将台的后面走到前面一个讲台前。只听燕昭王大声说道："燕军的勇士们、燕国的臣民们，我燕国数百年来积贫积弱，南受诸侯列国的欺负，北受东胡部落的侵扰，国人积怨日深，百姓叫苦不迭。如今，我燕国国势日益强大，再也不受别人欺辱了！非但如此，我们还要对昔日欺负过我们的列国和部落予以讨伐，以解国人百年之痛。今日，本王将在这个拜将台上，拜授一位燕国将军，同时还要授予这位将军的部众以各种职衔。本王殷切期望，全军将士要以振兴燕国为己任，先驱东胡，再败强齐，使我燕国尽快立于强国之林！诸位将士和臣民有无信心？"

顿时，人们欢腾了，"有信心""讨伐东胡""征讨强齐"等呼声，不绝于耳。连乐毅、秦开等一班大臣都被眼前的气氛所感染，也跟着军民们呼喊着各种口号。

燕昭王示意人们静下来，人们很快恢复了平静。这时，燕昭王又大声说道："现在，请今日即将被拜为燕国将军的秦开爱卿上台，接受本王的拜授！"

人们再次欢腾起来，各种欢呼声不绝于耳。秦开在一片呼声中快步登上拜将台。到了讲台前，秦开跪倒在地，向燕昭王磕了三个头。燕昭王走上前去，亲手将秦开扶了起来。这时，侍臣双手呈上了将军剑和将军印。燕昭王先将将军剑为秦开佩带在身，随后将将军印捧给了秦开。秦开捧过将军印后，再次跪倒磕头。燕昭王亲手再次将他扶起，并将他送至乐毅身边站立。

燕昭王再次走到前面的讲台前，大声说道："本王授予牧羊阁下为燕国征胡大军司马，授予陈奈阁下为燕国征胡大军司寇，授予王信、孙擒虎、宫宇、华云、田夏、李虎、向羊七位爱卿为燕国征胡大军的战将，同时也是秦开将军的部将。请诸位爱卿上台，接受本王授职。”牧羊、陈奈率众兄弟有秩序地登上拜将台，到了燕昭王面前，亦是跪在地上磕了三个头，燕昭王同样将诸人一一扶起，并逐一授予各人宝剑一柄。

燕昭王正要宣布拜将仪式结束，忽见一位女将跪倒在拜将台下，大声对燕昭王说：“臣也要申请做个征胡战将，请大王批准！”燕昭王看时，见那女将高高的发髻，身披盔甲，干净利落，精神焕发。燕昭王知道，此女不是别人，乃秦开之妻，东胡君长大瑞青之妹冬青。

燕昭王快步下了拜将台，来到台下，亲手扶起冬青说：“大军征杀，危险重重，眼下又近冬季，爱卿不去参加这次征杀也罢。”

冬青说：“臣既为我燕国的一员，又是秦开的妻子，征讨东胡是我义不容辞的职责，况臣自幼生长在北国，何惧严寒，还请大王批准参加这次征胡之行。”

这时，乐毅、秦开等人见燕昭王下了拜将台，也随后来到台下。新任司马牧羊说：“大王就批准冬青夫人的请求吧，臣与冬青夫人同出东胡部落，她的心情臣最能理解，就让她去吧。”乐毅走到昭王面前说：“冬青随军前往，也能帮助照顾秦开将军。”燕昭王听了牧羊和乐毅的话后，点点头说：“好，爱卿就与秦开将军同往吧，不过要多加小心，保护身体，注意安全。”冬青一面答应，一面抹了一下情不自禁流出的泪水。

这时，侍臣又递上了一柄备用的宝剑，燕昭王再次登上拜将台，将宝剑正式授予冬青，并宣布冬青为秦开部将。

回到军营内，秦开立即与司马、司徒及众位部将商议大军进军事宜。由于进军的准备早已准备妥当，因此众人很快将进军东胡的各项事宜一一报与将军秦开。秦开高兴地对众将说：“众位兄长这一段很是辛苦，进军东胡的诸项准备甚是周到完备，小弟派出的向赵国借道的差役也已回来，高柳郡守甚是支持我们借道赵国北部出击东胡的行动。这样，小弟想我们再最后准备两天，第三日一早，五万大军开始进军。众位兄长以为如何？”

陈奈说：“为兄想先提个小小建议，不知可否？”

秦开说：“司徒兄长请说。”

陈奈说：“我等众人，都是结拜兄弟，但现在已是国事在身，大王又都授予了官职和官衔，为兄建议，从此之后，我等还是以国事为先，相互之间在称呼上，也要以官衔称呼为先，以免懈怠了军心。不知将军以为如何？”

秦开见陈奈把意思说出来后，立即带头改嘴，带头称呼自己为将军，笑道：“不改也罢。”

牧羊说：“末将赞成司徒的建议，我等兄弟不管是结拜之义，还是相互之间，都胜似亲兄弟，但如今我们都已成为大王驾下的战将，的确应该以国事为重，以官衔为先，尽量不去称兄道弟，以免淡化了军威，懈怠了军心。且末将听说燕王与秦开将军、乐毅将军、苏秦相国都曾结拜为兄弟，但正规场合公私称呼上也是有区别的。”

李虎大声说：“自此，我们众兄弟都要称秦开为将军，并严格执行军令，将军今后不要以小弟自谦啦。”其他众人也大声附和着。

秦开说：“小弟服从众位兄长的建议，履行好将军之职，今后虽以官衔之称为先，但切不要淡化了兄弟之情。本将军刚才所说，众将还有何意见？”秦开改口后，向众兄弟笑了笑。

陈奈说：“我军向赵国借道从东胡西部攻入东胡境内时，是否发起突然袭击？”

秦开说：“在大王召集诸位国卿商议征讨东胡事宜时，我曾向大王和国卿们建议，对于东胡，我们应以征服为目的，而不是以杀戮为目的，因为胡人毕竟是炎黄子孙。如此想来，我们就不能采取突袭的做法，而要与他们斗智斗勇，让他们屈服我们，不再滋扰我们。既然不突袭，我们干脆向东胡下个战书，然后从西部进攻他们，如何？”

众人点头赞成。秦开又说：“既然是让东胡屈服我们，而又不要杀戮，这就需要我们既能战胜东胡，而又不能随便斩杀胡人，这两个方面要统一在一起，我们征讨东胡所要遵循的，便是这种统一。”

牧羊说：“将军真是贤才良将，既能按国君之命力争让东胡屈服燕国，又不是通过杀戮来完成，真乃大将一员哪！”

陈奈点头说：“司马之言甚是准确，秦开将军真乃大将也。”

秦开连连摆手说："还不知与东胡相争能达到什么程度，众位将领莫要过分夸奖。"

牧羊说："将军征讨东胡的想法让人敬佩，但将军说得对，我们与东胡相争，也不会太过顺利，听说东胡最近在举国挑选了五位战将，武艺很是了得，要战胜他们恐怕还是要费一番气力的。"

秦开说："是啊，不会很轻易取胜的。"

按照秦开的要求，司徒陈奈很快起草出一份战书，秦开看后高兴地说："司徒兄长文笔犀利，言简意赅，就这样定稿，并差人连夜送往东胡大本营渔水营。"陈奈领命。

一晃到了燕军出征的日子。早晨辰时许，蓟城还处于蒙蒙亮的状态，五万骑兵大军早已列好阵势，等待着燕王的检阅和出发的号令。在乐毅、剧辛、秦开三位军队统帅的陪同下，燕昭王来到燕军阵前。燕昭王下马后，登上一个木台，此时五万大军一齐发出欢呼声。燕昭王向军士们招了招手，高声说道："将士们，勇士们，我燕国多少年来都是别人欺负我们，今日我们终于可以征讨一下别人啦！当然，我们这种征讨是一种征服，是为了东胡今后不再敢欺负我们。也就是说，我们征讨东胡，正是为了不再受东胡的欺负，而不是要置他们于死地。希望将士们勇敢向前，战胜对手，让东胡屈服，使他们自此以后再不敢侵扰燕国。将士们有没有这种勇气？"

"有！"军士们的喊声立即形成一个巨大的强音，回荡在蓟城大地的上空。

燕昭王下了木台，与秦开、牧羊、陈奈等一班将领一一道别。道别完毕，秦开与众将领上马。只听燕昭王喊了一声：出发！秦开首先催动战马，率领大军向西行去。燕昭王与乐毅、剧辛等人，一直目送秦开走远后，才上马回宫。

且说东胡君长大瑞青为了应对燕国的进攻，在各部落遴选了五位武艺高强的战将，并让五位战将与东胡三位将军一道，抓紧训练军士，研习排兵布阵之法，准备迎战。五位战将选定后，不仅大瑞青松了一口气，三位将军也心情高兴起来。这日，舍木邀骨宁、咬哈二人到他的大将军营吃酒闲叙。舍木对二人说："本大将军今日请两位将军吃酒，菜肴并未有何特殊之处，但酒与酒器却是难得一见，特请二位品尝与欣赏一番。”

骨宁和咬哈听舍木这么一说，连忙凑到木案前看时，见案桌上摆放的菜肴，不过是牛羊肉和鱼虾之类的常见之物，但看那酒与酒器时，却的确从未见过。只见酒杯都是温润脂白的昆冈仔玉雕成的两耳酒盏，而盛酒的器具则是一个类似扁状立鼓的金罐，金罐的上部是两条金龙，甚是美观。

舍木见骨宁和咬哈看得那样仔细和用心，便将金罐打开，将罐内的酒倒进了玉盏里，霎时，那浓香的酒味扑鼻而入。骨宁和咬哈不约而同地说：“好酒，好酒！”

舍木坐在主宾位上对骨宁和咬哈说：“来，二位先品尝一下，然后再说是否好酒。”说完，自己先端起酒盏，一饮而尽。

骨宁和咬哈见了，也连忙端起玉盏，一饮而尽。二人用手抹了一下嘴巴，再次不约而同地说：“好酒，好酒！”

舍木刚要再次倒酒，骨宁一摆手，拿起玉盏看了起来，他翻来覆去看了好大一会儿，摇了摇头说“要说这中原人，就是有文化，竟能找到这么好的玉，雕出这么好的酒盏。”

咬哈说：“秦开和大公主回燕国结亲回东胡时，带在身上的那对玉佩，末将看了，整整馋了三天，后来睡觉做梦还梦见了五六回。真是羡慕中原人，竟能有这种福气，得到这样的好东西。”

听咬哈这么一说，骨宁连忙说：“大将军的这几件玉盏、金罐和美酒，来自何方啊？”

舍木说：“那还用说，来自中原呗，但究竟来自哪个地方，我也不知道，是君长赠给我的。”

骨宁和咬哈都知道，东胡军抢掠赵国那一次，抢回来的好东西都被大瑞青独占了，大瑞青自己留足后，又给几位大臣分了一些。舍木的这罐美酒和这个金罐及一套昆冈玉盏，肯定是大瑞青分给舍木的。

骨宁正要再说什么，忽然一个军士慌慌张张地跑进来说：“大将军，君长让你立即到他的中心大帐去，有重要情况相商。”

舍木说了声“知道了”，然后一扬手，让那位军士出去了。舍木又说：“真是扫兴，只好来日再请二位啦。”说着，亲手将装酒的金罐和几个玉盏收了起来。

三人一起从大将军营出来，一边走，一边议论着。骨宁说："不知是什么重要事情，这么急？"咬哈说："我看十有八九是秦开那边的事。"舍木说："我到君长那里就知道什么事了，二位将军在中心大帐外等我一会儿，君长找本大将军后，一定要与二位将军商议。"骨宁、咬哈点头。

说话间，三人来到了大瑞青的中心大帐。舍木进帐看时，只见大瑞青和上卿居长里坐在那里，谁也不说话。看样子二人都是在等待着舍木的到来。大瑞青见舍木已到，连忙说："燕国下战书啦，你快看看吧。"

舍木拿过燕国的战书，但他不识夏文。大瑞青对居长里说："对，大将军不识字，上卿给他念念听听吧。"

居长里听了，拿起燕国送来的竹简书念道：

> 东胡君长大瑞青阁下：燕南胡北，多世相邻，燕弱胡强，弱肉强食，燕受害久矣。今燕正兴，国势方振，图强摒弱，强免弱欺，自古之理也。燕既勃兴，理当靖胡，非为复仇，实为自保，下此战书也。燕国征胡将军秦开呈上。

舍木说："这么说，燕国已经明确要和我东胡交战啦！"

大瑞青说："这个秦开自到我东胡做人质的那一天起，就已预示着今天要和我们开战的这一刻。好在我们已经早有准备，选择了五位武艺高强的战将。刚才，我和上卿商议，就由大将军与骨宁、咬哈二位将军率五位战将及东胡军队，全力抵抗燕军，爱卿看如何？"

舍木说："君长选择了五位武艺高强的战将后，我东胡军再也不怕秦开和燕军了。现在，臣等与五位战将已做好了迎战秦开的准备，只要燕军来犯，定会把他们击退。"

大瑞青点点头说："大将军勇气可嘉，不过秦开是不容易对付的，此人不仅武艺高强，而且足智多谋，非我等所能及也，大将军对此应有足够的思考。"

一直坐在那里没说话的居长里说："秦开的可怕之处是他的智谋，而不是他的武艺。如果仅仅是个武艺高强的粗人，是不难对付的。大将军切不可以为有了五位战将，便可高枕无忧了。"

舍木望着居长里半天没说话，大瑞青看了看二人说：“上卿之言甚是有理，大将军要多多思虑。”

舍木叹了口气说：“我东胡人自古只知尚武，极少习文，以致识字之人寥寥无几。现在遇到有智谋之人，恐怕只能任凭人家摆布我们啦。”

大瑞青听了舍木这番话，也叹了口气说：“都怪本君长未予重视，过去众臣曾建议本君长引进中原有文化之人，来我东胡开办官学，教东胡官员读书识字，可都被本君长挡回去啦，现在想来，真是短见哪。好在上卿识文撰字，否则我东胡连个能看懂燕国战书的人都没有啦。”

三个人沉默了一小会儿，大瑞青又说：“刚才上卿言词虽然尖刻了点，但甚是中肯，我们的确不能以为有了武艺能与秦开相匹敌的战将，就可高枕无忧。但诸位将军包括战将都是这种状态，现学又来不及。因此，本君长的意见，就烦上卿作为东胡军的军师，帮助大将军出谋划策，共同应对秦开，二位爱卿以为如何？”

居长里坐在那里无动于衷，舍木虽然不太喜欢居长里，但想到面对足智多谋的秦开，恐怕真是需要居长里。他见居长里不说话，知道此时需要自己这个军队统帅先表个态，于是，舍木连忙说：“如能由上卿作为军师，实则是臣与东胡军队之幸。”

舍木说完这句话后，居长里说：“老臣遵命。”

大瑞青见舍木和居长里都表态了，不禁高兴地说：“二位爱卿鼎力合作，我东胡定会增加许多胜算。只是上卿辛苦啦。”

居长里说：“眼下秦开即将讨伐于我，老臣自当不辞劳苦，与大将军共同御敌。”

大瑞青说：“全凭两位爱卿鼎力合作！”

居长里和舍木从中心大帐出来后，与一直等在外面的骨宁、咬哈二人汇至一起，向居长里的上卿营走去。

到了上卿营，居长里与三位将军迅速商议了迎战燕军的对策和部署，并立即派出细作打探秦开的具体行动情况。

第二天夜，细作回来报告了秦开率燕军自赵国进军东胡的情况。居长里说：“这种情况我们已经预料到了，大将军可迅速发兵西部，在那里迎战燕军。”

舍木说："本大将军亲率速其、金仙姐妹三员战将及五万骑兵，赴西部迎敌。骨宁、咬哈二位将军与木浑兄弟，镇守渔水营，以免燕军声西而击东。军师以为如何？"

居长里说："好，诸位将军有何情况，随时报知老夫，军情紧急时，老夫会及时赶赴前线。"

四人计议后，舍木立即召集速其、金仙、玉婵三员战将，率领五万骑兵，向东胡西部杀去。骨宁和咬哈二人与木浑兄弟率领数千骑兵，日夜守卫在东胡与燕国边境一线，以防燕军袭击。

且说秦开与众将率五万大军自蓟城出发后，很快进入赵国北部的高柳郡。高柳郡守和司马设宴款待秦开及众将，并转达了国君赵武灵王对秦开及燕军的慰问，感谢燕国征讨东胡为赵国北部边境带来的安宁，并述说了赵武灵王自胡服骑射改革以来，赵国抵御东胡、林胡和楼烦诸部落侵扰的情况。秦开感谢赵国借道之情，并转达了燕王对赵武灵王的谢意。第二天，在赵国军队的协助下，燕军迅速进入了东胡的西部领地。此时，东胡大将军舍木率领的东胡军尚未赶到这里。

秦开进入东胡西部后，迅速占领了这块广大的土地，并将那里的东胡守军和百姓全部招降。待燕军已站稳脚跟后，舍木才率领东胡军赶到这里。第二天，两军在雁门水畔摆开战场。

当秦开和舍木在两军阵前相见时，二人心中都有许多感慨，谁也不认为对方是敌人。但两军对阵，又分明是敌我双方。二人相互对视了一会儿后，秦开抱拳说："大将军别来无恙？"

舍木也一抱拳说："阁下荣膺燕国将军之职，本大将军深表敬贺。但燕国初强，便立即对东胡施武，未免有些过于猖獗吧！"

秦开说："我燕国数百年来积贫积弱，长期被东胡劫掠和滋扰，燕国百姓心中之痛和心中之惧挥之不去，极大影响了燕国民心民意的凝聚。燕国要振兴，要在战国列国中取得一席之地，不征服东胡是无法实现的。这一点还望大将军体察。"

舍木说："秦开，你愿意找什么理由，我也管不了，如今你打上门来了，我们也用不着说得太多，还是战场上见个高低就是啦。"

秦开说："大将军说得对，我们是要战场上见个高低，如果燕国战胜不了东胡，那就任凭东胡摆布燕国；如果燕国战胜了东胡，东胡就要顺服燕国，再不能抢掠滋扰燕国。”

舍木说：“好，秦开，就按你说的办，你说吧，我们今日两军对阵，怎么个较量法？”

秦开说：“自然是兵对兵，将对将。先一对一两将厮杀一番如何？”

舍木说：“好，燕将先出马吧。”

秦开说：“还是大将军先遣将出马。”

舍木应了一声：“也好。”然后回身对诸位战将说：“诸位战将谁先出战？”

舍木话音一落，只听一员女将厉声叫道：“末将先打头一阵！”说着，催动战马，来到两军阵前。舍木看时，乃东胡天女营女将玉婵。秦开见一员女胡将首先出阵，又见那女将身材修长，骨骼健壮，知道是东胡近期选拔的武艺出众的战将。他也回头对众将说：“谁来应战？”

秦开话音一落，燕军战将田夏拍马向前说：“末将应战！”说话间，便来到玉婵面前。玉婵看时，见燕军战将浓眉细目，鼻直口方，身披银甲，脚踏长靴，坐下千里马，手执扁形锤。田夏见女将身体健壮，身高臂长，坐下青鬃马，手使双尖钩，料到必是个女中豪强，因此一点不敢怠慢。二人互通名字后，便锤钩并举，战在一起。

田夏在秦开等九兄弟中，与五哥华云一道使锤，自得到牧羊赠的千里马后，与众兄弟日夜练武，武艺提高很快，骑射水平也位列众兄弟之前。他与玉婵战了五十个回合，不分胜败。

金仙怕妹妹再战下去力竭吃亏，便催动桃花马，挺起红缨钩，上前来替玉婵。燕军阵中的战将华云一看，连忙拍马来到田夏面前，将田夏替下。华云看眼前女将时，见她生得雍容丰满，清丽秀美，又得知她是玉婵的姐姐，知道这是一对英雄姐妹。二人通上姓名后，也战在一起。

华云使一柄菱形长锤，因多年来与田夏终日对练，锤法亦使得精熟。二人战至三十回合时，金仙向华云喊了声：“将军少住，待我脱掉外罩后再与你战。”华云听了，勒马持锤在一边等候着。

原来由于天气渐冷，金仙姐妹上阵时都穿上了羊皮外套。但金仙与华云战了三十回合后，觉得自己的武艺并未发挥，因此要求脱了外罩再战。

不一会儿，映入华云眼帘的，是一位身穿短衣短裤，那浑如雪莲似的白肉双臂和双腿都露在外边的女将。两军见此情形，都忍不住地欢呼起来。金仙与华云又大战了五十个回合，但并未分出胜负。

秦开一边观阵，一边赞叹金仙姐妹武艺高强。他见金仙与华云大战了八十回合且不分胜败，便让军士鸣金休战。秦开对舍木说："大将军，本将军不愿看到女将在战场上如此鏖战，我们双方少歇，然后还是派男将上阵如何？"

舍木说："想不到阁下还有惜香怜玉之心，本大将军也觉得让两位女将鏖战这么长时间，有些过意不去。我们今日休战，明日继续再战，如何？"

秦开说："一言为定。"

第二天，双方继续将对将较量。秦开对舍木说："昨日两将对阵，未见输赢，今日我们各派出武艺最高者，双方将领决出输赢，如何？"舍木赞成。

秦开回头说道："请司马牧羊出战。"

只听舍木也高声说道："请驼盘营速其出战。"

不一会儿，牧羊和速其两位战将各自走出阵来，两军将士看了，不禁都笑了起来。

欲知后事，且看下回分解。

第十七回　大瑞青增兵袭燕营　秦少勇施设空城计

却说秦开和舍木约定，双方都派出武艺最高的将领，一对一地比试武艺，决出输赢。燕军将领武艺最高者，无疑为秦开和牧羊。因此秦开请出牧羊出战。而东胡军中武艺最高的将领，当属来自驼盘营的速其，因此舍木也将速其请了出来，让他迎战牧羊。当两位战将来到阵前时，两军将士都禁不住笑了起来。秦开看时，见牧羊和速其不约而同地一样打扮，二人都是几近赤身裸体，身上仅仅穿着一个裤头。看二人的胸前时，都是黑茸茸的胸毛，特别是速其的胸毛，形状像箭靶一样，由此引来两边军士的笑声。

由于同是东胡人，因此二人简单通上名字，便各拍战马，战在一起。牧羊与速其都是膀大腰阔、力大无穷之人，且都使又粗又大的长钺与长戟。只见二人的兵器乒乓作响，战马不停地萧萧鸣叫，一时间好似天旋地转，真是一场少有的大战。

二人战至一百回合，不分胜败。秦开和舍木都让军士举旗示意，暂且休战。

二人歇息了一小会儿，便各自上马，举器再战。因二人都取胜心切，所以歇息之后的大战更凶更狠。秦开与舍木再次让军士举旗休战，但这次二人谁也不理会，直战至二百回合时，还不见胜负。

秦开一看，连忙催马上前喊道："二位将军，本将军只想决出胜负，却不想看到伤亡。既然二位将军决不出胜负，本将军提议，今日罢战，明日再继续比试。"说着，用自己的大钺一下将牧羊和速其的兵器分开。牧羊与速其各勒住战马，向各自阵中走去。

东胡阵中一直在阵前观阵的金仙对妹妹玉婵小声说：“两将对阵，只想看到胜负，不愿看到伤亡，秦开真是大将之风啊！”玉婵听后深深地点了点头。

两军各自收兵后，牧羊对秦开说：“想不到速其的武艺这样高强，看来末将再和他战上几天，也无法决出胜负。”

陈奈说：“两军将领要决出胜负，看来只有将军亲自出马啦。”

秦开说：“牧羊司马的武艺已不在本将军之下，他胜不了速其，本将军也难以胜速其。”

陈奈说：“现今之势，将军只有智胜速其啦。”

牧羊点头说：“将军就用智胜的办法取胜速其吧，否则我军无法再向前推进啦。”

秦开想了想说：“既然如此，司徒派人到胡营，通知舍木，三天后再决胜负。”

牧羊说：“将军是担心明日继续比试，速其今日的劳累，筋骨恢复不过来是吗？”

秦开点头说：“正是。两将比试武艺，我军换人，如不让速其彻底恢复体力，我们岂不是有欺人之嫌吗！”众将听了，皆叹息不已。

且说舍木率东胡军收兵回到营帐后，正与速其、金仙、玉婵三人商议明日继续比试并决定胜负之事时，军士来报，说燕营军士前来送信，商定比试时间问题。舍木说：“不是明日继续比试吗，怎么还要商定时间？”金仙说：“秦开要改变比试时间，必有道理。”舍木听了，传令燕营军士进帐。

燕国军士向舍木述说了改变比试时间的理由，并说秦开将军嘱咐一定要得到舍木大将军的认可后方能决定。舍木得知三日后秦开要亲自出马，与速其比试武艺，便点头同意了比试时间，并赏赐了燕军军士。

舍木对三位战将说：“秦开亲自出马与速其比试武艺，我已经料到，只是我一直在想，秦开的武艺究竟比牧羊高，还是不及牧羊？”

金仙说：“牧羊的武艺是秦开教出来的，焉有不比牧羊高之理！”

舍木说：“我也知道这个道理，但牧羊的气力似乎比秦开更大，基于这一点，我在怀疑秦开的武艺不如牧羊高。”

玉婵说：“对于武将来说，力大兵器重固然是制胜的重要条件，但并非决定一切，力小但能巧胜者，不胜枚举。”

舍木见速其一直没有说话，便问道：“速其阁下有何考虑？”

速其说：“末将并不曾与秦开交过手，无法评说，但末将感到，秦开一定比牧羊更难对付，即便他的力气没有牧羊大，也可能巧胜末将。”

舍木听了，默默不语。

金仙说：“如果一旦秦开得胜，下步我军该作何打算？”

玉婵说：“秦开一旦得胜，我们就服输，把这里的地盘让给燕国就是了。”

舍木听了，不高兴地说：“不要乱说，即便秦开取胜，我们的君长也不会同意把任何地盘让给燕国。”金仙姐妹听了，不再说话。

转眼过去两天，双方将领再决胜负的比试如期进行。双方布好阵势后，燕军阵内秦开亲自出马，东胡军内的战将速其也拍马来到两军阵前。速其看时，见秦开坐下千里马，手持硕大的长铍，精神抖擞，却平静如水。

秦开先张口说话：“速其将军戟法精湛，秦开讨教啦！”

速其说：“将军大名已如雷贯耳，速其还要向将军讨教。”

秦开一抱拳，然后说了声“请”，便拍马冲向速其，速其连忙迎战，二人一来一往，战在一起。

秦开体量虽没有牧羊那样圆阔，但气力并不比牧羊差。因此，速其与秦开刚一交手，便知道秦开肯定比牧羊更难对付。速其小心谨慎，不敢有丝毫疏忽，两人战至五十回合，不分胜败。

东胡阵前的大将军舍木，一直目不转睛地看着速其与秦开的交战。当看到二人已经战至五十回合时尚不分胜负，他的心里不禁沉重起来。但二人战至一百回合时，舍木看到秦开似乎力气不支，他立即睁大了眼睛。用心地观察着秦开的一招一式。突然，秦开拨马而走。舍木张大了嘴，差点叫了起来。速其在与秦开的前五十回合交战中，感到秦开的力气一点也不比牧羊小，而且铍法明显精于牧羊。但战至五十回合后，他觉着秦开的气力似乎在衰减，但仍不敢有丝毫懈怠。待战至一百回合时，速其断定，秦开的气力的确不如交战开始的时候了。恰在此时，秦开拨马而走，速其以为秦开是要逃离比试阵地，因此，他立即策马向秦开追了过去。可刚追了几步，猛地觉得秦开那杆大钺从空中直落而下，朝着自己的脑袋砸了下来。速其大惊，但除了下意识地将头低了一下外，其他一切准备都来不及了。说时迟，那时快，没等速其有任何反应，自己已被秦开的大钺扫于马下，手中的大戟也撇出老远。

此时，燕军阵中一片喝彩声，牧羊大声喊着："苏秦背剑，苏秦背剑，我今日终于看到了将军的这手苏秦背剑啦！"众战将也在喝彩着。

东胡阵前的舍木在秦开拨马而走时，惊得张大了嘴，差点叫了起来。因为他心里在想，如果秦开真的战败了，那真是徒有其名，如果是佯败，看来速其危矣。正在他吃惊的那一瞬间，却见秦开的大钺从前面直向背后打去，舍木眼睛测定那距离时，那大钺的尖头正应落在速其的头上。正在舍木的舌头伸出来缩不回去的时候，却见速其已经跌落马下。这时，舍木才狠狠地用双手同时拍了一下自己的两条大腿，并发出了一个"唉"的长叹声。

两军将士正在惊异和呼叫不已时，却见秦开扔下手中的大钺，跳下马来走到速其面前，将速其扶起来说："冒犯将军，还望恕罪！"

速其在秦开大钺从空中劈下来低头的那一瞬间，已经想到性命休矣，可跌落马下时，却只觉得左肩微微疼痛，并无大碍。这时，速其才知道秦开原来是用了这招叫作"苏秦背剑"的招式，将自己打落马下。速其见秦开下马来扶自己，就势跪在地上说："将军不杀不伤之恩，速其一生不忘！"

秦开说："如将军觉得不服，我们可以上马再战。"

速其一面施礼一面说："在下心服口服，服德服威，今后终生不会再与燕人交手。"说完，跨上战马，对秦开一拱手说："将军保重！"说完，策马而去，竟不知往何处去了。

舍木眼睁睁地看完了眼前发生的这一切，然后又出了口长气，并摇了摇头。

此时，两军将士方安静下来，秦开拿起自己的长钺，牵着战马，回到燕军阵前，然后对舍木说："大将军，我们今天之举，算不算决出胜负？”

舍木看了看身边金仙、玉婵两员女将，见两员女将正用深情的目光在望着秦开。舍木只好对秦开说：“秦将军，本大将军认为我们两军将领之间已决出了胜负，但本大将军不似秦将军，你的君王什么都让你做主，什么也不干涉你，我则不同，今日我们的胜负究竟算不算数，如不算数还想怎么办，我都需要请示我的君长。”

秦开听了说：“那大将军想怎么办？”

舍木说：“如果秦将军能容我向君长奏请一下，那我一定告诉秦将军一个确切的意见。”

秦开说：“好，那我们各自收兵，大将军尽快奏请君长，本将军等待着大将军的消息。收兵休战期间，互不侵犯，互不滋扰。”

舍木听后连连说：“一定，一定！”

秦开收兵后，让军士们不能骄傲，更不能懈怠，照样训练演习，做好艰苦鏖战的准备。传令军士后，秦开召集众将商议下步军事行动。

秦开说：“今日之战，诸位以为如何？”

牧羊的兴奋劲还没过去，他听秦开问他与速其的比试情况，连忙说：“贤弟将军的这手苏秦背剑太厉害了，也用得太娴熟了，既能取胜，又能不伤人，贤弟将军真是太厉害啦！”

李虎立即说：“将军把这式苏秦背剑不是也教给了司马大哥吗，司马大哥怎么不用上一用呢！”

牧羊说：“我如用上这招，非伤人不可。将军贤弟已经明令，只决胜负，不准伤人，我哪里敢用！况如我用，对速其这样的强手，能否奏效，尚且难说。”

秦开见众将闲议不止，便对陈奈说：“司冠兄长说说我们下步该如何行动？”

陈奈说：“将军不杀戮、不伤人的准则，已深深打动和感染了胡军将士，且速其的离去已使胡军的战力和斗志遭受挫折，末将断定，大瑞青得知这种情况后，一定会增兵加将，以图战胜我军。因此，我军要密切注视胡军动向，及时采取相应对策。”

秦开问牧羊有何考虑，牧羊说：“胡人靠的是骁勇和武功，现在这两样他们都不占上风了，我们也就不用怕他们了。下步无非是司寇所说的增兵加将，待得知情况后，再及时采取相应对策不迟。”

其他众将都赞成陈奈和牧羊的意见。

秦开说：“好，我军虽不滋扰胡军，但必须时时提防胡军对我军的滋扰，切不可放松警惕，而且要将他们的一举一动都及时掌握起来，并采取相应对策。”众将领命。

且说舍木收兵回营后，一头倒在虎皮床上，不停地叹气和摇头。叹息了一会儿后，他让军士去请金仙、玉婵二位女将前来议事。

金仙、玉婵两姐妹回到营帐后，一直在议论着秦开与速其比试武艺之事。金仙说：“你说这个秦开简直像个神人一样，那大钺打到人身上，把人打落马下，却没伤了人的筋骨，真不知他那股劲是怎么使的！”

玉婵说：“你没听说秦开曾得到中原列国诸子名流的真传吗，能与那些圣人和神人共语，还不是成了神人，起码也是神人的徒弟！”

金仙说：“你看那些中原战将和军士们，个个扮相俊美，文雅知礼，强似我们胡人吃肉穿皮，像野人一样。”

玉婵笑了笑说：“姐姐，你是不是看上这些中原人啦？”

金仙说：“别说我，你没看上人家！我早看到了，妹妹和姐姐一样，看到秦开和他那一班战将，总是含情脉脉。”

玉婵说：“姐姐，你说我们胡人和中原人，最大的差别是什么？”

金仙说：“是什么？中原人有文化，胡人没文化，这是最大的差别。有了文化就文雅知礼，没文化就粗野无知。”

金仙还没说完，有个女军士进帐对姐妹二人说，大将军让她二人前往大将军营帐议事。二人听了，整理了一下束装，向大将军营帐走去。

舍木叹了口气说：“第一阵我们就先出走了一位武艺最高强的战将，下步我们该怎么办，二位女将说说你们的意见吧。”

金仙说：“我们做战将的，谋划军事部署不内行，但以末将之见，眼下之势只能奏请君长，看君长想怎么办。”

舍木问玉婵，玉婵说：“我姐妹二人都是这么想的，姐姐说了，我就不说了。”

舍木说：“看来别无选择了，但回渔水营奏报君长需差个能说会道之人才行，二位将军认为谁合适。”

舍木在军帐中等待二位女将前来议事时，一直在盘算着让谁回去奏请君长。让别人回去，舍木怕说不好，让大瑞青怪罪自己，自己亲自回去，又怕两位女将生出变故。一直到金仙姐妹来到营帐，他也没想好，因此他想听听金仙姐妹怎么说。

金仙和玉婵听舍木征求她二人的意见，金仙连忙说：“这样的大事，还是大将军决定吧，我们一个战将，怎么能说好这样的事呢。”

舍木听了，心里不愉快。他对两姐妹说：“那两位女将就请回吧，本大将军再想一想。”金仙姐妹听了，起身告辞而去。

舍木想来想去，还是觉得自己不应该离开这里，但又不能让金仙姐妹回去向大瑞青报告。他找来两个亲信，与他们商议了半天，然后再让他们模拟说了两次，才放心让他们赶回渔水营，向君长大瑞青汇报军情。

两位亲信日夜赶路，回到渔水营后直奔大瑞青的中心大帐。大瑞青听说舍木派人前来报告军情，立即召见了他们。那两个亲信按照舍木让他们说的说法，向大瑞青报告了燕军与东胡军比试武艺的情况。

大瑞青听后问那二人说：“这些情况大将军可与军师沟通过？”那二人听了，相互看了看，又一齐摇了摇头。

大瑞青心里不高兴，他扬了扬手说：“你们且退下，待本君长与军师商议后再说。”那两个亲信喏喏而退。

大瑞青找来居长里商议情况。居长里说：“如此看来，我们选择的战将已经不可能战胜秦开了，老臣认为，接下来我们应该增兵，以绝对的兵力数量夺取胜利。”

大瑞青点头说：“本君长也认为应该增兵，我胡兵能征惯战，两军争夺还是有优势的。”

居长里叹了一声说：“早先我胡兵与中原作战尚有优势可言，但如今燕赵两国皆仿我胡人服饰，还把战车改为骑兵，现在两国骑兵交锋，恐怕再无优势可言了，只能是尽量增兵，以数量优势取胜了。”

大瑞青说：“眼下我东胡和燕国在西部对阵，双方兵力各为五万人，上卿看我东胡再增加多少人为宜？”

居长里说：“至少再增加三万人。”

大瑞青说："这三万大军由咬哈将军率领，五日内起程，上卿以为如何？"

居长里说："老臣都赞成，只是增兵的消息不要被秦开知道，以便我军打燕军一个措手不及。"

大瑞青说："老爱卿能否与咬哈同时率大军西援，届时与舍木、咬哈二位将军一道，争取打个漂亮仗。"

居长里说："好吧，那老臣就与咬哈将军一起，率三万大军赶往西部。"

舍木派来渔水营送信的那两个亲信，听说君长已派三万大军前往西线增援，连夜赶回去给舍木送信去了。

且说居长里奉大瑞青之命，与东胡将军咬哈率领三万骑兵，星夜赶往西部增援。大军行进了一天后，居长里与咬哈商议，准备三万大军赶到前线后，与舍木率领的五万大军，对燕军实行突然袭击，从南北两路夹击燕军。二人商议完毕，居长里派出快骑，让他星夜赶路，以便让舍木做好准备，届时打燕军一个措手不及。

舍木派出两个亲信回渔水营向大瑞青报告军情后，一直在营帐里静静地待着，偶尔前往金仙姐妹的军营看看，金仙姐妹也到舍木军营闲叙过两次。这日，两名亲信赶了回来，说居长里和咬哈率三万大军很快赶来增援，舍木听了，心里顿时感到轻松了不少。可没过几天，居长里派出的快骑又来到舍木的军帐，向他述说了居长里准备南北八万胡军夹击燕军的想法。舍木一面答应下来，一面连忙请金仙姐妹议事。

金仙和玉婵来到舍木营帐后，舍木连忙将居长里的想法告诉了二人，并且告诉金仙姐妹，他认为这样做不仁义，违背了与秦开定下的诺言。金仙姐妹更是连连反对，认为与秦开这样的人对阵，绝对不能采取突袭这样的做法。因为三人想法一致，当日并未形成动议。第二天，舍木刚起床，又有一个军士受居长里的派遣，前来传话，让舍木务必尽快做好偷袭燕军的准备。舍木无奈，只好与金仙姐妹再次商议，做好袭击燕军的准备，并随时听居长里行动时间的安排。

且说金仙和玉婵回到营帐后，二人皆闷闷不乐。过了好长一阵，金仙对玉婵说："妹妹，你对我说句心里话，你愿不愿意嫁个燕人？"

玉婵见姐姐说出这样的话，看了姐姐半天，然后反问道："那姐姐喜欢嫁个燕人吗？"

金仙不假思索地点了点头说："愿意，自我二人与燕将华云、田夏比试武艺后，姐姐的心里已被华云、田夏和秦开占满，每天总是在想着这几个人，想忘也忘不掉。姐姐自已明白，这分明是爱上燕将了。"

玉婵说："那姐姐心中想必有一位最爱者，也不能所有的燕将都爱吧？"

金仙点点头说："这些燕将姐姐都爱，但都爱又不可能，姐姐这心里觉得，当然还是最爱华云啦。"说完，金仙又诡秘地问道："妹妹心里爱的是谁呀？"

玉婵见姐姐坦率而直爽地对自已说了实话，便也坦诚地说："妹妹爱的是那个田夏。"

金仙听了玉婵这句话，一把抓住玉婵的手说："妹妹，你我既已爱上燕将，不可错过这个好姻缘，我想我们这样……"金仙对着玉婵的耳边小声说了起来。

玉婵听了先是点了点头，然后又说："这样行吗？"

金仙说："行，一定能行，只是要保密，一点儿风声不能走漏。"玉婵深深地点了点头。

金仙说："妹妹若无其事地待在这里，我现在就去安排此事。"说完，披上貂皮外罩出营去了。

且说秦开与众将虽然在军营中耐心地等着舍木的消息，但心中的警惕性并未丝毫放松，奉命前往胡营及周边打探情况的军士，每天都向秦开及司马牧羊、司寇陈奈，报告着各种情况，哪怕一点点具体情况，都会汇集到秦开的耳中。这日，军士向秦开说，东胡远道而来的快骑驰入胡营，行动很是诡秘。第二天，军士又来报告，说又一名快骑驰入胡营。秦开对牧羊和陈奈说："按照时间计算，舍木派往东胡报告军情的事，该有结果了。那两名军差回来后，又连续来过两个快骑，说明大瑞青必有要事向舍木传达，这种要事的内容不外是下步行动的具体安排部署。两位兄长以为如何？"二人皆点头赞成。

秦开又说："以我对胡人、特别是对大瑞青和居长里的了解，大瑞青得知胡军首场失利后，必会想法来报复我们，而具体做法很可能是增兵夹击我们。”

牧羊点点头说：“将军说得有理，我也想十有八九是这样。”

陈奈说：“我看一定是这样！”

秦开说：“既然如此，我们就提前做出应对准备，以免被动。”

牧羊问道：“将军想如何应对？”

秦开小声向牧羊和陈奈说了几句后，二人都大笑起来。

三人正要去做具体部署，忽然华云和田夏带着一个东胡军士走了进来，那东胡军士进了秦开营帐后，毫不紧张，还将罩在头上的貂皮围巾解下来。秦开和牧羊、陈奈看时，站在面前的是一位未婚的东胡女子。华云和田夏二人一人一句，将这女子前来的情况简单说了一遍。原来这正是金仙和玉婵姐妹商议后，秘密派来向秦开报告东胡拟偷袭燕军军情并同时为金仙、玉婵提亲的。这位女子是从小跟在金仙姐妹身边的丫鬟，与姐妹二人情同姐妹，因此她进了燕营之后，便先找到金仙姐妹已经爱上的华云、田夏二人。简单交谈后，那女子得知华云和田夏恰巧尚未婚配，不禁高兴得手舞足蹈。她向二人简单说了一下居长里准备偷袭夹击燕军的情况后，便让华云和田夏带着她来到秦开的大帐。

秦开听了那女子说的情况后，又问了金仙、玉婵许多情况。那女子一拍大腿说：“刚才见到华云和田夏两位将军只顾高兴了，忘了一件可以作证的东西。”说着，从怀里掏出一个皮袋，然后从皮袋中倒出一红一绿两个缨丝挂，递到秦开面前，接着说：“秦将军不会怀疑丫鬟是个奸细吧，有这两样东西作证，你们看吧。”

华云和田夏一眼就看出来，这是他们前些日子与金仙、玉婵比试武艺时，两位女将的兵器双尖钩上的挂缨，红的是金仙的，绿的是玉婵的。秦开也一眼认了出来，他笑着对华云和田夏说：“看来这两个挂缨是两姐妹送给两位兄长的定情物啦！”然后，秦开对那女子说：“适才本将军多问了姑娘几句，并非不相信姑娘，只是慎重一点儿而已。”那女子再次手舞足蹈，直向秦开施礼。众人都笑了起来。

秦开对那女子说：“姑娘回去对两位女将说，就说她二人与华云、田夏两位将军的婚事，本将军做主啦！还要代本将军向两位女将致谢，就说本将军已有充分准备，不会遭受东胡军的偷袭。我等众兄弟都盼两位女将择机尽快前来，届时本将军亲自为他们完婚。”

那女子听了，手舞足蹈了一会儿后，连忙跪下来给秦开磕头，并代两位女将致谢。然后，便要辞行回营。

秦开说：“姑娘慢行，你带来了两位女将的定情物，我们两位兄长也应该给两位女将回赠定情物。”说完，他看了看华云和田夏，二人一片茫然，不知所措。秦开笑道：“快给未来的夫人拿定情物啊！”

华云说：“我们除了大锤就是宝剑，宝剑又是国君所赠，终不成把我们的大锤扛了去！”

田夏说：“咱们还有书，将竹简书带去一捆，作为礼物，岂不是很好吗！”

那女子听了连忙说：“对，小女子带一捆书回去给两位公主，两位公主经常为不识字而苦恼，如果给她们带书回去，她们不知要多高兴呢！”

秦开连忙阻止说：“竹简书太显眼，一旦让舍木知道了，岂不是害了两位女将吗！”那女子听了，伸了一下舌头，田夏也笑着摇了摇头。

秦开向四周看了看自己的营帐，然后对旁边侍卫说：“快去把夫人找来。”那侍卫听了，连忙出帐去了。转眼工夫，冬青进帐。原来冬青平日在秦开操持军务时，总是在营帐里，从不干预秦开的活动。

秦开见了冬青，先把自己身上的那块玉佩摘了下来，然后对冬青说：“华云、田夏二位兄长即将与金仙、玉婵两位女将结亲，我们将大王赠送的这对玉佩转赠送给二位兄长，让他们送给两位女将作为定情物吧。”

冬青一听，高兴得直拍巴掌，然后从脖子上摘下玉佩，送到秦开手里。秦开拿过女子装挂缨的那个皮袋，将两块玉佩小心翼翼地装到里面，然后递给那女子说：“烦劳姑娘将我两位兄长的定情物捎给两位女将，并代本将军谢谢两位将军。”那女子小心翼翼地将皮袋放进怀中，然后重重地施了一礼，出了营帐，华云、田夏对着秦开一笑，也立即跟着那女子出了秦开的营帐。

秦开对牧羊和陈奈说：“按我三人前面说的，立即布置吧。”牧羊和陈奈点了点头，告辞而去。

且说居长里和咬哈率领三万东胡骑兵日夜赶路，走了几天，居长里年老体衰，已无法再加鞭驰奔，只好让咬哈率大军先行，他自己在一百个骑兵的陪护下，缓缓而行。

咬哈一面前行，一面派人不断地与舍木联系，确定袭击燕军的准确时间。这日，咬哈见再有两天便可到达两军前线之地，便派出快骑，与舍木商定了最终袭击燕营的时间。

舍木与金仙、玉婵定下与居长里、咬哈联合袭击燕营后，多次召集军队的小头目们商议落实具体事项。所有事项商议安排完毕后，舍木又多次察看军士们的行动情况，还几次偷偷察看了金仙、玉婵的行动情况。

这日晚，金仙、玉婵二人正在灯下再次欣赏华云、田夏送给她们的玉佩定情物时，值守的女军士进来说，舍木大将军前来。姐妹二人连忙将玉佩藏在怀里，然后出帐迎接舍木。

舍木通知金仙和玉婵，当夜三更出动，从南路袭击燕营，金仙、玉婵二人作为先锋，舍木断后策应。舍木说完后，转身走了。

金仙和玉婵一商量，决定派出两名军士，前往北路与咬哈率领的三万大军联络。安排妥当后，金仙、玉婵全身披挂，率领大军向燕营悄悄行去。

且说咬哈按照与舍木商定的时间，准时从燕营的北侧向燕军发起了冲锋。咬哈这一段见秦开率大军犯境，又见舍木率大军一直在前线与燕军对阵，便想好好表现一下，也好保住自己的东胡将军之位。于是，他在大军向燕营发起进攻时，一马当先冲在最前面。可是，当他冲入燕军营帐时，却不见营帐有一个燕军。咬哈大声喊道：“快撤，我们中了燕军的空城计了！”

欲知后事，且看下回分解。

第十八回　秦少勇防围魏救赵　居长里议调虎离山

却说东胡君长大瑞青和上卿居长里商定向前线增兵并实施南北夹击偷袭燕营后，南线进攻的大将军舍木让金仙、玉婵两位女将作为先锋，自己断后策应。北线进攻的东胡将军咬哈，出于表现自己并保住自己东胡将军位子的考虑，一马当先，冲在前面，率领三万东胡骑兵率先向燕营冲了进去。可当他冲进燕营时，却见营中空荡无人。咬哈知道中计，连忙向军士们大喊道："快撤，我们中了燕军的计了！"胡军军士听了，一个个拨转马头，向回跑去。

可就在胡兵向回跑出不远时，却见无数绊马索纷纷拽起，将跑在前面的胡兵一片片地绊倒马下，后边没被绊马索绊倒的，也被倒在地上的战马和胡兵绊倒，跌落尘埃。与此同时，只见无数燕军迅速冲上前来，将倒地的胡兵用绳子缚住。咬哈因冲往燕营时冲在最前面，往回跑时自然跑在稍后的位置。他见燕军伏兵绊倒胡兵，又见无数燕军冲上前来，生怕自己也被绊马索绊倒，便急忙拨转马头向东跑去。那些没被绊倒的胡兵也纷纷掉转马头，向东西两侧逃去。咬哈一直跑出二十里，才勒住马头停了下来，回头让军士查看胡军人数时，三万人马折损了五六千人。咬哈怕燕军前来追赶，只好令军士们再向东退却，来到一条小河边，方令军士们下马歇息。

原来秦开率众将施设空城计后，将五万大军分作南北两队，预先埋伏在了胡军劫营的途中。北路伏兵由司马牧羊及孙擒虎、李虎三人率领两万多人，埋伏在五里多长的一片空地上。他们没放一箭，也没伤一人，却缚获了五六千个被绊倒在地的胡兵，并缴获战马四五千匹。牧羊见已按原计划取得胜利，便命燕军押着被俘获的胡兵向西行，到早已商定好的地方与陈奈相会。

且说南路袭击燕营的胡兵，在金仙、玉婵两位女将的率领下，悄悄向燕营逼近。到了燕营附近，金仙让后面的胡兵暂时原地待命，让前面的胡兵袭击燕营，后面的胡兵视情况做好接应。原来金仙和玉婵姐妹二位秘密商议，怕五万胡兵一齐上前，而北线又有三万胡兵同时行动，会为五万燕军带来数量悬殊上的危险，因此特意将她们率领的五万胡兵分成两部分，以减轻燕军的压力。

金仙和玉婵率领前部胡兵大约两万人，在接近燕营时故意慢了下来，姐妹二人一来是想给燕军更充足的准备时间，二来是想让北路劫营胡军先有动静，以减少北路胡军增援南路胡军的可能性。就在她们刚刚放慢前行速度时，忽然传来北路胡军退兵的嘈杂声。金仙一看，大声向胡军喊道："北路军已攻进了燕营，我们也开始进攻！"于是，胡兵便策马向燕营冲去。待冲在前面的胡兵看到中了空城计的北路胡兵慌乱退却时，也急忙回马退了回来。恰在此时，两侧涌出无数埋伏的燕军，一齐向胡兵包抄过来。

金仙和玉婵一看，连忙挡住正在慌乱退却的胡兵，金仙向胡兵们喊道："我们已中了燕军的空城计，现在燕军正从三面杀来，秦开率领下的燕军是不杀胡兵的，既然如此，我们干脆向燕军投降，免得受苦，好不好！"

金仙话音一落，立即有几个女兵一齐喊道："好，我们愿意投降燕军！"接着，不断传出愿意投降燕军的声音。

金仙看了，又大声喊道："那我等就下马原地等等！"众军士一听，都下马立在原地等待着。

金仙对身边两个女兵悄悄说了声："去吧。"那两个女兵策马向在原地待命另外三万胡兵跑去。

且说东胡大将舍木跟在五万大军的后面，走着走着，他见胡兵都停了下来，舍木不知何故，便拍马向前驰去，想看看究竟是什么情况，恰在此时，金仙派过来的那两名女兵来到他的面前。不等舍木发问，只听那两名女兵一齐喊了起来："前面的弟兄们已中了燕军的空城计，埋伏在周围的燕国已杀过来了，快跑吧！"

那些胡兵们哪里知道真假，听到是两位女将身边的女兵在传话，一时都乱了起来，纷纷策马向回逃去。此时舍木也懵懵懂懂，不知所措，他策马在原地转了几个圈后，也向后退去。那两个女兵相互喊了一声，便策马赶回金仙、玉婵身边。

此时，秦开率华云和田夏及两万多燕军，举着火把来到金仙、玉婵面前，金仙简单向秦开说了几句话后，秦开点点头，然后在马背上高声喊道："东胡弟兄们，燕国和东胡都是炎黄子孙，我们是兄弟，是一家人，燕军进入东胡之地，是要显示燕国的实力，制止东胡再度侵扰燕国，而不是要杀戮东胡兄弟。现在，只要东胡兄弟愿意归顺燕军，本将军保证，一定让各位东胡兄弟安居乐业，重新过上牛羊成群、自由自在的生活。各位兄弟愿不愿意！"

那些东胡兵早已敬服了秦开，且向往中原人的文化和生活，现在又处于被燕军包围的境地，听秦开说出这样温暖人心的话，都不约而同地喊着："愿意！"由于人多声高，喊声传向天空，久久地回荡着。

秦开大喜，他高喊了一声："走，回大营！"

听到秦开的喊声后，只见燕军自觉地一人接待着一个胡兵，像久未相见的兄弟一样，一起向燕军营帐走去。秦开看华云、田夏和金仙、玉婵四人时，只见华云与金仙、田夏与玉婵，已俨然如两对恋人，并肩在走动着。

回到燕军军营，燕军军士们像招待远方归来的亲人一样，个个军帐举行招待会，直欢乐至第二天黎明。东胡军士们困乏的，燕军军士便将他们让至自己的被窝里，东胡军士个个感激得流泪。

北路劫营被擒的那五六千胡兵被送至已在西山搭帐策应的陈奈那里，照样度过了一个温情的夜晚。

且说咬哈率领那两万多胡兵退却到了小河边后，下马歇息了一会儿，然后派几个军士去探看南路胡兵的劫营情况。那几个军士不敢靠近燕营，只得在远处转悠。恰巧舍木派出的探查北路胡兵情况的军士，也来到了这里。两边军士相互诉说了各自的情况后，又相互约定，双方到比较方便的中间地带紫霞岭相会。

第二天早晨，舍木和咬哈各自率领所部，在紫霞岭相遇。二人谁也不说话，却各自叹气不止。过了好半天，还是舍木先开了口，他对咬哈说："看来我们就不能和秦开较量，否则较量什么就输掉什么。"

咬哈心里有气，认为舍木当这个大将军太无能，也太窝囊。听了舍木说的这两句话后，咬哈更加生气，他冷冷地说："都是统军将军，我们什么算计都没有，还能不输！"

舍木听出了咬哈对自己有气，而且也听出了咬哈刚才说的"我们"明明就是指的他舍木，心中也不痛快。但舍木看了看初冬清冷的山川和疲惫的军士，还是笑了笑对咬哈说："既然已经到了这个地步，你我还是商议一下我们下步的打算吧。"

咬哈说："大将军，你我能商量出个什么，我们还是向前迎上上卿居长里，听听他的意见吧。"

听咬哈这么一说，舍木连忙说："好，我们立即出发，去会合军师，听听他的意见。"

咬哈说："军士们折腾了一夜，还是让他们歇息一下，睡上一觉再走吧。"

舍木连忙说："对，对，你我也应睡上一会儿再走。"

咬哈听了，从马上拽下一件羊皮袄，靠在一块石头上，闭上了眼睛。

舍木眯了一会儿，根本睡不着，好歹挨了半个时辰，他实在忍耐不住，便将咬哈唤醒，然后将军士们都喊醒，草草吃了点东西，便上马向东方行去。第二天，二人在路上与正在向前线前进的东胡上卿兼军师居长里相遇。舍木、咬哈各自述说了袭击燕营被施设空城计遭伏击的情况，居长里听后，摇了摇头，什么也没说，用手一指东方，拨转马头返回渔水营。

且说秦开俘获了两万多胡兵后，一些战将主张继续追赶舍木和咬哈率领的残军，秦开笑道："让我们的东胡兄弟都安生去吧，我们非但不追赶他们，今冬我们也暂不进军了，让大瑞青好好准备下步如何和我们对垒吧。"

秦开召集众将商议相关事宜。秦开说："眼下，东胡的第二阵又输掉了，我料舍木、咬哈必定回渔水营向大瑞青报告情况，大瑞青也必定会再出招与我们对抗。我们暂且不去管他，好好商议一下眼下应做好的事情，待来年春暖花开时再继续进攻不迟。诸位有何看法请尽情发表。”

李虎哈哈一笑说：“我看先把五哥、六哥和两位女将的婚事办了！”众将听了，也都笑了起来。

秦开说：“我之所以想今冬不再向东进攻，重要的一个原因就是想好好把两对新人的婚事办了，但此事本将军要报告国君，看国君有何意见，然后再照令办理。”众人听了，都敬服地点头。

司徒陈奈说：“眼下最紧迫办的事情，还是为归附我们的两万多名东胡兄弟搭建过冬的营帐，吃的方面不愁，这里遍地都是牛羊马驼，我大军的粮食也源源不断地运来。只要解决了住处，其他事情都好办。”

众兄弟议论热烈，都提了一些好的意见和想法。秦开见诸位兄弟都说完了，便归纳性地说：“我们要做的事情主要有这些：其一，尽快为归附我们的两万多名东胡军士安排好吃住问题。暂时缺少的营帐，由我五万燕军先挤出一部分，让给东胡军士住，我军将士们先挤一挤，待我们回国报告国君后，会解决这些营帐。吃的问题，需要多少牛羊马驼就拨给他们多少。同时还要充分利用好这些牲畜的皮毛，为东胡兄弟解决好穿戴问题。其二，我军抽出两千军士，从明日起，分赴我们已经占领的东胡大片领地，访贫问苦，安定人心，实行王化，使他们从内心与我燕国同心同德，融为一体。告诉我军的弟兄们，只能为他们做好事善事，不能为他们增加负担和麻烦。违令者按军法惩处。其三，我军军士整休数日后，要继续演习排兵布阵和行军作战，不可有丝毫懈怠。其四，立即回燕国向国君和乐毅将军报告军情，请求对我军下步行动的指示。除报告军情外，还要向国君和将军请求和提示以下事情：一是要加强对东胡的监视，防止他们从居庸塞一带袭击燕国，以干扰我征胡大军的安宁和行动。二是做好来年开春后我军向东推进后新夺胡地的接管事宜，现在诸事都要做好准备。三是请求国君对两对新人婚事办理的意见。其他诸事我等再一一落实。众位将军还有何意见？”

司马牧羊说：“将军诸事都考虑周全，尤其是对归附的东胡军士和东胡部落及百姓，不仅想得全面周到，而且充满仁慈之心，真乃大将风范。但只是有一事末将想不通。”

秦开笑道："兄长莫不是对小弟要防止东胡袭击燕国有疑问？"

牧羊说："正是，眼下东胡连输两阵，这次袭击我军营不成，反倒损失了两万多军士，哪有心思和胆量再去偷袭燕国呢！"

秦开说："三十六计中专门有一计叫作围魏救赵，说的是五十年前齐国与魏国桂陵之战的故事。那时，魏惠王派大将庞涓前去攻打赵国都城邯郸。赵王得知后大惊，只好求救于齐国，齐威王应允，令田忌为将，以孙膑为军师，率军前往救应。当大军行至魏赵两国交界之地时，田忌想直逼赵都邯郸，孙膑却说，解乱丝结绳，不可以握拳去打，排解争斗，不能参与搏击，平息纠纷要抓住要害，乘虚攻取，双方因受到制约才能自然分开。现在魏国精兵倾国而出，若我直攻魏国，那庞涓必回师解救，如此一来邯郸之围岂不是自会解除吗！如我军再于中途伏击庞涓归路，其军必败。田忌依孙膑之计而行，后来不但解了赵国之围，还将庞涓打得大败亏输。东胡群臣中，居长里识文撰字，略通兵法，这次劫营之败虽不是他亲自指挥，但由于他是袭军的军师，与这次失利不无干系。我料想他回到大瑞青身边后，为了释放劫营之败的怨恨，很可能向大瑞青建议采取围魏救赵之策，名义上进攻燕国，实则是令我们回师救援，他再从中算计于我。"

众兄弟静静听秦开说完了这个故事和想法后，一齐拍起了巴掌。牧羊说："国君让我当司马，可我谋略上一窍不通，听了将军的话，真是汗颜哪！"

秦开说："众位兄弟日后多听听，多学学，也多试探，逐渐会一一学会的。"

牧羊说："将军说的这些我等一一落实就是，只是回国报告军情由谁前往？"

秦开看了看司寇陈奈说："还是烦劳司寇大哥跑一趟吧。"陈奈点头。

秦开又说："孙擒虎、李虎二位兄长保护大哥一同前往。"二人应诺。

且说陈奈三人回到蓟城后，还是先找到将军乐毅，然后乐毅又带着三人进宫向燕昭王报告情况。燕昭王在秦开率大军进军东胡后，曾多次派探马打探情况，但他从不主动干预秦开的行动。秦开与东胡军两阵的较量情况，他及时获知并与乐毅商议了相关支持和保障措施。因此，当陈奈述说了需防备东胡袭击燕国、做好未来接管新夺胡地等情况后，燕昭王哈哈大笑道：“爱卿，让乐毅将军给你说说，我二人都给秦开爱卿征胡大军做了哪些事情！”

乐毅笑着说：“为防止东胡实施围魏救赵之计，大王早已下令将三万骑兵部署于居庸塞以东百里的边境线上，日夜守卫着燕国边疆，还派出多名细作，深入东胡渔水营，探听和监视东胡有可能采取的各种行动。关于秦开驱赶东胡后接管新地问题，大王已选定了两千名有学问的各地各级官吏，开始熟悉东胡风土人情等方方面面情况，以便日后及时进入东胡，协助管理好胡地事务。还有，为帮助归附于我的东胡军士过冬，早已调集了若干毛皮帐篷和衣被，只待你等押运出发啦。”

陈奈一边听一边感激地点头，但听完乐毅的话后，他唯有不满足的是没听到关于对华云与金仙、田夏与玉婵两对新人办婚事的回答。燕昭王和乐毅似乎发现了陈奈还想问的问题，两人相对一笑后，燕昭王说：“最后的问题由本王告诉你。爱卿回去告诉秦开爱卿，本王对金仙、玉婵两员战将归附于燕国甚是高兴，对二位女将与华云、田夏二位爱卿结为夫妻深表祝贺，请秦爱卿代本王亲自为他们完婚，本王将在蓟城为他们建造宫室，等待他们回来居住。在他们在外征战期间，本王已为他们准备了两幢特别的营帐，权为他们的新房。爱卿此次回去时，一并运回去，交由两对夫妻使用。”

陈奈听了，立即跪倒在地说：“大王天恩，臣等不胜感激之至！臣也替两对夫妻谢过大王啦！”

燕昭王将陈奈扶起来说：“本王还为两对新人准备了礼物，待爱卿出发前，本王再让蓟城司马送到爱卿之手。爱卿三人久别亲人，也回家好好看看吧。”

陈奈听了燕昭王这几句话，感动得热泪盈眶。他对燕昭王说：“臣回到东胡前线后，一定将大王的关怀之情转告全军将士，让将士们为驱赶东胡做出更大贡献。”

燕昭王当即让侍臣转告蓟城司马伯男，让伯男设宴款待陈奈、孙擒虎、李虎三人。陈奈等连连称谢。

陈奈等三人只在蓟城住了三天，便启程赶回东胡。临出发时，蓟城司马伯男受燕昭王之托前来送行。伯男拿出两个精巧的锦盒对陈奈说：“这是燕王给华云、田夏两对夫妻的新婚礼物，燕王说，其中一个盒内还有他给秦开将军的一封亲笔信，将军看完后自会明白，请司徒阁下转交秦开将军。”陈奈感谢后，小心翼翼将锦盒放置自己的锦袋之中。然后，伯男又将早已准备好的毛皮帐篷和衣被，以及为两对新婚夫妻准备的特制营帐，交转给陈奈。陈奈再次感谢，并与二虎率押运军士们向东胡前线行去。

陈奈三人率押运队伍回到东胡时，已近大年。陈奈先向秦开及众将述说了燕王和乐毅将军接见的情况。当秦开等人听到燕王已派三万大军日夜守卫在燕国北部边境线上，以防东胡实施围魏救赵之策，以及选定两千官吏为日后管理胡地事务做准备时，不禁连连喊着“明主”。当陈奈述说燕王亲自安排为前线押运过冬棉帐和衣被情况时，秦开禁不住地说：“大王，圣明啊！”其他众将也喊着“圣明！”

陈奈说：“动人的事还在后面呢，大王对华云、田夏两对夫妻不仅深表祝贺，而且请秦开将军代他为两对夫妻完婚，不仅为两对夫妻在蓟城建造宫室，而且还特制了营帐赠给他们，权为他们的新房。”

华云、田夏及金仙姐妹听到这里，禁不住一齐跪倒在地，朝蓟城方向磕头。

陈奈又说：“还有动人的事呢，让秦将军去说吧。”说着，将两个锦盒双手递给了秦开。

秦开一眼就认出这是燕王所赠之物，他对陈奈说：“这是大王赠给两对夫妻的礼物，对吗？”

陈奈说：“伯男司马说，有一个盒里还有大王写给将军的亲笔信呢！”

秦开连忙打开两个锦盒，从其中一个盒中拿出一块丝绢，只见上面写道：“为祝贺两位女将归附燕国并与我两位燕将喜结秦晋之好，特为两对新人各制一对昆冈玉佩。秦爱卿夫妇的那一对，请物归原主。”秦开连忙将锦盒中的玉佩取出，众人看时，是两对精美的昆冈玉佩。秦开连忙递给金仙、玉婵姐妹俩，然后说：“我们的大王，整日为国事操劳，还在想着我们两对新人的新婚礼物，大王对我们的恩情虽肝脑涂地，不能报也！”秦开说完看金仙，玉婵二人时，见二人喜悦的脸上挂着激动的泪珠。

大年初一，秦开亲自主持，为华云、金仙，田夏、玉婵操办了婚事。五万燕军将士同喜同贺，欢欢喜喜度过了大年。

且说东胡上卿居长里被舍木、咬哈一对败将截住并一同返回渔水营后，首先向大瑞青请罪。舍木和咬哈见居长里居然向大瑞青请罪，连忙跪在地上不停地磕头。舍木说：“请罪的应该是臣，臣无能，被秦开连赢两阵，请君长降罪。”

大瑞青对东胡战将输给秦开虽然也不高兴，但倒是觉得输得不冤。可八万胡兵袭击燕营，不但没占一点儿便宜，反而被燕军伏击，损失了两三万人，这使大瑞青格外生气。但看到偌大年龄的上卿居长里主动请罪，又看到大将军和能干的咬哈将军二人不停地磕头认罪，心里的气一下子消去了一半。他抬了抬手，做出了个让舍木和咬哈起来的手势，然后说：“本君长从不轻易治谁的罪，但我军劫营不成反被燕军伏击，损失太重啦！”舍木和咬哈听了，慌忙又跪下磕头。大瑞青让他们起来后又说：“请罪治罪的事我们不说了，还是好好商议一下下步如何抵挡秦开吧。”

舍木和咬哈一听，长长出了一口气。舍木说：“看来和秦开在两军阵前较量，我们很难占便宜，还是我们好好思量一番，用点计策，也占秦开点便宜。”

咬哈听了舍木的话，心里想道，两军阵前较量占不到便宜，施谋用计就更占不到便宜了，这个大将军真是胡说八道。但他看到居长里好像对舍木的话还很感兴趣的样子，又想到施谋用计去和秦开较量，即便输了，主要责任也不是自己的了。于是，咬哈也说道：“臣也赞成大将军的意见，我们用点计谋，和秦开换一种较量的方式，说不定会占到他的便宜。”

大瑞青看了看居长里说：“我东胡国内，若论施谋用计，只有老爱卿啦！”

居长里听君长这么说，便回答说：“老臣虽为胡人，但从小认识夏文，读过一些夏书，特别是我军士从燕国抢到的《孙子兵法》，虽然残缺不全，但老臣却用心研读了两年。虽说不上精熟孙子的兵法，但还是通晓了一些计谋。既然君长说了，那老臣就试试吧。”

大瑞青高兴地说："上卿不愧为我东胡之相国，有老爱卿施谋用计，真是我东胡之幸也。"舍木、咬哈也附和地赞美着。

过了几天，居长里向大瑞青报告，说他思考了数日，认定了两道计策，请大瑞青批准。大瑞青一听，连忙吩咐让舍木、骨宁、咬哈三位将军一道来商议。三位将军得到消息后，很快来到大瑞青的中心大帐。

大瑞青说："居长里老爱卿闭门思虑数日，终成破燕军之两计，本君长听了，甚是高兴，今日请各位爱卿一道听听，也好由三位将军一起去实施。老爱卿就给我们好好说说吧。"

居长里捋了一把胡须说："老臣认定的这两计，一个是围魏救赵之计，一个是调虎离山之计。老夫设想，这两计施出，如果秦开识不破，一定会将燕兵退去。如果燕兵留在东胡境内不退，也会遭受重大损失而最终退兵。"

大瑞青听了兴奋地说："老爱卿详细说说。"

居长里又捋了一把胡须说："所谓围魏救赵之计，是五十年前中原魏、齐、赵等国的征伐导致出来的一出好计，计谋的创造者是孙子的后人孙膑所为。用于我们眼下对付秦开，就是想调集数万胡兵，突然袭击燕国之都蓟城，燕国国内虽然尚有五万人马，但老臣认为面对东胡袭击，燕王一定不会仅用国内现有人马抵抗，而会将秦开调回燕国。如此一来，燕兵不就退去了吗！"

大瑞青听了，连称好计。但舍木吃了劫营不成反被伏击的亏，心有余悸，他对居长里说："末将虽为武将，却不懂兵法，但刚才听上卿所说围魏救赵之计，末将听起来怎么像我们刚刚被劫营不成反被伏击那种情形差不多呢！如果再被燕军伏击，岂不是又要重蹈覆辙吗！"

居长里听了有些生气，他反斥舍木说："你说的只是个表面现象，因此是只知其一，不知其二。都是突然袭击不假，但前些天袭击不成反为伏击，是因为那里有秦开，现在我们袭击燕国都城，那里没有秦开，这怎么能说差不多呢！"

咬哈也觉得居长里这个围魏救赵之策，用在与燕国的对抗中有些风险。他对居长里说："上卿能运用中原人的兵法，实施围魏救赵之计，真是不简单。但刚才大将军的担心有些道理，末将也有些担心。末将认为，即便秦开不回援国内，我们袭击燕都也很难，因为燕国除了秦开以外，还有乐毅。末将曾听秦开说过，那乐毅乃名将之后，自幼精通兵法，连秦开都十分敬服他。有乐毅在，围魏救赵这样的计策恐难生效。”

居长里生气地说：“你们身为将军，什么计策都不懂，硬打又打不过人家，现在别人想出点计策你们又担心，那你们说下步如何对付秦开吧，君长看怎么办吧！”居长里说完之后，竟要起身离去。

大瑞青连忙说：“老爱卿莫生气，本君长尚未说话呢，骨宁将军也没说话呢！骨宁将军先说说，然后本君长就做决定啦！”居长里听了，摇了一下头，又坐下了。

骨宁虽没与秦开对垒，但他能想象出秦开的厉害。听了居长里和两位将军的争执，觉得双方都有道理。他见大瑞青点名要自己发表意见，便说道：“末将认为，上卿的计策很好，可以实施，舍木大将军和咬哈将军与秦开对过阵，知道秦开的厉害，提出一些疑义和防备的想法也无坏处。”

居长里听了骨宁的话，心里骂道，三位东胡将军，一对半笨蛋。但他刚才听了大瑞青的话，心想你当君长的最后定去吧！

骨宁的话虽然两面不得罪人，也没有什么新意，但大瑞青听了却十分高兴，因为他觉得按骨宁说的这样去做，的确可以两面都不得罪。在燕军大兵压境和咄咄逼人的情况下，大瑞青对待他的众臣，谁也不想得罪，谁也不敢得罪。

看到四位大臣都等待着自己说话，大瑞青说：“本君长认为，虽然两位将军有些担心，但上卿的计策很好，我们要尽快实施这个围魏救赵之计，当然舍木、咬哈两位爱卿的担心也有道理，因为燕国既有秦开，又有乐毅。但要尽快实施此计，在这一点上不要犹豫和耽搁。”

大瑞青说完，舍木、咬哈和居长里三人，谁都不太高兴，也都没有再提反对意见。

大瑞青见状连忙对居长里说：“老爱卿的另一个调虎离山之计，快说来听听。”

居长里说：“所谓调虎离山者，其关键问题在一‘调’字。如何能调动秦开，老臣也颇费了一番心思。想来想去，老臣想到，在我们东胡的西方，还有两个与我东胡相邻且相似的部落，即林胡和楼烦。目前这两个部落正在面临着赵国的攻击。特别是前几年我们三个部落抢劫赵国后，赵王正在积蓄力量，准备大举进攻林胡和楼烦。这两个部落甚是慌张，已多次派人前来我东胡，希望得到我们的帮助，共同抵御赵国。昨日，老臣已派人前往这两个部落，作为日后防止赵国进攻的交换条件，让他们择时进攻秦开在我东胡的燕兵，将秦开调开，我军则抓住时机，乘势占领燕军所占之地，这样一方面可将燕军驱走，另一方面东胡被秦开占领的失地，岂不就夺回来了吗！”

大瑞青听了，连称好计。舍木、骨宁、咬哈也认为居长里这个计策很好，因此也表示赞成，还表示要率兵认真支持。居长里见大瑞青和三位将都赞成，而且没提什么不同意见，也很是高兴。

大瑞青说：“此二计我们分别实施，眼下尽快实施围魏救赵之计，调虎离山之计一来需看头一计秦开是否离开东胡，二来因为林胡、楼烦两个部落出兵尚需时日，因此从现在起提上日程，但慢慢运筹。”

居长里说：“老臣的这个围魏救赵计策的实施，还要选个好日子。”

大瑞青说：“什么时候是好日子？”

居长里诡秘地笑道：“好日子老臣已经选定了。”

欲知后事，且看下回分解。

第十九回 破胡计郡守助秦开 盼归降将军劝君长

却说东胡上卿居长里受君长大瑞青之托，提出了两个对抗秦开的计策。大瑞青决定，围魏救赵之策立即实施，而调虎离山之计因涉及林胡、楼烦两部落出兵尚需时日，可以慢慢运筹。居长里提出，实施围魏救赵之计，需要选定好日子。大瑞青因为急于击退秦开，连忙问什么时候是好日子，居长里却诡秘地说，好日子他已经选好了。

大瑞青听了哈哈一笑说：“上卿快说说，这个好日子是什么时候，想必是个黄道吉日吧？”

居长里说：“好日子并非是黄道吉日，而是一个会让燕人极为麻痹，而我们极易得手的日子。”看到大瑞青似乎还没明白，居长里又说道：“这个日子便是东胡人和燕人共同的最重要的节日。”

大瑞青此时才明白过来，他惊喜地说：“上卿说的好日子是大年？”

居长里说：“正是，中原人对过大年比我们还重视，到了小年时，人们便开始张罗过大年，那时人们的注意力都集中到了过大年上，包括军队在内，这一段防备最为松弛，因此这是我们袭击燕都的好日子。”

大瑞青听了，连连说好，并让舍木与骨宁、咬哈立即做准备，只待大年三十，便发起对燕都的袭击。

舍木等人日夜准备，只待大年三十这天出兵偷袭燕都。为了慎重，舍木几次派探马前往东胡与燕国的边境，察看燕国在边境的布兵情况和防备情况，但探马回来报告说，除了居庸塞、令疵塞等重要边关要塞之外，其他地方只有流动骑兵偶尔出现，并无大的驻军和防备。舍木对骨宁和咬哈说："上卿还是高过我等一筹，不但想出了这出围魏救赵之计，还选定了这个最容易使人放松防备警惕的大年，作为袭击燕都的日子。待我东胡袭击了燕都，秦开说什么也无用了，那时，双方战局还会朝着有利于我东胡发展。"

咬哈点了点头，又摇摇头说："但愿如此，但秦开、乐毅都是非常人能比，大将军还是要多多防备才是。"

听了咬哈的话，舍木也点头说："是啊，的确需多多防备。"

大年三十这日早晨天未亮时，舍木与骨宁、咬哈便率领五万东胡骑兵，来到离蓟城最近的北部的一个山口，准备从此处越过山岭，发起对蓟城的袭击。

可就在东胡兵逐渐集结山口时，忽听燕国境内一声炮响，接着两面山头无数乱箭射向东胡军人群。舍木大惊，连忙指挥大军撤退。这时，只见山头上一员燕将用宝剑指着慌乱的胡军说："东胡军士们听着，我们都是炎黄子孙，燕国不愿意对东胡人大开杀戒。你们要袭击燕都，实施围魏救赵，本将军和秦开将军早已料到了，且你们进攻的这条路线本将军也早已料到了。今天是我们共同的节日大年，本将军只是下令放箭震慑一下你们，并不想伤害你们。请你们尽快退回，好自为之。"

东胡兵听了，个个惊慌不已，下了山后上马驰回东胡去了。舍木见燕军放了一会儿箭后，便不再进攻，便停下脚步听山头上的那员燕将斥说。当听到燕将说他与秦开早已料到胡军要发动这次袭击，且听燕将说连东胡军的这条进攻路线也早已料到，舍木断定，这位燕将必是乐毅无疑。但舍木还不甘心，他大声问了那员燕将一句："阁下可是乐毅将军吗？"

只听那燕将哈哈一笑说："本将军正是乐毅，这位兄弟，本将军不问你的名姓，但本将军想让你转告东胡君长，识相的尽快臣服燕国，不要与燕国对抗下去，否则双方激起仇恨，开了杀戒，局面就不好收拾啦！"舍木听了乐毅的话，不知该不该回答，更不知怎么回答。他望了望山头上的乐毅，觉得乐毅似乎是一座山峰，无法撼动，于是他一转身，连忙随军士们下山去了。回到渔水营后，舍木等人向大瑞青和居长里报告了胡军被燕军阻止前进的情况及乐毅的话后，大瑞青久久一言不发。

且说乐毅阻止了东胡军的进攻后，吩咐边境燕军继续加强警戒，把好重点关口，一有情况，燃烽火为号。安排部署完毕，乐毅走下山冈，走进军营，与那里守卫边境的燕军一起过大年去了。

且说大瑞青听舍木述说东胡军在两国边境，被燕军阻回的情况后，一直闷闷不乐，特别是想起舍木传递的乐毅的那些话，大瑞青觉得难以置信。夫人山女几次劝他不要再去多想，可他无法放下，脑海中乐毅的名字和模糊的形象挥之不去。因此，这个大年大瑞青过得极为消沉。

过了大年初三，大瑞青立即将大臣们召至一起商议抵抗燕军事宜。看到大臣们情绪都很低落，大瑞青强作坚毅地说："中原人有句话，胜败乃兵家常事。过去上百年，都是燕国败于东胡。现在，燕国突然强大了，又出了乐毅、秦开这两个大将军，让我们吃了几回败仗，众位爱卿莫要丧气，本君长认为，只要我们好好应付，还有打败燕军的可能。请上卿老爱卿再说说他那个调虎离山计的事，我们抓紧实施。"

居长里的围魏救赵之计被乐毅粉碎后，也很泄气。他也和大瑞青一样，反复在思考着秦开和乐毅这两个人物，他不相信世界上能有如此厉害的将军，认为很可能是碰巧，甚至还怀疑是谁走漏了消息。围魏救赵之计失败后，居长里也想过，调虎离山之计还是否继续实施。想来想去，他觉得还应该继续实施。因此，听了大瑞青的话后，他捋了捋胡须说："君长说得对，胜败乃兵家常事，吃了几次败仗，我们很沉重，但不能丧气。我们围魏救赵之计的失败，老臣认为很偶然，说不定只是个巧合而已。我到现在也不相信，世上能有神机妙算之人，竟能算准我们哪天行动，从哪个地方行动！况且，即便乐毅、秦开算准了我们实施的围魏救赵之计，且能加以制止，也未见得起能制止或化解由林胡、楼烦配合实施的调虎离山之计。因此，老臣要提醒君长和各位将军的，首先是要坚定实施调虎离山之计的信心。"

大瑞青听到这里，连忙附和道："对，上卿说得对，众位将军都有信心吧？"

舍木、骨宁、咬哈三位将军已经知道了居长里要实施的调虎离山之计的想法，也都表示过赞成。听了大瑞青的话，都不约而同地点头，表示有信心。

看到三位将军点头表示有信心，大瑞青说："老爱卿快说说，如何加快推进调虎离山计的实施？”

居长里接着说：“林胡、楼烦两个部落的君长已经同意出兵引诱秦开，以便将燕军调离现在所占之地，届时我军需与林胡、楼烦策应好，与两部军队形成夹击燕军之势，将所失之地重新夺回来，并力争将秦开驱离东胡。”

大瑞青听了，连忙说：“老爱卿说说具体的实施想法！”

居长里说：“前次，是老臣派人前往两部与两部君长联络，这次再派人前往两个部落，需君长亲自遣使前往才好，这是其一。其二，仅仅将两个部落出兵引诱调离秦开大军作为日后我们帮助两个部落防止赵国进攻的交换条件还不够。这次再与林胡、楼烦商定他们出兵之事，还要再附加点条件，也就是再给他们点甜头或利益，使之把握性更大，更快地出兵。”

大瑞青见居长里连说了两个条件，还想让他再说说具体的实施方法，但一想，具体想法就是这两个条件。于是，大瑞青答应道：“好，本君长立即遣使，让他拿上君长的金牌，前往林胡和楼烦二部。但老爱卿所说再给他们点甜头或利益，不知有何具体考虑？”

居长里说：“此事老臣已经想过了，我们可以给两部两样东西，一是貂皮，我东胡的貂皮品质最好，是送礼的上等礼物。二是青铜，我东胡出产的青铜，不亚于中原，所制兵器，极为锋利而坚硬，更是林胡、楼烦这些小部落求之不得的东西。”

大瑞青听后说：“好，上卿传本君长的命令，立即让辽水之滨的各部落凑齐一千张貂皮，连夜送到渔水营。二是立即调集三万斤青铜，准备运往林胡和楼烦。”

一直听大瑞青和居长里对话的大将军舍木说：“将一千张貂皮从辽水之滨调齐，再将三万斤重的青铜运到林胡和楼烦那么远的地方，不知需要多少时间，如在此过程中秦开有什么进兵步骤，岂不误了大事！”

没等大瑞青说话，居长里接过话来说：“活人哪能让尿憋死呢，如果我们给两部的这些礼物君长同意了，可以先让使臣口头报告给林胡和楼烦的君长，礼物随后运到就是了。”舍木听了，不再说话。

大瑞青说：“好，本君长立即派出两名侍臣作为使臣，前往林胡、楼烦两部，与他们商议出兵调离燕军事宜。在两部出兵的同时，我东胡出兵夹击和驱赶燕军事宜，三位将再与上卿好好商定和安排一下，以便两面衔接好。”居长里和舍木、骨宁、咬哈领命。

众人正待散去，大瑞青又将居长里叫住，对他说：“我东胡送给林胡、楼烦礼物之事，本君长怕两部落君长担心空口无凭，影响了两部出兵的效果。还是由上卿起草一封书信并附上一份礼单为好。林胡和楼烦的君长大概不会像本君长这样笨，他们一定识文撰字。”居长里听了，点头说：“此议极好，老臣一会儿便将书信送上。”说完，起身出帐去了。

第二天，大瑞青派出的使臣两人，带着居长里代君长起草的书信，怀揣君长特有的金牌，上路前往林胡和楼烦两部而去。

且说乐毅将军大年三十阻击东胡袭击燕都的行动后，与守卫边境的燕军一起度过大年，立即回到蓟城向燕昭王报告了情况。燕昭王听后高兴地说：“贤弟胜过管仲，真乃神机妙算，有你和秦开两位将军，我军靖抚四方、抗击强齐的大业一定会实现。”

乐毅说：“臣弟料东胡这次围魏救赵之计失败后，必会继续算计秦开将军。”

燕昭王点头说：“贤弟所料必不会有错，就烦贤弟给秦开将军写一封书信，提示他注意东胡的其他举动，并与国内保持密切联系。”乐毅领命。

且说秦开在大年之机，代表燕昭王为华云和金仙、田夏和玉婵两对新人操办了婚事。将军婚事带来的喜庆，加之燕王的关怀之情，着实让燕军在远离家人的胡地，过了个热闹开心的大年。秦开在大年之时，除安慰看望军士外，只与众将欢宴过一次，其余时间便独自在营帐读书和思考下步的军事行动。

这日，秦开正在与冬青议论与东胡对垒的各种可能性，军士来报，说乐毅将军派人前来送信。秦开一听，连忙迎出帐去，将信使让进帐中。信使称谢后，呈上了乐毅亲手书写的书信。秦开展开丝绢看时，见乐毅向他述说了东胡实施围魏救赵之计失败的情况，并说他与燕王一致认为，东胡此次失败后，必会有其他举动。信中还说，其他举动，多半要防止东胡与外部联手给燕军制造麻烦。

秦开看完书信后对信使说：“燕王英明，乐毅将军神算，本将军大年期间在思考东胡下步有可能采取的举动时，也曾想到了东胡有可能与外部联手对付我们。信使阁下回去转告乐毅将军，就说本将军定会采取措施，不让东胡的阴谋得逞。”那信使称谢后，返回燕都去了。

秦开立即召集众将议事。秦开对众将说：“刚才，乐毅将军派人送来了书信，信中述说了东胡果然实施了旨在调我军回援蓟城的围魏救赵之计及其遭受失败的情况，乐毅将军还与大王一道，提醒我们防止东胡下步有可能采取的其他行动。乐毅将军还进一步说，东胡的下步行动，多半会与外部联手对付我们。本将军认为，乐毅将军可谓神机妙算，东胡下步很有可能与林胡、楼烦，包括箕子朝鲜等部落和侯国，联手对付我们。因此，本将军意见，我们立即采取措施，严密监视东胡的种种举动，一有情况，立即采取措施。与此同时，各位将军要带领全军将士，继续训练，提高各方面的军事技能，以不变应万变。众位将军对本将军适才所言，有何想法请尽管发表。”

众将一致同意乐毅将军的分析，也赞成秦开的应对意见。陈奈说：“乐毅将军不愧为名将之后，不仅武艺高强，而且精通兵法，深谙谋略，他说的问题必不会有错。秦开将军与乐毅将军可谓英雄所见略同，其分析与对策皆有的放矢，末将认为可立即实施。”

牧羊也说：“乐毅将军和秦开将军可谓双雄，我等众将按照两位将军的意见落实就是了。”

李虎说：“将军说采取措施，严密监视东胡种种举动，都需要我等怎么做，将军就尽快吩咐吧。”

秦开说：“东胡与外部联手，西部最大可能是拉拢林胡和楼烦，东部最大可能是箕子朝鲜和秽貊部落。因为箕侯国与秽貊都在东胡的东北部，如果他们有举动时必先经过东胡大本营渔水营，因此我们监视的重点在于西部，其主要线索在于东胡与林胡、楼烦之间的相互联系和来往。据此，我们要密切注视双方的来往，从双方往来之人中寻找破绽和有用信息。具体应对措施，由司寇陈奈好好查看一下地图，做出相应的部署。”陈奈领命，并立即和几个弟兄出帐商议去了。

不到一个时辰，陈奈与孙擒虎、李虎等人又来到秦开帐中，向秦开报告拟派人到东胡渔水营通往林胡、楼烦途中有可能经过的地方监视。秦开听说包括两对新婚夫妻在内的诸位战将，都要求去山野之中充当监视密探，高兴地说："好哇，让将军们体会一下密探的生活，很有意义。"

说动就动，包括华云夫妇、田夏夫妇，还有王信、向羊几位战将在内，共二百多人的密探人员，经过乔装打扮后，各自来到了陈奈设定的地点，设帐安家，当起了专门搜寻东胡与林胡、楼烦传递信息人员的密探。

华云和金仙夫妇、田夏与玉婵夫妇，各自带着两顶小型的羊毛帐篷，一顶用来居住，另一顶则用来开设酒家。两家酒家一家在岗上，一家在岗下，金仙和玉婵姐妹可以天天相望，并可以随时打着各种手势。看到各自化装成东胡部落的土人，两对夫妻不时地自己笑起来。

两家酒家开设后不到十天，还真有多名路过之人前来吃酒入住，金仙、玉婵作为女小二，热情接待，与每个人都攀谈甚好，对每个人的情况都做了认真掌握。

这日，接近中午时分，金仙刚与山冈上的妹妹玉婵打过手势，忽见两个官人模样的东胡人驰马来到近前。金仙凭着经验，一眼断定，来者一定是东胡的官差。那两个官人来到帐前，见是个小酒肆，又见女小二生得丰满而标致，且热情好客，便下马来到帐内，要在此吃酒歇息。金仙连忙进入酒馆侍候，而扮成牧民的华云，则连忙将两个官人的坐骑牵到帐边的草堆旁，让马吃起草料，还拎起一个木制水桶，让马饮水。金仙在帐内侍候了一会儿，抽身出来对华云说了几句话，华云立即前往山冈上找玉婵去了。

不一会儿，玉婵来到金仙身边，姐妹二人坐在那两个官人身边，热情地劝酒，并不断地添酒添肉。那两个官人喝了几碗后，见身边两个女人如此热情体贴，又是如此端庄丰美，便渐渐地放肆起来。姐妹二人见了，索性也与两位官人并肩相对，陪他们饮起酒来。两位官人喜不自胜，连连敬酒，并不时地与姐妹二人勾肩搭背，摸摸索索。姐妹二人不动声色，只是倒酒敬酒。

酒足饭饱，金仙开口说话了。她对两位官人说："两位官人这么喜欢我们姐妹，索性留下来住上几天，我姐妹可日夜陪同官人。"

两个官人听了，便张开双手，要来搂抱姐妹二人。金仙推开搂抱自己的官人并埋怨说："你们连是什么人都不和我们说一声，便要占我姐妹的便宜，让我们如何信得过你们。”

那个要搂抱亲热金仙的官员，对着金仙的耳边说：“我们是君长身边的近臣，是到林胡和楼烦两个部落办差的。”

金仙故意装作惊恐并娇滴滴地说：“是不是又要攻杀了，官人带着我们逃离吧！”

那官人用嘴吻着金仙的耳朵说：“不是，我们是去请林胡、楼烦出兵，来引诱调离燕国军队，与你们无关，美人不必害怕逃离。”

金仙听到这里，故意大声地说：“官人，你喝醉了吧！”

此时，华云一步跨进酒馆，连声说：“客人怎么啦？”

那两个官人一看，连忙松开金仙和玉婵，从怀中掏出几个刀币，放在酒碗里，出了酒帐，解下马缰，上马而去。

金仙、玉婵相互看了看，姐妹俩又与华云相互看了看，不禁都笑了起来。笑毕，华云说：“情况都了解到手了吧？”金仙点头说：“那个东胡官员已经说得很清楚了，他们是去请林胡、楼烦出兵，来引诱、调离燕国军队的，看来与将军所料完全一致。”

华云说：“走，回去向将军报告情况去。”说完，玉婵招手让田夏下了山冈，然后四人拍马向燕军大营驰去。

秦开听了金仙等人听说的情况后，对金仙等笑道：“想不到两位嫂夫人还是运用美人计的高手，这么轻而易举地将东胡的如意算盘掌握到手，本将军这里先记大功一件。”

陈奈问秦开说：“如今东胡的下步举动我们已掌握到手，该如何应对，将军发话吧。”

秦开笑道：“小弟早已有了破敌之策，而且轻而易举，只是小弟想烦兄长跑一趟赵国。”

陈奈说：“将军莫不是想要赵国出兵掣肘林胡、楼烦，以解两部出兵攻我之围？”

秦开点头道：“正是，但不需要赵国真的出兵，只需在双方边境上虚张声势，列出要出兵的架势即可。且小弟早已得知，自赵王胡服骑射改革以后，已经在积蓄力量，大概征讨林胡和楼烦，真的已经快提上日程了。因此，我们这个要求，赵国会支持的。即便如此，兄长也向高柳郡守正式转达我燕国的一个意愿，即日后赵国征讨林胡、楼烦时，我燕国积极策应。”

陈奈说：“末将即刻前往赵国高柳郡。”

秦开说：“小弟立即再派孙擒虎、李虎二人回蓟城一趟，将此情况速报乐毅将军。”

陈奈说：“如此更好。”说罢，辞别秦开，带了两个随从，赶赴赵国北部去了。

且说高柳郡守与秦开等一班兄弟，已经打过两次交道了，彼此已建立了深厚的情谊。高柳郡守得知东胡拟请林胡、楼烦出兵调离秦开大军并另有所图时，对陈奈笑着说：“林胡和楼烦二部已如危巢之卵，自身已岌岌可危，哪有精力去帮助东胡！阁下转告秦开将军，本郡守一方面立即将此情况速报赵王，一方面立即派出一支人马，做出围攻林胡和楼烦的样子，两部见到这种情况，出兵攻燕的想法立即便会破灭。”

陈奈称谢，并转达了秦开关于日后赵国征讨林胡、楼烦二部时燕国全力策应的意愿。高柳郡守说：“燕国征讨东胡，这本身已经是对赵国征讨北方两部的最大支持了，没有燕国对东胡征讨和掣肘，赵国征讨林胡和楼烦还会顾忌东胡这个最大的强敌呢！阁下回去转告秦开将军，就说赵国感谢燕国，感谢秦开将军，将军嘱咐的事情，赵国会鼎力支持。”

陈奈称谢不已，第二天便上马赶路，回燕营向秦开报告去了。

且说东胡君长大瑞青派往林胡、楼烦的那两个侍臣，到了林胡、楼烦两部，与其君长商谈了具体出兵事宜后，两部还未来得及调集兵马，便传来了赵国兴兵围攻两部的消息。两部君长得知后大惊，立即凑到一起商议抵抗赵军事宜。两部君长形成的第一个动意，便是告诉东胡使臣，眼下之势，两部自身难保，已无力顾及东胡的情况了。东胡使臣见形势突变，赵军大军压境，林胡、楼烦的确已无力出手支援东胡，便辞别两部君长，连夜上路，赶回东胡向大瑞青报告情况去了。

秦开听陈奈报告赵国的情况后，再次召集众将商议下步行动事宜。恰在此时，孙擒虎和李虎也从蓟城赶了回来，向秦开报告了乐毅将军对下步行动的意见。秦开大喜，他对众将说：“在赵国的支持下，我们轻而易举地破了东胡的调虎离山之计，本将军预料，东胡下步已无计可施，只等我军攻击他们了。恰好乐毅将军来信指示我们，让我军适时东进，对东胡发起进攻。眼下已近春暖花开，我军的休整和军事训练，都已恰到好处，本将军之意，我军按乐毅将军的指示，尽快准备，以便发起对东胡的攻击。各位将军有何意见，请尽情发表。”

牧羊说：“末将同意将军的意见，眼下东胡君臣大概是一筹莫展，只等我们进攻他们啦。末将之意，尽快发起进攻，反正将军不允许杀戮，我们只作驱赶，将东胡赶到天边上去，我们也静心啦。”

陈奈说：“末将也赞成将军的意见，尽快驱赶东胡。末将在赵国时，高柳郡守与末将闲聊时说，这几年赵王亲自挂帅，使用自胡服骑射改革以后训练出来的骑兵，配合尚保留的战车和步兵，分三路向中山国发动了大规模攻击。眼下，听说中山国已失去了三分之一以上的疆土，丹丘、华阳、邸、鄗、石邑、封龙、东垣诸邑已尽入赵国版图。末将认为，赵国用不了几年，肯定灭掉中山国。到那时，赵国回过头来灭林胡和楼烦时，如果我们还不解决东胡问题，说不定燕赵两国还会起纠纷。因此，末将之意，趁眼下的大好时机，尽快将东胡驱赶至遥远的地方，以免日后燕赵两国起了纠纷，伤了和气。”

秦开听了陈奈这番话点点头说：“兄长这番话说得好，这才叫长远眼光。我也时常在想，眼下我燕国大王与赵国大王都是列国有史以来少有的明君，都在锐意革新，富国强兵，说不定会在一些事情上起摩擦。因此，我等做臣子的，就要多想些事情，尽量不让两位明君产生矛盾。”

李虎大声说道：“将军不用再说了，尽快下命令进攻东胡就是了。”

秦开见冬青、金仙、玉婵三位女将坐在一边，似乎在议论着什么，便说道：“三位女将还没说话呢，我军对东胡发动进攻，三位来自东胡的女将有何想法，说出来让我们听听。”

金仙和玉婵都示意冬青说话，冬青说：“好，那末将就代表金仙姐妹说几句。作为三位将军的夫人和燕军的战将，我等三人对进攻东胡并无意见，但我军与东胡军经过几次较量，下步的进攻恐怕要比前几回合残酷多了。说是不杀戮，但真矛真剑，说不定伤了谁。将军既然不忍杀戮，能否再向东胡下道战书，逼他们投降，归附于我燕国。如果成功，岂不是美事一桩吗！”冬青说完，又对金仙姐妹说：“两位妹妹，我说的是这样吧？”金仙、玉婵连连点头。

秦开听了，点点头说：“三位女将的心情本将军十分理解，三位女将和牧羊兄长虽然已是我燕军的战将，但毕竟是东胡族人，对我军进攻东胡也寄有同情心。既然如此，我们在进攻前再给东胡下道战书，如果东胡君臣愿意投降并归附燕国，双方自此罢战，如果不同意降附于我，再进攻不迟。众将以为如何？”这次，众将都点头赞成。

当下，秦开找来笔砚，摊开一张羊皮，提笔给东胡君长大瑞青写了一封劝降信。然后，让两个燕军军士前往渔水营送信。

且说大瑞青派往林胡和楼烦的两个侍臣，怀着一事未成的沉重心情，连夜赶路，回到渔水营向大瑞青报告情况。大瑞青听了侍臣的报告，一句话没说，挥挥手让侍臣出去了。夫人山女得知情况后，与幼妹云青一道进帐来劝大瑞青。大瑞青只是叹气，一句话也不说。

许久，大瑞青传令，召众臣前来议事。众大臣得知林胡、楼烦已不可能出兵，调虎离山之计已经落空，心情都很郁闷。大瑞青说：“侍臣回来报告的情况诸位已经知道了，林胡、楼烦眼下自身难保，已经告诉我们不可能出兵诱调燕军，因此调虎离山之计施不成了。众位爱卿看我们下步该做何打算？”

居长里在接到大瑞青议事的通知前来中心大帐的路上，一直在想着为什么会这样，这其中究竟是怎么回事。走进中心大帐的那一刻，他认定，调虎离山之计的破灭，一定是秦开所为。因此，听大瑞青问众臣对下步该做何打算时，居长里立即跺了一下脚说：“我们又被秦开算计了！”

看到大瑞青和舍木、骨宁、咬哈等人迷惑不解的样子，居长里接着说：“诸位好好想想，在两位侍臣前往林胡、楼烦两部前，两部已经答应出兵策应我们，而且根本没有赵国出兵进攻二部之说。怎么两位侍臣前脚到了林楼两部，便立即出现赵国出兵两部的情况呢！”

大瑞青说：“上卿之意是说其中有诈？”

居长里摇摇头说：“不是有诈，而是有问题。”

大瑞青有些不悦地说：“那上卿就快说说，这其中究竟有什么问题！”

居长里捋了一下胡须，又吹了口气说：“据老臣所知，赵武灵王这几年一直在亲自挂帅，率大军征讨中山国，并已占领了中山国许多郡邑，且征讨之战正在激烈地进行着。在这个时候，赵国怎么会突然出兵进攻林胡、楼烦呢！因此，老臣的结论，必是我们拟实施的调虎离山之计走漏了风声，被秦开提前做了手脚，利用了赵国，将我们的计策废掉。”

大瑞青听了点点头说：“不错，赵雍那么精明，他不可能南北两线同时用兵，必是秦开从中施计，破坏了我们的计策。是谁，是谁走漏了风声！”大瑞青说到这里，竟咆哮起来。

居长里看到大瑞青这副架势，真是又可气又可恨，也很可怜。他摇了摇头说：“就是知道了谁走漏风声，又有何用，还是快想想下步的事吧。”

大瑞青心里更不舒服了，他心想，追根走漏风声的不是你居长里吗，刚才还在分析这分析那，等本君长真要追根时，你又来这套。心里虽然这么想，他的嘴里还是说道：“那就都说说吧，下步我们该怎么办！”

正在这里，侍臣一步闯了进来，大声说道：“不好了，不好了！”

欲知后事，且看下回分解。

第二十回 居下风东胡却千里 驱寒气邹衍吹律管

却说东胡君长大瑞青得知由于赵国出兵围攻林胡和楼烦，两部自身危急，已不能出兵引诱调离燕军，致使居长里设计的调虎离山之计破灭的消息后，召集众臣商议下步应对之策。正在大瑞青心情不痛快之际，侍臣跑进帐中大喊道："不好了、不好了！"

大瑞青因为与居长里在调虎离山计实施过程中走漏风声之事，心里不痛快，刚刚发作，却反被居长里不冷不热地劝了一句，正觉得没有面子，可又不能继续发作，心里正窝着一股气，见侍臣毛毛愣愣闯进来，说得又是不吉利的话，站起身来狠狠扇了那侍臣一个大耳光子。那侍臣摸了一下被扇的腮帮子，然后一下子跪在地上说："小的该死，但有重要情况报告，秦开派人送来劝降书了。"说着，从怀里掏出一张羊皮书，递给了大瑞青。大瑞青余气未消地说："一份劝降书就吓成这个样子！"一手接过羊皮书，另一只手一挥，让那侍臣捂着腮帮子出帐去了。

大瑞青不识字，他看了看那张制作得颇为精致的羊皮书，苦笑着对居长里说："这样的事只有上卿来做了。"

居长里接过羊皮书看时，只见上面写道：

东胡君长大瑞青台鉴：东胡欺燕，已非一日，国人思强，志在反击，其势如潮，已难羁绊。不才秦开，受此重任，唯民之意，唯王之愿，然不杀戮，秦开志也。今两军较量，东胡屡败，已实难与燕争锋耳。故劝君长，弃戈归降，息兵罢战，附于燕祚，善莫大焉。

居长里将秦开的信给大瑞青和其他大臣念了一遍，然后说："看来秦开这是最后通牒我们，如我们不归降，燕军就会大军进攻啦！"

大瑞青似乎没听到居长里说什么，听完秦开的劝降书便呆呆地在那里想着什么。好大一阵，他才回过神来问居长里说："上卿刚才说什么？"

居长里叹了口气说："老臣是说，秦开这个劝降书，实际上是个最后通牒，如果我们不投降，燕军就可能大举进攻啦。"

大瑞青说："不错，秦开的这个劝降书就是个通牒。众位爱卿说说吧，我们下步究竟怎么办？"

众人都低着头，谁也不说话。大瑞青有些恼火，他站起身来在地上走了一圈，没好气地说："秦开说了，他不杀戮，我们如能打得过燕军就和他们打下去，如打不过，撤到很远的地方，离燕国远远的就是了，反正也不死人，众位为难什么！"

大将军舍木说："话是这么说，可投降燕国，我们的君长在他们国君面前低人一等，臣将们就更低了，让人心里怎能受得了！可离开这里，臣的心里也有些受不了。我渔水营、坐落于燕山山脉、渔水之畔，物产丰盈，风光秀丽，如果离开这个地方，再到哪里找这样的好地方。"

大瑞青说："现在还说这些话有什么用！要么投降，要么走人，还想赖在燕山渔水，已经不可能啦。"

大瑞青说完，又是一阵沉寂。咬哈实在憋不住了，他把貂皮帽子一摔说："我看我们这样，首先我们不能主动投降，不能秦开让我们投降就投降，虽然我们打不过燕军，但还是要和他们对抗下去，最后实在支撑不了时再说。"

众人听了咬哈的话，都认为咬哈说得毫无见识，但各自想了想，又觉得咬哈说的是大实话，也只能这样去做了。于是众人都表示，赞成咬哈的话。大瑞青的幼妹云青坐在那里一直没说话。她眼见认识秦开后，东胡便一天天地被燕国比下去了，心里很是痛恨秦开。但由于秦开已经是自己的姐夫，且姐姐冬青是那样地全身心地挚爱着秦开，因此她又是那样敬仰和佩服秦开。她见众位大臣都赞成坚持不投降，打不赢再走的意见，便清了清嗓子说："本公主也说几句。打得赢就与燕军打下去，打不赢就走，这个想法固然好，可一是我们已经一败再败，虽未死人，但被秦开收走的军士达两三万人，如果打下去，再损兵折将怎么办！二是打不赢就走，但能走到哪里去，哪个地方适于我们落脚。虽然我东胡人是个游牧民族，但部落的联盟长总要有个固定的好地方吧！因此，本公主想，能否再与燕国交涉一下，从今以后，两国互不侵犯，能否可以。"

居长里说："公主的想法是好的，刚才老夫也曾想过这件事，但秦开的劝降书中已经写得很清楚，燕国人长期遭受胡人侵扰的那种复仇心理，是无法收住的，如不是秦开主张不杀戮，说不定这半年多时间，双方不知涂炭多少生灵呢！"

大瑞青见叔父、参议大夫吐金一直没说话，便问道："叔父大夫有何见教？"

吐金说："东胡部落联盟长传到君长这代，已是数十代了，在几百年里，东胡从未轻易投降别人，遇到强手暂时后退就是了。从山戎开始，我们的祖先就是这样过来的，即便当初遭受齐桓公那样的打击，山戎和东胡不还是延续下来了吗。因此，老臣认为，不可言败，打不过后退就是了。"

听了叔父的话，大瑞青也最后认定了继续与燕军对抗下去，实在不行再退往别处的想法。他对众臣说："本君长继任东胡部落联盟长的最大不幸，就是燕国出了个秦开。眼下我们已别无选择，只能与秦开继续对抗下去，实在支撑不住，再退往远地。至于燕山渔水，本君长和众卿一样，也不舍得这个好地方，但一旦战败，只能走人，到哪里都一样。"

众臣听了，虽无其他意见，但默默无语，不住地叹气。大瑞青又说："自现在起，我们振作起来，要利用燕山山脉险峻的地势，尽量阻挡燕军东进。有关兵力摆布，上卿与大将军再好好商议一下，尽快做出部署。"居长里和舍木听后，起身离开了中心大帐。

众臣走后，大瑞青喊来侍臣问道："秦开派来送劝降书的人走了没有？"

那侍臣回答说："燕使尚在驿帐等待着我东胡的回音呢。"

大瑞青说："你去转告燕使，就说东胡不会主动投降，秦开有什么本事，就让他尽管使吧。”那侍臣听了，眨了眨眼，然后转身向驿帐走去。

且说秦开派往渔水营送劝降书的两个军士得到东胡拒不投降的消息后，连夜回到燕营，向秦开报告了情况。秦开对牧羊和陈奈说：“我们已尽到了仁义之心，但大瑞青不为所动，看来只能发动军事进攻啦。”

牧羊说：“进攻大军共分南北两路，末将早已与司寇安排完毕，但大军发动进攻前是否还要派探马再打探一下情况？”

秦开说：“东胡君臣在做出继续抵抗的决定时，一定会认真部署兵力，来阻击我军。两位兄长多派出一些军士，将详细情况摸清后，再进攻不迟。”牧羊和陈奈领命。

秦开又说：“在让军士前往东胡打探情况期间，我大军先向东推进，推至燕山山脉以西，并将这一带建成我们巩固的后方。眼下草木已经返青，将马匹好好放养一段后，大军便沿燕山及其以北两路向东进攻。”牧羊、陈奈再次领命。

说动就动，不到十天，秦开便将五万大军推至燕山山脉西部河谷地带，安营扎寨后，让军士们一面放马，一面继续打探东胡军的动静。

又过了半个月，看看诸方面条件皆已具备，秦开再次召集众将商议进攻情况。秦开对众将说：“我军已做了充分准备，大举进攻东胡的时机已经成熟。现在，东胡还有七万骑兵，但分布在多个点线上，我军分作两路进攻，每路两万五千人马，量应无碍。众将还有何想法，请尽情发表。”

李虎说：“眼下春暖花开，叶满枝头，我军发起进攻，则明显处于明处，而东胡军处于暗处，若我军遭到东胡军箭矢暗算，是否可以开杀戒？”

秦开说：“去年冬初我军进攻东胡时，就是为了避免遭箭矢暗算才把进攻时间往后拖了一段，但现赶上这个季节也无办法，只靠众家弟兄加强防范，注意躲避箭矢。如今，列国相继发明了三翼镞、三棱镞等杀伤力极大的箭头，告诉众军士务必防范和躲避。但如果真是遭到东胡军的箭矢攻击，我军也尽量不开杀戒，除非危及自身生命，否则不可轻易杀戮。”

孙擒虎说：“将军就尽快下命令吧，以便我等根据实际情况早做准备。”

秦开说：“我军分作两路发起进攻，一路是沿燕山山脉向东推进，一路是沿燕山山脉以北向东推进。南路所经之地都是山路，且许多地方地势险峻，关隘相连，因此沿此路进攻者要十分谨慎。北路地势较为平坦，但胡兵较为分散，需注意搜索。因为我军征讨东胡是以征服为目的，因此所到之处，要重点做好说服和教化，使人心归燕。凡愿意归附于我的东胡人，不管是军是民，都要安抚好，安置好，使他们牧有马驼，食有牛羊。对于东胡君长和大臣，我们还是尽量逼迫他们投降，但如果坚持不降，可放他们一条生路，任凭他们出走他方。诸位都明白了吗？”众将齐声回答：明白！

秦开接着说：“两路大军的将领这样分配：北路大军由司马牧羊率领，孙擒虎、宫宇、华云、金仙为战将，南路大军由本将军率领，田夏、玉婵、李虎、冬青为战将。陈奈司寇与王信、向羊三位将军率领三千军士，作为两路大军的接应，做好粮草供应和相关事宜。众位将军有何意见？”众人齐声同意。

第二天一早，两路大军各列一方，陈奈则率三千接应人马两边照应。秦开和牧羊各率自己的战将，来到所率大军前，在向军士们作简单交代后，各自翻身上马，向着自己进军路线的方向驰去。

且说大瑞青召集众臣商议应对燕军进攻的情况后，居长里与舍木、骨宁、咬哈三位将军，又按大瑞青的要求，商议了兵力摆布问题。三位将军的看法不尽相同，大将军舍木与上卿兼军师居长里的想法也不尽相同。四人议论了半天，也没形成统一意见。最后，舍木坚持将东胡大军的主要力量放在渔水营的周围，以便固守渔水营。居长里见舍木坚持己见，不愿改变，只好妥协同意。二人将兵力摆布情况向大瑞青报告后，大瑞青也期望能固守渔水营，因此也就同意了二人的意见。

且说秦开率南部军出发后，沿燕山山脉一路东进，先在妫水流域打败了东胡三千守军，并将三千胡兵教化后交给陈奈安置。几天后，秦开率大军由妫水流域向渔水流域和鲍丘水流域推进。妫水流域在今北京市延庆境内，渔水和鲍丘水都在密云境内，分别是今日之白河和潮河。东胡的大本营渔水营便坐落在渔水之滨。

秦开率大军轻而易举打败并俘获了三千妫水营守军后，消息立即传到了渔水营。尽管早就做了多方准备，大瑞青及东胡群臣听到消息后，还是颇为吃惊。当下舍木立即召骨宁、咬哈，带着大瑞青亲自遴选的林下营战将木浑、巨台兄弟，率三万人马来到渔水营西部的河谷地带，迎战燕军。将军们率军前往前线迎战，大瑞青与上卿居长里也无法安稳。大军到达不一会儿，大瑞青与居长里也来到两军阵前。二人刚与舍木等人见面，大瑞青夫人山女和妹妹云青又一起驰马前来。

秦开率大军来到渔水营西部后，还未安营扎寨，探马来报，说东胡君臣几乎一齐出动，率三万大军已到达渔水营西部的河谷地带迎战。秦开令燕军在距胡兵十里之外的上游河谷之地安营扎寨，并让军士给东胡送信，当日两军各自歇息，明日再出战。

第二天，两军在中间地带的宽阔之处摆开战场。双方各自敲了三通鼓后，两军将领各自来到两军阵前。

秦开看时，只见东胡三位将军舍木、骨宁、咬哈，各持兵器列于阵前。三位将军的两边，是两员持戟的战将，秦开猜想这二人必是大瑞青遴选的战将木浑兄弟，因为他听金仙姐妹说过二人武艺颇高，强似东胡三位将军。在五位武将的身后，是大瑞青和上卿居长里，二人的左右是山女、云青两员女将，两员女将的手中各持着双股铜剑。

大瑞青虽然在五位武将的身后，但他看得分明，燕军阵前的五位将军，中间的是燕国将军秦开，两边的四位，一边是田夏、李虎，一边是自己的妹妹冬青和东胡女将玉婵。只见秦开身披盔甲，坐下千里马，手持青铜钺，威风凛凛，气概盖世。两边四员战将也雄赳赳，气昂昂，连自己的妹妹冬青也显得格外精神。

秦开拍马出阵，对着东胡君臣说道："君长及各位东胡臣将听着，秦开奉燕王之命，前来讨伐东胡，本将军的劝降书已经说了，如今燕国国势兴盛，富国强兵日见成效，而国内百姓对昔日东胡掠抢之痛记忆犹新，复仇心切，造成今日讨伐东胡之不免之势。但本将军不忍杀戮东胡兄弟，因此传书君长，期望东胡归降燕国，以免杀戮之痛。但你等东胡君臣，不听劝言，继续顽抗，本将军认为无疑是以卵击石，自取灭亡。今两军阵前，秦开还要奉劝君长和各位，还是审时度势，弃械归降我燕国为好，望君长三思！"

大瑞青在秦开说话时，已拍马来到舍木等武将的行列中，听了秦开的话后，大瑞青对秦开说："秦开，你不用遮遮挡挡，我知道你燕国如今正在变得强大起来，你们中原列国哪个不是稍微强大点就对外扩张！如今燕国不过是强大了也想对外扩张而已。燕国强大了，如今你打到我们家门，我们任凭你打，可绝不会投降你们，你愿意怎样就怎样吧！"

大瑞青刚说完，幼妹云青拍马出阵，指着秦开说："秦开，你虽是燕国将军，却又是我东胡君长世家的姑爷，你为什么不劝劝燕昭王，让他息兵罢战，两国和好……"

云青的话没说完，早已激怒了对面阵前的姐姐冬青，只见冬青拍马来到阵前，指着云青说："云青，我还以为你虽然不识字，但毕竟是君长世家的公主，怎么也该懂得国和家、公与私的关系，现在看是姐姐太高看你了。你既然不懂国与家、公与私的道理，就不要在这乱说，让人瞧不起我君长世家！"

云青听了大怒道："难道从君长世家嫁出去的女人，回过头来打娘家人，就能让人瞧得起吗！"

冬青听了也大怒，拍马舞剑上前，要战云青。东胡阵中的木浑一看，立即拍马出阵，挺长戟来战冬青。燕军阵中的田夏一看，舞着铜锤护住冬青，与木浑战在一起。云青、冬青姐妹各拍马回归本阵。

田夏与木浑大战三十回合，不分胜负。巨台怕兄长吃亏，拍马出来助战，燕军阵内玉婵见了，连忙拍马舞双尖钩来帮助丈夫田夏，四将捉对儿似的又大战了三十回合，还是不分胜败。

李虎在阵中见到这个阵势，附在秦开的身边说："这个时候两边的战将都有些眼红了，将军快出马战败敌将，然后我全军掩杀过去，我军必胜。否则，谁胜谁败，尚难确定。"秦开听了，只是摇摇头。李虎正在着急之际，却见秦开下令鸣金收兵。田夏、玉婵夫妇听到鸣金声，收住兵器，拨马回到本阵。木浑兄弟见燕军收兵，不知何故，但也不敢造次，只得回到本阵。大瑞青不知秦开为什么要收兵，他见秦开率大军返回营寨，也与众臣将返回渔水营去了。

回到营中，秦开立即询问北路军牧羊等人的战况，军士们说，北路军并未遇到多少强敌，司马牧羊眼下正在离渔水营不远的北部寻机出战呢。秦开听了，悄悄对田夏和玉婵说了几句话，二人听了，领命而去。

且说大瑞青回到渔水营后，与众将军议论了多时，也没搞清秦开为什么鸣金收兵。大瑞青只好让众将军提高警惕，防止秦开用计。

但一连过了三四天，大瑞青君臣并不见秦开有什么举动。这日清晨，大瑞青刚起床，侍臣急匆匆来报，说秦开率大军已经杀到渔水营西边的军营。大瑞青听了，急忙让军士去察看三位将军是否已率军迎战。军士转身出去后，大瑞青和山女、云青连忙披挂整装，准备随时随军出战。

不一会儿，那个军士回来向大瑞青报告，说三位东胡将军已经率领军士到渔水营西部迎战去了。大瑞青一听，连忙与山女、云青一齐上马，向渔水营西部驰去。

当大瑞青赶到西部交战场地时，却见两军并未交战，秦开与几员战将静静地骑在马上，一点儿举动都没有。大瑞青正不知道秦开在搞什么名堂，忽然东胡军队后面骚动起来，不一会儿，阵阵喊杀声，从渔水营的方向传来。大瑞青大惊，正要拍马回去看看是怎么回事，只见上卿居长里驰马奔来。居长里告诉大瑞青，这次是东胡中了秦开的调虎离山计。原来秦开不愿与东胡军厮杀，更不愿意杀戮，但又必须逼降或逼退东胡，因此他让田夏、玉婵夫妇，去通知牧羊，在秦开大军做出再次与东胡军交战的架势，并将渔水营东胡军士和君臣诱出后，由牧羊率两万多燕军迅速攻占了渔水营。同时，牧羊虚张声势，做出要与秦开夹攻东胡军的样子，以逼迫大瑞青投降或退走。

当下大瑞青对居长里说："老爱卿，我们究竟是降还是走？"

居长里说："走，北渡渔水，出走西辽河。"

这几天，居长里已预料到秦开突然鸣金收兵且一连三四天里毫无动静的背后，必有计谋，但却没料到来了一个小小的调虎离山之计，让东胡君臣来了个措手不及，迅速逼到或降或走的地步。居长里虽然没料到这样被逼走，却已认真地考虑了出走的方向和地点，并最终选定西辽河。

听到居长里北渡辽水，出走西辽河的回答后，大瑞青立即感到居长里的意见符合自己的心思，因此他将手一挥说："好，我们走！"

看到舍木等人有些慌乱，居长里对大瑞青说："君长可以传令，让将士们慢慢地放心撤离，秦开和燕军是不会追杀我们的。"大瑞青似乎明白了什么，立即松了一口气，传令全军不要慌乱，渡河北撤。

果然，秦开率大军在西，牧羊率大军在东，夹着东胡君臣和将士，逼迫他们渡渔水而北行。秦开和他的将士们，虽然一直虚张声势，却未追杀一人。

大瑞青和居长里等君臣渡过渔水河后，越过道道山梁，蹚过条条河水，带领东胡军民直向西辽河流域走去。数万军士们全部越过渔水河时，已是午时。但东胡军士们看到，燕军最高将领秦开还是一动不动地端坐在他那匹千里马上。

东胡军全部渡河北撤后，秦开率几位战将进入渔水营。此时牧羊已率军士们将东胡臣将撤退后留下的家当盘点完毕。

当秦开下马来到牧羊和众将临时设置的盘点大帐时，牧羊并未先说盘点东胡家当和资财情况，而是拉着秦开向旁边一个营帐走去。秦开忙问何事，牧羊笑道："娶了我们东胡的媳妇，总该认个东胡的丈人才是。"说话间，牧羊来到一个营帐前，推门让秦开走了进去。秦开看时，帐中一位老人在不停地走动着，看样子一直在思考着什么或盼望着什么。

几乎是同时，秦开看到了眼前老人正是大瑞青的叔父，也是作为大瑞青妹夫的自己的叔父、东胡国事参议大夫吐金。吐金也看清了，眼前之人正是自己在等待的燕国将军秦开。

此时的秦开在这个地方见到吐金，既感意外，也颇感兴奋。他急忙上前拉住吐金的手说："叔父，让您受惊啦！"

吐金什么也没说，他上上下下仔细打量着秦开，好久好久，才说道："好孩子，你不愧是燕国的大将啊！"

冬青激动地对叔父说："叔父，您老人家怎么没和我兄长他们一起出走啊？"

吐金笑了笑说："有这么好的姑爷，叔父舍得离开一辈子吗，叔父还要跟你们学习夏文呢！"

后来，秦开将吐金带回蓟城，住在自己的府中，作为老人供养着，使他颐养天年，无疾而终。

秦开与牧羊、陈奈等人安置好渔水营未出走的东胡军民后，又进一步检查了所过之处东胡族民的安置和稳定情况。当确信大瑞青出走后的东胡已彻底安宁下来后，秦开才松下一口气来。

这日，秦开对牧羊、陈奈说："大瑞青率众出走后，前往查看其踪迹的军士回来说，大瑞青君臣已在西辽河安营扎寨，将东胡的大本营迁到了那里，本将军拟前往那里亲眼察看一番，一来是看看大瑞青在那边落脚的情况，做到心中有数，二来是察看一下我燕国向北拓展疆土的情况，以便向燕王报告。两位兄长以为如何？"

牧羊、陈奈一致赞成秦开的意见。牧羊说："末将陪将军一同前往，末将的细水营在西辽河，也算去看望一次故土吧。"

秦开对陈奈说："本将军与司马前往西辽河察看期间，兄长在前段善后的基础上，再对我军夺取的东胡失地情况做一次详细的勘查登记，以便日后设置管制。"陈奈领命。

且说秦开与牧羊率少许军士，出了渔水营后，一路向北，日驰数百里。这日，一行人来到西辽河的上游，即今日之西拉木伦河一带。秦开和牧羊及随行军士扮作商人，一路顺水而下，向东驰进。秦开对牧羊说："小弟当年在细水营与兄长结义后，沿西辽水逆水而上，今日与兄长顺水而下，真是别有情趣啊。"

这日，牧羊遥指远处对秦开说："你看，那里便是为兄的故土细水营啦！"秦开听了，打马急驰，可快到细水营附近时，牧羊对秦开说："这里似乎已经发生了很大变化，比为兄在这里当首领阔气多了。"秦开听了，立即勒住马说："如此说来，大瑞青新的大本营，可能就是这里。"牧羊听了，连连点头。

秦开与牧羊让军士牵着众人的坐骑远离细水营，以免被东胡人识破，他二人扮作买马人在细水营中穿行。当看到一座座崭新和阔绰的营帐时，秦开和牧羊不约而同地点了点头。牧羊看秦开时，见秦开脸上露出了安慰之情。

从细水营出来后，一行人沿西辽水急速东行，一直到东西辽水汇合处，才沿着辽水西岸一路南行。当看到辽水东岸的箕子朝鲜时，秦开站在河边久久地凝思着。

当秦开和牧羊一行回到渔水营时，陈奈率众家兄弟已将接管东胡之地的所有事情做得利利索索，只等秦开回来定夺。燕昭王得知情况后，派剧辛和蓟城司马伯男两次前来慰问。

秦开亲自察看了接管东胡事宜的所有情况，并检查了疆域北扩后边界的守卫情况后，才决定班师回朝。当晚，秦开用了两个时辰，给燕王写了一道驱胡奏表。

秦开率大军到达蓟城这天，燕昭王与相国苏秦、将军乐毅、上大夫邹衍、中大夫剧辛，出城迎接秦开。燕昭王在马上挽着秦开的手，一路同行回到王宫。

几天后，燕昭王下令，大举犒赏征胡大军，并连续宴请秦开及众将。

看看众将和征胡军士都已进入歇息阶段，燕昭王才传令召集国卿商议接管东胡失地情况。燕昭王对众臣说："秦开爱卿率军经过一年的驱赶，已将东胡君臣驱赶至西辽河，昔日东胡大片疆土已入我燕国版图。驱离东胡，对于我燕国扩疆纳土、富国强兵、争做强国、雪复前仇，具有重要意义。秦开爱卿作为征胡将军，功德无量。下面先让秦爱卿说说征胡成果，然后就日后有关燕国开疆拓土及强兵富国问题，再好好作些商议。"

秦开首先向燕昭王和诸位大臣报告了征讨东胡的成果。他说："将东胡君臣驱赶到西辽河后，臣与众将认真勘测了东胡所放弃的疆土面积。"说到这里，秦开拿出一张羊皮地图，指着上面一连串点线继续说："臣测算了一下，东胡此次弃下的疆土，足有千里。"

"却胡千里，真是功劳不浅哪！"听到秦开报喜，苏秦颇为惊喜。苏秦这几年游说列国成效甚好，已相继成为韩、魏等国的相国，因此诸国政事极为繁忙。

"王兄，"苏秦接着说："臣弟的意见，驱赶东胡以后，要继续驱离箕子朝鲜，进一步开拓我燕国东北部疆域。臣弟目前已佩三国相印，再过几年，有可能再佩除齐国以外的诸国相印，乐毅将军要继续协助大王励精图治，富国强兵。待我三人的事情进行到一定时候时，大王立志要实现的大业即可成矣。"

燕昭王说："苏秦相国很长时间没有参加我燕国群臣的议事会了，今日寥寥数语，便说出了我燕国今后的大政方针和目标。我们今天的议事暂且至此，接下来按苏秦相国所说，将内政、外交、开疆拓土三项大事一一分别商议。苏秦、乐毅、秦开三位爱卿先各做准备，到时机成熟时，我们再行商议，今日众卿先好好歇息，准备好好过个大年，如何？"众臣一致赞成并称谢。

一晃又来到春暖花开之际。这日，秦开对燕昭王说："东胡撤离后，渔水营一带河谷流域，应该鼓励民众种植粮食，也好为富国强军做贡献。不知王兄以为如何？"

燕昭王点头说："贤弟此言正合为兄心愿，燕山脚下，沃野千里，东胡故地，山水相连，正适宜开荒种田。贤弟只管发动民众去做吧，有何问题可与邹衍大夫商议。"秦开领命。

在秦开、邹衍的倡导和组织下，在渔水营一带开荒种地的行动终于开展起来了。

这日，秦开正在自己的将军府读书，陈奈等一班负责东胡种地的弟兄们来向他说，渔水营开荒的民众们说，此地天冷地寒，不宜开荒种田。秦开听了，连忙与陈奈一起向邹衍府邸走去。

邹衍问了一些具体情况后笑道："秦将军莫忧，鄙人已有办法啦。"邹衍来到燕国后，也学着苏秦，经常自称"鄙人"。

秦开惊问道："夫子有何妙方，能解天寒地冷之状？"

邹衍神秘地说："吹律管。"

欲知后事，且看下回分解。

第二十一回　扩东北秦开呈地图　进辽水燕军征朝鲜

却说秦开为了充分利用昔日东胡渔水营一带的土地资源，开荒种田，多打粮食，为燕国富国强军目标做贡献，便在燕昭王的支持下，与上大夫邹衍一起，组织民众实施了开荒种田行动。可行动刚搞起来，秦开便得到反映，说民众感到渔水营一带天寒地冷，不宜开荒种田。秦开听说后，立即登门去向上大夫邹衍请教，请求他解决民众提出的问题。谁知邹衍详细了解情况后，竟提出一个令人不解的妙方：吹律管。

看到秦开不解的样子，邹衍说："鄙人与将军一起去渔水，将军到了那里后，自然会知道。"

当下秦开与陈奈众兄弟，陪着邹衍骑马来到渔水。邹衍察看了那里可以垦荒种田的情况后，对秦开等人说："眼下这里刚刚进入春天，又由于这里山高林密，许多地方冰雪尚未化透，要想立即开荒种地，的确还缺少些火候。不过没有关系，将军让军士们将开荒种地的民众组织起来，对拟开荒的地块先放火烧荒，将厚厚的荒草烧尽后，一方面地下的冰冻可迅速融化，另一方面，烧尽的草灰可以作为肥料，也可以使凉土变暖，如此一来，种下去的种子很快就会发芽。"

秦开说："如此，与夫子吹律管有何关系？"

邹衍笑道："这里从未种过田，人们对开荒种田还很陌生。在烧荒的时候，为了不使山火泛滥，酿成山林火灾，让民众将一片片拟开荒的地块围起来，一边看火，一边跳舞，鄙人吹律管的作用就是给民众伴舞，并增加他们开荒种田的乐趣。"

秦开听了笑道："真是难为夫子了，夫子作为燕国上大夫，竟如此关注民生，体恤民众，真乃我燕国之幸也。"

于是，秦开让军士们与开荒种田的民众一道，将拟开垦的地块围起来，然后在里面放火烧荒。这些围地烧荒的军士和民众一边看着火势，一边翩翩起舞。邹衍在一个小山上，吹起他那长长的律管，《春之曲》《鸟之欢》《花之红》，一曲接着一曲，人们忘我地劳动着，欢笑着，庆祝着。几天下来，民众开垦出了数量庞大的良田，按照庄稼生长的季节，顺利地完成了种田的任务，自此，渔水流域的百姓过上了好日子。

在今天北京市密云的西部，后人将邹衍吹律管之地的小山命名为黍谷山，山上建了一座祠，叫邹夫子祠，祠里立有"邹衍吹律旧地"之碑。在"衍"字下面，还迭刻了一个"子"字，以表示对邹夫子的敬意。后人还在邹衍教农民识别良种的地方，建起了一个小院，叫作"别谷院"，并在祠前栽了两棵银杏树。这两棵巨大的银杏树，如今已两千多年了，但依然枝繁叶茂。至今密云有一景，叫作"黍谷先春"。

在先人的传说中，邹衍吹律管是说邹衍在黍谷山上，一连吹了三天三夜，将小山吹得飘来暖风，阳光明媚，冰雪消融，农民赶紧耕地下种，并取得当年大丰收。作者将这段神话作了前述演绎，不知读者认可否。

且说燕昭王根据相国苏秦的意见，与苏秦、乐毅、秦开分别详细商议了与列国加强合纵方面的合作问题，继续在燕国实行改革，进一步励精图治、富国强兵的问题，以及进一步开拓东北，使燕国不断东进的问题。

燕昭王在对列国关系方面的最大愿望，就是通过苏秦的合纵游说，报复齐国入侵燕国、杀死父王的深仇大恨。因此，燕昭王与苏秦商议的加强与列国合纵方面的合作，其核心便是围绕报复强齐来展开。苏秦这些年与赵、魏、韩等侯国已建立了稳固的合作关系。这次，君臣重点围绕打着合纵抗秦的幌子，让苏秦游说齐国，并千方百计削弱齐国的势力，以便燕国乘机报仇来展开合纵的进展。苏秦向燕昭王发誓，一定要凭自己的三寸不烂之舌，攫取齐国相印，然后一点一点削弱齐国的势力，最终雪复前仇。燕昭王对苏秦说："贤弟在列国游说奔走，兄长在国内励精图治，有乐毅和秦开两位贤弟的佐助，攻击齐国这一天一定会到来。"

燕照王在与乐毅商议实行改革，在进一步励精图治、富国强兵方面，

二人一致达成共识，燕照王亲自颁布王令，让乐毅“循法令”并实行诸项改革。乐毅的改革共有四项：其一，明奉法，审官断，制定律法，严厉法制，加强对官吏的审查与考核；其二，确定“察能而授官”的用人原则，只将官爵、禄位授予有功、有能之人，以克服“亲亲”“贵贵”的用人传统；其三，“循法令，顺庶孽者，施及萌隶”，对于遵法守纪的顺民，包括贫民和奴隶，都依制度予以奖励，以促进燕民守法，安定社会秩序；其四，在军事上着重进行战法和纪律训练，以便提高燕军的军纪和战斗力。

燕昭王对乐毅说：“苏秦贤弟营造一种合纵伐齐的氛围和时机，秦开贤弟在驱胡的基础上，继续扩大我燕国的疆土，壮大燕国的国威和实力，而贤弟的任务更重，这就是造就一个在群雄中称雄的国度，一支在进攻强齐中善战的军队。”

燕昭王在与秦开商议进一步开疆拓土、不断东进的问题时，详细听取了秦开有关东胡退却后东北各部落、侯国的情况，二人一致同意尽快将征讨箕子朝鲜提上日程，并让秦开拿出一个征讨箕子朝鲜的方案。燕照王对秦开说：“贤弟却胡千里，已为燕国立下不朽功勋，击退箕子朝鲜后，我燕国可将国土延伸至辽东，这对进一步强大燕国，壮大国威和实力，有着极为重要的意义。贤弟任重道远，使命光荣啊！”

在与三位国卿分别商议内政、外交、开疆拓土情况后，燕照王再次召集群臣，众臣皆赞成这些具体方案。燕昭王对群臣说：“国之政事，不外内政外交。我燕国目前正在全面振兴时期，富国强兵任务极重，反映在内政外交上，任务自然极其繁重。众臣要同心同德，齐心协力，再奋斗十年或二十年，那时，我燕国大业一定可成，国仇一定可报，燕国在战国七雄中，一定会成为与秦、齐并肩的强国。”

且说秦开按照与燕昭王商议的具体意见，与牧羊、陈奈等一班兄弟商议，很快拿出了一个征讨箕子朝鲜的方案。为了让燕昭王和乐毅更好地熟悉辽水一带的情况，秦开与众兄弟在原有情况的基础上，再次前往辽水勘查，并绘制了大量地形草图。

回到蓟城，秦开与众兄弟用了十几天时间，十易其稿，终于绘成了一幅巨大的羊皮地图。秦开先将这份地图送给乐毅，请他指点，然后，又将地图呈送给燕昭王。

这日，燕昭王请乐毅、秦开进宫，一起商议征讨箕子朝鲜问题。燕昭王说："眼下收复东胡千里疆土的治理正在顺利进行，已有数万中原人进入东胡故地，和东胡族人和睦相处。千里胡地已相安无事。为了进一步拓疆扩土，壮大我燕国实力，秦开爱聊已拿出了一个征讨箕子朝鲜的方案，并经反复勘查比对，绘成了辽水一带的地图。本王和乐毅将军都认真看了这个方案和地图，今天我等三人再认真议一次，然后便可集结大军出征。秦开爱聊先说说情况，然后我等再议议。"

秦开说："臣弟与众将制定的征讨箕子朝鲜的方案，述说了用兵的天时、地利、人和的条件，提出了进军路线、出兵数量、战将配置、所需辎重、粮草补给等方方面面的想法，望乐毅将军多提意见，最后请大王审定。这张地图的绘制，臣与众将颇费了一番工夫。之所以如此细致，一是考虑到辽东的情况我们比较生疏，将士们对那里的情况都不熟悉，需要地图指点进军方向和路线，二是也考虑到大王和将军指挥方便及臣日后报告军情方便，三是还考虑到待我军越过了辽水进入辽东后，与我燕国领土衔接一致上的需要和方便。臣在这张地图上，新起了许多地名，都一一标注到了图上。日后我军进军辽东后，少不了还要新起地名，有了这份地图，日后做起这些事来，显然方便多了。但这些考虑和安排是否合适，还请乐毅将军和大王多多指教。"

乐毅说："秦开将军这份征讨方案和这张地图，制作得都很好，可透视出一个统兵将军的高水平，臣都赞成。特别是这张地图，由于辽水下游是我燕国刚刚从东胡人手中夺来的地方，人们都不熟悉，的确需要它来做指点。此外，有了它，日后和辽东所占地盘的连接，也方便多了。臣弟认为，秦开将军拿出这张地图，是为我燕国做了一大贡献，也是征讨箕侯国的一个良好开端。"

燕昭王听了秦开的话和乐毅将军的这番评价后，甚是高兴。他说："本王和燕国有了二位将军，真乃万幸之事。二位爱卿说的本王都赞成。征讨方案就这样确定，并按此实施。地图可让列位司马再复制一份，平时由乐毅将军保管，便于直接运筹局势和提出指挥意见。本王要说的，是这样几点：其一，箕子朝鲜乃商殷遗裔在朝鲜半岛上建立的地方政权，经周武王册封正式成立，且一直臣于周。当年，箕子东适朝鲜后，我燕国始祖

召公即被武王封于燕蓟，箕子与召公二人皆大智之才，且二人情谊深厚，两个侯国之间也相处甚好。七八百年以来，双方虽交往不多，但也很少兵戎相见。只是二十年前箕诩任箕侯时，他见周朝衰落，也随即称王，并欲兴兵征讨我燕国以尊周室。其实是沿用了列国惯用的伎俩，表面尊崇周室，而实际去征讨别国，进而扩大自己。此事幸好被大夫礼劝阻未成，我燕国也原谅了箕诩。箕诩称王后的这二十多年，箕侯子孙开始骄虐，对我燕国一直不友好。因此，这次征讨箕子朝鲜的理由，便是挫其骄虐之气，以安边境。虽然箕侯不友好，但箕子朝鲜毕竟是周朝的属国，与我燕国同属周天子的臣国，我军在征讨时，还是要手下留情。这一点，两位爱卿要切记。”乐毅、秦开都点头。

“其二，”燕昭王接着说，“既然我们要手下留情，那就还是采用秦开爱卿在征讨东胡中的做法，即不杀戮，多用计谋来驱赶，逼迫他们给我们让地方。其三，就按秦爱卿在征讨方案中提出的，此次征讨出骑兵五万，其余燕军随时做好接应准备，如有需要，即可出动接应。其四，征讨大军由秦开将军任主帅，牧羊继续任大军司马，陈奈任司寇，其他战将除几位女将外，悉数参战。除此之外，本王此次再给秦开爱卿派个先锋。”燕昭王说到这里喝了口水，然后问道：“有个叫鹿毛寿的人，两位爱卿可知晓？”

乐毅、秦开都点了点头。

燕照王继续说：“鹿毛寿是先王之时的臣子，他怂恿先王让位子之，以致造成了燕国大乱，先王被害。本王继位后，将鹿毛寿下狱，以惩他的过错。但鹿毛寿这两年一直让人向本王反映，说他当初只是无知，并无恶意。本王向一些老臣做过了解，得知此人果真不是奸佞之辈，便放他出狱。最近他听说我燕军要征箕子朝鲜，便上书言事，请求参战，也好以功补过。本王已同意了他的请求，并拟恢复他下大夫之爵。听说他力大艺精，便想给秦爱卿做个先锋，不知爱卿以为如何？”

乐毅说：“过去我燕军都是战车加步兵，不知鹿毛寿骑射情况如何？”

燕昭王说：“本王前天还问过鹿毛寿，他说他早已会骑射。”

秦开点头说：“这就好了。”

“关于征讨大军所需粮草辎重，就由乐毅将军统筹调度拨付就是。”燕昭王讲完了最后一个问题。乐毅点头说：“臣遵命。”

按照燕昭王的部署，秦开很快将五万征讨大军集结完毕，诸位战将也整整齐齐到秦开的将军府报到，待命出发。秦开亲自前往新任先锋鹿毛寿的府邸探望并和他约定了出征时间，鹿毛寿很是感动。

又是一个秋高气爽的日子，秦开率领的征讨箕子朝鲜的大军即将出发了。清晨，五万大军在蓟城外集结得整整齐齐，秦开和列位战将骑在马上，静静地等候着前来送行的燕昭王和乐毅、剧辛等人。

不知是谁说了声：“君王来了！”军士们立即欢腾起来。只见燕昭王和乐毅、剧辛，在数位侍卫的陪护下，骑马来到军前。秦开等将领们连忙在马上施礼。

燕昭王向众人招了招手，大声说：“燕国的将士们，勇士们，这是本王第二次送你们出征。第一次出征，你们征服了东胡，夺取了千里胡地，使我燕国的国威迅速增大。这一次，你们征讨的箕子朝鲜，是同为周室的侯国，也是我周朝的海外属国。他们近年来骄虐蛮横，在边境滋事。这次我大军予以征讨，就是要挫其骄虐蛮横之气，以安其分。全军将士们要勇打勇拼，打掉箕子朝鲜的骄气霸气，打出我燕国的豪气。但箕侯国毕竟与我燕国同为周臣，将士们还要手下留情，以驱赶为主，尽量不杀戮。这一点，将士们记住了吗？”

“记住了”的回应声立即响起。

燕昭王与秦开等众将一一作别，乐毅、剧辛跟在燕昭王后面，也与秦开等人行礼辞别。燕昭王走至先锋鹿毛寿面前时，鹿毛寿立即抱拳躬身施礼。燕昭王用双手扶着鹿毛寿的双臂说：“爱卿年过四旬，还望多注意身体。”鹿毛寿连连称谢。

燕昭王刚要宣布出发，只听远处传来一声女子的喊声：“等等，我来也！”话声刚落，只见那女子已驰马来到燕昭王的面前。后面还有两个丫鬟。

鹿毛寿见了，连忙说：“小妹，你这是要做什么？”那女子只是朝鹿毛寿微微一笑，然后对燕昭王说：“大王，原谅小女子甲胄在身，不能下马施礼之罪。”燕昭王在此女出现的那一刻，一直静静地观察着，他已料到这必是个临阵要求出征的奇女子，只是不知姓甚名谁。听她刚才说话，燕昭王已知道她是鹿毛寿的妹妹。燕昭王早已知道鹿毛寿有个妹妹，且知道她是个自幼习武之人。

不等燕昭王和鹿毛寿说话，鹿毛寿的小妹又说："大王，小女子是鹿毛寿的妹妹，叫怡仙，小女子自幼习武，怀有报国之心，这次大王赦免家兄，并任他为先锋官，小女子满心感激，决定做一名秦开将军的先锋官手下的战将，为燕国出力。还请大王批准。"说着抱拳施了一礼。

燕昭王看时，只见怡仙面如敷粉，骨骼清奇，丹凤眼，柳叶眉，乌发盘顶，玉簪插髻，身裹铠甲，足踏皮靴，坐下桃花马，手执窄叶矛，真是万里挑一的女将军。

燕昭王点点头说："好，但不知爱卿有何过人之处？"

怡仙忙说："小女子自幼练习长矛技法，会二十八路套法，一般战将只要经过十路套法，便会败于小女子的手下。"

燕昭王高兴地说："好，那就让箕侯的战将们去领教一下爱卿的长矛套法去吧。"

怡仙又说："小女子还有一手绝技，能在十步开外将人拉于马下。"

燕昭王说："这是何种秘密武器呀？"

怡仙说："小女子有一件牛筋套索，只要甩出去，必会将敌将套于马下。"说着拍了一下马鞍处的一个袋囊，告诉燕昭王，牛筋套索就藏在那里面。

燕昭王点点头说："好，爱卿的请求本王答应了，本王就任爱卿为征讨箕子朝鲜先锋官驾下战将，随军出征。"怡仙听了，连忙抱拳说："怡仙谢大王信赖之恩！"秦开和众将看了，齐声喝起彩来。

李虎悄悄对孙擒虎说："冬青夫人和金仙姐妹都在哺育幼子，这下又来了一位女将，可惜众兄弟都有妻室啦。"

燕昭王看了看乐毅和剧辛，二人会意地点点头。燕昭王大声说道："出发！"

秦开一听，向燕昭王一拱手，然后策马向前驰去，众将和军士们跟在后面，依次向前驰去。燕昭王直到大军远去，才与乐毅、剧辛进城回宫。

因东胡退却千里，燕国东北边境令疵塞以北沿海地带一直到辽水西岸的领土，都已归燕国所有，因此秦开大军离开蓟城后，一直奔令疵塞出关，然后沿海边向东北行进。

搁下秦开大军向辽水行进暂且不提，且说箕子朝鲜自箕子东适朝鲜并被周武王封于今平壤之地后，在箕子及众大臣的辅佐率领下，朝鲜人民学会了礼仪、耕织及养蚕等先进文化和先进生产方式。箕子还用商殷文化教化当地臣民，制定了先进适用的律法条文。在箕子的率领和影响下，朝鲜侯国社会迅速进步，逐渐成为东方君子国。箕子朝鲜的疆域也逐渐由朝鲜半岛扩大到辽东半岛。

箕子逝世后，其子箕松继承侯位，箕松之后箕询继位，之后一代传一代，一直到第三十五代时，都是称为箕侯。到第三十六代侯箕诩时，因发生了燕国与韩、赵、魏、中山等五国相王事件，中原各侯国开始相继称王，燕易王十年时，燕国由公开始称王。箕侯诩见燕国称王，也随即称王，并欲兴兵逆击燕以尊周室，幸好大夫礼出来劝阻箕诩，箕诩才算罢休。但箕诩想打着周室的旗号兴兵击燕的消息已被燕易王得知，箕诩怕燕国报复，又派大夫礼前往燕国说服燕易王。此时恰逢燕易王逝世，姬哙继任王位。燕王哙继位后，便将与箕子朝鲜的恩怨全部放下不提。

箕子朝鲜侯箕诩在位二十七年，他死后箕煜继位。三四年后，燕昭王姬职继任燕国王位。正是在燕昭王和箕煜各自执政的时候，燕国和箕子朝鲜之间爆发了燕国将军秦开率大军征讨箕子朝鲜的事件。

且说箕煜继位后，恰逢经历了燕王哙让位子之而引发的动乱。此时东胡刚刚对燕国进行了一次抢掠。正在箕煜观察燕国局势时，燕昭王继任王位，并招贤纳士，重用贤才，实施富国强兵之策。箕煜得知燕国发展向上的局势后，自是感到危机，于是秘密派人了解掌握燕国的情况，不断从燕国学习新鲜事物，以强大自己。秦开却胡后，箕子朝鲜更加紧张，特别是东胡北退后，辽水下游已成燕国和箕子朝鲜的边界，使两个侯国的边界第一次相邻，这更加使箕侯煜不安起来。于是，箕煜不断派人前往辽水查看燕国动向，并经常与大臣们商议对策。

且说秦开率大军行至距辽水三十里的时候，令大军停止前进，就地安营扎寨，与众将商议军情，然后再作打算。

秦开对众将说："前面三十里便是辽水，距大海不远，我们在此休整数日，将一应事宜准备完毕，然后再越过辽水征讨箕子朝鲜不迟。本将军想，我军还是下个战书，然后再与其开战，众将以为如何？”

众将意见不一，有的同意下战书，有的则主张干脆越过辽水，对箕子朝鲜发起进攻。

秦开说：“大王在我大军出发前曾叮嘱我们，箕子朝鲜乃我周朝之属国，与我燕国同属周天子的臣国，应手下留情。因此还是战前下一道战书为好，也免得列国说我们突然袭击。”那些不主张下战书的战将听了，都点头同意。

秦开说：“本将军今晚就起草战书，我等现在先前往辽水巡视一番，以便确定大军渡水方式，如何？”众将都纷纷点头，并立即做好了上马前行的准备。

秦开让陈奈与王信、向羊三人留下镇营，然后率其他众将向辽水驰去。

辽水即今日之辽河。辽水为我国古代六川之一，其名最早见于《山海经·海内东经》。到了汉代时，辽水称大辽河，五代后称辽河。辽河有东西二源，东源称东辽河，源自今吉林省东南部哈达岭西北麓，北流经辽源市，穿行二龙山水库和吉林双辽，在辽宁省昌图县福德店与西源汇合。西源称西辽河，其河源有二，一是老哈河，发源于今河北省平泉县七老图山脉之光头山，二是西拉木伦河，发源于大兴安岭山地赤峰市克什克腾旗红山北麓白槽沟。老哈河与西拉木伦河汇合后称西辽河，西辽河与东辽河汇合后称辽河。

秦开率众将到达辽水后，但见辽水浩渺无垠，碧波荡漾，如同进了水乡泽国。秦开对众将说：“看来河面结冻尚需时日，不知能否渡水过河。”说完，催马下河，要试试水的深度。没走几步，河水便没至马腹。

先锋鹿毛寿说：“眼下已是初冬，在这个地方，用不上旬月，即会结冰。待我们适应一段，再好好做做临战前准备后，大河便可封冻，那时过河便无问题了。”

秦开点头说：“只能耐心等待啦。”

众人正要打马回营时，秦开却对孙擒虎和李虎说：“二位兄长到附近看看，如有船家，和他们定下一艘小舟，明日好送军士过河送信。”

孙擒虎和李虎刚要策马前行，秦开又嘱咐道：“不要忘了给船家先付足明刀钱。”二人应了一声，拍马离去。

回到营寨后，秦开在灯下给箕子朝鲜箕煜起草了一份战书。

第二天，秦开派两位军士渡河前往箕子朝鲜下战书。

且说秦开率众将察看辽水时，早被佯作河中打鱼的箕子朝鲜细作看在眼里，记在心上，几个细作看到秦开等人离开辽水后，连忙上岸，直奔辽水守将营，向守营将军子辛报告情况去了。

箕子朝鲜将领土扩至辽水之滨后，在辽水设有多处守将营。守将子辛听了细作们的情况报告后，与司马三羊、战将奇据商议了许久，然后令细作们继续在辽水监视情况。

第二天，那几个细作又来报告，说已将前来下战书的燕国军士带到守将营。守将子辛听了，立即端坐在议事堂的中央，摆出一副威严的样子，然后才令那几个细作带燕军军士来见。不一会儿，两名燕国军士被带至子辛面前。两名燕国军士看子辛这副样子，不禁偷偷地笑了起来。

子辛看了，大声喝道：“何方来人，报上姓名！”

那两名燕国军士又笑了起来，为首的那人从怀中掏出羊皮战书，走上前扔到子辛的案台上说：“这是我燕国征讨将军秦开亲自给你们侯王写的战书，请阁下转交。”

子辛听了，故作镇静，但伸手拿了两次羊皮书都没拿起来。那两名燕军军士一拱手，说了声“告辞”，便扬长而去。

子辛连忙请过三羊和奇据，商议如何对待燕国战书问题。司马三羊说：“既然燕国将军的战书是写给大王的，我等应速转大王才是。”战将奇据说：“干脆我等看看战书写的什么，必要时一面报告大王，一面出兵迎战就是了。”

子辛见两位属下意见不一，坐在那里想了很久，才做了个决定：“三羊阁下速派人将燕国战书呈送大王，我等立即调集兵力，准备迎战燕军。”三羊和奇据听了，各自准备去了。

三羊派了两个军士前往平壤报信儿，二人临行前，子辛又嘱咐他们，路上不要耽搁，一有音信便速速回来报告。两个军士连声答应，那个大个军士将燕国战书放进衣袋中，两人辞别子辛、三羊，上马向平壤城驰去。

平壤历史悠久，是朝鲜民族的发祥地。当年箕子率五千殷民一到朝鲜后，便被周武王封于平壤，自此平壤也被称为箕城。三羊派出去报信的两位军士，由于日夜催马急驰，很快来到平壤城。两位军士按照子辛的嘱咐，径直来到箕侯国将军山虎的府上，先向他报告情况，然后让他再代为转呈燕国战书。

山虎得知燕国已兵临辽水，且已下战书过来，连忙领着两位军士前往大将军府向大将军姜齐报告，姜齐得知后，又与山虎一起，领着两个军士进宫面见箕煜。姜齐、山虎参见箕煜后，得到准许才将两名军士引至箕煜面前。那两名军士跪在地上磕完头后，才起身向箕煜报告了燕军已到辽水并下战书的情况，说完将秦开的羊皮战书呈到了箕煜的手上。

箕煜一面听，一面头上的汗珠就冒了出来。他展开羊皮战书看时，只见书中写道：

箕侯阁下台鉴：

箕燕双侯，源远流长，同臣周室，居守各土。七百载矣，秋毫无犯。然箕之先侯，僭越称王，名尊周室，实则欲逆之击燕也。燕之举国，义愤填膺，忍辱图强，已历廿载。今燕祚初兴，国人共勉，欲挫箕国之骄虐，以安后世之和平也。大军已至，今下战书，待越辽水即为开战。望君侯知我之先礼后兵者也。

燕国将军秦开

箕煜一连看了两遍羊皮书，然后将羊皮书递给了大将军姜齐，并对那两个递信的军士扬了扬手。那两个军士看了看将军山虎，山虎小声告诉他们，让他们等候消息。那两个军士听了，悄悄地退了出去。

姜齐看完羊皮书后，又将羊皮书递给了山虎。山虎草草看了一遍，又悄悄将羊皮书送到箕煜的案台上。箕煜擦了擦头上的汗珠，对姜齐说：“燕军来犯，我们如何应对？”

姜齐说：“臣的意见，立即召集大臣商议一次，然后出兵抵抗燕军。”

箕煜听了点点头说：“好吧，爱卿传本王之令，让上卿、诸位大夫，再加两位爱卿，半个时辰后到议政殿议事。”姜齐、山虎听了，一齐从箕煜的殿中退了出来。

众臣听说燕军已兵临辽水之畔，一个个都很慌张，便提前来到王宫的议政殿，等待箕煜主持议政会。大将军姜齐虽然遇事镇静，但听说燕国将军秦开率五万大军前来征讨，还是有些心慌，因此他将通知众大臣议事之事向箕煜的侍臣转达完毕后，也早早来到了议事殿。姜齐向殿内看了看，并数了数已到的大臣人数，发现只有中大夫颖雉没来。此时已离箕煜议事的时间很近了。

姜齐又等了一会儿，颖雉还是没来。姜齐正要出门找箕煜的侍臣去再次通知颖雉，箕煜已经走进议政殿。箕煜见颖雉不按时前来议事，甚是不高兴。他刚要发火，忽见颖雉急匆匆地跑进殿来，扯着沙哑的嗓子喊道："大王，卦象不妙，卦象不妙啊！"

箕煜听了，呆呆地坐在虎皮凳上，说不出话来。

欲知后事，且看下回分解。

第二十二回　秦少勇施计越辽水　鹿怡仙技取两将军

却说箕子朝鲜国君箕煜接到秦开的战书后，连忙召集众臣商议对策，可议事的时间到了，却不见中大夫颖雉到会。箕煜本来心情不好，见这个时候还有人不按时前来议事，心里更是不高兴。他刚要发火，却见颖雉急匆匆地跑进殿来，扯着沙哑的嗓子喊道："大王，卦象不妙，卦象不妙啊！"

箕煜此时才想起来，颖雉是个祝蓍问卜的老手，从小就跟占卜之人学会了祝蓍，议事迟到，原来是在家祝蓍问卜了。想到这里，箕煜反倒不生气了，因为颖雉对燕军大兵压境之事卜上一卦，算定吉凶，还正对自己的心思。但颖雉急匆匆地扯着嗓子乱叫，还是让箕煜看了不痛快。于是，箕煜对颖雉斥责道："就不能慢慢说吗，一副不吉利的样子！"

颖雉这时也觉察到了自己的失态，他连忙说："臣有罪，还请大王谅解！"说完，又环顾了一下其他同僚，点点头说："见笑了。"

颖雉自幼学会的祝蓍问卜，在众大臣中都有影响，众大臣也很想听听他对燕军入侵之事的占卜情况如何，因此众大臣听到颖雉赔不是的话后，也都没有生气和见笑，而是努嘴让他说说卜卦的事。

此时箕煜说话了，他对众臣说："诸位爱卿都已知道了，燕国将军秦开率五万大军已到辽水，目前已下战书给我国，约定越过辽水进入我箕侯国后，便是开战了。我箕侯国如何应对，各位都说说你们的意见。"箕煜见他说完后无人说话，知道众人都在等待听颖雉的话，便说道："颖雉爱卿快说说吧，卦象究竟如何？"

颍雉此时也恢复了常态，他听国王让他说卦象情况，便说道："臣得知燕军大军压境后，立即进行祝蓍问卜，但臣仔细观察草灰形状时，却见草灰形如骷髅，甚是不吉利。臣的心情因此也很沉重。"

原来祝蓍是商殷时古人开始的一种占卜方式，其过程是把蓍草焚烧，观察草灰的形状，从而判断吉凶。蓍草是菊科蓍属植物，具有解毒消肿、止血、止痛的药用功能，生于山坡草地或灌木丛中，耐寒，喜温暖、湿润。每当夏秋之时，颍雉总是满山跑，采收蓍草，洗净晒干后，放于干燥通风之处，每每遇到疑惑之时，总要焚烧一株占卜凶吉。

颍雉的话给大臣们带来了沉重的心情。箕煜也兀自郁闷了好长一阵，但他很快回过神来说："众卿不要陷入颍雉爱卿的卦象之中，两国交兵与其他象物不同，各位爱卿还是说说我们应采取的对策，至于成败，正所谓谋事在人，成事在天，谁也说不准。"

箕煜说完后，只见一个大臣说："大王此话不但有理，也很提气。我们决不能只凭一个卦象便灰心下去。"说话的是箕侯国上卿箕炜，箕炜是箕煜的弟弟。箕炜继续说："燕昭王继位以来，招贤纳士，不惜千金收拢人才，得到了苏秦、乐毅、秦开这样的贤臣能将，如今国势日渐强大，这两年又驱走了东胡，将上千里疆域划入燕国的版图。秦开的战书说燕国此次出征是因为先王欲兴兵讨伐燕国，因而挫我骄虐之气，这不过是燕国强大后欲扩张领土的借口而已。我周室驾下的列国诸侯，相互之间攻杀不已，哪个不是为了扩大自己的地盘！正因为如此，邹人孟轲才说'春秋无义战'。春秋如此，现在的战国更是有过之而无不及。因此，臣弟的想法，既然都是相互之间攻杀，我们也不妨引入其他列国参与攻杀，来掣肘燕军，以达到解救我军的作用。"

箕煜知道弟弟与齐国君臣关系较好，刚才所说的要引入列国来掣肘燕军，也是说的齐国。但箕煜知道，眼下这种想法是不现实的。箕煜说："不可，我箕子朝鲜虽然与燕国来往很少，彼此并不太了解，但有两点本王认为弟卿所说不可。其一，苏秦、乐毅、秦开这一班贤臣非同小可，这三人个个都是列国臣子中最为杰出者。弟卿前几天不是还说那苏秦正在争取佩挂齐国相印吗！乐毅更是不可小看。这二人一个操弄燕国的外交，一个主持内政，使得燕国国势日益强大，现在就是让齐国去攻击燕国，恐怕齐国也是有心无胆了。其二，燕国已经大兵压境，现在去请齐国也来不及了。如果让秦开知道我们去请齐国帮忙，反倒会激起燕军攻伐我们的斗志和义愤，于我们眼下的处境多有不利呀。”

箕炜说：“那我们就到周天子那里去告状，让周王下召逼燕军撤退。”

箕煜摇摇头说：“周王朝现在的情况弟卿还不清楚吗，只不过是个傀儡和摆设而已，和他们说了也没用，还是自己的梦自己圆吧。”

箕炜听了，摇摇头，再不说话了。

箕炜是宰辅国务的上卿，平日敢说好说，但经常谋事不周，被箕煜所否定。他不说话，其他大臣又不好说。因此，箕煜见其他大臣不说话，便开始点名，要其他大臣发言。他先对大将军姜齐和将军山虎说：“二位将军说说看。”

姜齐说：“燕军来势凶猛，秦开又是刚战胜东胡，但我箕氏朝鲜也不是好欺负的，臣的意见很简单，就是和燕军决一死战。”

山虎说：“臣和大将军一样，决心与燕军决一死战，望大王速速发兵，臣愿当先锋。”

箕煜听了两位将军的话，感到很欣慰，颖雉占卜结果的影响似乎淡化了一些。他看了看三位大夫说：“三位大夫有何意见，请赐教。”

三位大夫除中大夫颖雉外，其余二位，一位是老臣上大夫箕礼，就是当年劝阻箕诩不要惹燕国的那位。他是箕煜的叔父，做事稳重，谋事周全，但由于经常给箕煜提意见，因此箕煜既不太喜欢他，又似乎离不开他。另一位是下大夫奢常，是不久前被任为下大夫职务的。箕煜说完后，颖雉摇了摇头，表示不想说什么了。奢常一看，连忙说：“那微臣先说，老大夫最后指正吧。”然后他接着说，“微臣的意见也很简单，我们派个人去见见秦开，看看燕军到底要干什么，能谈判就谈判让他们退兵，不能谈判再说。”

所有大臣只剩下箕礼没说话了，他见众人说了好几种意见，便叹了口气说：“老臣认为，燕军此次前来征讨于我，是蓄谋已久的事了，且既能前来，必定在内政外交已做了充分准备后才来的。因此，老臣的意见，我们既不能轻敌，更不能胆怯，而应谨慎应战，力争将燕军拒之于外，时间长了，燕军自会被逼退兵。”

箕煜说：“老爱卿的意思是不让燕军过辽水？”

箕礼说：“正是，如果我们将辽水作为一道天然屏障，守住辽水，不让燕军过河，时间长了，燕军便会自感无趣而退兵。且辽水深而宽，易守难渡，守住不让燕军过河还是很容易的。只是我军应速速结集到辽水之滨，否则河面冻冰后再调军就晚了。”

箕煜看众臣时，众臣都点头赞成箕礼的意见。箕煜说：“好，那就按箕礼老爱卿的意见，速速调集五万大军，集结于辽水沿岸，阻挡燕军过河。五万大军到齐后，姜齐、山虎两位爱卿要与辽水诸守将、战将及司马等人快速调度，使之合理分布于辽水之岸，且要便于调动，有利于救应。”姜齐、山虎领命。

箕煜又说：“箕礼老爱卿说得对，燕军前来征讨，是蓄谋已久的事了，必是做了充分准备后才来的，因此我们君臣都必须重视。本王决定，与众卿一起，亲往辽水岸边抵挡燕军，众位爱卿除上卿在平壤城镇守外，其他人都随本王前往辽水之滨督战，如何？”众臣都点头答应。

当下姜齐、山虎一齐行动，往辽水调动大军。很快，五万大军调动安排完毕。在大军一齐往辽水集结时，箕煜率众臣也启程前往辽水。

到了辽水之滨，箕煜见辽水只是河边开始上冻，河中央尚未封冻，连连说道：“谢天谢地，看来燕军很难越过辽水啦！”遂令大军沿辽水扎营，五万大军的营寨绵延上百里。

且说秦开率燕军在距辽水三十里处安营扎寨后，一直在等待着辽水结冰情况。这日，军士向秦开报告说，辽水已开始结冰，此后每一天，军士都说冰面越来越向河中央扩展，很快就会全部封冻。可这一天，军士们报告说，辽水对岸扎下许多营寨，看来朝鲜大军已到辽河对岸驻扎了。

鹿毛寿说：“秦将军，您太过仁慈了，当初根本就不应该给朝鲜国君下战书，现在他们大军守住辽水，我军再想过河，已是很难了。”

秦开笑道：“先锋放心，这一点本将军岂能料想不到！待辽水封冻后，我自有破敌之策。”

这日，军士又来报告，说辽水已全部封冻，而且河中央已经冻实，在冰面上跑马，已无危险。

秦开召鹿毛寿、牧羊、陈奈三人议事。秦开说："以三位之见，如果军营夜间突然着火，一般情况下，会不会将帐中的军士烧死？"

鹿毛寿和牧羊听了都不解地问道，将军为什么突然问起这件事情来了？陈奈脑瓜快，他对秦开说："将军要在不暗伤人的情况下，放火烧箕军营帐，然后趁其乱时过河，是吗？"

秦开点头说："正是，本将军不愿用偷袭暗算一类的手法去攻击对方，但又怕直接进攻遭到朝鲜军的箭矢攻击，造成我军的伤亡，因此不得已想出了放火烧营，分散朝鲜军精力，以便趁机过河的下策。"

鹿毛寿说："将军不必那么仁慈，更不必顾虑箕军的箭矢伤人，只要将军一声令下，末将会第一个冲到辽水对岸，什么箭矢都挡不住末将。"

秦开笑道："箭矢不长眼，防不胜防，且将军一人能防箭矢，我军将士无法个个都能防箭矢，还是要有个万全之策为好。"鹿毛寿点头。

秦开说："我等从现在开始准备，三日夜大军过辽水，发动对朝鲜军的进攻。"说完，他又低声向三人交代了具体任务。鹿毛寿、牧羊、陈奈一齐说："将军放心吧，保证不出差错。"

三人刚要起身，秦开又说："让军士们再好好检查一下各自坐骑，看四蹄的马掌钉是否钉牢，以确保在冰上驰骋的顺畅和安全。"三位将军齐声遵命。

这日晚饭后，秦开留下陈奈、向羊二人及两千军士作为后勤辎重押运随后慢行，其余四万八千大军悄悄潜至辽水边，等候对岸的信号。

鹿毛寿和怡仙兄妹二人率三千军士，隐蔽在靠辽水最近的地方，以便届时以最快的速度踏上冰面。牧羊率三百军士，每人手拎着一个织布包袱，包袱里面装满了柴木烧后的炭灰，准备一会儿撒在冰面上，以便减轻冰面的湿滑程度。

突然，秦开见对面一个地方出现火光，而且火光的范围迅速加大，一会便连成一线。秦开知道，这是偷偷潜入对面箕军营帐放火的燕军军士得手了，数十座箕军营帐被一起放火点燃。秦开将手中大钺一扬，喊了一声："上马，冲！"然后跨上千里马，率先向辽水冰面冲去。鹿毛寿和怡仙兄妹，几乎与秦开一起踏上冰面，向对岸驰去。牧羊率领的那三千撒炭灰的军士也不落后，跟在秦开和鹿毛寿兄妹的后面也踏上冰面。因为所有战马的马蹄上都钉上了蹄钉，所以马蹄踏上冰面如履平地，并不打滑。经撒过炭灰的冰面，则更加保险，战马踏上去后一点儿滑感没有。

秦开、鹿氏兄妹和牧羊冲到冰面上后，后面的军士也顺着宽宽的灰印向前冲去。

且说箕煜率领文武群臣，在辽水岸边扎下营帐后，开始很紧张而用心，天天出帐观察对岸情况。可眼见得水面全部封冻后，还不见燕军有何动静，加之天气日益见冷，便很少亲自出帐察看对岸动静了，只是令两千弓箭手守护水岸，并令几位辽东司马巡察情况。几位司马白天巡察完后，晚上也入帐睡起大觉来。

这日，箕煜刚刚入睡，突然被急促的喊声吵醒。箕煜起身看时，见几个侍卫正在他的身边护着。箕煜忙问是怎么回事，一个侍卫报告说，北面一个营帐起火，火势正顺着风向朝这边蔓延过来。箕煜听了大惊，连忙披上棉丝袍向帐外跑去。一边跑，一边命令道："快去看看怎么回事，让军士们都起来！"箕煜刚跑到帐外，迎面看到老臣箕礼急步而来。没等箕煜说话，箕礼说："大王，怕是有情况，让军士们一面救火，一面防备燕军偷袭。"

箕煜听了，正在迟疑时，忽听远处传来马蹄声，那马蹄声虽然嘈杂，但却又十分清脆。箕煜朝辽水一看，只见冰面上无数人马杀了过来，只觉得一瞬间，冰面上的人马便来到了面前。箕煜此时已经明白，这是燕军为了突然袭击而在朝鲜军营放的火。他一面上马，一面大声喊着："传令放箭，快放箭！"说着，拍马向东一直驰去。

此时朝鲜军营乱成一团，有救火的，有上马逃生的，也有看到燕军来袭而拈弓搭箭的。可随着燕军来到朝鲜军营，朝鲜军陆续上马逃生，那些弓箭手见状，也弃弓丢箭，向东逃去了。

秦开下令，先不往内地追赶，而是迅速占领辽水东岸，驱走箕军。燕军立即分成鹿氏兄妹一队，牧羊一队，向辽水东岸南北两个方向冲去。秦开与孙擒虎、李虎等人骑在马上观望情况，哪有需要便向哪救援。

好在秦开早有将令，不准军士们随意杀戮，因此，燕国只顾做出杀气腾腾之状，那些措手不及的箕军见状，只好拼命逃窜，向内地逃去。

且说箕子朝鲜将军姜齐、山虎二人听到营帐起火的消息后，知道必是燕军所为，正要下令抵抗，却早被燕军冲散。姜齐、山虎从各自方向一齐向箕煜营帐奔来，恰巧遇到辽水守将子辛和辽东战将奇据，保护着箕礼向外突围，二人听说箕煜已逃走，便保护着箕礼，与子辛、奇据等人一齐向东面突围而去。

两军相互较量了一个多时辰，除有少数箕军激烈反抗被斩杀外，相互格杀的场面并不多。在燕军的驱赶下，箕军节节败退，直退至辽水以东三十里。秦开见辽水东岸已被燕军控制，下令收兵，不再驱赶。此时，陈奈已率三千人马押运着辎重，来到水东与大军汇合。秦开大喜，一面与众将布置防御，防止箕煜镇静后再回头杀过来，一面在箕军弃帐之地安营扎寨，让军士和战马歇息，准备迎接更大的争战。

且说箕煜单人匹马向东一直驰奔了五十里后，见并无人追赶，便立马在旷野中向西张望。望了许久，也无一点儿动静，箕煜又拍马向西迎去。走了一会儿才见姜齐、山虎、子辛、奇据等人护着箕礼向东驰来。众臣见到箕煜后，连忙下马请罪。箕煜对众人说："都起来吧，这次失利与众卿无关，只是不知道我军有多大损失！"

姜齐说："燕国趁着我军营着火，便大举进攻过来，使我军一时乱了阵脚。现在我们已经缓了过来，臣与几位将军再杀回去，很可能杀燕军一个措手不及。"

箕煜对箕礼说："老爱卿以为如何？"

箕礼说："恕老臣直言，秦开是个精通战法的大将，他趁我们不注意将我们冲散，不可能不防备我们有可能返身杀回去的做法，老臣猜想，如果我们此时杀回去，一定再中秦开之计，轻则再被驱赶，重则损兵折将。"

箕煜听了，点点头对姜齐、山虎说："老爱卿言之有理，今夜我们不要再和燕军争高低了，尽快将人马收拢起来，来日再和秦开见高低。"

姜齐让山虎、子辛保护箕煜、箕礼君臣，自己与奇据带着一些军士向前寻找大队人马去了。众人走了一会儿，迎面看到中大夫颖雉，下大夫奢常，还有几位辽东司马，带着数万箕军赶了过来。三羊向姜齐说："燕军虽然勇猛，但并不下手杀人，只是意在驱赶我们，所以，除少数剧烈反抗被杀外，燕军并未杀我军士。"

众人说话间，又有一些朝鲜军赶过来。姜齐让军士们清点箕军人数，见箕军几乎没有折损。因为离箕煜立等之地不远，姜齐让奇据前往报告箕煜，请示下步行动方案。奇据应了一声，拍马而去。

不足半个时辰，箕煜率众人来到姜齐及大军之中。箕煜见朝鲜军并无多少折损，连声庆幸。

箕煜与众臣商议了一阵，决定到离此不远的辽水守将营暂时歇息，然后再视情况与燕军对抗。

且说秦开率大军在辽水东岸扎寨歇息了一天后，第二天召众将议事。秦开对众将说："原来只听说箕军骄虐，还以为箕军多么凶悍，原来并不像我们想象那样。如今我大军已占据辽水，进退已无顾虑，本将军意见，这几日便与箕军列阵交战，以决胜负，诸位以为如何？"

鹿毛寿说："好哇，末将这个先锋官前日只是过河冲在前面，没起到先锋作用。如今两军列阵交战，可要显示一下先锋官的威风啦！"

怡仙说："是啊，末将出征前也想冲锋陷阵，好好攻杀一番，最好阵前捉两个箕军战将，也算不枉在秦开将军手下为将一场。"

其他众将也都跃跃欲试，表示愿打头阵。

秦开说："前日我军是在纵火烧营的情况下突袭越河，打了箕军一个措手不及，为的是胜利过河，占据有利地形。箕军将领武艺如何，我们尚不得而知，虽然看似并不像想象那样凶悍，但诸位将军切不可轻视，来日两军阵前交锋，务求得胜，以便进一步挫其锐气。"众将应诺。

秦开很快找到了撤退后的箕军大本营，并与其约定了两军阵前交锋时间。

按照双方约定，两边各出两万大军，列成阵势，准备两军战将比试武艺。

两军各自三通鼓毕，双方将领都来到阵前。秦开手执大钺，催动战马先来到两军阵前。接着，鹿毛寿、怡仙、牧羊、王信、孙擒虎、宫宇、华云、田夏、李虎等一班战将，都来到阵前，并在秦开两侧一字摆开。

只见有一人在几位战将的簇拥下来到箕军阵前，那人的身后，一个壮汉手擎着一面杏黄大旗，旗上绣着一个大大的"王"字。秦开知道，黄旗之下的那人，一定是箕煜。两边排列的几位，除了武将，还有文官打扮的大臣。

秦开拍马向前走了几步后勒马说道："我乃燕国将军秦开是也。前番本将已给阁下传书，声明待越辽水，即为开战。今我大军已入朝鲜之境，我们先从两军战将比试武艺开始论胜负，如何？"

只见箕子朝鲜军阵前杏黄旗下的那人出马向前说道："本王乃朝鲜国王是也。朝鲜与燕国来往虽然很少，但我们都是周天子驾下的臣子，都是一样的侯国。将军声称我朝鲜侯僭越称王，但我朝鲜侯称王在后，而燕国侯称王在前，说我朝鲜侯僭越，难道你燕国侯称王就不是僭越吗！说我箕氏朝鲜骄虐，但我们毕竟没打进你燕国。而你燕国不骄虐，却大兵压境，突袭了我辽水防线，真是岂有此理！今你燕军既已入侵，将军说怎么比试就怎么比试好了，本王的臣将定当奉陪！"

秦开回头说道："哪位将军先出战？"

李虎大吼一声，挺长戟率先冲出阵前，大叫道："我乃燕国征讨大军战将李虎是也，谁来与我比试？"

只见朝鲜军内一员战将持长矛来到李虎面前说："辽水守将子辛与你比试！"说着长矛直向李虎的咽喉刺去。

李虎用戟将长矛拨开，然后回戟向子辛刺去。二将一来一往，战至三十回合，子辛渐渐有些力乏起来。

朝鲜将军山虎一看，连忙挺长矛来替子辛，他大喊了一声："本将军山虎，看看我们二虎谁强谁弱！"

李虎也不答话，挺起大戟劈头就朝山虎抡过去，山虎低头躲过长戟，回身也将长矛抡了过来，二人戟去矛来，战在一起。

战至三十回合时，只见女将怡仙催动桃花马，手持窄叶矛，来到二人近前。怡仙喊道："李虎将军，你且少歇，让本将与他比试一下，看谁的矛更厉害！"李虎见怡仙来替他，拨马收戟，回归本阵去了。

山虎见来了一位美如天仙的女将，连忙用矛逼住怡仙说："何方女将，报上名姓再战。"

怡仙用她那金玉般的嗓音大声说道："本将乃王封征讨朝鲜先锋官驾下战将鹿怡仙是也！"说着，抖动又尖又长的窄叶矛，直向山虎的门面刺去。山虎不敢怠慢，连忙用矛将怡仙的矛拨开，二人矛矛相扣，马马相随，大战五十回合，不见胜负。

突然，怡仙拨马而走，山虎以为怡仙已经战败，便连忙催马追赶。可刚跑出去几步，突然见怡仙转身抛过一物，不等看清，自己的脖子便被套住，然后一下子被那物拉于马下。原来这正是怡仙的秘密武器牛筋套索。怡仙故意与他多战了些回合，以便麻痹山虎。

怡仙将山虎套于马下后，燕军阵内的军士早已来到山虎的跟前，怡仙用矛指着山虎对军士说：“绑了！”军士熟练地将山虎绑了起来，押回燕军阵中。

朝鲜军内大将军姜齐一看，大喊道：“姜齐来也！”喊罢，挺长戟来战怡仙。鹿毛寿看了，也大吼一声：“鹿毛寿来也！”拍狮子骢上前，抡动虎头钺，直向姜齐劈来。姜齐连忙举大戟相迎，二人戟钺相磕，乒乓作响，战至三十回合，不分胜负。鹿毛寿心想，这个姜齐不愧为箕氏朝鲜的大将军，武艺果真不凡，不用绝活，看来难以取胜。想到这里，鹿毛寿回身便走，要用身背钺来胜姜齐。姜齐一看，心想刚才山虎已经吃了你妹子的亏，我岂能再吃你鹿毛寿的亏。他将马勒住，不去追赶。鹿毛寿见了，只好回马再战，二人又战了三十回合，还是不分胜负。秦开见了，令军士鸣金收军，并与朝鲜王箕煜约定，明日再战。将山虎押回燕营看管。

回到营寨，鹿毛寿对秦开说：“姜齐的戟法不俗，看来末将难以胜他，明日还是牧羊司马或将军亲自上阵赢他吧。”

牧羊说：“末将与鹿毛寿将军的武艺伯仲之间，先锋官既赢不了他，末将也难以赢他，还是将军直接胜他去吧。”

秦开说：“今日怡仙将军捉住山虎后，朝鲜的战将们都学乖了，鹿毛寿将军的身背钺用不上，本将军的‘苏秦背剑’也难以用上。”

鹿毛寿、牧羊听了，都为难起来。正在此时，怡仙推门走进秦开的大帐。她看了看三位将军说：“末将今日虽然擒住了山虎，但为诸位将军打败姜齐设置了障碍，秦将军的苏秦背剑和兄长的身背钺，都需佯败逃走，让对方在后面追赶，这样才能得手。如今箕将一看我们败走便不去追赶，这让我们这些手段都已无用。刚才末将在营中想起，当年末将的师傅五行仙姑教我练武时，曾向末将提过一招叫作‘水中淘金’的绝式，末将刚才回忆了一下，似乎还能演示出这个架势来。末将今夜好好演练一番，明日上阵与姜齐施演一下如何？”

鹿毛寿摇摇头说：“我妹虽有巧技，但终究气力不行，二十个回合如施不成巧技，很有可能反被姜齐所败。”

秦开说：“二十回合之内将水中淘金绝式使出来，怡仙将军有把握否？”

怡仙点点头说：“让末将明日在两军阵前试上一试吧。”

牧羊说：“怡仙将军只管放心，明日本将随时做好准备，一有需要，本将会立即冲上前去。”

当天晚上，怡仙在营帐反复演练那招水中淘金的绝式，一直练至子时方才入睡。

按照约定，第二天双方继续由两军将领比试武艺。朝鲜军大将军姜齐武艺最高，昨日与鹿毛寿比试未见高低，因此今日继续出战。双方擂鼓完毕，姜齐率先拍马来到阵前，等待鹿毛寿出战。可鹿毛寿立在阵前没动，却见怡仙催马来到他的面前。姜齐一看，先是吃惊，既而暗暗思忖道，此女定是要重复昨日套索擒山虎的故事，我不会再上你的当，看我速速胜你再说。怡仙来到姜齐的马前，抬手施了一礼说：“大将军，今日小女子代家兄和你一战，出手吧。”姜齐听了，说声“承让”，便挺大戟直向怡仙刺来，怡仙用窄叶矛将大戟拨向一边，二人遂战在一起。

怡仙矛法精熟，不露半点破绽。尽管她的力气不如姜齐，但她尽量避免两人兵器相磕，因此，两人战至二十回合，并未分出高低。甚至姜齐隐隐感到，怡仙的矛法精熟程度在自己之上。想到这里，姜齐更不敢小觑怡仙，而是沉着地一戟一戟地与怡仙周旋。突然，姜齐发现怡仙似乎用力过猛而闪空了身子，便连忙挺戟朝怡仙刺来，可姜齐的动作已慢了半拍，只见怡仙身体侧挂在战马的一边，那柄窄叶矛早已横着朝姜齐的坐骑扫来，不等姜齐的长戟刺到怡仙面前，自己的战马早已摔倒在地，将姜齐重重跌在雪地上，大戟被扔出老远。此时姜齐才明白，刚才看到的怡仙似乎用力过猛而闪空了身子，原来是要施展这手水中淘金之技。

姜齐跌落马下后，坐在雪地上等待怡仙处置，可怡仙并未让军士们绑缚于他，而是说了声：“大将军受惊了，请上马回营，我们明日再战。”姜齐听了，从雪地上爬了起来，拉过刚刚从地上爬起来的战马，捡起大戟，向怡仙施了一礼，无精打采地回归本阵去了。

秦开对箕煜说道："我们的怡仙将军刚才说了，明日再战，今日暂且回营歇息。怎么样？如明日继续比试，便通知我军一声。"

箕煜刚才看得分明，姜齐被怡仙打落马下后，怡仙没有捉他，更没有杀他，而是友好地放了他。看到这种情况，箕煜哪里还敢再与燕将比试！因此，听了秦开的话后，且听秦开的话中，是让自己这个朝鲜王来决定明日是否继续比试，箕煜连忙回答道："好，明日究竟是否继续比试，本王派人通知秦将军。"说完，率大军回营去了。

箕煜回到营寨后，闷闷不乐。姜齐过来谢罪，箕煜说："这与大将军无关，本王是在盘算下步的事情。"

姜齐说："大王下步准备怎么办？"

箕煜说："投降！"

姜齐吃惊地问了一句："投降燕军？"

箕煜点了点头。

欲知后事，且看下回分解。

第二十三回 朝鲜王韬晦作假降 秦少勇巧施连环计

却说箕子朝鲜大将军姜齐被燕国女将怡仙用巧技打于马下后，箕子朝鲜君臣都闷闷不乐。回到营帐后，姜齐到箕煜帐中谢罪，检讨自己被燕将击于马下，造成朝鲜军全盘被动。箕煜倒是通情达理，安慰姜齐说这与他无关，自己闷闷不乐是在盘算下步的事情。姜齐问箕煜下步有何打算，箕煜却说要投降燕军。

姜齐吃惊地说："大王真要投降燕军？"

箕煜说："大将军传本王之命，让众卿前来议事，我们好好商议一番。"姜齐听了，出帐传达王命去了。箕煜追出门外说："让辽水守将等人也来。"

不一会儿，众臣相继来到箕煜的大帐。箕煜说："今日两军战将比试武艺，大将军被燕军那个美貌的女将击落马下，眼下我箕子朝鲜的战将中，已再无人能与燕将争锋，而秦开还等着我们回话，因此，本王想投降燕军，众卿以为如何？"

大将军姜齐因为已经听箕煜说出了投降的话，因此并未惊异。其他众臣除老臣箕礼外，听了箕煜的话后，一个个惊异万分，一下子都跪在地上，一边喊着"大王"，一边磕头。姜齐虽未惊异，但也跪在地上，泪眼汪汪地说："臣死罪，阵前失手，让大王对朝鲜军失去信心啦。"

箕礼坐在那里一动不动，且一言不发。姜齐说完话后，见箕礼无动于衷，便起身凑到箕礼身边说："上大夫，您是老臣，国之栋梁，王之肱股，您劝劝大王吧，不能轻易投降燕军哪！"

箕礼见姜齐说了这番话，便笑了笑说："大将军，大王的激将法你们都看不出来，别说你们不同意投降，就是你们要投降，大王也不会同意投降的。快说说你的主意吧，大王是在等待着你们的主意呢！"

箕礼这一番话，使跪倒在地的众臣一下子都站了起来，并一下子将目光投向箕煜。此时箕煜方慢慢地说道："是啊，本王在等待着你们的好主意呢！"

姜齐说："就算我们在将对将上输了，但在兵对兵上也未见得输给燕军，我朝鲜军士习惯山地战和雪战，而燕军极少山地战，更不会雪战，如果两军交战，我们未见得输给他们，因此，臣的意见，我们眼下可做出佯降的样子，待做好准备后，可对燕军发动一次突袭，争取一举打败燕军。"

几位辽水守将和辽东司马见大将军说了，都一致赞成姜齐的意见。中大夫颖雉没经过祝蓍问卜，不会轻易发表意见，因此他说："臣赞成暂时实施韬晦之计，假降燕军，待有足够时间后，尽快增兵选将，突袭燕军，一举打败燕军。"

箕煜看了看群臣，只剩下老臣箕礼没说话了，他欠了欠身子对箕礼说："老爱卿好好说说你的意见吧！"

箕礼点点头说："眼下两军将领之间的比试武艺，我们的确已经输给了燕军，但这不能代表我军已经输给了燕军。老臣的意见，眼下我们只能佯降燕国，以便为我们最终打败燕军争取充足的时间。但佯降后，有两件事必须想好办好，一是增兵选将问题，臣意大王要立即向全国下令，招募兵将，扩充军队，尽快形成我军对燕军兵力对比的绝对优势。从将领比试武艺看，燕将明显优于我们，因此，臣意大王要给各郡守下达命令，要求各郡都推荐一两名武艺高强的战将，然后再由大将军通过遴选选出对抗燕军的战将。臣还建议，对于那些遴选出来的武艺出众的战将，国王要予以重赏，甚至加官晋爵，以确保尽快选出需要的战将。二是既然向燕军投降，燕军很可能要求我们给他们让地盘，这一点大王要有足够的准备。"

箕煜听完众臣的话后，点点头说："几位爱卿说得都很好，正合本王之意。如此，我们立即去做这样几件事：其一，姜齐爱卿派人前往燕营，就说我箕子朝鲜已经认输，从明日起降附燕国，双方比试武艺不再举行。

其二，上大夫老爰卿代本王立即起草一道王令，让各郡在招募兵将的同时，各选出两名武艺出众的战将，推荐到大将军府，然后由大将军负责，从遴选出武艺高强的佼佼者中，选定对抗燕军的战将。为了不惊动燕军，这件事情要秘密进行，且时间要快，到来年春暖花开时，新募将士和遴选的战将，都要达到上阵交战的程度。其三，上大夫老爰卿代本王前往燕营与秦开谈判一次，如果秦开坚持要地盘，最多可在现有基础上再向内地让出一百里。”箕礼和姜齐一齐遵命。

且说秦开与朝鲜王在阵前约定了第二天的事情后，一直等到夜幕降临，才有军士报告，说箕子朝鲜军派军士前来送信。秦开听了，吩咐将那军士带来见他。不一会儿，只见一位朝鲜军士被带至秦开帐中，那军士参拜了秦开后，从怀中掏出一封羊皮书信，呈给了秦开。秦开展开羊皮书看时，只见上面写着：

燕军将军秦开阁下台鉴：

在下与箕子朝鲜国王，一致感激燕军不杀之恩。箕子朝鲜与燕国现虽毗邻，但两国之间少有来往，不知我之将领竟比贵军将领逊色如此，真令在下汗颜。今我君臣已经领略燕国将领之厉害，不愿再去以卵击石，故自明日始，箕子朝鲜降附燕国，明日双方比试武艺事宜，亦不再举行。另：山虎将军被羁押贵处，还望将军放还。不胜感激之至。

箕氏朝鲜大将军姜齐

秦开对一直在一边恭候着的朝鲜军士说：“回去告诉你们国君和大将军，燕军欢迎贵军降附，但不能一封书信了之，还需有具体行动，放还山虎将军亦是如此。”那军士听完后，说了声“小人记下了”，然后恭恭敬敬施了一礼，跟着燕军军士出帐去了。

那朝鲜军士走后，秦开立即召集众将议事。秦开将姜齐的羊皮书信让众将传看后说：“诸位对箕子朝鲜降附燕国之决定，有何看法？”

大多数人对箕子朝鲜大将军亲自写来投降书感到高兴，表示要痛饮一番，好好庆祝一下。陈奈说：“末将不否认朝鲜王的确想投降，以免朝鲜再受打击的意愿。但现在仅仅凭姜齐的一张降书，就相信箕子朝鲜投降于我的诚意，似乎还为时过早。末将的意思，不仅要听其言，更要观其行，看看他们表示投降后还有什么具体行动。”那些要痛饮祝贺的战将们听了陈奈的话，谁也不再说要庆祝了。

秦开对鹿毛寿和牧羊说：“两位将军以为如何？”

鹿毛寿说：“末将赞成司徒的意见，从箕子朝鲜当初拟在尊崇周室的幌子下进攻燕国可以看出，箕侯惯施说一套做一套之伎俩，我们不能不防。因此，可权且信之，继续观察其具体行动就是了。”牧羊表态，赞成鹿毛寿和陈奈的意见。

秦开说：“先锋官和司徒、司马三位将军的意见很好，本将也这么想。刚才，我已让送信的军士转告箕煜和姜齐，箕子朝鲜降附燕国，不能仅凭一张降书，还要有实际行动。本将军断定，近日朝鲜方面还会有动静，不管是真降还是假降，都会有所动作。本将军要说的是，朝鲜这种投降极有可能是假降，因为眼下双方刚刚经过初步的较量，虽然朝鲜方面失败，但尚未达到不降不行的地步。因此，各位将军要认真提防由于朝鲜军假降可能带来的种种危险，特别是偷袭、劫营一类事情的发生。此事牧羊和陈奈两位将军再具体布置一下。至于朝鲜军方面的动作，我们仔细观察其行动并随时应对就是啦。”牧羊和陈奈连声应命，其他众将也都表示遵命。

且说箕煜召集众臣商议完佯降燕军的情况后，中大夫颖雉回到自己的营中，立即点燃了一根蓍草，对箕煜拟实施的佯降进行祝蓍占卜，可颖雉仔细观察焚烧后的蓍草形状时，使他再次害怕起来。恰在这时，大将军姜齐和下大夫奢常一起走进他的营帐，颖雉知道二人的来意，他没有说话，而是摇了摇头。二人一看，也摇了摇头，一齐走出帐外。颖雉刚无精打采地躺在虎皮上，准备歇息一会儿，大将军姜齐又推门走了进来，对颖雉说：“大王和上大夫面前，不能说不吉利，明白吗！”颖雉呆呆望了姜齐一会儿，点了点头。

不一会儿，箕煜的侍臣来请颖雉，说有事相商，颖雉知道，这是箕煜让他去报告祝蓍占卜情况。颖雉向侍臣打了个手势，便跟着侍臣来到箕煜的大帐中。箕煜连忙问道：“爱卿占卜一下没有，卦象吉利吧？”

颖雉平生第一次说谎话，他连忙说："托大王的福，这次臣占卜时，卦象呈吉利之象。"

箕煜大喜道："好，爱卿速去告诉箕礼老爱卿，让他去与秦开谈判时，底气足一些。"颖雉应了一声，出帐向箕礼的营帐走去。

且说箕子朝鲜上大夫箕礼，按照箕煜在议事会上的要求，回到营帐后便代箕煜起草起要求各郡增兵选将的王令来。由于年事已高，且连日事务繁忙，箕礼刚写了几行字，便觉得有些犯困起来。他揉了揉双眼，又继续写了起来。突然，他见一个人推门走了进来，箕礼一边低头往羊皮上写字，一边连问两声来者是谁，但那人并不说话。箕礼连忙抬起头来看时，见那人头戴王冠，身穿王袍，在他的对面怒目注视着自己。箕礼看时，来者不是别人，乃是箕子朝鲜第三十六代侯、继燕国侯称王而称王的朝鲜先王箕诩。箕礼大惊，他连忙跪倒在地说："小臣不知大王驾到，有失迎迓，望乞恕罪！"

箕诩说："本王在任时，是你制止本王伐燕，又制止了燕国伐我，时至今日，本王不知这是件好事还是件坏事。如今燕国翅膀已硬，伐我灭我都已绰绰有余，好在燕国将军秦开，乃大仁大义之星降之于世，此人不会枉杀生灵，只是忠实于燕王开疆拓土而已。眼下，尔等欲行韬晦假降之举，本王得知后，冥灵难安，特前来告之于卿。卿乃当朝唯一明白之人，在行韬晦之计时，万不可自以为高于秦开而犯下大错，引来杀身灭国之灾。箕氏朝鲜兴七百年而强于东方，如今已走至尽头，你多我少，不足为怪，莫要以王土之争而坏了臣子的性命。切记！"

箕礼听了，急得哭道："大王定下欲行韬晦之计，待兵精将强之时，再突袭燕军，一举打败燕军。王命既出，小臣哪敢违背！但如实心实意做下去，肯定违背您的意愿。大王究竟让小臣怎么做呀！"箕礼一边说一边痛哭起来。

箕诩听了，不高兴地说："因为你我是同胞兄弟，因此本王归天时才将辅佐今王的责任嘱之于你，今日遇到大事，你竟这样踌躇彷徨，箕子朝鲜这不是要灭国吗！"说完，狠狠推了箕礼一把。

箕礼大叫一声，原来是梦幻一场。他连忙起身出帐，抓起一把雪，双手搓了搓，然后用冰冷的双手拍了拍脸，再回帐中继续起草王令。

王令秘密传往各郡后，箕礼又在帐中整整思考了两天，才按照箕煜的要求前往燕营与秦开谈判。

且说秦开与众将商议完应对箕子朝鲜的对策后，一面不断地观察着箕子朝鲜君臣和军队的动向，一面不停地商议着各种情况。这日，军士来报，说箕子朝鲜大臣、上大夫箕礼来见。秦开听说是箕礼来见，忙说有请，并亲自迎出帐外。

秦开看时，见箕礼童颜鹤发，精神矍铄，且彬彬有礼。双方相互施礼并互通姓名后，秦开请箕礼坐上座。箕礼连忙说："将军年盛但英武过人，且必功垂千古，老夫怎敢上座！"秦开听了，越发敬重箕礼。

双方寒暄过后，箕礼说："败国之臣，一来登门谢罪，二来请求将军退兵，还望将军纳言。"

秦开说："两军将领比武，贵军虽然输了，便似乎还不会到了投降的程度吧？"

箕礼听了秦开这句话，目光向秦开闪烁了一下，连忙说："将乃兵首，将不济兵何谈强，因此我王断然决定，降附贵军，息兵罢戈，以免战火长燃，祸及百姓。"

秦开说："既然言败，以何作为贵军败兵和我军退后之条件？"

箕礼说："我王允诺，箕氏朝鲜自辽水东岸向内地退兵百里，将所腾地盘割予燕国。"

秦开听了，也用犀利的目光看了一眼箕礼，然后说："好，就依夫子之言。双方何时交割贵军所腾地盘？"

箕礼说："如将军同意，我方明日便开始迁军移民，贵方何时接管，凭由将军定夺。"

秦开说："好，一言为定。"

箕礼听了，起身告辞而去。

箕礼走后，鹿毛寿、牧羊、陈奈等人来到秦开帐中，陈奈说："将军以为箕礼割让地盘的诚意可信否？"

秦开说："这位老夫子看上去精明而诚实，但本将军有一种感觉，朝鲜王多半是在施韬晦之计。因此，我们必须事事警惕，凡事都需谨慎，以免中了朝鲜王的计策。"

牧羊说："我军何时接管朝鲜所腾地盘？"

秦开说："箕老夫子说，他们明日便开始迁军移民，我意明日开始，我们派军士观察朝鲜军迁移的举动，然后择日接管进驻。"

牧羊说："末将来负责此事。"

秦开说："可多派些善于观察地势的军士，将百里地盘的山川河流和交通要道都绘制成图，与我们先前绘制的辽水之西的地图接上。"

牧羊说："这件事我与司徒共同做好就是。"

第二天，牧羊派出去的军士果然看到箕子朝鲜军队和百姓冒着大雪向内地迁徙。此时，已近大年，燕昭王和将军乐毅派来的慰问王差，恰在此时来到辽水。王差不仅押运到大量粮草，还从辽水西岸的燕国百姓中购得大量牛羊，也一同作为慰军之礼。秦开大喜，便挽留王差一同在此过年。王差欣然同意，还发动辽水西岸百姓越过辽水来慰问燕军。这些百姓中，有原来就居于此地的东胡族人，也有官府移民至此的中原人，他们和秦开及诸将相聚一起，其乐融融，燕军欢欢乐乐地过了个大年。

过了大年，秦开下令将五万燕军移驻朝鲜军迁移百里后的分界线附近，以进一步观察朝鲜军的下步动静。

且说箕煜与众大臣商定采取韬晦之策，假降燕军后，立即秘密在各郡大量招募兵将，同时在各郡选拔武艺高强的战将。从王令下达后不到两个月，各郡已招募兵将五万人，推荐选拔战将三十多人。情况报至大将军府后，姜齐根据箕煜的要求，一方面要求各郡守负责，立即对招募的兵将就地实施训练，等待集中与燕军作战，一方面将推荐选拔出来的战将，集中到辽水守将营，进一步遴选武艺超群者，以期战败燕军。

朝鲜军队自辽水向内地迁徙百里时，辽水守将营也一并迁到一个宽阔的山坳里。三十位战将集中到这里后，大将军姜齐亲自主持，君王和众大臣全部参加，开展遴选武艺超群的比武活动。为了将武艺高强者真正遴选出来，箕煜先与大臣们商议如何比试武艺，众人商议了半天，还是上大夫箕礼招法超群，提出了让君臣都接受的主意，即将三十人分成三队，每队经过两人相互比试逐步淘汰后，选出两位出众者，然后三队共六位出众者再经过相互比试，最后决出前三名。

经过整整三天的比试，最后终于选出了三位武艺高强的武将，他们是：链子铜锤刚立、双鞭鹰虎、双剑匕七。刚立身长八尺，虎背熊腰，声似狮吼，力能扛鼎。他那个链子铜锤呈立瓜状，重一百二十斤，链长五尺，舞起来时，旁人会觉得天旋地转，人若碰上，立即会粉身碎骨。鹰虎身高七尺，膀大腰圆，一对铜鞭各重五十斤，曾一鞭打断一棵百年松树。匕齐身材短小，但双剑神出鬼没，无人能靠近于他。他不会骑马，但奔跑如飞，脚步灵活。

看到三位高矮胖瘦不一的战将，箕煜大喜过望。他对众臣说：“听说秦开击东胡期间，东胡为了抵抗燕军，在各部落遴选战将，采取的方式和我们相似，看来箕礼老爱卿技高一筹啊！”

箕礼说：“听说燕王姬职当年选秦开质东胡，也是采取类似的遴选方法。”

箕煜说：“看来临阵选将也只有这种办法啦。”

姜齐说：“有了这几位猛将，我们再也不用怕秦开了，臣看过几天我们可以重新与燕将比试一次武艺，如果将他们打败了，让他们立即撤军回燕国，还要包赔我们的损失。”

箕煜摇了摇头说：“不能再与他们将对将地比试了。虽然我们遴选的这几位战将都很厉害，但是否能战过秦开本王心里还是没有底。况秦开文武双全，智谋过人，阵前比武究竟什么结果，难以预料。因此，战将比武我们再也不比了，下步我们还是按我等商议的想法，突袭燕军，以便一举打败燕军，将燕军从我们的地盘上赶出去，把让他们占走的地盘再夺回来。怎么样，大将军？”

姜齐为难地说：“好固然是好，但这么做似乎有些不太仁义吧！燕军要进攻我们时，都要下个战书，或与我们约定一下，我们违背规矩搞突然袭击，不是会被人笑话吗！”

箕煜说：“笑呵呵地侵略人家，和你说一声就来打人家，这就叫仁义呀！可别犯傻了，现在燕国把我们的地盘都抢走了，我们只要能把地盘再抢回来，管它用什么办法呢！”

姜齐听了，只好点了点头说：“臣听大王的。”

箕煜说：“好，大将军立即让各郡将新招募的兵将都拉到这里来，然后抓紧练习排兵布阵、突袭攻城，待时机成熟时，对燕军展开突袭，力争一举打败燕军。”

姜齐说：“臣立即按大王的训示办理。”

箕煜说：“爱卿将新招募的兵将和遴选的战将训练好了，我们再认真商议一次突袭燕军事宜。”姜齐点头领命。

且说秦开将燕军移驻至与朝鲜新划定的边界附近后，便派出多名军士，秘密潜入朝鲜境内打探情况。这些燕军身穿绵羊皮，躺在雪地里日夜监视朝鲜军营的情况，将朝鲜君臣行韬晦、暗地招募兵将、准备突袭燕军的情况看了个一清二楚。有个燕军还几次混入朝鲜军中，连新选三员战将都看得真真切切。

秦开得到朝鲜军拟突袭燕军的情况后，立即召集众将商议对策，以便早做准备。众将摩拳擦掌，跃跃欲试，都决心届时一举彻底制服箕子朝鲜。秦开对众将说：“果然不出我们所料，箕煜和他的臣子们降附于我，果真是个韬晦之计。数月以来，箕煜在朝鲜各郡招募了五万兵将，选择了数十名战将，特别是最后选定带头冲锋陷阵的这几员猛将，看有来些本事，我们不能小瞧，要认真对待。诸位要认真考虑对付他们的办法，待朝鲜军接近突袭行动时，我们再好好商议应对之策。”众将领命。

且说箕子朝鲜大将军姜齐，按照箕煜的要求，将五万新招募来的兵将，很快集中到了距燕军不远的一个隐蔽之处，姜齐与辽水守将、辽东司马等人，又紧张训练了一个多月。

箕煜自姜齐、山虎两位将军被燕将战败后，心里一直很恼火，也很着急。他每日在营帐除饮酒和观看歌姬表演歌舞外，多次与众大臣商议打败燕军的办法，但得到的好主意并不多。他也多次亲临雪地，观看新招募的兵将演练情况。因此，姜齐向他报告军士训练情况后，他立即点头说：“爱卿辛苦了，不但战将遴选得成功，新兵训练也很成功，本王也认为，这些新兵新将完全可以与老兵老将一道上阵，看来我们一举战胜燕军指日可待啦。”

姜齐说：“眼下辽东已经春暖花开，我们的将士已经整装待战，何时突袭燕军，大王尽快下令吧。”

箕煜说：“眼下虽然春暖花开，但树叶还没繁茂，爱卿传本王之令，让军士们和战将们做好准备，我们择日行动，突袭燕军。”

姜齐见箕煜不定袭击燕军时间，只好让军将们耐心等待。

且说秦开派出去的细作，每日都源源不断地向秦开报告箕子朝鲜方面的动静，秦开与众将也频频商议对策，不停地做着应对准备。

这日，细作向秦开报告，说朝鲜军整日在军营待命，似乎很快就要有什么行动了。秦开听了，点点头说："细致观察，有事速报！"那细作应声后去了。

秦开立即召集众将商定应对朝鲜军袭击事宜。秦开说："眼下已是枝叶繁茂时节，正是突袭敌方的好季节，今天又是初七，恰值月儿半圆之际。根据细作掌握的线索，本将军料定，朝鲜军梦寐已久突袭我军的日子，就在今夜。诸位迎击朝鲜军已经准备很长时间了，各自有何打算都说说，然后我们形成迎击方案。"

秦开说完后，众人都看着陈奈。陈奈说："将军向诸位布置准备事宜之后，众人想了很多办法，也说了许多想法，这些办法和想法渐渐都汇集到末将这里，诸位将领委托末将向将军一并报告。"

秦开听了笑道："好啊，兄长本来就是我们的军师嘛！"

陈奈说："首先，我们给朝鲜军来个空城计，将我五万大军全部撤出军营，让突袭我军的朝鲜军扑个空，使其乱了阵脚和方寸。紧接着，我们再给他来个瞒天过海，即在营外埋伏一些军士，主要是虚张声势，让朝鲜军误以为我大军就埋伏在附近，使其慌忙逃走，为我军伏击他们创造条件。再接下去，我们来个以逸待劳，在他们奔逃的途中埋伏下来并突然杀出，重创朝鲜军。最后，再来个顺手牵羊，即在朝鲜军自其大营出发前，我军先在其营帐附近埋伏下一支人马，待朝鲜军出发后，将其营帐及辎重全部劫走，断其后路。"

秦开听了哈哈大笑道："四计连环，真是好计啊，众位兄长真是都成了兵家啦。如此一来，朝鲜军不但不能一举打败我们，反而会被我们一举打败。"

陈奈说："如此说来，将军同意我等众人的意见啦？"

秦开说："总体同意，但本将军还要补充两点，其一，最后那个顺手牵羊之计，改为趁火打劫之计。在朝鲜军出发前埋伏我军一支人马不变，劫其辎重和营帐我们不要，改作待被我军伏击后的朝鲜军逃回营后，埋伏的人马再杀出，再重创他一次。”

李虎说：“将军这一手比我们要劫其营帐和辎重厉害多了，如此一来，朝鲜军岂不是要全军覆灭吗！”其他众将也都附和着。

秦开继续说：“所以我还要和诸位说第二点，这就是我一再说过的，我们尽量不要杀戮，能不伤人的尽量不伤人，以服其心志为主，实在不行，将其俘获也行，就是不要杀人。”

陈奈说：“我们不杀朝鲜军，可朝鲜军杀我们怎么办？”

秦开说：“尽量俘获他们，能不杀就别杀。”

陈奈说：“诸位，将军的命令，大家都要去执行啊！”

众将都不情愿地点头和答应着。

秦开说：“我们今夜迎击朝鲜军的方案，就按刚才司寇代表众将和本将军补充的那些去执行。兵力分配和带兵之将这样确定：在我营帐处埋伏虚张声势的人马三千人，带兵之将由孙擒虎和李虎二位将军担任。你们的任务就是在朝鲜军闯入我空空如也的军营后，虚张声势，具体可以通过擂鼓、呐喊，让朝鲜军觉得伏兵已杀回来了而仓皇逃命。两位听明白了吗？”孙擒虎、李虎连忙领命。

秦开接着说：“实施以逸待劳伏击朝鲜军这一步最重要，本将军令先锋鹿毛寿、战将怡仙、司马牧羊及田夏、华云五位将军，率三万人马在朝鲜军途经的路上设伏，待朝鲜军从我军营逃回自己的营帐时，适时杀出，力争打败朝鲜军，逼其投降。各位将军明白了吗？”鹿氏兄妹、牧羊、田夏、华云一齐领命。

秦开接着说：“趁火打劫这一步也很关键，本将军亲领一万人马，埋伏在朝鲜军营周围，待他们逃回营帐时，再重创他们一次。王信、向羊两位将军与本将军一道执行这一步。”王信、向羊二人领命。

秦开又说：“还剩下七千人马，由陈奈、宫宇两位将军率领，作为接应之用。二位可靠近孙擒虎、李虎二位将军埋伏，视情况一同实施虚张声势之计，但你二人重要的任务是将从空营惊吓而出的朝鲜军向以逸待劳的三万大军的埋伏圈里赶，防止他们从其他地方逃走。”陈奈、宫宇二人领命。

鹿毛寿说：“末将有个想法，还望将军考虑。”

秦开说："先锋请讲。"

鹿毛寿说："以逸待劳伏击这一仗大概最重要，也会最艰难，末将担心将军不在，我等几人难以制服朝鲜军新选的那几位战将。因此，还是期望将军能参加这一环节的战斗。"

秦开说："本将军曾想到这个事情，但原想今夜双方相逢将与将之间不会有太大的争战，既然先锋担心，那本将军就与牧羊将军互换一下就是。"

牧羊说："如果进展顺利，将军等还可率军追向朝鲜军营，在那里我等再合围他一次。"

秦开说："好，就这样确定，诸位将军尽快做好准备，待天一黑时，便立即进入埋伏地点。记住，要快速、隐蔽，不要惊动了对方。探马们要及时相互传递情况。"众将领命后，各自安排去了。

且说箕煜让大将军姜齐做好突袭燕军的准备后，又等了十多天，才最后下令突袭燕军。这日傍晚，箕煜召集众臣议事。箕煜说："我军十多天前已做好了突袭燕军的准备，但本王迟迟没发令，就是怕消息先传出去了被燕军知道，影响我们的大事。今日，天气晴好，夜晚，月儿半圆，正好是夜袭燕营的绝好时机，本王决定，今夜对燕军发动突袭。我十万大军除新旧大营各留一万人马守营外，其他八万人马分两路突袭燕营，酉时造饭，戌时出发，务使此次突袭置燕军于死地。众位爱卿还有何意见，请尽情发表。"

箕煜刚说完，只见中大夫颖雉哼了一声，便晕倒在地，不省人事。

箕煜狠狠跺了一下脚，甩袖而去。

欲知后事，且看下回分解。

第二十四回　下战书再战老虎岭　败阵势退守满番汗

却说箕煜看看突袭燕军的最佳时机已到，便召集众臣商议当夜袭击燕军事宜，务要通过这次突袭置燕军于死地。他自以为得计，将他的想法说完后，便要众臣发表意见。可他的话音刚落，中大夫颖雉便晕倒在地，不省人事。箕煜看了，狠狠地跺了一下脚，然后一甩袖子出帐去了。

帐内的大臣们慌了手脚，特别是大将军姜齐，不知道是应该先顾已不省人事的颖雉，还是去拉住箕煜。上大夫箕礼见状对姜齐使了个眼色，意思是让姜齐去把箕煜请回来，然后他弯下身子，不知是掐了颖雉的什么地方，那颖雉出了口长气，醒了过来。箕礼眼睛看着颖雉，轻轻地摇了一下头，颖雉立即明白了，并点了点头。

这时，姜齐也把站在帐外的箕煜请回帐中。颖雉看到箕煜，连忙说：“臣死罪，惊扰了大王，打断了议事。”

此时，箕煜情绪已稍稍稳定下来。他对颖雉说：“爱卿这是什么毛病啊？”

颖雉说：“天气回暖，帐中人多又闷，想必臣是感到身燥心热，一时竟昏厥过去，望大王恕罪。”

箕煜说：“就是因为这个，没有别的原因？”

颖雉说：“没有，真的没有。”

其实，箕煜和众臣都心知肚明，颖雉早不晕，晚不晕，偏偏在箕煜说完今夜突袭燕军而晕过去，分明是颖雉又占卜到了什么，只是谁也不愿意说。上大夫箕礼更是预感到朝鲜军的这次突袭前景不妙，但他还要维护箕煜的决定和威望，因此他示意颖雉不要去说占卜凶吉方面的事情。颖雉自上次被大将军姜齐嘱咐了一次后，也不愿意再说他占卜的情况，但他听说今夜要突袭燕军，便无法控制自己，终于晕了过去。

原来颖雉得知箕煜近日要突袭燕军，便祝蓍占卜突袭日期的凶吉，蓍草灰的形状告诉他，一连数日，都是凶卦，特别是今夜，日子最不好，而箕煜却偏偏选定了今夜。

箕煜听颖雉说他晕过去的原因不是因为占卜，脸上立即露出了笑容，他对颖雉说："既如此，爱卿如无意见，那就回帐歇息去吧。"颖雉听了，称谢了一声，然后起身出帐去了。

箕煜说："众位爱卿有何意见，尽快发表，然后大军该作突袭前的最后准备了。"

众臣谁也不说话，箕礼看了看众臣，又看了看箕煜，然后说："大王，突袭燕军必须是今夜吗？"

箕煜以不容商议的口气说："这不是爱卿们想的事情，这个日期是本王反复考虑才决定的。"箕礼听了，遂不再说话。

箕煜说："好，那就按计划行动，姜齐爱卿负责大军的统一指挥和调度，事后爱卿再与众将仔细商议一下，然后抓紧行动，本王在帐中等待着你们的好消息。"姜齐领命后出帐去了。箕礼最后一个走出箕煜的营帐，他在与箕煜迎面相对的那一刻，似乎要说什么，但他又立即止住了，只是木然微笑了一下，然后回自己营帐去了。

姜齐回到自己营帐，与链子铜锤刚立、双鞭鹰虎、双剑匕奇及辽水守将、辽东司马等人又详细商议了一阵，然后各自准备去了。

且说奉命埋伏在军营后面山坡上的孙擒虎、李虎二人，在天黑后便率三千军士埋伏到树丛中，众人等了约一个时辰，只见朝鲜军从南北两面，黑压压地包抄过来，孙擒虎和李虎在两棵大树杈上，借着月光仔细看时，朝鲜军足有数万，且后续人马还在源源不断地向前涌来。二虎立即传令，专等朝鲜军对燕军军营发起进攻后，便开始擂鼓呐喊。

此时，陈奈、宫宇两人率领的七千人马，也埋伏在燕军军营北面的山坡上，观察着朝鲜军的动向，以便策应三万伏兵伏击朝鲜军。

且说箕子朝鲜突袭燕军的八万大军，在大将军姜齐、战将刚立、鹰虎、匕奇等人的率领下，分两路云集到燕营东边的开阔地带，姜齐和刚立走在队伍的最前面。看看已有数万人马到达，姜齐和刚立看了看远处无数营帐组成的燕军营地，然后相互点了点头，将手中兵器一扬，拍马向燕营冲了过去。军士们见了，也紧跟着将军们冲向燕营。

姜齐和刚立冲在最前面，二人分别冲进一座燕军军营，可锤戟到处，却不见营中有一个燕军。姜齐见第一座军营无人。便先自慌了手脚，待又连续冲了两座军营还不见一个燕军时，姜齐不由地大喊道："我们中计了，快撤！"此时，刚立经历了与姜齐一样的情景，他的链子铜锤连续砸倒了几座燕营，也没见到一个燕军。听到姜齐快撤的喊声后，他也有些惊慌，连忙让军士们快撤。

那些正在向前冲杀的朝鲜军见袭击的是座空营，又见将军们惊慌地撤退，早已惊慌失措，呼呼啦啦转身就跑。后面正往前冲的军士们有的得知袭了空营，有的还不知怎么回事，因此前军往回一冲，立即乱了后面的阵脚。有的军士还以为燕军杀出营中。而此时，恰好燕营后面传来燕军的追杀声和擂鼓声。如此一来，朝鲜军大乱，自相践踏，甚至自相残杀者不计其数。孙擒虎和李虎一看，率领三千军士从山坡上冲下来，越过军营直向朝鲜军追去，一面追一面大声呐喊。朝鲜军见此情景，只是夺路奔逃。

且说埋伏在途中的秦开与鹿毛寿、怡仙等人，见朝鲜军漫山遍野地往回奔逃，于山冈之上静静地等候。看看朝鲜军已有多半人进入伏击圈，秦开与鹿毛寿将兵器一举，喊了一声："冲！"燕军立即像下山猛虎一般冲下山去。虽然秦开下令不准杀人，但此时谁能禁得了兵器伤人！燕军虽然将刺改为打，将砍改为拍，但仍免不了伤人伤马。没用多大一会儿，朝鲜军便人仰马翻，死伤无数。

姜齐见燕军从中途杀出，自料不是对手，打马狂奔，冲出一条血路，率先逃回营帐去了。

且说链子铜锤刚立虽然力大无穷，但毕竟第一次经历这样的战阵，他见燕军像猛虎一样冲下山来，便一面抵抗一面退却。他在退却中，恰遇并肩杀来的鹿毛寿兄妹，怡仙见一员猛将手持一个带链的立瓜铜锤，断定他就是细作们常说的朝鲜第一勇将刚立。只见怡仙抖动窄叶矛向刚立连刺数矛。刚立见月光下一位美貌的女将出现在面前，也断定她必是一个人战胜朝鲜两位将军的女将怡仙。刚立不敢怠慢，连续抡动链子锤，来战怡仙，怡仙知道刚立锤重，只好尽量躲着他的锤头。但接连有两次，怡仙的窄叶矛还是碰到了刚立的立瓜锤上，怡仙觉得那锤重似千钧，无法抵挡，只好退出圈子。鹿毛寿见妹妹战不赢刚立，大喝一声，抡大钺劈面砍来，但刚立抓住立瓜锤头，一下子便将鹿毛寿的大钺磕了出去，大钺险些脱手。鹿毛寿一看，也连忙退出与刚立交战的圈子。刚立一边抡锤开路，一边向外突围。

且说双鞭鹰虎在朝鲜军到达燕营时，是在后面才接近燕营的。姜齐和刚立掉头撤回后，鹰虎走在姜齐和刚立的前面。他正在撤离时，却被从北面山上冲下来的燕军拦住。鹰虎举起铜鞭，连伤无数名燕军，燕军纷纷躲向四边。突然，一支硕大的长铍向他劈面刺来，鹰虎凭着感觉，知道一定遇上了强手，他不敢怠慢，连忙用双鞭将大铍拨开，接着和那燕将战在一起。两人战了四五个回合，都已经感到了对方的厉害。还是燕将先开口问了鹰虎一句：“阁下莫不是新被遴选的猛将鹰虎吗？”鹰虎答道：“正是，阁下是哪位？”只听那将说：“本将乃燕国将军秦开是也！”

鹰虎一听是秦开，立即就有些胆惧起来。虽然武艺上鹰虎并不太逊色于秦开，但鹰虎这一段有关秦开的情况实在是听得太多了。在鹰虎的心中，秦开已是个战无不胜、无人匹敌的大将，是常人无法企及的智者。因此，听到对手是秦开，鹰虎立即鞭法乱了起来。又战了几个回合，鹰虎虚晃一鞭，拨马逃去。

秦开在埋伏地冲下山坡时，田夏、华云二将一起跟在秦开的左右，秦开与鹰虎大战时，二人商议了几句，然后让几位军士到一边等候擒拿鹰虎去了。鹰虎拨马逃去跑出几步，坐骑突然被绊马索绊倒。鹰虎跌落马下，两支铜鞭也扔出好远。只见立即走上来五六个燕军军士，手脚麻利地将鹰虎绑起来，然后将鹰虎的坐骑和双鞭捡起，押着鹰虎向燕营方向去了。

且说双剑匕奇在前军到达燕军空营的那一刻，立即觉察到突袭出了大问题，他快步如飞，很快跑到逃离大军的最前面。但在逃离中，他被树枝划伤了眼睛，已经无法再战。他只好找了个僻静的小山沟躲了起来，一直到第二天傍晚才偷偷回营。

秦开与鹿氏兄妹等指挥三万大军与朝鲜军混战了一个多时辰，看看朝鲜军没受伤的都已逃走，剩下的非死即伤，已经毫无战力可言。秦开让田夏、华云二人率一万军士，将负伤的朝鲜军士连背带扶，带回燕军军营，给他们疗伤。将少数战死的双方军士经过清点后先集中存放，来日择地安葬。然后，秦开和鹿氏兄妹率其他人马一边追赶朝鲜军，一边前往朝鲜军营，与牧羊继续合围朝鲜军。

刚走出去不远，陈奈和宫宇二人率所带七千人马从后面赶了上来。陈奈告诉秦开，他和宫宇率领的这部分人马，在防止了朝鲜军从其他地方逃走的任务完成后，又参加了合围朝鲜军的任务，军士们甚是勇敢，迫使了许多朝鲜军投降。刚才听说秦开已决定让田夏、华云二人负责朝鲜军伤残人员的照料，二人便将俘获的朝鲜军士交与田夏、华云二人后，率七千人赶往这里一同前往朝鲜军营，再次围歼朝鲜军。陈奈还告诉秦开，孙擒虎、李虎二人率三千人马完成虚张声势任务后，也参加了合围朝鲜军的战斗，刚才他二人已率军回营，帮助田夏、华云一道照料伤残朝鲜军士去了。

秦开听后大喜，将所有人马合为一处，快速赶往朝鲜军营，与牧羊一起再次合围朝鲜军去了。

且说刚立突出重围后，直奔自己的军营而去，回到军营，见大将军姜齐已回到军营。二人正在议论该如何向箕煜报告，其他战将和军士们纷纷逃回来。二人见已逃回四五万人，心里很是安慰。二人商议了如何向箕煜报告的事宜，又详细统计了一下逃回军营的人数，然后准备前往箕煜大帐去报告情况。

突然，只听帐外一声炮响，接着便是一片呐喊声。姜齐和刚立大惊，立即出营上马，向箕煜等人的营帐驰去。原来朝鲜军突袭燕军时，箕煜将各郡推荐的三十员战将，除去刚立、鹰虎、七奇三人后，全部留在身边保护自己。

此时，箕煜已经听说朝鲜军突袭燕军失利，他正要再派人前往了解情况，忽听帐外杀声迭起，不一会儿，姜齐、刚立二人进帐。二人简单述说了情况后，箕煜下令说："本王先撤离此地，你二人速率逃回来的人马抵挡追兵，决不能再有大的伤亡和损失！"说完，与其他大臣在二十多位战将的保护下，一直向东逃去了。

秦开与鹿氏兄妹、陈奈、宫宇等人，在会合了牧羊、王信、向羊三位战将后，一齐向刚刚逃回军营、惊魂未定的朝鲜军发起攻击。那些朝鲜军士奔波了一夜，已经人困马乏，正待解衣卸甲好好睡上一觉时，却不防燕军再次袭来，顿时吓得面如土色。一些军士仓促上马，或应战，或逃走，还有一些军士已经领教燕军不轻易杀人，干脆坐在营帐不动，等待着燕军俘获他们。

姜齐和刚立被箕煜催回来抵抗燕军，二人慌忙上前抵挡时，却见许多朝鲜军士并未出营。姜齐向身后几个军士喊了几声，让他们到各营呼喊军士出营迎战。这时，秦开和各位战将已陆续杀到军营中间，许多朝鲜军士都被打倒在地，不停地呻吟着。姜齐大声呼喊着让那些倒在地上的军士起来逃走，可谁都无动于衷。姜齐一看，拨马向营南方向杀去，以期从南部突围出去。

刚立和姜齐在一起冲杀了一会儿，但很快就被冲散。刚立见姜齐在很远的地方正向南冲杀，便也拨转马头向南杀去。刚向前冲杀了一会儿，忽见一员大将，手执青铜铍，坐下千里马，如入无人之境，杀至自己面前，并直向自己杀来。刚立一看，立即断定，这就是燕国将军秦开。一面想，一面便将链子锤抛了过去。秦开在杀向前方时，抬头见眼前之将身高马大，凶猛异常，又是手使链子锤，料定一定是传说的那位猛将刚立。秦开见刚立的大锤先砸了过来，便用力用铍挡了一下，只这一下，将秦开的手也震得发麻。秦开大喊了声："好！"然后将铍抽回来，快速连续向刚立的脸、胸和腹部刺了三下。刚立从未见过有人速度这样快连续出手，吓得他两手握住立瓜锤的两头，连连挡了三下。可秦开刺完这三铍后，又接着向刚立的左臂、前胸、右臂三点一钱，连续刺来三铍，刚立慌忙将双手横立，用立瓜锤挡过了三下。这三下挡过去后，刚立的汗立即冒上了头顶。他一想，论力气，大概秦开不如自己，但论武艺，特别是论进攻快慢，自己根本毫无便宜可占，想到这，他虚晃一锤，拍马向前驰去。秦开也不追赶，继续用大铍驱赶朝鲜军，并呼喊着让朝鲜军弃械归降。

秦开与众将带领燕军合围了约半个时辰，除将能逃的朝鲜军驱走以外，将其他不能走、不愿走的朝鲜军士，全部收降归附了燕军。秦开与众将将这些朝鲜军连扶带背，带回了燕营。回到燕营后，秦开让众将一齐统计几次一共俘获的朝鲜军数量，众将向秦开报告说，俘获的朝鲜军共有三万多人。秦开吩咐众将说："让我军军士们像对待兄弟一样，去照顾关怀朝鲜军士，等他们养好伤恢复好身体后，我们将他们放回去。"众将看了看秦开，还是同意地点了点头。

且说箕煜偕同大臣在二十几位战将的保护下，一口气奔逃了五十多里，才在一条河边停了下来。箕煜令两个军士沿着奔逃的来路往回察看是否有燕军追赶，那两个军士去了约一个时辰，然后回来向箕煜报告说，燕军并不曾追赶。箕煜令众将在河边暂歇，等待姜齐、刚立及所率大军的消息。

又等了约两个时辰，只见姜齐和刚立，率领着数万疲惫不堪并情绪低落的朝鲜军士赶来。原来姜齐从营南冲杀出来以后，见后面燕军喊声震天，遂不敢再回去救援朝鲜军，但又不敢去追赶箕煜，只好在一个高岗处偷偷观看两军混战情况，期望更多的朝鲜军也像他一样逃走。

刚立与秦开相逢并交手后，也很快冲出两军混战之地，并与姜齐相遇。二人商议了几句，又一同返回交战之地，命令朝鲜军撤退，朝鲜军见主将招呼撤退，便一个跟一个地撤离了交战之地。姜齐和刚立见秦开已得胜离开，这才率军士们追赶箕煜。

箕煜问了问战败情况，姜齐不敢如实细说，只是说秦开等燕将燕军太厉害，加之朝鲜军过于疲劳，因此再次被燕军打败。刚立也说秦开武艺太高强，连他也无法抵挡。

箕煜听了姜齐的话后，没有去细究战败情况及朝鲜军士的损失情况，而是说道："如此说来，我朝鲜军大营的营帐还在，秦开并没有拿走？"姜齐和刚立相互看了看，然后一齐点了点头。

箕煜说："这里远离城邑，我等也不能住在露天地上，众位爱卿再辛苦一下，回去将营帐拆运过来，以便我们安下身来，考虑下步事情。"姜齐答应了一声，传令让一万名军士跟他前往。姜齐临出发前，上大夫箕礼说："大将军别忘了派探马好好探听一下秦开得胜后的举动，以免我们更加被动。"姜齐应了一声，带领一万名军士搬运营帐去了。

姜齐率搬运营帐的军士们到达朝鲜军原驻地后，已是酉末戌初之时，恰好匕奇捂着被划伤的眼睛来到营中，二人相见，既显尴尬，又各自庆幸。第二天一早，姜齐下令军士们拆装营帐，然后带着匕奇一同回到箕煜等候的河谷之地。

箕煜刚住进新搭设好的营帐里，姜齐来报，说探马报告说，秦开得胜回营后，一方面犒赏燕军军士，一方面安抚被俘的朝鲜军士，秦开与众将亲往营中走访安慰朝鲜军士，给他们送医送药，关怀备至。箕煜听了，一句话不说，良久，箕煜又问了一句：“本王关心的是秦开是否还会进攻我们，有关这些，可有动静？”姜齐摇了摇头。

箕煜又沉默了半天，然后说：“大将军还要好好想想我们下一步的事情，等军士们安稳几日后，我们需好好商议一下。”姜齐答应了一声后，退出了箕煜的大帐。

且说秦开率众将巧施连环计，以少胜多，不仅挫败了朝鲜军企图通过突袭一举打败燕军的打算，还俘获和收拢了三万多朝鲜军。在秦开的带动和示范下，燕军很快从心理上征服了三万多朝鲜军士，许多朝鲜军士与燕军军士结拜为兄弟。秦开还帮助许多朝鲜军士将父母妻兄等家眷迁到燕营附近安家落户，这些军士的眷属感激秦开的仁德，家家饲养大量禽畜，经常杀牛宰羊慰劳燕军。

燕军俘获朝鲜将军山虎后，一直优待于他。战将双鞭鹰虎被俘后，秦开与众将经常去看探望他，给他讲述当年在中原拜访诸子名流的情况，还给他和山虎讲述征讨东胡的故事。在秦开及众将与二人的来往中，山虎与鹰虎彼此之间也很快成为好友。应山虎的要求，怡仙还将她的绝技“水中淘金”教给了山虎。山虎自此称怡仙为仙姑，并还学着怡仙的样子，自制了牛筋套索并经常演练。

这日，山虎对秦开说：“如今敌人已退居数十里开外，将军何不随之将营寨向前推进，以便早日逼降朝鲜侯国。”

秦开说：“本将军也有此意，只是考虑许多朝鲜军士的眷属有的刚刚在此落脚，有的则正在前往此地，才没有行动。”

山虎说：“将军真乃仁德之将，但如将大军分作两部，一部在此驻扎，一部向前推进，有何不可。”

秦开说：“将军言之甚善，来日本将军便与众将商议，将大军之一部推至朝鲜大营附近驻扎。”

过了几天，秦开与众将商议，留下牧羊、王信、孙擒虎、向羊四人及两万人马，继续陪归附燕国的朝鲜军士及眷属驻扎原地，他与鹿氏兄妹、陈奈、宫宇、华云、田夏、李虎率其他大军，驻扎到离箕煜大营十里之外的西山脚下。鹰虎和山虎此时已与秦开及众将亲如兄弟，不愿与秦开等人分离，也一同随秦开驻往新址。

且说箕煜得知秦开率大军驻扎于自己大营十里之外，不免甚为惊慌，他令将士们连夜拔寨，将大营迁至河东岸，并令一万军士在河中筑起高坝，将水拦成又深又宽的河堑，以阻挡燕军进攻。

两军相持到秋季，这日秦开召集众将议事。秦开对众将说："我军自渡辽水以来，占领了箕子朝鲜侯国大片疆土，朝鲜已失去了辽水以东近二百里之地，但本将军认为还不是我们的理想结果，诸位有何看法和见教？"

鹿毛寿说："燕王雄心勃勃，一为报先王之仇，二为振兴燕祚，称雄列国，眼下东胡退却千里，但燕国的地盘在列国中仍不算大，以末将之见，箕子朝鲜所据有的辽东之地，我们应都拿到手才是。"

牧羊说："燕王招贤纳士，敬德爱才，是个少有的好王，他的开疆拓土宏愿，咱们当臣子的一定要竭力去实现。因此，末将同意鹿大夫的意见，我们应把辽东之地都纳入我燕国的版图。"

秦开看了看他的一班结义兄弟，陈奈说："这一段末将与众将领议论了多次，都在考虑着我们征讨箕子朝鲜到底应该进行到什么程度，众将领都认为，自春秋以来，周王朝驾下的诸侯列国，数百年来争战不已，相互夺取地盘已司空见惯，但又不能轻易灭掉一个侯国，毕竟周王朝还是诸侯列国表面上需服从的。有鉴于此，末将与几位将领的意见，也如鹿大夫、牧羊司马的意见一样，辽东之地我们必须夺取到手，让它成为燕国的版图。"陈奈说完后，秦开的结义兄弟们都点头附和。

秦开又看了看一直端坐一边的怡仙，怡仙嫣然一笑说："哪个当臣子的不愿为主子多争点地盘，将军就不要太仁慈啦，将箕煜这班窝囊君臣赶回他的平壤城就是了。"

秦开说："好，众位将军说得都很好，意见也一致。既然如此，来日我们再向箕煜下一次战书，与朝鲜军决一胜负，如再次被我们打败，便将他驱赶出辽东之地。"

秦开刚说完，探马来报，说朝鲜军一反常态，正在大举练兵，似有大的行动。秦开听后说："本将军近日也似有预感，觉得箕煜这一段似乎在偷偷做着什么，看来箕煜还是不认输，还在准备孤注一掷，与我们做最后的较量。牧羊将军派人潜入朝鲜军营，将其情况摸清，再作计较。"牧羊领命。

第二天，牧羊派出去的细作回来向秦开报告说，朝鲜侯国上卿箕炜带着他的两个武师，前几天来到朝鲜大营，与箕煜商定，要与燕军再决胜负。朝鲜军大举练兵，正是那两名武师在训练军士，准备择日进攻燕军。秦开听了，立即传令各位将领，做好应对准备，与朝鲜军再决最后的胜负。并让细作继续探听情况。

原来朝鲜上卿箕炜得知朝鲜军在与燕军的较量中连连失利，几次请求箕煜，要求上前线与燕军对阵，箕煜无奈，只好将老臣箕礼派回平壤城主持国务，将箕炜替换到前线来。那箕炜从小喜欢中原的兵法和武术，在他刚任上卿的当年，便派亲信前往楚国请到两名武师，向他们学习武艺。虽然是朝鲜侯国的上卿，实则是一名武将。他被箕煜留在王城主持国务，但一直关注着双方的战事。朝鲜军失利后，箕炜给王兄写信，表达不满情绪，并要求赴前线与燕军较量。经过两次申请，箕煜只好同意了他的意见。

且说箕炜来到朝鲜大营后，狠狠训斥了大将军姜齐一顿，然后逼迫箕煜同意，解除了姜齐大将军之职，将其武师申车任命为大将军，将另一名武师伍市任命为将军，并让两位将军严格操练军马，以便与燕军决一死战。

这日，陈奈对秦开说："看来这位箕炜来者不善，将军何不趁箕炜尚未做好准备，发起对朝鲜军的进攻，以免战局对我不利。"

秦开点头说："兄长之言甚善，看来不能小看这位箕炜，但我军出击还是向朝鲜下道战书，不搞朝鲜军偷袭那一套。"

陈奈叹道："将军太过仁慈，我军初次与朝鲜军开战前，已向他们下过战书，此次不下也罢。"

秦开说："还是再下一道吧，还烦兄长去撰写吧。"陈奈领命。

且说箕炜与两位武师正火热地训练军士，这日突然接到秦开的战书。箕炜与两位武师说："两位将军尚未将训练军士的课目搞完，但秦开已下来战书，现在开战可有胜算把握？"

大将军申车说："有战力的军士固然重要，但关键还是将领之间的较量，如果战将不行，军士们训练得再好，也难以抵挡将领的冲击。"

箕炜听得明白，申车认为战胜秦开很有把握，也不在乎立即与燕军交战。他点了点头说："那好，两位将军做好准备，三天后我军与燕军交战。"申车、伍市领命。

箕炜将情况报告了箕煜，并称此次战胜秦开很有把握。箕煜说："弟卿务要谨慎，那秦开难以对付之状，常人难以预料。”箕炜听了，不以为然。

经过双方商定，交战场地选在距双方营寨五里之外的老虎岭下开阔地带。交战之日，双方各出三万人马，并一大早便列好了阵势。双方各三通鼓罢，将领们各自来到两军阵前。燕军将领中间为燕国将军秦开，两边一边是鹿氏兄妹，一边是牧羊、李虎。秦开看时，见朝鲜军阵前也排列着五位将领，中间的那位，身穿白袍，坐下银鬃马，手执一杆长矛，两边一边是一位陌生将领与刚立，一边是一位陌生将领与匕奇。秦开知道，那两位陌生将领不用说肯定是箕炜的两位武师，而中间那位身穿白袍的人，一定是朝鲜侯国上卿箕炜。

看到朝鲜军阵前将领的阵势，牧羊对秦开说：“好嘛，主要人物都换了。”

箕炜也看了看燕军阵前将领的阵容，知道中间那位肯定是朝鲜军士既害怕又赞颂的燕国大将秦开，鹿氏兄妹他一眼也认出来了，因为这兄妹二人的厉害他早在数月前在平壤城时就听说了。刚才刚立传话给申车，申车又小声将话递给箕炜，箕炜知道了秦开另一边的两人是战将牧羊和李虎。

箕炜首先出列搭话：“秦开，我乃朝鲜上卿箕炜，你率大军犯我疆土，俘我军士，便宜占尽，今日让你知道我朝鲜军的厉害。”

秦开说：“列国争霸，互掠疆土，这已经是持续数百年的事了，我等生于战乱时期，也改不了老祖宗的争霸局面，阁下有什么本事就尽情使出来吧，秦开得罪啦！”

箕炜说：“阁下倒是坦率而真诚，那我们就用手中的兵刃说话吧。你们燕军将领谁先请？”

秦开说：“朝鲜军已屡屡败于燕军，今日之战，他们谁也不出战，就本将军一人出战即可，阁下列位谁先来吧。”

刚立虽然力大无穷，但已尝到了秦开的厉害，因此先向箕炜示意自己不出战。匕奇因上次眼睛被伤，没有正式出战，箕炜到来后，将大将军姜齐免除职务，他已感到有些惭愧，因此，他率先跳出来高喊道：“尝尝双剑匕奇的厉害！”说着，双腿跳起向秦开砍去。

秦开早已知道这个匕奇，也知道他是个步将，且知道他有些手段。他见匕奇跳起来进攻，便在马上将大钺接连抡了几圈，抡得匕奇无法接近秦开，接着秦开又抖动大钺，照着匕奇连刺了二十多下，匕奇乒乒乓乓连挡了二十多剑，最后他用双剑当作支架，一下跳出交战圈子，然后对箕炜说：“世上还有在下近前不得的人。”说完，竟不归还本阵，而是直奔老虎岭，消失在红叶染林的深山之中。

伍市一看，立即催动战马，手执长戟，来战秦开，秦开与他战了二十个回合后，使出跟怡仙学的水中淘金招式，将伍市打落马下。秦开勒住马对伍市说：“得罪啦！”伍市见秦开不杀自己，羞愧地归还本阵去了。

箕炜见两员战将竟如此简单输给了秦开，连忙对申车说：“大将军，就看你的了！”申车大喊一声，拍马抡锤，直向秦开砸去。秦开见申车使的是一柄大铜锤，便使出常规铍法与他大战，二人直战至一百回合，还不分胜败。先前两将因被秦开轻易取胜，两军军士们都没看够秦开的表演，因此，看到秦开与申车如此大战时，两军军士不时发出阵阵喝彩声，连一边观战的箕炜也在心里暗暗敬佩。

二人又战了五十回合，秦开拨马而走。申车不知高低，他以为秦开已经招架不住了，便拍马追来。但没追几步，自己便被秦开打落马下，申车坐在地上想了半天，终于想起了有人曾向他提示过，说秦开有一手绝式，叫苏秦背剑。

秦开将申车打落马下后，同样说了声“得罪啦！”申车亦满面羞愧，低着头回到了箕炜的面前。

秦开对箕炜说：“阁下，你我还战吗？”箕炜连忙摆了摆手。

秦开又问道：“我们两军军士还战吗？”箕炜看了看身边几位神情各异的战将，又侧首看了看垂头丧气的朝鲜军士，然后又摆了摆手。

秦开说：“既已如此，阁下想怎么办？”

箕炜说：“但凭秦将军做主。”

秦开说：“列国之间，燕国不会让箕子朝鲜灭国，但必须给燕国割让地盘。”

箕炜说：“将军要割我多少地盘？”

没等秦开说话，只听燕军一位将领大喊道：“割至满番汗！”话音一落，只见箕炜一头栽于马下。

欲知后事，且看下回分解。

第二十五回　取秽貊秦开连用兵　占汉水燕国略东北

却说箕子朝鲜上卿箕炜不服秦开屡胜朝鲜军，将自己的两位武师申车和伍市任命为大将军和将军，并与燕军在老虎岭下再次较量，要打败秦开。没想到秦开一口气将箕炜寄予希望的三员战将战败，吓得箕炜只好答应给燕国割让地盘。可当箕炜无奈地问秦开要割走多少地盘时，燕军将领中不知是谁喊了一句“割至满番汗”。箕炜听了这句话，一头栽于马下。

当下申车、伍市等人立刻慌了手脚，朝鲜军阵也骚乱起来。秦开一看，连忙高声喊道：“朝鲜将领和军士们，你们不必慌乱，燕国军队与谁对垒都是行在当面，从不在背后算计于人。你们将箕炜阁下扶回帐中歇息，割让地盘的事我们再作商议！”朝鲜将领和军士们听了秦开的话后，立即安静下来。申车、伍市等人上前将箕炜扶起来，又捶打了一阵，箕炜这才坐了起来，又等了一小会儿，他从地上站起来跨上马背，然后向秦开招了一下手，拍马驰去。朝鲜战将和军士们一看，也跟着箕炜回营去了。

秦开见朝鲜军离去，也带着众将及三万人马回营去了。

原来燕军众将在与山虎、鹰虎两位降将的交谈中，已经对箕子朝鲜的疆域和地盘有了清晰地了解，陈奈等人还根据山虎的述说和指点，大致绘制了箕子朝鲜疆域草图。众将于是也都记得，朝鲜侯国的王城北面，有个叫满番汗的地方，离平壤城不足三百里。李虎、田夏等人还曾议论过，应该将燕国的疆域推到那个地方去。在两军阵前，当秦开与箕炜说到此事时，田夏反应快，且生怕秦开再过仁慈，少要了地盘，于是直呼出口，喊出了要割至满番汗。箕炜瞬间想到，自己在王兄那里夸下海口，声称能胜秦开，现在非但没胜，且让燕军提出了要将割让地盘的边界割至满番汗，不由得急火攻心，一口气没上来，便跌死于马下。幸亏众人捶抚了一阵，箕炜才苏醒过来。

且说箕炜郁郁回到朝鲜军大营，见了箕煜后，双膝跪倒，泪流满面，口称死罪。自箕炜一副不以为然要胜秦开的样子起，箕煜早已有了箕炜必败的心理准备。看到箕炜如此伤心和愧疚，箕煜心软了。他扶起箕炜安慰道："弟卿原本要为为兄效力，共保我箕氏朝鲜的祖业，不期被秦开再次战败，并非弟卿之过，为兄非但不会怪罪弟卿，还要感谢弟卿呢！"

箕炜擦了擦泪水，可泪水又涌了出来说："我们对不起箕氏先祖啊！"

箕煜又安慰道："周王室驾下的诸侯国，数百年来你争我夺，生生杀杀，我们生活在这个年代，又遇上秦开这样的强手，疆土丢了也没办法，都是周王室的臣子，丢疆土的也不是我们箕子朝鲜一国，先祖要怪就怪去吧。"

箕炜说："可秦开的部将们也太狠了，一张口就将我们的疆土割至满番汗，那就意味着辽东今后再不属于箕氏朝鲜了。"

箕煜说："不是箕子朝鲜的，还是华夏的，我们的祖宗箕子胸怀宽广远大，他老人家的在天之灵是不会怪罪我们的。"

箕炜见王兄如此劝说宽慰自己，心里稍感安慰，他又说："那我们就答应燕国将满番汗以西的疆域都划走啦？"

箕煜说："你我兄弟已无法阻止燕国这样做啦！"

且说秦开得胜回营后，众将纷纷祝贺，既祝贺秦开的神勇，战败三员朝鲜战将，也祝贺燕国取得了辽东之地。众将们还建议秦开，趁热打铁，尽快与箕子朝鲜签署约定，把满番汗以西之地划进燕国版图，以免朝鲜国君自否前言，为日后交涉生出枝节。

秦开对众将说："燕王从不干涉我们做事，但又是那样在关心着我们，期待着我们，现在我们已取得征讨箕氏朝鲜的决定性胜利，应立即将目前情况报告给大王，特别是将疆土划至满番汗妥与不妥，必须等大王有了明确意见后才能实施。但在等待大王训示之前，我们的确应与朝鲜君臣交涉一次，以免他们悔弃前言。"众将皆赞成秦开的意见。

秦开对陈奈说："与朝鲜国君交涉事宜，还是兄长出面。兄长要与朝鲜君臣谈定两件事，一是将满番汗以西直至辽水之地割让给我们燕国，二是自此以后，箕子朝鲜要在同属周王室的基础上，附属于我燕国。相关文书待燕王训示后再签署。"

陈奈领命，并于第二天率王信、孙擒虎、李虎、宫宇、向羊等人，前往朝鲜大营去了。

陈奈等人前往朝鲜大营后，秦开又对华云和田夏说："二位兄长立即准备回蓟城一趟，向燕王详细报告一下我等征讨箕子朝鲜的情况，请示大王将我疆域推至满番汗可否。二位嫂夫人，想必都已生产，二位兄长回到蓟城后便可看到你们的小儿小女啦。燕王有了训示后，可让得力军士回来向本将军报告，二位兄长可在蓟城多陪陪嫂夫人。"原来秦开率军征讨箕子朝鲜时，华云和田夏的夫人金仙、玉婵姐妹及秦开的夫人冬青皆有身孕，因此没有随军出征。华云、田夏皆感动不已。

华云、田夏率十数位军士出发前，秦开对二人又说道："还有一件大事，二位兄长要当面向燕王和乐毅将军报告，并请大王和将军训示。这便是我征讨大军下步具体行动问题。最近，小弟在想，却胡千里和取得了辽东之地后，一方面要尽快置官设制，一方面还要考虑到新取之地的安全。关于所取之地置官设制问题，大王和乐毅将军一定会考虑，我们无须惦记。小弟要说的是新取之地周边的安全问题。最近，小弟派出多人赴辽东周边查看，其结果唯有感到北部不甚安全。"说到这里，秦开指着新绘制的地图继续说，"你们看，辽东北部汉水一带，是秽貊部落重要聚居地。近年来，我们驱赶了东胡，这次又征讨和驱赶了箕子朝鲜，秽貊部落甚是惊慌，也酝酿着新的动荡不安。秽貊人分布极其广泛，大小部落之间亦经常征战不已，这些也在影响着汉水一带秽貊部落的安定，并造成我新取之地的不稳定。因此，小弟之意待我大军安顿好辽东新地后，驱军北上，征讨汉水一带的秽貊部落，并在那里建立城阙，镇守和保护汉水一带的秽貊部落，如此一来，来自辽东北部的安全威胁便可消除。二位兄长要认真向燕王和乐毅将军报告，以期得到他们的训示。"

华云、田夏听了，眼窝中双双噙满了泪水。华云说："燕国能有小弟这样的将军，军之幸也，民之幸也，君之幸也，国之幸也！"秦开拍了拍两人说："兄弟之间，别自夸啦。路上小心，辽东境内眼下还不一定很安全。"二人辞别了秦开，率众军士驰奔上路去了。

且说陈奈率领一班既仁义又有虎狼之威的兄弟到了朝鲜大营后，上卿箕炜出帐迎接，箕煜亲自设宴款待，君臣一致同意将满番汗以西割让给燕国，并表示自此以后既臣属于周王室，又臣服于燕侯国。君臣信誓旦旦地表示，永不食言。陈奈见朝鲜君臣如此谨守诺言，便率众兄弟返回了燕营。

秦开听陈奈述说情况后，又召集众将商议安置百姓、稳定辽东事宜，同时让那些有特长的军士抓紧绘制更为详尽的地图。

这日，秦开与众将正在算计着华云、田夏一行返回辽东的可能性，忽报华云、田夏返回辽东，已进燕营。秦开连忙跑出大帐，上前迎接华云和田夏。没等秦开与二人说话，众兄弟都围了过来，七嘴八舌，什么都问。还是陈奈一句话解了围："先让二位歇息一下，将军还等着听国之大事呢！"众人一听，都不好意思地笑了。

华云和田夏直接进了秦开的大营，他们说，燕王和乐毅将军细心地听取了他们的报告，完全同意秦开有关将满番汗以西划入燕国版图的意见及让箕子朝鲜臣服于燕国的打算，完全同意安顿好辽东新占之地后，提兵北上，征服汉水一带的秽貊部落，并择地建立城阙，设兵将镇守。二人还传达了燕昭王的王令，让山虎出任临时辽东郡郡守，鹰虎为临时辽东郡司马，待秦开大军回朝后，再详细商议在新设之地置官镇守事宜。届时，还将为每个人加官晋爵。

二人说完王令后，秦开迫不及待地说："快说说，两位嫂嫂都生了男还是女？"

华云说："金仙、玉婵还有冬青夫人，生的都是男，再住十年，就有儿郎与我们一起出征了！"

秦开听了，大喊一声："拿酒来！咱们国事家事一齐庆！"当日晚，秦开与众将直饮至子时方散。

第二天，秦开再次派陈奈等人前往朝鲜大营，与朝鲜签署了朝鲜割让满番汗以西疆土给燕国的文书，朝鲜国君还递交了臣服燕国的文简。

不久，朝鲜君臣率大军退至平壤，在南退途中，许多将士中途离队出走，箕煜退至平壤时，跟随在他身边的军士们不足出发前的一半。

秦开与众将及被任命为临时辽东郡郡守的山虎和司马鹰虎，一同来到满番汗，在那里与箕子朝鲜划定了两国的边界，燕国在那里设置了边防守军。

满番汗是当年的浿水、今日朝鲜北部清川江入海口处。秦开率师东击朝鲜，取地两千里，至满番汗为界，这一战使朝鲜侯国尽失辽东之地，全部退至朝鲜半岛，国势遂弱。箕子朝鲜乃商殷后裔在朝鲜半岛上所建的地方政权，臣于周，后又臣于秦，为周秦海外之属国。后来，箕子朝鲜为卫氏朝鲜所取代，卫氏朝鲜为汉之“外臣”、属国。汉武帝伐朝鲜，裂其地为四郡，为汉的边疆辖区。有了箕子朝鲜，方有卫氏朝鲜，方有汉之四郡，方有高句丽史、渤海史，从而构成了东北古史、东北民族与疆域史的基本系列，而箕子朝鲜为中国东北史之开端。

看看辽东之地已安稳下来，秦开留下陈奈、孙擒虎、李虎三人并一万燕军，继续帮助山虎、鹰虎镇守并治理辽东，他则率其他将领及燕军继续北上征讨汉水秽貊部落。

秦开率军出发这天，辽东百姓从四面八方赶来送行，那些归降燕军的朝鲜军士，跪在路边请求继续跟随秦开转战，秦开下马与他们逐一拉手话别，鼓励他们治理好建设好辽东大地。山虎一直跟在怡仙后面，口口声声喊着仙姑。秦开大军自早晨开始出发，一直至午时，才渐渐离开送行人群。陈奈、孙擒虎、李虎和山虎、鹰虎等人，又送出三十里，才与秦开依依而别。

秦开率大军行走了十几天，便来到了汉水。此时，已是初冬时分。恰值此时，燕昭王令王差运送的新棉衣和粮食，也一并送至汉水。秦开大喜，令军士们在一个宽宽的山川，沿清水河两岸安营扎寨。

汉水即今日之东辽河，这一带山水相连，风景怡人，且物产丰盈，水草肥美，自古便是秽貊部落的聚居区。

且说秦开率大军驻扎到清水河后，消息早已传至秽貊部落的汉水城。汉水城是一座木寨山城，依山傍水，山清水秀。这日早晨，秽族首领山启急急忙忙来到貊族首领夹石的府上，与他商议应对燕军征讨事宜。

秽貊族是古老民族。在中华东北的大地上，自古便生活着四大民族，这便是东胡、秽貊、肃慎和汉人的先世。秽貊人分布广泛，其中汉水流域即今东辽河一带，聚居着许多部落，这些部落在秽貊族中比较先进，已达到了能建立城邑的水平。汉水城便是秽族和貊族两位首领山启和夹石的先祖们在这里建立的城邑。城邑依山傍水，规模庞大。因秽貊两族先人在此建城，因此城邑一直有秽族和貊族两位头领，秽族首领住在城东，貊族首领住在城西。虽然一城二主，但两位首领甚是和气，并相互通婚，相互依存。

貊族首领夹石见山启清晨前来，知道必有大事或急事，便连忙将山启让至客厅，丫鬟也很快端上了热腾腾的马奶。山启喝了口马奶，用手抹了一下嘴巴说："为兄一大早来见贤弟，是有一件大事相商。有关燕将征讨箕子朝鲜之事，我们早已说过。昨日，为兄的一个族弟上山射猎，傍晚行至清水河时，看到燕军三四万人马在那里扎下营寨。听族弟说，燕人甚是和气，礼数周到，几个军士问了族弟许多事情，并让他捎信告诉头领，说燕国将军秦开前来招抚汉水部。族弟见此情景，带着猎物连夜回城向为兄做了报告。因夜半三更，为兄没有前来打扰，今日一早便赶来与贤弟相商，看我们应采取何种对策来对待燕军？"

夹石听了说："先前听箕子朝鲜的差役说过燕军征讨朝鲜之事，说燕军甚是厉害，燕国将军秦开似天神下凡一般，无人能敌。后来箕子朝鲜的差役再不来了。小弟前些天还派族人深入辽东之地探听情况，族人回来说，燕军已征服了朝鲜。小弟听到这个情况还在想，我们秽貊族人终于可以摆脱箕子朝鲜的奴役了，但却不料燕军又来到这里，真是走了狼来了虎。兄长思想了半夜，想必已有应对燕军的办法，快向小弟说说吧。"

山启又喝了口马奶，并习惯地抹了一把嘴巴说："应对燕军的办法还是没想好，不过燕国大兵至此，我们秽貊部不外乎两种对待办法，一是归附于他，再一种就是和他们争个高低，要想和他们井水不犯河水，看来是不可能了。"

夹石说："是啊，人家好几万大军来到这里，我们不主动归附他们，他们就肯定会打服我们。那兄长说这两条道我们究竟走哪条好呢？"

山启说："昨夜为兄一直在想，我们究竟是降还是战，可怎么想也下不了决心。要么我二人再找来小女和贤弟的儿郎，好好商议一下吧。"

夹石说："好吧，小弟让家人去把小姐和犬子找来。"说完，夹石出屋去了。

大约一刻多钟，只见一位后生来到夹石府上的会客厅。只见那后生身材高大，但却均匀适称，生得面目清秀，甚是俊美。此人便是夹石的儿子，名叫班后。班后见山启在此，连忙施礼道："伯伯在上，小侄有礼啦！"山启见到班后额头上还有汗珠，便关心地问道："天气已冷，还不忘早晨出去练习武艺？"

班后刚点头回答，只见一位女子进了屋子，那女子向夹石问候了一下，又向班后问候了一句，然后朝山启笑了笑说："女儿没来迟吧！"说着，便坐在了山启的身边。原来这便是山启的女儿冰凌，只见冰凌身材窈窕，面似梨花，乌发盘顶，锦衣裹身。

夹石对自己的儿子班后说："你伯伯一大早便来到咱们的府上，和为父商议了燕国大军前来征讨的事情，但我二人对究竟是归降燕军，还是与他们争个高下，还未拿定主意，你伯伯的意见，请小姐和你，我们一起商议一下。"说完，又对山启说："是这样吧，兄长！"

山启点点头说："是啊，燕国大军三四万人，突然闯到我们汉水，我们是降还是战，需要尽快有个主意，估计燕军很快就会找到门上了。"

冰凌听了，站起来说："好几个月前，侄女就知道燕军正在辽东征讨朝鲜箕侯国，看来已经彻底征服了朝鲜，否则不会到我们秽貊部落来。既然他们打上门来，我们也不能太软弱，因此，侄女的意见，我们将汉水城及周围部落的秽貊兵将都集中起来，与他们较量一番，说不定会战胜他们。"冰凌说完后，对着夹石嫣然一笑，然后又对山启说，"女儿愿打先锋！"

冰凌说完后，班后也站起来说："小侄同意冰凌贤妹的意见，我秽貊部落虽然没有燕国那么强大和先进，但打仗没有问题，而且我秽貊人自来作战勇敢，虽然兵将没有燕军多，但谁胜谁负还不一定！"

夹石对山启说："兄长要听听两位子侄的意见，现在小姐和犬子都表态了，兄长何种意见，就决定吧，我们都听兄长的。"

山启说："看来只有先和燕军较量一次了，否则就这么归降燕军，我们谁都不情愿。但我们所听到的，燕军兵多将勇，特别是秦开，听说像天神下凡，无人能敌，因此兄长想，我们要与燕军较量，必须要好好准备一番，兵力上也尽量将汉水城和周边部落的秽貊兵将都集合起来，怎么也不能让燕军轻易赢了我们。”

夹石说：“好，小弟立即派人到周边的部落，将秽貊兵将都动员起来，届时一道参战，只是我们的战将可能少了点。”

冰凌一听，霍地站起来说：“叔叔，侄女自幼练习武艺，这方圆百里，还没有强似侄女的，侄女愿打头阵，看看燕军到底有多大本事！”冰凌说完，又对山启说：“女儿倒要好好领教领教秦开的本事！”

班后也说道：“小姐打头阵，侄儿打第二阵，不信燕军能占到我们多大便宜！”说完，望着山启一笑。

山启听了冰凌和班后的一番话，拍了一把夹石说：“贤弟，就这么办吧，多召集些兵将参战，届时你我都上阵，让小女和侄儿二人打头一阵和第二阵。如果我们战胜燕军，燕军自然走人，如果我们战不过燕军，届时再说就是了。”

夹石说：“好，那小弟派人去城内和周边部落召集兵将。”

冰凌对山启说：“女儿帮助叔叔去唤人。”

班后对山启说：“侄儿去张罗一下其他战前要做的事情！”山启看了看班后，又看了看自己的女儿，然后点了点头。

且说秦开率大军在清水河畔扎下营寨后，立即派人前往周围打探秽貊部落的分布情况。几位奉命前往打探情况的军士刚走，华云来到秦开的营帐，说刚才军士报告，看到当地一个秽貊族猎人，那猎人说离此处不足二十里，有个汉水城，是个好大的秽貊部落，军士们已向那猎人说，让他转告汉水城秽貊部落首领，就说燕国大军至此，要他们归降燕军。秦开听了，对华云说：“兄长回去立即让那几位军士按照猎人说的地点，去向汉水城秽貊首领传话，就说燕国大军至此，请秽貊首领前来叙话。”华云听了，立即回营布置去了。秦开传令，让军士们休整一天，然后准备与秽貊人接战。

且说汉水城首领山启与夹石及冰凌、班后商议完与燕军交战的事宜后，回到城东府上后立即将自己的长矛操在手中，在庭院中演练了一会儿，他刚要收式，家人来报，说燕军派人前来传话，让汉水城首领前往燕军营叙话。山启一听，正要让家人去请夹石来商议对策，夹石却恰好走了进来。夹石说："小弟派了二十多人，前往汉水城周边部落传话去了，让他们将兵将带至汉水城，以便我们与燕军交战。"

山启述说刚才家人来报之事，夹石说："听说秦开倒是个有信义之人，但究竟怎样，我们毕竟没见过，贸然前往燕营与他叙话，一旦被他扣起来当人质怎么办？"

山启点头说："是啊，如果真被秦开拿到人质，我们就麻烦啦！"

夹石说："干脆我们谁也别与他叙话，直接定下时间和他交战就是了。"

山启说："好，就这么办，我让家人去告诉那个燕军军士，让他也回去给秦开传话。"

夹石说："那交战阵地定在何处呢？"

山启想了想说："我们汉水城距离燕军的清水河的中间，有个地势平坦的斑鸠岭，将两军交战之地放在那里如何？"

夹石说："好，就这样给秦开传话就是了。"

山启将那个家人叫到面前，让他随着那个燕军军士前往燕营，当面向秦开传话。家人答应了一声，转身去了。

且说汉水城首领山启的家人跟着燕军军士来到燕营后，被直接领到秦开面前。那家人听说是秦开直接见他，吓得跪在地上直磕头，秦开上前亲手扶起他，让他坐下慢慢说，那家人又磕了三个头，才站起身来说话。秦开听了那家人的话后，让他回汉水城告诉两位首领，三天后两军在斑鸠岭交战。那家人再三点头，然后回汉水城报告去了。

按照双方的约定，燕军和秽貊军各出一万人马，在斑鸠岭交战。交战这天一早，双方的人马都早早排成阵势，燕军阵前，秦开手执大钺，坐下千里马，居于中间，两边一边是鹿毛寿，一边是怡仙，其他战将都在阵中观战。秦开看秽貊军时，见阵前有四员战将，中间两位都是中年人，一个使矛，一个使戟，坐下都是高头大马。那两位中年战将两边，一边是一位面目清秀的后生，另一位是面似梨花，英姿秀美的女子。秦开看了，笑着对鹿毛寿说："看来此处的确山水秀美，连人长得都似山水般清秀。"

秦开刚要向对面搭话，却听对面阵前中间的一位中年战将说道："燕军阵前将军可有秦开否？”

秦开一听，手握大铍一拱手说：“本将军秦开在此，阁下是哪位，为何不到燕营叙话？”

只听刚才主动搭话的那人说：“在下是汉水城秽貊部首领山启，这位是另一位首领夹石，这两位年轻男女，一位是在下的小女冰凌，一位是夹石阁下的公子班后。燕军攻占了辽东后，又提兵北进，分明是来吞我秽貊部的，在这种情况下，将军要我汉水城首领前往燕营叙话，分明是要擒拿我等作人质，我等谁敢去呀！”

秦开说：“我燕军从不做背后下手的小人之举，让阁下去燕营叙话是想与秽貊人交朋友。”

秦开刚说完，秽貊军阵中女将冰凌早已按捺不住，她挺矛拍马来到秦开面前，用手中的阔叶长矛指着秦开说：“秦开，你别说好听的，你燕军那么好，还接连击东胡、征朝鲜，今天又来打我秽貊，真是说一套做一套！我秽貊人祖祖辈辈不打诳语，一是一，二是二，今天你也不用在这说好听的，咱们还是让手中的兵刃说话，看矛！”说着，手中的阔叶长矛便向秦开刺来。

秦开躲过冰凌的长矛，不等回手，只见怡仙已来到他的面前。怡仙舒展玉臂一抖，一矛向冰凌刺去，口中说道：“小小山女，怎配与我燕国将军交战，看怡仙如何擒你！”

冰凌在他父亲与秦开说话时，便已看到燕军阵前有位威风凛凛的女将，但并未看得真切，现在怡仙来到眼前，她趁着接怡仙的矛时，见怡仙玉面桃花，气质高雅逼人，一身战袍美观得体，恰似神话中的女将军，加上一柄窄叶铜矛，坐下桃花雪蹄马，真乃世上少有的美人将军。

但此时不容冰凌多看多想，她见怡仙的窄叶矛刺来，连忙翻手将怡仙的矛拨开，两人一来一往，战在一起。战了三十个回合，只见怡仙一矛向冰凌的左肋刺来。冰凌在与怡仙的三十个回合大战中，已经感到自己根本不是怡仙的对手，但又不能逃阵，只得使尽平生本事用心应战，因此当怡仙的矛向她左肋刺来时，她连忙向右闪去，以期躲开怡仙的长矛，谁知她刚一躲闪，却见怡仙的矛一下向右拨来，冰凌哪里知道怡仙立即跟着这一手，再也无法躲闪，被怡仙一下拨落马下，手中的阔叶长矛也扎进已结冻的草地上。

怡仙见了，将窄叶矛一下扔在地上，连忙跳下桃花马，双手将冰凌扶起，口中说道："小妹，对不起，我不会让你出丑吧！"

冰凌见怡仙如此仁义，双膝跪在怡仙的脚下，一边磕头一边说："山寨之女，有眼无珠，还望将军恕罪！"说完，拉着怡仙的玉手，回头对父亲说道："父亲，小女今生得见怡仙将军，什么也不要了，这一生就想跟着将军走了，汉水城的事你和夹石叔叔愿怎么办就怎么办吧，我不管了！"

此时，山启和夹石，还有班后，早已下马，跑到怡仙面前，恰好秦开和鹿毛寿也下马来到怡仙和冰凌的面前。众人执手相见，那情景哪里是两军交战的对阵双方，分明是分别重逢的兄弟姐妹相见。两军军士见了，一阵阵地欢呼起来。

山启一把拉住秦开的手，对众人大声说："走，将军到我汉水城，在下与夹石兄弟为将军们接风洗尘！"夹石也喊着："迎亲人回家！"

秦开对牧羊说："兄长，将燕王新运来的粮食给汉水城运上一万石，让秽貊兄弟尝尝夏人种植的粮食的味道。"牧羊说："末将遵令！"

当下秦开等人率一万燕军撇开戟矛弓箭，随一万秽貊军及他们的头人，一起来到汉水城，山启和夹石下令杀猪宰羊，犒赏燕军。

山启和夹石陪秦开等将领饮酒后，让人端上黄澄澄的年糕，请秦开品尝。山启对秦开说："秽貊之地，不生五谷，唯生这种黍米，将军品尝一下。"秦开夹起一块吃后，连称好吃。原来黍即如今的大黄米，做出饭来又黏又香，大黄米也是如今东北黏食的主要原料。

第二天，秦开等人又将山启、夹石及冰凌、班后等秽貊首领请至燕军大营，众人直饮酒至傍晚方散。

冰凌执意要拜怡仙为师，并发誓从此跟随怡仙，怡仙见其意诚，便收留冰凌为徒，并留在身边，还将自己的绝技都传给了冰凌。怡仙得知冰凌与班后相爱，便出面为其操办了婚事，使二人结为秦晋之好。自此，冰凌和班后跟在怡仙身边，不离左右。

且说秦开以仁德征服了秽貊部汉水城后，汉水城方圆百里的秽貊人纷纷来投燕军，各部落不断给燕军杀猪杀牛宰羊，犒劳燕军，几个月下来后，燕军与秽貊人已成为朋友，其中许多人结为兄弟。

这日，秦开对众将说："秽貊兄弟与我燕国友善，恰似一家之亲，本将军想，秽貊部落稳，则辽东稳，辽东稳，则燕国稳。但我燕国大军不可能长久驻扎秽貊，为了维护长久的秽貊与燕国的友善关系，巩固辽东之稳定局势，可否在此修筑一座城池，长期镇守辽东北部，使燕国经略东北有可靠保障！"

众将异口同声赞成秦开的意见。秦开说："此事我等还需报告燕王，燕王训示后，我们再着手修建城池，并将经略东北提上日程。"

欲知后事，且看下回分解。

第二十六回　盛国势燕国固北境　建霸业昭王设五郡

却说秦开率燕军收服汉水城女将冰凌后，燕军与秽貊部落亲如一家，辽东局势更加稳固。但秦开从长期稳定的大局出发，提出在秽貊之地修建一座城邑，使燕军和秽貊共同长期镇守辽东北部，也使燕国经略东北有可靠的支撑。众将一致赞成秦开的想法，建议尽快付诸实施。汉水城两位首领听说后，也积极支持，并表示届时要出工出力。秦开对众将说，此事需先报告燕王，得到燕王训示后，方可实施，同时将经略东北提上日程。

秦开对牧羊说："兄长自与小弟相聚以来，整日操劳，不曾有一日休闲，小弟甚是过意不去。今向大王报告在秽貊之地修筑城池之事，就劳兄长回蓟城向大王报告吧，也算顺便休闲一下吧。"

牧羊说："小弟是我燕军中最操劳之人，我等在此镇守，小弟回王都一次吧，也好顺便看看刚出生的小公子。"

秦开说："为将者，理应如此，况一军之主，没有大王召唤，是不能离位回都的。兄长带着王信、向羊二人，择日启程吧。"

牧羊说："为兄过了大年即回来。大年将近，小弟在此也好好歇息一下吧。"

秦开又说："兄长从蓟城回来时，可先到辽东看看陈奈、孙擒虎、李虎及两位临时郡官，顺便了解一下那里的情况。"

牧羊说："好，为兄会转达将军对他们的问候的。"当日，牧羊便与王信、向羊等驰回蓟城去了。

大年将至，秽貊部的大小部落首领纷纷给燕军送猪送牛送羊，慰劳燕军将士。秦开与众将也前往各部落给秽貊兄弟拜年，军士们还与秽貊后生们赛马射箭，大年过得甚是热闹。

没出正月，牧羊与王信、向羊便回到燕军大营。牧羊告诉秦开，燕王和乐毅将军完全同意在汉水城秽貊聚居地一带，修筑一座城池，作为燕国与秽貊兄弟友好的联系渠道，也作为燕国镇守辽东和经略东北的重要边城。城池如何修建，全凭秦开决定，燕国将出十万明刀钱予以保障。待城池筑好及一应事情安排好后，大军便可班师回朝，届时大王还要与众大臣商议巩固边疆的新举措。牧羊还告诉秦开，燕王很快便会遣王差前来运送钱粮及军士的单装，并慰问军士。秦开听了，朝蓟城方向连连拱手。

牧羊又说："末将在回蓟城时，便前往辽东临时郡所，看望了陈奈、孙擒虎、李虎及山虎、鹰虎诸位，也了解了辽东的一些情况，他们对将军拟在秽貊部落修筑城池的想法甚是赞成，还谈了一些好的看法。"

秦开说："兄长出发的第二天，陈奈等三位兄长及两位临时郡官便派人来到这里慰问军士，有关情况都已说了，看来辽东形势不错。"

第二天，秦开召集众将商议修筑城池事宜，并将有关事宜分配给每个将领。众人摩拳擦掌，只等冰雪融化后，为修筑城池出力。

过了一些日子，燕昭王派遣的王差押着粮食和刀币以及军士们的换季服装，来到燕军大营。王差还送来两车铁锭，并带来数名铁匠。王差告诉秦开，说近些年列国相继开始冶炼和铸造铁器，现在有些兵器也开始使用铁材。秦开搬动着一块块重重的铁锭，甚是有兴趣。

转眼到了冰雪消融的季节。这日，秦开与众将一道，出营选择筑城地点。在秽貊族族人兄弟的带领下，他们来到一个山清水秀的地方，这里是汉水上游的一个双流交汇之处，看到清清的河流两侧钟秀的山冈，秦开高兴地说："你们看，河水两侧的山冈，恰似两条龙啊，我看我们的城池就筑在这里如何？"

众人看时，河水两侧的两座山果然像两条龙一样横卧在那里，向羊说："就把这里叫二龙山好了，日后建起的城池也叫二龙山城。"众人都赞成。

秦开说："好，我们的城池就建在这里，但城池应该建在高处，不能建在山下。"

牧羊指着一个山冈说："就建在那个山冈上如何？"秦开和众人都点

头赞成。

牧羊又说："将军对所建城池提个要求吧。"

秦开说："不是说好看完城址后由华云兄长来设计一个城池图样吗！"

华云连忙说："末将回到营帐便将城样设计出来，将军过目后再仿照去建。"

很快，建城的所有事项都已准备齐全。开工这天，秦开与军士们一样，挑担取土，举夯垒台。军士们见将军亲自下工地，一个个干得热火朝天，工程进度很快。转眼两个多月过去了，二龙山城也到了竣工的时候。

秦开与众将商议，选了一百多名军士进城内驻守，指定了若干名军士为守城头目，并接受辽东郡守的节制。

看看边城驻扎守护一切安排妥当，秦开下令大军班师回朝。大军出发这天，秽貊部落男女老少上千人前来送行，汉水城首领山启和夹石送了一程又一程，直送至辽水边方洒泪而别。

大军过了辽水，秦开让牧羊率三百军士速行，先回蓟城向燕王报告大军班师情况，待大军过了令疵塞后，牧羊已从王城又返了回来，他告诉秦开，燕王听说征讨大军班师回朝，甚是高兴，待大军到达蓟城时，燕王将亲自出城迎接。燕昭王还传令，让协助临时辽东郡守治理事宜的陈奈、孙擒虎、李虎也班师回朝，并在陈奈从蓟城返回时，已派快骑前往辽东通知他们。

陈奈三人得到燕昭王的王令后，日夜赶路，加之秦开放慢速度等待，终于在大军即将回蓟城前，与秦开会合。

大军进城这日，燕昭王率苏秦、乐毅、剧辛、邹衍等大臣出城迎接。看到风尘仆仆、稍显疲惫的秦开，燕昭王一把抓住秦开的双手，摇个不停。秦开等人欲下拜参见，燕昭王连忙拉住秦开说："免，免，礼节全免，见到贤弟让为兄比什么都高兴！"秦开又与苏秦、乐毅、剧辛、邹衍一一见礼。众将也依次与燕昭王和几位国卿施礼相见。燕昭王登上预先准备好的木台，他招手向五万大军致意后，高声说道："将士们，勇士们，今天本王特别高兴，你们迅速征服了箕子朝鲜和秽貊部落，占据了辽东大地，将这片广袤的土地纳入了我燕国版图，这为我燕国壮大国势、增强国力、建立霸业，具有非凡的意义！自征服东胡后，我燕国的国力已经大增，如今在列国中，已经是名副其实的七雄之一。本王相信，这次再据辽东之地后，我燕国国势必将越来越强大，我们一定会与强秦、强齐并驾齐驱，甚至超过他们。下步，进一步巩固燕国北境、经略辽东直至经略东北，我们还面临着许多任务，还需要将士们、勇士们继续努力。勇士们，勇敢地前进吧！”燕昭王的话，博得将士们此起彼伏的欢呼声。

当晚，燕昭王在王宫举行盛大宴会，欢庆征讨箕子朝鲜取得的重大成就，庆祝燕国经略东北的开始。燕昭王亲自为秦开和众将把盏，酒宴直进行了两个时辰方散。

过了几天，燕昭王在王宫举行盛大仪式，为秦开的战将们加官晋爵。授予牧羊、陈奈为下大夫，鹿毛寿晋升为中大夫，怡仙晋升为卿大夫，其余战将一律授予士大夫。

原来士大夫是战国时期出现的一个新爵位新职务，也是个新概念。战国之前，官职分为卿、大夫、士三类，卿最高，大夫居中，士最低。战国文字中讲等级序列的，仍用“大夫士”。“大夫士”与“士大夫”的主要不同，在于“大夫士”强调的是等级，而“士大夫”指的是阶层，它的特点是官僚与知识分子的混合体。

对于有功劳的军士，燕昭王亦下令予以奖赏。

战将们与军士们沉浸于欢庆中时，秦开只是祝贺了一下后，便立即开始思考和筹划起巩固边境问题。秦开首先将东胡和箕子朝鲜退却后燕国占领的大片疆土，与燕国原有疆土绘制成一张全图，然后开始思考起划分郡制和保卫边疆诸事来。自己想了许多，又找来诸位兄弟与他们商议具体事情。

这日，燕昭王请秦开进宫叙话。燕昭王拉着秦开的手说：“小弟自入质东胡以来，历尽甘苦，竭尽精力，先将东胡却于千里之外，后又将箕子朝鲜驱出辽东，尽收辽东广袤之地，还征服了辽东北部的秽貊部落，与他们建立了深厚情谊，使我燕国北部边城屹立于汉水。这份基业创立后，我燕国已从列国之后排到列国之前，再经过几年的经营，我们便可与强齐较量了。到那时，一定会复先王之仇，血乱国之恨，将燕国推至七雄的霸主地位。有了小弟，是我燕国之福，是本王之幸，本王真是由衷地感激小弟呀！”

秦开也激动地说：“臣弟这些年虽然带兵在外，但因有王兄的关怀、信任和支持，一直像在王兄的身边一样，王兄的远大志向，振兴燕国的情怀、知人爱才的品格，日日激励着臣弟去奋斗。忍受质胡甘苦并却胡千里，驱赶箕子朝鲜出辽东并征服秽貊部落，都有赖王兄的恩德和天威。我们的胜利是王兄人格的胜利，是燕国日益强大所带来影响的胜利，胜在人心，胜在敬才爱才，胜在王兄的伟大凝聚力量！”

燕昭王说：“小弟，今天我们先不说这些，我们虽然国势益强，但还不到满足的时候，我们还有许多大事没办，还有许多壮志未酬。今日为兄找你叙话，就是想听听你的意见，看看我们还要做哪些事情。”

秦开说：“在王兄统帅和引导下，苏秦相国合纵之策日渐成效，燕国外交成绩卓著，乐毅将军以循法令为主要内容的改革也不断取得新成就。内政外交的成就，铸就了国家富强、民气高涨的大势。臣弟想，乘着大好国势的顺风，应该继续做好的事情，还是要尽快巩固新进我燕国版图的疆土，稳定那里的人心，发展那里的经济，增加那里的税收，进而富强燕国，去办我们那些许多没办的大事，去实现那些许多未酬的壮志。”

燕昭王高兴地说：“好，为兄想听的，就是这些话。小弟一定有许多具体想法，快说出来让为兄听听。”

秦开说：“有些事情王兄已经用实际行动去践行了，如设置临时辽东郡守。臣弟想，下步我们要做好这样几件事情：首先是在东胡故地和辽东设置郡治，任命郡守，对那里实行有效治理；其次是教化那里的人们，帮助他们发展经济，尤其是发展农耕生产；再次是修筑障塞，永保边境不受侵犯。具体说来，就是按照先前许多诸侯国修筑长城的做法，在我燕国周边修筑长城，用以防备列国及部落对我们的侵略。王兄如以为可行，臣弟再拿出具体方案报王兄审定。”

燕昭王大喜道：“为兄想的和想听的，就是这些事情。这些的确就是我们要继续办的大事，要继续去实现的壮志，为兄完全同意。小弟就按照你想的这些形成一个计划方案吧，什么时候准备好了，我们君臣商议一次，然后便付诸实施。”

秦开说：“有关设郡建制问题，由于王兄已下令设置临时辽东郡守，臣弟按照王兄的思路，已经考虑了一个初步意见，待臣弟再细化一下后，便可向王兄和各位国卿报告。教化人心，帮助当地发展经济事宜，臣弟也有初步想法，可一并向王兄报告。至于修筑障塞，臣弟也想了很久了，但此事复杂，且工程巨大，勘定路线等前期事项恐非短期能及，只能是将此事定下来后，选若干人分别勘验路线，确定工程类型，预计民工数量及来源，还要看人力资源的可能性，待这些有眉目后，再确定施工时间和时限等相关事宜。”

燕昭王思索了一会儿说：“好，小弟将这些情况认真拢一下，为兄召集各位国卿认真听一次，认真商议个意见，然后稳步实施。”

秦开点头说：“臣弟谨遵王兄之命。”

按照燕昭王的要求，秦开又与众弟兄们准备了十多天，并绘制了若干份羊皮图。

这日，正是蓟城初秋时分，燕昭王召集众臣在王宫议政殿议事。相国苏秦，将军兼亚卿乐毅、上大夫邹衍、中大夫剧辛、鹿毛寿，还有新授予下大夫、士大夫的秦开的诸位结义兄弟，都参加了会议。燕昭王说：“秦开爱卿却胡千里，将箕子朝鲜驱赶出辽东，为我燕国开辟出了两千里疆土。为了巩固燕国北部边境的安全，壮大国势，增强国力，最终振兴燕国，富国强兵，去实现我们那些许多未酬的壮志，秦开爱卿这一段又思考并运筹了许多事情，如郡守设置、教化人心、发展经济、修筑障塞等，本王认为这些事都是我们要做的大事，因此，今日我等君臣认真听秦爱卿报告一次情况，然后认真商定一下诸项事宜，并逐步付诸实施。这些年，苏秦相国佩挂六国相印，已很少有时间回燕国，这次回来与本王商定了许多大事，近日已有列国追到这里，让苏相国早日回其国商议国务，是本王硬留下来，让他好好给我们把把关。”苏秦站起来，与众人点点头，又坐了下去。

秦开说：“按照大王的训示和要求，我等征讨东胡和箕子朝鲜的将领们，一起商议了大王适才所说事项。其中，设郡置守问题思考得稍具体些，教化人心和发展经济有了个大概考虑，而修筑障塞问题只是个想法，其大量事宜须待实地察验后才能有个确切意见。说出来请大王和诸位国卿指正。首先，说说郡守设置问题。”

秦开说着，展开一张羊皮地图，放在地上，继续说：“这张羊皮地图上所标志的疆域，是我们从东胡和箕子朝鲜手中夺取的地盘，辽水西侧一部分及以整个辽东，大王已下令设置了临时辽东郡。臣等众人的意见，这辽阔的辽东之地只设置一个辽东郡即可。从辽东郡周边情况看，西边与我燕国所取东胡之地相连，南边是大海，北边是东胡和秽貊。东胡新的疆域以辽水与辽东郡和秽貊部落为界，秽貊部落眼下已是我们的好邻邦，且我们已在那里修筑了二龙山边城，从安全上已无大碍，而东胡在短期内也难以翻身。辽东郡的东边，其北部仍是秽貊部落，其南部是被我们刚刚驱赶至满番汗以南的箕子朝鲜。纵观辽东郡的周边，这片广袤之地只设一个郡较为合适。”

秦开又指了指羊皮地图说：“辽水以西这片从东胡手里夺来的土地，其西部密云一带，在商殷时是商殷的地盘，西周与春秋时为我燕国地盘，后来被东胡进占。令疵塞以东和以北地区，亦比较古老而类型多样。因此，臣等众人的意见，这片千里之地，可设置四个郡。具体位置，我们在图上已做了划定，大王和各位国卿看合适否。这四郡的名字，臣等众人琢磨了多日，也才想出了两个，另两个想得五花八门，没有统一意见，也望大王和国卿们指教。”

燕昭王饶有兴趣地问道：“哪两个有名字啦，爱卿们给它们起什么名啦？”

秦开指着羊皮地图说：“自西向东，第二个和第四个郡名我们想出来了，第二个叫渔阳郡，第四个叫辽西郡。因为渔阳郡臣等已为其选定了郡址，是个极好的去处，当年臣等都去过，邹衍大夫还在那里吹过律管。”说到这里，秦开又指了指羊皮地图说，“郡址就在这里，是渔水之阳，故拟起名为渔阳郡。第四个比较简单，因为辽水两侧以辽东为主，大王已下令设置了辽东郡，第四个郡址位于辽东郡之西，自然应该叫作辽西郡。”

燕昭王点了点头说：“靠谱。等秦爱卿都说完，我们再一并商议吧。”

秦开说：“那臣再说其他两件大事。关于在新占之地教化人心和发展经济问题，对于增强我燕国的国势国力，极为重要。臣等初步想法，这些地方的人群，东胡故地文化文明落后，人们到处游牧，不习字数，不会种粮，而箕子朝鲜故地，虽然箕侯国当年曾博得东方君子国的美誉，但他们毕竟远离中原诸侯国，相对我中原各诸侯国落后多了。但我中原诸侯国虽然诸子百花齐放，百家争鸣，实则各诸子学说功效不一，且有利有弊。臣等众人的意见，在教化人心上，还是孔孟二夫子的儒家学说比较好，儒家忠君爱人，忠孝节义，倡君子耻小人，都是这些地方百姓们亟须接受的东西。因此，应派遣儒生深入这些地方，向民众传授儒家思想，以教化民心，凝聚国力。在发展经济方面，臣等众人认为，最首要的是教习当地百姓种田。臣等这些年在胡地、朝鲜和秽貊之地看到，虽然秽貊之地有黍、朝鲜之地有稻，但总体上还是蛮荒之地多，特别是东胡故地，什么种植都没有，这对于壮大国力是不利的。因此，臣等的意见，可通过种种形式教习当地民众种田，使他们既食肉奶，又食五谷，既向王朝提供肉奶，也提供粮食。”

燕昭王听到这里，连声说好，他说：“待秦爱卿说完后，我们好好商定一下。”

秦开说：“下面臣再说最后一件事，即修筑障塞问题。臣一直在想，虽然眼下东胡、箕子朝鲜已被我燕国征服，甚至臣服我们，但从长远看，这两个部落、侯国难免日后不攻击我们，因此应加强边境防守，而最好的防守方法，是修筑障塞，阻挡敌人的进攻。最好的形式便是修筑长城。因此，臣想应在我漫长的边境线上，筑起一道万里长城。”秦开说到这里，又展开了一张羊皮地图指了指，继续说：“这道万里长城，臣认为应西起纲成郡西，经造阳一直向东直达辽水，然后到二龙山边城以南，再向南折，一直延伸至燕国与箕子朝鲜的分界线满番汗为止。因为这条线长数千里，工程浩大，非短期能及。臣等众人想大王和众位国卿先有个意见，如定下来修筑，再做那些修筑前的诸项事宜，届时再予报告。”

燕昭王站起身来说：“怎么样，各位爱卿，我们的秦开将军为我燕国下步描绘了三幅发展蓝图，且一幅比一幅重要。各位爱卿都说说，你们觉得如何，今天我们就这些问题形成意见，然后立即实施。”

相国苏秦先说话了，他说：“明君治下出贤臣，真想不到这些年秦开将军在击东胡、打朝鲜上取得这么大的成就，特别是对下段燕国发展壮大又有这么多这么好的想法。秦将军说的这三大方面的事情，臣都同意。臣认为，如果这些事都实现了，我燕国在战国七雄中的强国地位也就实现了，我们制服强齐，血复前仇的前提和时机也就来到了。因此，臣期望大王批准这些计划，并稳步实施。至于教化东胡和箕子朝鲜故地人心的事，臣有个想法，那就是向齐、楚、韩、赵、魏五国借一些学子，连同我燕国的学子及儒生，选择一个千人儒生教化营，分赴这些地方向民众传授儒家思想，教化民心。”

乐毅说："秦开阁下的这些想法臣都同意，期望大王批准实施。眼下，燕国改革已见成效：明奉法，审官断，律法日渐完善，吏治日渐成效；'亲亲''贵贵'的用人习俗正在打破，官爵只授予有功和有能之人，已蔚成风气；'循法令，顺庶孽者，施及萌隶'，遵纪守法的顺民，都得到应有的奖励，城邑乡村秩序井然；军队自实行胡服骑射改革以来，不但紧衣窄袖，作战灵活，且着重进行了战法和军纪的训练，战力空前提高。我燕国眼下实际上已经跻身于战国的强国之列，如果再将两千里新占疆土治理好，利用好，保护好，不用说，我燕国一定会称雄列国，大王和燕国一切有志之士的任何壮志，都可酬也！此三大事项中关于设置五郡问题，臣同意秦开将军等众人的已有意见，至于那两个未起名的郡名，臣建议从西起的第一个郡叫作上谷郡，因为臣听秦将军说，郡治设置在大山谷上，叫上谷郡正好。将来修筑边境障塞时，西边的起点要将它包围起来。第三个郡的名字，臣也想了一下，叫作右北平郡如何！因为臣刚才在想，此郡的治所在平刚城，而从地图上看，郡治的位置是在王都蓟城的右边和北边，这样，'右'、'北'、平刚之'平'三字相迭，组成右北平郡，不知可否，请大王酌定。还有一事，即修筑万里长城时，一定要仔细勘察路线，再具体测算和安排工程量和民工量。"

秦开一边听乐毅说，一边频频点头。

原来我中华到秦统一后才正式烧砖，到汉代时才正式烧瓦，正所谓"秦砖汉瓦"。战国时如同没有纸张一样，也没有烧砖技术，只能以砂石土垒砌长城。

邹衍说："秦开将军击东胡、打朝鲜、建边城，如今又提出设五郡、修长城，以及教化民心，发展落后之地经济，鄙人都极为赞成，此真乃贤才治国者也！望大王尽快批准这些方案，尽快予以实施。鄙人只提一个具体想法，即教习原胡地和朝鲜侯国之地民众发展农耕时，鄙人愿尽己所能，深入蛮荒之地，与当地民众一道，使发展胡人、夷人农耕经济有所收获。"

"鄙人"之称是邹衍跟苏秦学的，但苏秦这些年几乎不再自称鄙人了，但邹衍还是一口一个"鄙人"。

剧辛说："秦将军功勋卓著，想法极好，臣也都赞成，并愿在大王和乐毅将军、秦开将军的节制和指导下，尽力去做好相关事情。”

燕昭王见大臣中还有鹿毛寿没有说话，便笑盈盈地对他说：“爱卿此次作为先锋官征讨箕子朝鲜和秽貊部落，真是功劳不小。秦开将军适才所说事宜，想必也有爱卿的功劳在内。爱卿有何意见，再说说！”

鹿毛寿说：“论年龄，臣比秦开将军大出一旬开外，但秦开将军的德能和才能以及品行，是臣永远不能企及的。臣在作为先锋官并跟随秦开将军征战这一段时间里，反复在想着一件事情，燕国为什么会一下子有这么多贤臣贤将呢，而臣将为什么这么杰出呢！当然，答案早就有了，这就是有圣明的大王和大王招贤的圣德。臣完全赞成秦开将军的这些意见，也同意几位国卿的意见，臣只想再说一句话，那就是臣会在日后实现这些未酬壮志中，再做更多的贡献，以洗刷臣在先王时造成的罪孽。”

燕昭王从头至尾，一直在认真听众人说话，并不时地在绢丝上记着什么。听完鹿毛寿的话后，燕昭王朝他笑了笑，并深情地点了点头。燕昭王又征求其他大夫和士大夫的意见，众人都摇头示意没有意见。

燕昭王在问过秦开及众人一些事情后说：“秦开爱卿说得很好，说出了未来我燕国要做的大事，这些大事关乎我燕国的前途和命运，关乎振兴燕国的最后成功，也关乎我们能否制服强齐。诸位国卿说得也很好，所提意见和建议本王都同意。本王最后再将几件事情归拢并明确一下。关于在东胡和箕侯国故地设郡置守问题，就按秦开爱卿和乐毅爱卿说的，在辽水两侧设置辽东郡，郡治设于襄平。在东胡故地自西至东，依次设置上谷、渔阳、右北平、辽西四郡。上谷郡治便是上谷。渔阳郡治在渔水之阳。右北平郡治设于平刚城，辽西郡治设于阳乐。郡与郡之间的界限就按秦开爱卿等人的划分即可。郡及郡治确定之后，剩下的是要确定郡守和司马等官员。本王的意见，按照当今战国列国的惯例，各郡除设一名郡守作为主要治官外，再各设司马、司寇、司工各一名，作为郡守的辅官。郡守及司马、司寇、司工的人选，可在秦开爱卿一班战将中产生。这些爱卿本王已先前分别授予大夫或士大夫，出任郡守后可按列国大夫系列的规矩，改为郡大夫或守大夫。众位爱卿以为如何？”众臣一致赞成。

燕昭王接着说：“既然众卿都赞成，秦开爱卿可与众爱卿商议一下，提出各郡守及三司人选，由乐毅将军审查后交由本王任命。考虑到辽东郡已任命了临时郡守和司马，下步将山虎和鹰虎二位爱卿正式任命即可，在此基础上再选任司寇、司工各一名。”秦开、乐毅领命。

燕昭王继续说：“关于教化人心和发展经济这两件大事，就按秦开将军的意见及相国、邹大夫的意见执行。秦开将军现在便可做准备，在燕国各郡抽选学子和儒生，苏秦相国力争在各侯国推荐二三百名学子和儒生，届时让他们混于我燕国学子和儒生行列中，分赴各郡向民众传授儒家思想，以教化民众之心，奉行孔孟之道，让这些新加入燕国的民众像其他燕国民众一样，得以尊崇儒家。”秦开、苏秦领命。

燕昭王接着说：“关于发展经济，本王赞成众卿意见，但在组织形式上，恐怕没法分散教习。因为部落也好，郡治也好，还是分散，我们难以寻找那么多精通农耕的人去指导各地的农耕生产。本王的意见，我们可采取军士屯田的方式，在辽东、辽西各设一支屯田大军，在那里开荒种田，让邹大夫和他的弟子们前往教习军士，军士们学会种田后，种出好田，再让军士们分赴各地教习民众，也可以组织离屯田之地较近的民众，前往屯田之地观摩研习。秦开爱卿与邹大夫先拿出个意见，待设郡置守之事办完后，再将此事提上日程。”秦开、邹衍领命。

燕昭王继续说：“关于修筑长城之事，就按秦开爱卿和乐毅爱卿的想法，我们今天先将此事按国策之一定下来，并派些人前往列国作些考察研究，然后再组织人员前往现场勘察路线，计算取料用料的数量，统计测算工程量并征调筑修民工和军士。此事虽然很急迫，但又急不得，乐毅、秦开两位爱卿商议个具体意见，然后适时实施。”乐毅、秦开领命。

欲知后事，且看下回分解。

第二十七回　燕昭王遣儒生教化　秦少勇率军士屯田

却说秦开击东胡、打朝鲜，夺取了两千里疆土后，燕昭王和燕国上上下下都极为鼓舞，在燕昭王的头脑中，一个列国之间的富国强兵蓝图更加成型，向齐国血复前仇的行动计划，也渐渐提上了日程。在燕昭王的主导和影响下，秦开认真设计了设五郡、教化人心、发展经济和修筑长城等一系列振兴燕国的大事。燕昭王在与秦开充分商议的基础上，召集众臣认真听取了秦开的情况报告，并认真地进行了商议。商议的结果，对设五郡、教化人心、发展经济和修筑长城诸事，都一一通过。燕昭王甚是高兴，在秦开和诸位大臣意见的基础上，又作了系统的归纳和进一步明确，还从实施的时间顺序上做了要求。苏秦、乐毅、秦开、邹衍等大臣一一领命，并按照燕昭王的要求部署，认真去做自己领命的事情。

且说秦开按照燕昭王的要求，与部下战将们认真落实，勤恳务实做事，先将五郡设置的一应事务一一做完。接着，秦开又根据众将的才能情况，提出了上谷、渔阳、右北平和辽西四郡的郡守以及司马、司寇、司工人选。经将军乐毅审查同意，提名王信任上谷郡郡守，宫宇为上谷郡司马，孙擒虎为渔阳郡郡守，李虎为渔阳郡司马，华云为右北平郡郡守，向羊为右北平郡司马，田夏为辽西郡郡守。其余司马、司寇、司工，皆从秦开征讨大军中选用。秦开的两位得力兄长牧羊和陈奈，因早已被燕昭王任命为燕国司马和司寇，且又被授予下大夫，因此作为秦开的左右手，不离左右。

这个任职名单呈送燕昭王后，燕昭王很快予以批准，并以王令形式颁发任命。王信、孙擒虎、华云、田夏任郡守后，燕昭王又将他们任为郡大夫。辽东郡守和司马仍由箕子朝鲜降将山虎和鹰虎出任。过了一段时间，燕昭王又亲手将玉印授予各郡守。

燕国设置五郡，特别是其中的辽东郡、辽西郡和右北平郡，其中的一部分在东北地区。这是东北地区设置郡县之始，也是燕国经略东北的开始。自此，燕国的官吏、军队、民众，随着郡县的设置大批进入东北地区，在东北南部原来箕子朝鲜、北部和西部的东胡、秽貊原居地区，建立起了中原式的封建政治、经济制度，这不仅在中原王朝对东北区域统治史上具有重要意义，而且对当时乃至后来东北各少数民族的发展史上也具有特殊意义。

辽东郡设置在原朝鲜侯国与秽貊人居住地区，郡治襄平县，其故城在今辽宁省辽阳市旧城东部。二十世纪末期，人们在这里陆续发现战国遗址，出土战国晚期的各种陶器、铜器和钱币等遗物，在辽阳东郊新城还发现大型战国墓。辽东郡统辖范围，西到辽宁北镇一带的医巫闾山，东至朝鲜半岛，北达东辽河流域，以辽河流域为中心，包括整个辽东半岛。

辽西郡地处东部与西部古代民族的交汇处，这里民族流动性大，民族成分复杂，其统辖范围，东至医巫闾山和南流大凌河与辽东郡相接，西南到今河北迁安市一带滦河流域与渔阳郡相接，以大小凌河中下游流域为中心，西与右北平郡相接，北达今内蒙古奈曼、库伦旗一带。

右北平郡设置在古代东北地区通往华北地区的重要交通枢纽地带，一直是南北文化汇集交融地区，也是燕国控制东方草原地带的重要边境。郡治平刚县，其故城在内蒙古宁城县西南的黑城子古城。统辖范围北到内蒙古赤峰以北，西至河北围场、承德以东，东及东南与辽西郡为邻。

自战国时期的燕国在东北设置郡县以来，东北的南北地区一直处于中原郡县建制的统辖之下。历代中央王朝都在此地区设立郡县，实行有效统治，且统治方式与中原各地相同。与此同时，在东北其他地区采取间接统治方式，对少数民族的首领加以册封，确立地方政权从属于中央王朝的政治关系。由于历朝国力强弱不同，东北南部郡县区屡有伸缩或变迁。

我国古代将郡作为行政区域，始于战国时期。在秦代以前，郡比县小，从秦代起郡比县大。郡设郡守，本为武官，因此也称为郡将，后来渐为地方行政长官。汉景帝时，郡守改称太守，太守之下设郡丞和郡尉，分管民事和军事。

且说秦开在燕昭王和乐毅的支持下，很快将设郡置守的事情办完，待众兄弟们都到各郡赴任之后，秦开又立即与牧羊、陈奈二人商议起赴各郡教化民心问题。陈奈说：“将军不要太过着急，每天都是这样不停地操劳着，总该有点时间在府上陪陪冬青夫人，逗逗小公子才是。”牧羊也说：“我等众兄弟都有些闲暇时间，唯将军整日这样忙碌着，也该多注意身体才是。”

秦开笑了笑说：“小弟正在壮年时期，两位兄长都不怕累，小弟更不怕累了。”说完，还是与二人商议起事情来。

在秦开的督促下，燕国王都蓟城和那些老郡，很快抽调集中起数百名学子和儒生，准备赴东胡故地和辽东郡去教化新成为燕国子民的民众。此时，苏秦从齐、韩、赵、魏等国求借的儒生也陆续来到蓟城。秦开和陈奈将数百人集中于王宫前面的广场上，给这些儒生和学子讲述教化民心的必要性和相关要求。来自各国的儒生和学子们，见燕国竟肯不惜代价给边远异族民众们灌输儒教，又见燕国将军亲自督办教化民心之事，不由得称赞起燕昭王的英明。

秦开亲自将这些儒生和学子分组，并指派分赴地点，然后，每一组都派军士们护卫并充当向导，与他们一起前往各郡各地去向民众传授儒学，以期教化民心。儒生和学子们到了各郡后，各郡守和司寇极为重视，纷纷出面接待他们，并为他们提供优厚的生活条件。

儒生和学子们也得到了民众们的热烈拥护和欢迎。每天，不管是在民舍中，还是在树下、河边，或是在马上，儒生和学子们的身边总是围着民众们在听讲。许多儒生和学子的竹简书很快将编绳磨断。民众们听说羊皮熟化后可以写字抄书，纷纷将自家的羊皮送给学子们和儒生们。几个月后，这些先生们的竹简书都换成了羊皮书。

儒生和学子们给民众讲授的都是孔子的《论语》。几个月后，儒生和学子们所教授过的地方，到处都能听到民众“之乎者也”的声音，人们说话中，也时时会发出之乎者也的动静。一时间，不论是城邑还是乡野，不管是大街还是酒肆，不管是男女还是老少，到处都在谈论孔夫子，到处都在赞颂中原文明和儒家文化。

消息传到秦开耳朵里，秦开大喜，他对陈奈和牧羊说：“国家财富的创造来源于民众，我们军饷来源于民众，连我们的军士也来自民众子弟，因此，将他们教化成具有仁义礼智信的仁人志士，对我燕国的振兴作用极大。今各地传授儒学、教化人心取得好进展和收效，真使小弟比征服了东胡和箕子朝鲜还高兴。小弟想到各地去亲眼看上一看，二位兄长可愿一同前往？”

陈奈连忙说：“东胡、箕侯胡地的民众如此接受儒学洗礼，的确让人高兴，末将愿意前往。”

牧羊说：“如果屯田之事不影响将军的部署，末将也愿意前往。”

秦开说：“正好我等前往各地察看教化人心的时候，连日后屯田的地点等情况一并选定，等察看回来后，便可向燕王报告，开始实施屯田计划。”

牧羊高兴地说：“好，那末将正好两面都兼顾了。什么时候出发？”

秦开说：“待小弟向燕王报告一下后，即刻出发。”

当天，秦开和牧羊、陈奈便骑上快马，向右北平郡治平刚城驰去。

此时正值深秋时节，右北平郡到处都是秋高气爽、野果累累的景象。秦开等三人心情高兴，时快时慢，快时驰马比比各自的脚力情况，慢时则边看边议大地风光及新设郡治的话题。这日接近中午时候，三人刚刚勒马慢行，却见前面一条不大不小的河流横在眼前，往旁边看时，却见三位老者似在河中捕鱼，但此时三人都停止了手中渔网的摆动，站在石头上在争论着什么。秦开向牧羊、陈奈示意了一下，三人便勒马静静地听了起来。

只听其中一个老者说：“我等听那些儒生讲了好几个月的《论语》，我就认为《论语》就是讲怎样做君子，怎样不做小人。”

另一位老者说：“《论语》议论君子和小人的地方的确不少，但怎么能说《论语》就是讲君子小人呢！”

第三位老者说：“你二人别争啦，依我看，《论语》讲到君子和小人的地方确实不少，但不能说《论语》是专门讲君子小人的，人家孔子在《论语》中，还讲了那么多治国富民、为政施教等方面的事。这些咱们也不说了，我倒想考考你们，你们说这君子到底有几个标准？”

先前说话的第一位老者马上说：“这你难不倒我，我听了这几个月的《论语》，主要就琢磨君子这个话题了，听我给你背几句这些君子的标准：君子周而不比，小人比而不周。”老者背完这句话，马上摇摇头说：“不行，光背君子标准还不行，还必须带上小人的标准，因为孔子在《论语》中就是将君子和小人对比着说的，只背一句，不背另一句，容易把其他的也忘啦。”

没容其他两位老者说话，第一位老者继续说：“我重背啊，君子周而不比，小人比而不周。君子怀德，小人怀土；君子怀刑，小人怀惠。君子喻于义，小人喻于利。君子坦荡荡，小人长戚戚。君子成人之美，不成人之恶。小人反之。君子之德风，小人之德草，君子和而不同，小人同而不和。君子泰而不骄，小人骄而不泰。君子上达，小人下达。君子求诸己，小人求诸人。君子不可小知而可大受也，小人不可大受而可小知也。君子有三畏：畏天命，畏大人，畏圣人之言。君子学道则爱人，小人学道则……”

第二位老者见第一位老者背到这里忘了，接着背道：“小人学道则易使也。”第一位老者连忙说：“对，对，看来还是不熟练，我还要像那个小先生说的，每天背上二十遍。”

秦开在马上听到这里，看到这幅情景，不禁大为感动，他示意牧羊、陈奈继续听下去。只听那第三位老者又说：“都离老哥虽然没把君子们标准背全，但能背下来这么多，老弟我以为就很了不起了，咱们这几个月没白学，那几个小先生也没白教。我现在想啊，学是学了，也知道了中原人倡导的儒家思想是些什么了，但主要还是怎么去做，那几个小先生不也说期望咱们几个老头带头去当君子吗！我看以后咱几个老头就互相比比怎样做君子，不做小人，你们看如何？”原来第一个说话的老者叫都离。

都离一听连忙说：“好啊，那咱们现在就开始比，如何？”

第二位老者说：“比什么？”

都离说：“就从今天咱三个老头捕鱼比起。”

第三位老者说：“怎么比呀？”

都离说：“两位老弟捕得鱼少，老汉我捕得多，我给你们分些就是了。”

第二位老者说：“你给我二人些鱼，就能算君子吗？”

都离马上说：“怎么不算，‘君子喻于义’吗，我多你们少，把我的给你们点，难道这不是君子的行为吗！”

第三位老者点点头说：“这也应该是一种君子的行为和做法，君子成人之美嘛。但我二人要做君子，怎么能要你的鱼呢！”

都离说：“你们要是不要，那我现在就帮你们捕鱼，怎么样！”说完，就往秦开三人站立的地方走来，却一眼看见了秦开等人。

秦开一看，连忙上前作揖说：“三位长辈，我三人在此听你们说《论语》、论君子好久了，我三人向三位长辈施礼啦！”牧羊、陈奈一听，连忙学着秦开的样子，也向三位老者作揖。

三位老者见眼前是三位夏人武官人，连忙还礼。都离说：“我们山野之人在此闲说，还望官爷不要笑话。”

秦开跳下马来，赶到三位老者面前说：“三位长辈学《论语》、做君子的举动让我等感动啊，我等正是燕王派来了解儒生们教黎民百姓学儒学情况的，敢问三位长辈对大王这一举动，还有何意见和建议，晚辈愿洗耳恭听。”

三位老者见秦开等笑容满面，可亲可敬，便扔下渔网，相互看了看，还是年龄最大的都离老者开了口：“要说燕王用儒学教化百姓之事，我等黎民百姓要说的就一个字：好！如今这位大王不仅富国强兵，竟能想起对百姓实行儒学教化，真是个让百姓敬佩的明君！百姓知道了治国和做人的道理，不愁我燕国不强。要说我等有何意见和建议，老汉真有个想法，不知说的对否，说错了还望官爷谅解。”

秦开连忙说：“长辈但说无妨。”

都离说：“这右北平郡是燕国的新郡，原为胡人之地，这里的原居人们从来没听过读书人讲书，更没上过学。如今听儒生们讲孔夫子的书，我们不仅有兴趣，而且耳目一新。只是有一样，听起来很是费劲，需儒生们一点一点地讲授才能明白。老汉想，如果我们识字，学起来就不会费劲啦。因此，老汉是说，官家能否在我们这里办个学堂，教教孩子们和那些后生们识字，我等老朽就不敢指望了。”都离说完，那两位老汉也点头赞成。

秦开拉着都离的手说：“长辈说得好，这个想法很好，我们回去后，一定向大王报告，争取能尽快在这里办起学堂。”三位老者听了，连忙称谢。

告辞了三位老者，秦开等人再次打马快行，不到两刻钟，便来到了右北平郡郡治平刚城。郡守华云见秦开、牧羊、陈奈到来，又惊又喜说：“将军前来，怎么也该提前告诉末将一声啊，刚刚过了饭口，让末将连将军的午饭怎么吃都不知道了。”

秦开一边拉着华云，一手拉着司马向羊说："吃饭是小事，快说说儒生们教化民心的情况。"

华云说："怎么也该先吃了饭再说吧！"

秦开说："吃饭不急，先说说吧。"

华云刚要说话，有个郡差来报，说堂前一对夫妻为拒做小人之事争论不休，夫妻俩一起来到郡衙，要求郡衙给他们评判一下，郡衙此时已无人能作评判，只好报告郡守和司马。

华云说："将军谅解，末将这一段天天都有这样的事，百姓们自受儒学熏陶以来，民风更加淳朴，争做君子的风气已在全郡蔚成。前日已有父子二人为拒做小人的事请教郡衙，今日又来了一对夫妻。将军少坐，末将去看看便来。"

秦开看了看牧羊和陈奈说："走吧，我们也来听听第二场争论吧！"说完，众人都笑了起来。

秦开等人在右北平郡待了几天，天天都与民众广泛接触并了解观察儒学教化民心情况，还几次看望儒生学子，与他们叙谈，听取他们的意见。

在听取华云和向羊等人的情况报告及意见后，秦开等离开右北平郡，前往渔阳郡，了解那里开展儒学教化情况。在渔阳郡，秦开等人看到了与右北平郡相同的情况。

回到蓟城后，秦开仍然兴奋不已，他禁不住地提笔给燕昭王写信，报告了在右北平郡和渔阳郡所见所闻的儒学教化情况，以及对新设诸郡办学问题的建议。燕昭王看了秦开的信大喜，他亲自与邹衍等大臣商议，并很快做出决定，在上谷、渔阳两郡，先各办一所学堂，在右北平、辽西、辽东三郡，各办两所学堂，王朝出十万明刀钱，资助办学事宜。

看看教化民心事宜已深入人心，且取得丰硕成果，秦开与牧羊、陈奈商议，来年春天开始，实施军士屯田，种植五谷，为昔日胡地种植粮油作物做示范。

秦开首先选定了屯田地点，将屯田之地选在辽西郡与辽东郡相接的大凌河一带。接着，秦开又选定了参加屯田的军士，从现有军士中选定了三千年龄稍大者，并趁时值入冬之际，进行农事培训，同时准备农具、种子等一应什物。

上大夫邹衍亲自为军士们讲授黍谷的种植知识。由于缺乏讲授场所，燕昭王将王宫的大厅让与邹夫子授课。邹衍选定了两百名聪明机灵而又注重实干的军士，先行培训他们，让他们在垦荒种田过程中充当农耕教授。

邹衍授课的第一天，秦开与牧羊、陈奈等人亲自来听课。秦开席地而坐，面前放着一张羊皮，一支毛笔，一块磨砚石，他一面听讲，一面不时地记录着邹夫子的话语。邹衍虽为战国时期的阴阳家学派创始者与代表人物，但他的真正兴趣在农业，立志要做的事情是在燕国大地推行种植黍谷。他见燕王将屯田军士请进王宫受学，秦开等将军席地而坐认真听自己讲授，再一次讲兴大发，只听他用高亢的嗓子说："我华夏大地早在三皇五帝时，便开始种植五谷，尤其是神农氏，他是华夏农事的始祖，是五谷的发现者和种植的倡导者、引领者。五谷者，稻、黍、稷、麦、菽也。如今，中原大地种植五谷早已是人人都会做的事情，可是在我燕国，特别是在新设诸郡，人们还不知种地是怎么回事，只是在很小的范围内，有人种植黍谷，其他几种如稻、稷、麦、菽，至今无人种植。黍者，即大黄米也。秦开将军和我说，地处汉水的秽貊部落的兄弟们，已经早已种植黍谷，而我燕国大地，至今还种植极少。经我的考察和琢磨，在包括新设诸郡的燕国大地上，稻、黍、稷、麦、菽这五谷，都适宜种植。如果将我燕国大量的蛮荒之地开垦出来，都种上五谷，不仅可以使举国百姓人人丰衣足食，而且可使我燕国变得更为富庶而强大。因此，军士们、勇士们，你们未来要做的屯田事业，是一项开启民智、造福于众的善事，是于国于民都有利的盛事。"

邹衍的授课一直讲授了十多天，从五谷的基本常识一直讲到每种作物的种植、育苗间苗、铲草松土、旱涝管护、收割入仓，从开荒的要求一直讲到生地和熟地的区别及种植上的不同对待。那些已被选定去屯田的军士，虽然自己没有去参加听邹衍讲课，但听课的军士一有时间，便被他们拉入军营，让他们再给自己讲课。

秦开一面请邹衍培训军士，一面请陈奈组织数百军士打造镐、锄、锹、镰等农具。此时，铁器在燕国的应用已经很普遍，军士们将各种农具打造出来后，放置库中，只待冰雪融化后便赴屯田之地大干一场。

秦开在邹衍的指导下，派出上百名军士，前往燕国南部和齐、赵两国去采购五谷种子。种子采购回来后，邹衍在自己府中亲自做实验，看发芽育苗情况如何。

秦开除全面策划和运筹屯田事宜外，还认真重温了当年前往中原拜访诸子名流时，拜访农家代表人物许行的情况，以期从许行的身上和他的学说中，找到与屯田有益处的东西。秦开还认真回顾了自己在东胡做人质和征东胡、击朝鲜期间有关情况，期望从中发现与在胡地种植有关的情况。

这日，秦开去邹衍府上拜访。看到秦开来访，邹衍甚是高兴，他拉住秦开的手说："将军真是功德无量，不仅取得胡地，而且倡导教化了胡民，使他们成为儒家的信奉者，如今又要开发胡地，在那些蛮荒之地上种植五谷。燕国有秦开，真乃燕之幸也。"

秦开说："秦开乃一介武夫，不足挂齿，倒是燕国有了夫子，才是真正的燕国之幸啊！"

邹衍说："将军登门，必有指教。"

秦开说："在下是专门来向夫子报告一事并请教的。"

邹衍说："将军请讲。"

秦开说："在下在东胡时，多次见过并吃过东胡的两种特产，一种是戎菽，一种是冬葱，我听说戎菽早在千年之前就有，是山戎时期向周室王朝进贡的主要方物，齐桓公当年北伐胜利'献戎捷'，其代表性战利品便是戎菽。在下想向夫子请教的是，这种戎菽与夫子所说中原五谷中的菽，有何不同？"

邹衍笑道："将军如果研究这些事情，定会胜过鄙人百倍。据鄙人所知，戎菽即为中原菽在山戎东胡之地生长的东西，现在我们从中原各国获得五谷的种子，日后在我们屯田之地收复粮食后，不又可把它当作戎胡之物吗！"

秦开点头说："在下在东胡时，曾吃过戎菽和冬葱，至今印象极深，特别是戎菽，有多种吃法，甚是香甜可口。"

邹衍说："《管子》记载道：'北伐山戎，出冬葱与戎菽布之天下。'想必中原之菽乃山戎之菽传播而至。"

秦开点了点头说："许多文化来自中原，一些物产，却来自北地。"

邹衍说："因此，诸国诸部落的交流，催生了华夏大地的文明之花。”

秦开说：“在下原来有种担心，怕一些在中原生长的植物，到了北地不会生长，看来此担心多余啦。”

邹衍说：“有些植物换了气候后不愿生长，这是事实，但五谷之物，看来种往北地是没有问题的。比如将军所说的戎菽，实则是中原所称之大豆，或包括众豆类的总称，这类东西，在南北都会生长，但哪里会长得更好，则会有区别，照前面我们所议，很可能戎胡之地生长得要比中原好。”

在秦开和邹衍的共同努力下，屯田种粮一应事务在冰雪融化前，已准备得利利索索。立春刚过，秦开便率三千军士启程前往屯田的大凌河一带，仅十多天，三千人马便开到了屯田之地，并扎下营盘。辽西郡守田夏得知秦开亲率屯田大军前来屯田，日夜陪同在身边。

转眼已到开荒种田的时节。开始开荒这天，辽西郡守田夏率郡衙众官，以及周边百里的百姓，都来观摩学习。早已前来指导开荒的上大夫邹衍，手持律管，站在众人中间，待烧荒的火焰跃起后，邹衍再次吹响律管，将民众和官员一并纳入歌舞之中。

三千军士整日苦干，没过十天，数千亩农田早已开发出来。播种的第一天，邹衍亲自示范，把一粒粒种子播散到地里去。那些受过培训的军士们，在亲眼看过邹衍播种后，一个个如法炮制，很快将数千亩新开垦的耕地播种完毕。

且说燕军在大凌河屯田之事，没等燕军进驻垦区，附近百姓早已知晓，且早已得知燕王种植五谷、发展经济的想法，因此一些百姓在秦开率领军士们做屯田准备时，便也在准备着开荒种田之事。待屯田大军一动手开垦荒地，这些百姓便学着军士们的样子，也在自己的茅屋附近开起荒来。秦开和邹衍得知后，便按他们述说的情况将五谷的种子赠送给他们。这些百姓得到种子后，也和屯田大军一样种起地来。没过几天，渔人育稻、猎人种菽、新娘子种稷的消息，便一个一个地传到了秦开的耳中。

秦开得知百姓种田的积极性高涨，不禁甚是高兴。看看屯田大军开荒播种的活计已结束，秦开对邹衍说：“夫子到辽西郡治阳乐去歇息几天，在下去看看一些百姓自发开荒种田情况。”

邹衍说：“将军作为军队行军打仗的统帅，竟对百姓开荒种田如此用心，鄙人作为专司农事的国卿，岂有袖手旁观去歇息之理！”

秦开说：“夫子同行，在下求之不得，正好沿途请教于夫子。”

在军士们的引领下，秦开与邹衍先到一个渔民育稻的地方去参观。这是一个东胡族渔人，祖祖辈辈都在大凌河边打鱼为生。燕国实行开荒种田，发展经济的举动以后，消息及时传到了这个渔人的耳中。这日，渔人对他的夫人说：“燕国将这里占有后，紧接着又设立了辽西郡，现在又要开荒种地，富国强兵，我看我们东胡族人世世代代过的艰难日子就要到头了，我们也该为燕国和自己做点事啦！”

夫人说：“我们祖祖辈辈以打鱼为生，现在想为燕国做点事，无非是多打点鱼，多缴点税赋，其他还能干什么？”

渔人说：“我们除了打鱼，也去种些地，打些粮食，岂不是好！”

夫人说：“我们天天不是鱼就是网，连粮食什么样都不认识，怎样去种地？”

渔人说：“我们这里也有种黍的，黍就是粮食，怎么能说不会种地呢，只要我们好好跟人家学学，不信我们不会种地！”

夫人知道渔人有股倔劲，多少年来在大凌河的打鱼人中也是佼佼者，便说：“你想怎么办你就怎么办吧，家里人不拉你的后腿。”

渔人于是开始做着种粮的各种准备，并最终选中了育稻种稻这一行。当得知水稻需要先育苗再插秧时，渔人和几个邻居约定，先各自整理出一块水田，然后由渔人供应他们秧苗。

渔人从屯田大军处得到稻种后，便按照军士们告诉的育秧法，在家里育起秧苗来。秦开和邹衍来的这天，渔人夫妻二人正在家里给育秧土槽加温。邹衍看了，很是赞扬，他又对渔人夫妻作了一番指导后，便与秦开到另一猎人那去看他们种菽的情况去了。

这位猎人也是东胡族人，祖祖辈辈以打猎为生。看到屯田大军开荒种田后，他也立刻迷上了种田。当听说种菽又好莳弄又好卖钱，猎人立即向屯田大军要了种子，开出了一块荒地，将菽种播了下去。

种子播下去的第三天，猎人开始到地里观察菽种的发芽情况，并精心地做着护理。秦开和邹衍来到猎人的种菽地里看时，不禁大吃一惊。

欲知后事，且看下回分解。

第二十八回　筑障塞秦开勘路线　恶齐赵苏秦遭车裂

却说在秦开的倡导下，燕国在对东胡故地实行教化人心的基础上，又开展了军士屯田，为百姓种田做示范。秦开亲率三千大军来到辽西郡和辽东郡相接的大凌河一带，播下数千亩五谷的种子。当地的民众得知燕昭王积极支持民众种地，热情甚是高涨，纷纷效法屯田军士，自家种起地来。秦开听到百姓主动种田，不禁十分高兴，便约邹衍一道，到几家百姓家中去察看。在看到一户渔人育稻情况后，秦开和邹衍又来到一户猎人家，察看他种菽的情况。可当秦开和邹衍察看猎户种菽地里的情况时，却大吃一惊。

秦开和邹衍看时，只见地里铺满了一张张兽皮，哪里是种地之所，分明是晾晒兽皮之地。

看到秦开和邹衍吃惊的表情，那猎人告诉他们，听屯田军士说过，地温太凉，种子发芽便慢，他自以为此时此地地温过凉，怕影响菽种发芽，因此将家中常年打猎积攒下来的兽皮铺在地垄之上，以便使地垄保温，使菽种尽快发芽。

秦开和邹衍见猎人如此用心，甚是高兴。邹衍告诉猎人，眼下季节已到种田适合期，地温已渐渐升高，不会影响种子发芽和生长，兽皮捂在地上，可能反倒影响种子发芽。猎人听了，连忙收拾起兽皮。邹衍又向那猎人说了一些应该做好的事情，然后与秦开又到一个种稷的人家察看去了。

稷也称粟，俗称小米，小米有白、红、黄、黑、橙、紫各种颜色的品种，还有黏性小米。小米是最早的酿酒原料。

种稷之家是一个新婚不久的小媳妇，她得知燕军供给种子，便向屯田军士要了几捧，用布衫包了回来。回到家后，她在自家山后，开出了一块两亩大小的荒地，将稷种植入地中。邹衍见小媳妇将地莳弄得方方正正，利利索索，也称赞了几句，又说了一些日后禾苗管护之事，然后和秦开回到屯田大营。

秦开率军屯田这年，风调雨顺，屯田播种后的几天，便下了一场透雨，因此，种子很快发芽并长成小苗。秦开拉着邹衍逐块地察看秧苗情况，并让邹衍给军士们作指点。转眼，又开始了铲草、间苗等活计，秦开拉着邹衍在数千亩地里不停地穿梭，指点军士们正确操作。

铲完田间第二遍地后，秦开对邹衍说："夫子自开春后便与在下来到这大凌河畔，指点军士们开垦了数千亩农田，眼下各类秧苗生长茁壮，管护精良，看来到秋天丰收应不成问题。在下想趁此农闲之机，回蓟城与众人商定一下修筑长城之事，夫子也与在下一同回王城歇息一段吧。"

邹衍说："将军身负重任，只管回王都去做你的大事，鄙人一直住在这里。虽然眼下是农闲之时，但有史以来第一次在这蛮荒之地种田，不免有许多事要自始至终留意下去。将军回去后，鄙人再好好察看一圈庄稼长势情况，包括百姓自种的家田，鄙人也都好好看看，能指点的再指点一下，以期秋天有个好收成。"

秦开说："如此，则有劳夫子啦。"

当日，秦开带着牧羊、陈奈等人驰回王都蓟城去了。

回到蓟城的第二天，秦开便向乐毅将军报告了他思考已久的修筑长城的种种考虑。

乐毅对秦开说："自阁下上次向大王和诸位国卿谈了修筑北部障塞的想法后，本将军亦一直在思考这件事。大王已说过，此事虽然急不得，但的确需要抓紧进行，因为这样一个巨大的工程，毕竟不是一年两年就能修筑完的。本将军同意阁下的想法，利用秋冬时节，赴齐、魏、赵等国去观摩一下他们长城修筑的情况，然后开始策划我们修筑长城的前期准备事宜，力争明年开始动工。"

秦开说："在下观摩完齐、魏、赵长城后，便开始将我燕北长城的修筑路线实地勘察一遍，有了这两方面的基础情况后，再做起下步事情来，可能就顺畅多了。”

乐毅说：“好，阁下向大王报告，看看他还有何想法。”秦开点头。

秦开向燕昭王报告了屯田的情况后，接着又报告了拟去观摩齐、魏、赵等国修筑长城的情况，并请求燕昭王的训示。

燕昭王说：“小弟做的事情都是彪炳千秋的大事，也是燕国振兴的大事。在胡地开荒种田，改变了当地百姓祖祖辈辈的生活方式，也将为我燕国增添财富和实力，小弟功在当代，恩泽子孙。至于修筑燕北长城之事，为兄完全同意小弟与乐毅将军的意见。小弟就按此去安排吧。为兄要叮嘱小弟的，便是要适度歇息，不可一直处于忙碌之中，以免身心疲惫不堪而出了毛病。”

秦开有些激动，他望着燕昭王说：“王兄比臣弟更加劳累，更要保重身体才是。”燕昭王点了点头，拉着秦开的手，一直将他送至门外。

经过苏秦的亲自协调，秦开与牧羊、陈奈，带着几个随从上路，开始观摩考察齐、魏、赵等国长城的修筑情况。秦开等先来到了齐国，重点考察齐长城。在齐国官员陪同下，秦开一行很快登上了齐长城。

齐长城始建于春秋时期，在齐桓公时便开始修建，起于古济水河东岸的长清县孝里镇广里村，从大峰山山顶通过，自西向东蜿蜒千里，直达黄岛入海，全长一千二百四十里，共翻越大小山峰一千五百一十八座。齐长城南面为鲁国，北面为齐国。齐长城并列两道，两道长城之间为屯兵营房和石砌通道，城墙一般高一丈五尺，厚七尺五寸，城墙内侧有守城马道，高一丈二尺，宽六尺，马道下依墙建石屋。齐长城就地取材，乱石垒砌，极为简陋。

看到齐长城新建的地方，齐国官员告诉秦开，这些看上去刚修筑完成的地方，的确刚刚修筑完十几年。原来齐长城自齐桓公时期开始，历代续修，最后完成的时间是在战国的齐宣王时期，修筑时间历时二百六十余年。秦开此次到齐长城时，齐宣王恰好死去十几年。

秦开一行自西向东，一连看了齐长城五六天，行程近百里，将齐长城所有的类型都看了一个遍。

这日，牧羊问秦开说：“齐长城修筑于齐鲁两国之间，鲁国国力与齐国相差甚远，齐国何不将长城筑于齐燕交界之处呢？”

秦开说："兄长有所不知，在齐桓公那个年代，鲁国还是个强大的诸侯国，而我燕国经济军事明显弱于齐国，因此当时齐国的敌对势力主要是南邻的鲁国及西南方的晋、卫、宋等国。这是齐国将长城修在齐鲁之间的因素之一，第二个因素，是齐国与我燕国交界处地势平坦，又有清、浊河为天然屏障，故而无修筑长城的自然条件。而齐鲁交界地处泰沂山脉相隔的天然条件，齐国自然要利用这些条件与鲁国隔离起来。"牧羊敬佩地点了点头。

秦开问牧羊和陈奈说："二位兄长看明白了吗？"

牧羊又点了点头。陈奈说："看明白了，末将不仅看在眼里，有些特殊的地方还描了些草图。"

秦开说："小弟有个想法，不知二位兄长认可否。齐长城在战国诸国中既然是最早的长城，其他诸国的长城想必和齐长城不会有大的差别，由此小弟想我们就不到魏、赵等国看了，以免耽搁时间。"

陈奈点了点头先说："末将也是这样认为，想那长城无论谁修，无非是以石、砂、土垒砌或堆砌而成，或以山峰、河堑等天然屏障为阻，只是大小长短不一而已。"

牧羊说："大小长短取决于本国财力人力，而不取于修长城之人。"

秦开说："那我等就此返回燕国，抓紧勘察我们欲修长城之处的路线，然后将一应情况报告给燕王，以便将修筑长城提上日程。"

当下秦开等辞别了齐国陪同的官员，跨上战马，向燕国方向驰去。

回到蓟城后，秦开与牧羊、陈奈等人又坐下来，认真总结了观摩考察齐长城的收获和体会，理出了勘察路线时应重点注意和考虑的问题。在向乐毅将军报告并得到乐毅的认可后，第二天，秦开与牧羊、陈奈等人，又踏上了勘察燕北长城修筑路线的征程。

秦开一行先来到上谷郡。上谷郡守王信和司马宫宇等人得知秦开等人光临，出城迎接。秦开等人与王信、宫宇见面后，便径直来到长城拟筑之起点处。原来王信与宫宇就任上谷郡后，立即与众人勘察长城的起点之处，待秦开到来时，已反复多次选择了起点之处，只待秦开决定。秦开与众人经过反复察看，最后将起点之地确定下来，并在地上埋设了巨大木桩作为标记，同时将起始之点标记在专门制作的羊皮地图上。

起始点确定后，秦开等人决定将长城走向引至造阳，然后再由造阳一路向东修筑。造阳乃上谷郡最北边的重地，即今河北省沽源之北。这一走向确定之后，秦开等人由起点一直向东北方向前进，沿途将长城建造地形及石、砂、土特征，一一标记于羊皮书上。天黑了下来，秦开令上谷郡的军士们就地搭设营帐，然后与众人围在一起，嚼着麦饼和牛肉。当晚，就宿于营帐之内。

第二天一早，秦开与众人简单吃了早餐后，又开始了勘察路线的忙碌。他们边走边看，边看边议，边议边定，几个记事的军士不停地在羊皮上记着一应事宜。又一天下来，秦开和众人盘算了一下，两天总共行进不到二十里。第三天，第四天，第五天，秦开一直是这样忙碌着。五六天以后，由于众人所作所为越来越熟练，军士们的分工和记事也不断优化，勘察速度也相应加快。即便如此，从起始点到造阳，也用去了整整二十天。

牧羊对秦开说："自上谷至满番汗，长达两三千里，以这样的速度勘察下去，只怕一年我们也走不完。"

秦开说："是啊，快恐怕也要一年。"

牧羊说："如果真走上一年，然后再坐下来去决定其他事，岂不误了大王的大事！"

秦开说："这样做可能确实太慢了，但修筑燕国长城，又来不得半点马虎，凡事必须做精做细，众位兄长看如之奈何？"

陈奈说："末将有个想法，不知将军认为可否。"

秦开说："兄长只管说来。"

陈奈说："末将也在想，修筑百年大计的长城，必须精细认真，半点马虎应付不得。但时间拖得太久了也不行。因此我们必须立即破解时间与进度、质量的矛盾。末将有个主意，如果操持得好，有可能将二者兼顾起来，既能使长城路线勘察得快一些，还能让将军放心。"

秦开说："不愧为军师，兄长快说吧！"

陈奈说："其实也没有新鲜东西，无非是把我们一班结义兄弟的作用都发挥出来，让他们都帮助分担罢了。"

秦开说："小弟明白了，兄长是想将已出任郡守和司马的众结义兄弟都请来，让他们按各郡将路线勘察出结果？"

陈奈点头说：“正是，众兄弟们早已知道了将军与大王要修筑长城的想法，如果让他们各自负责自己郡内那一段，使两三千里的路线勘察化整为零，一定会又快又好地完成这一任务，如此说来，如果今冬明春之前将此事完成，在此期间则同时商议修筑长城事宜，明年开始进入工程施工，应该不成问题。”

牧羊听了，连连点头赞成，并说：“众位郡守对此事一定会极为重视，会像将军亲自操持一样去认真完成此事。”

秦开说：“好，那就立即通知五郡的郡守，前来议事，将勘察路线的任务交给他们。”

牧羊说：“末将去布置。”说完转身要出门。

秦开将牧羊叫住说：“为了能尽快与五郡郡守议事，我们需选个距离上最佳的地点。”牧羊此时也反应过来，他点了点头说：“是啊，如果都到造阳来，最远的辽东郡守要到达这里，这通知之人一去和一来，恐怕没有半个月都到不了。”

秦开说：“我看到辽西郡治阳乐比较合适，现在我们和前往通知的快骑们一道出发，待我等众人到达阳乐时，用不了两天，辽东郡守也差不多赶到阳乐了。”

牧羊说：“如此最好，末将现在就布置。”

很快，牧羊将前往渔阳，右北平、辽西、辽东四郡送信的差役派走，待他回到秦开身边时，陈奈已将上谷郡守王信召至身边，并做好了前往辽西郡的准备。

秦开一声令下，牧羊、陈奈、王信等人和众随从，驰马向辽西郡治阳乐赶去。

果然，秦开等众人和渔阳、右北平两郡守差不多脚前脚后到达阳乐，过了两天，辽东郡郡守山虎也到了阳乐。

当天，秦开便向五郡郡守部署了抓紧勘察长城路线事宜，并向他们讲述了观摩齐长城的情况，以及需要认真思考和对待的问题。五郡守一个一个地表态，表示一定按时完成任务。

辽西郡守田夏陪秦开送走了其他四郡郡守后，又与秦开一起前往屯田大军营地。此时，恰好到了庄稼收割的季节。上大夫邹衍一直在屯田大军的营帐中住着，每天都在指导着军士们和百姓们精心地莳弄着庄稼。邹衍还一边观察一边总结，准备在庄稼收割后再好好给军士们讲讲。秦开的到来，使邹衍感到非常高兴。邹衍拉着秦开的手说："将军回来得正好，鄙人陪你到庄稼地里转转，看看庄稼的丰收景象。"秦开说："这都是夫子指导的功劳。"

在邹衍的引导下，秦开对屯田大军垦种的数千亩粮食逐一进行了察看。当看到长长的稻穗和金黄的谷穗，还有饱满的豆荚时，秦开喜不自胜。邹衍说："将军，今天鄙人对你说句实话吧：在尚未屯田种地的时候，鄙人虽然嘴上说种粮会成功，但心里还是有些不托底，毕竟是这里的气候、温度与中原有很多不同啊！因此，今天将军看到丰收的景象高兴，鄙人比将军还多出一份高兴，这就是我们在胡地种植五谷成功啦！"

秦开也拉着邹衍的手说："夫子是个诸子名流，是个智者，有了夫子，才是我燕国真正的幸事啊！"

秦开的到来，不仅给屯田军士们带来鼓舞，也迅速传到了百姓耳中。第二天，那位育秧植稻的渔人，种菽的猎人，还有种稷的小媳妇，不约而同来到屯田军营，来让秦开看看他们长势喜人和丰收的作物。秦开拿着他们带来的稻穗和谷穗及整株大豆，看了一遍又一遍。当晚，秦开和邹衍在军帐中饮酒至深夜，二人都喝得大醉。

屯田种植的数千亩五谷，打出了上万石的粮食。燕国上上下下都和邹衍一样，不仅是欢庆打出了上万石粮食，更高兴地是在东胡故地种粮成功。当秦开和邹衍回到蓟城时，蓟城的官员和百姓都赞颂燕昭王和秦开、邹衍，欢庆在东胡故地取得的成功。

燕昭王得到在大凌河屯田种粮成功的消息后，更是喜不自胜，他得知秦开和邹衍不在王城，便将乐毅请至宫中，二人议论了在东胡故地种粮成功后的意义后，也饮酒叙谈至深夜。

过了几天，秦开和邹衍押运着新打出来的粮食回到蓟城，看到金灿灿的小米、大黄米和黄豆，以及白晶晶的稻米，燕昭王大喜，他下令在王宫前面的广场上，支起青铜巨鼎，将新运回来的产自东胡故地的五谷，煮成香粥，让全朝官员和全城百姓前来品尝。人们闻着香味，品尝着香米，不停地喊着："大王，大王！"

当日晚，秦开向燕昭王和乐毅报告了考察观摩齐长城及勘察燕北长城路线等情况。燕昭王听了大喜道："小弟这一段像走马灯一样，不停地在运转着，为兄听你说的情况，我认为很对很好，齐长城是列国长城建得最早的障塞，赵、魏等国都是效法了齐长城的样子修筑的，有了齐长城作为参照就足够了，这样小弟不知又省出了多少时间！至于勘察我燕长城的路线，将任务布置给各郡守的做法很好，五个郡守有四个是小弟的结义兄弟和战将，他们深知小弟的严要求和高标准，把任务布置给他们稳妥可靠。况小弟真的不能这样长期劳累下去啦。"燕昭王说到这里，一副爱怜秦开的表情，刚才满脸笑容也收敛回去了。

乐毅说："在东胡和箕侯国故地设郡种粮，已经从根本上稳定了这片广大的区域，并开始为我燕国提供更多的财富。如果再将长城修筑起来，燕国将从此迈入强国之列，与强齐、强秦较量的前提也具备了。秦开阁下从现在起，一面着手调度并整理着已勘察过的长城路线的情况，一面策划长城工程施工的准备，调度好人力物力，本将军全力配合你。"燕昭王听了乐毅的话，点头赞成。

秦开说："臣弟按大王和将军的要求，从现在起，五日调度一次长城路线勘察情况，然后不断积累，同时做好明年春施工的准备。臣弟预计大年之后，便可拿出个长城修筑的总体想法，那时再请大王和将军审定批准。"

燕昭王掐着手指算了一下说："恐怕这样太紧了，小弟过了春分后再拿出总体想法不迟，这期间小弟认为可以做的施工准备事宜，只管安排部署就是了，不要把你自己的时间紧得太厉害，而让珍贵的时间在为兄这里浪费了。"秦开激动地点了点头。

转眼过了大年，在五郡郡守的努力下，自上谷经造阳一直到满番汗全长两三千里的燕长城修筑路线，终于勘察完毕。在这期间，秦开亲自前往勘查现场，抽查了右北平郡段勘察的情况，牧羊和陈奈也两次前往各郡抽查。与此同时，秦开率一班人日夜调度和整理汇总，计算着一批又一批的数据，形成一个又一个意见，秦开及一班人连大年也没歇息。

还没到春分，秦开已将写满文字、画满图形的近一尺厚的羊皮书，呈送到乐毅将军面前。乐毅颇为感动地说："贤弟兢兢业业，且举轻若重，在这么短的时间里，竟拿出了这样一份详细具体的长城修筑意见，真让为兄也感到敬佩呀！”乐毅连看了两个晚上，并提出了一些相关修改意见，然后呈送燕昭王。

燕昭王在他的办公殿堂内，整整看了一天，然后同意并下令实施这个长城修筑总体方案。按照燕昭王的布置，乐毅与秦开召集各郡守和司工又整整商议了一天，最后才把修筑长城的方案落实下来。

司工是古官名，即司空。相传在帝少昊时就设置了此官职，专管水利土木工程建设。在西周时，司空位次三公，与六卿相当，与司马、司寇、司士、司徒并称五官，掌水利、营建之事。春秋战国时沿置，且不但各诸侯国设置，连郡也设置。

按照燕昭王的王令，秦开作为燕国将军，兼任燕长城修筑的司宰，牧羊继续任司马，陈奈继续任司寇，前蓟城司马伯男为司工。

看看修筑长城的一应事务都已准备完备，这日秦开召集牧羊、陈奈和郡守、郡司工议事，商议长城修筑工程启动事宜。

众人刚刚坐在秦开的将军府内准备议事，忽见一位王差急匆匆地跑进秦开将军府的议事厅，上气不接下气地说：“将军快快进宫，我燕国已发生了天大的事情，大王已昏过去，不省人事啦！”

秦开听了，霍地站了起来，因为前来召唤的这位王差秦开认识，且是位老臣，秦开首先断定王差刚才说的不会有假。因此，他对众人说了句：“来日再议！”然后，大步跑出了议事厅。

当秦开一口气跑进王宫时，见乐毅、剧辛已到宫中，正在燕昭王身边，一边轻轻呼喊，一边轻轻捶抚，有位宫医也在摸脉并轻轻地呼唤着燕昭王。说来也巧，秦开刚到燕昭王身边时，却见燕昭王长长出了口气，然后睁开双眼，从昏死的状态中醒了过来。这时，邹衍也跑了进来。

众臣见燕昭王终于醒了过来，便一齐跪在地上，乐毅一边擦着眼泪一边说：“大王，到底是怎么回事啊？”

燕昭王见乐毅、剧辛、邹衍、秦开都跪在地上，且人人都在抹泪，又禁不住地痛哭失声地说：“我们的好兄弟、好相国苏秦已经在齐国惨死啦！”

乐毅、剧辛、邹衍、秦开四人一听，人人都如晴天霹雳，也都失声痛哭起来。燕昭王和四人一起哭了一会儿，然后擦了一把泪水，从地上站了起来，将四人一一扶了起来，然后说："四位爱卿，先不要哭了，可能现在不是我们哭的时候，我们立即商议一下，待为苏秦兄弟报仇雪恨那一天，我们再痛痛快快地哭！"

乐毅先止住了哭声，他也劝了劝邹衍、剧辛和秦开，并且说："是啊，现在的确不是哭的时候，苏秦兄长是怎么死的我们还不知道呢，待搞清情况并报仇后我们再哭不迟。"这时，秦开、剧辛、邹衍才擦了擦眼泪，并向燕昭王和乐毅点了点头。

燕昭王此时已恢复了平静，他对四人说："刚才，苏秦兄弟的一位随从，从齐国赶回来向本王报告说，苏秦兄弟几日前被齐王下令车裂而亡，本王一听，当即昏死过去，待我醒来时，四位爱卿已在本王身边了。"说到这里，他对站在一边的一位官吏说："快快向本王和众位国卿细细说说苏秦爱卿到底是怎样惨死的！"

旁边站着抹泪的那位官员，便是随苏秦在齐国任国相的燕国随从人员，他看到苏秦被齐王车裂后，骑在马上狂奔了四天四夜，中间还累死了一匹马，那随从也从马上摔下来好几次，终于回到蓟城向燕王报告情况。由于燕昭王听了两句，便昏死过去，那随从一直站在一边抹泪。现在听到燕昭王让他报告情况，便擦了擦泪水说了起来。说了几句，燕昭王见那随从疲惫不堪，便走过去亲手扶他坐下，然后亲手端给他一杯水。那随从喝了一口水，抹了一把泪，然后又述说起来。

原来，苏秦和乐毅投奔燕国后，看到燕昭王一心要振兴燕国，且燕昭王是自春秋以来少有的贤明君王，爱才敬贤已到了让臣僚甘愿为之而死的地步，于是与燕昭王结为兄弟后，便发誓今生今世要辅佐燕昭王，一方面要学管仲辅佐齐桓公那样，振兴燕国，使燕国成为七强中的佼佼者，以至成为霸主称雄列国。另一方面，要为燕昭王的父王报仇，向齐国讨还血债。因此，乐毅辅佐昭王大兴改革，通过处理好内政而兴盛燕国，而苏秦则以自己的口才等方面的外交天才，去行合纵之策。稍后，又出了个秦开，秦开却东胡、击朝鲜、开疆拓土，更使燕国振兴和强大有了坚实基础，使苏秦的合纵之策得以顺利实施。

战国是一个诸侯割据的时代。战国与春秋在历史上并无明确的界限，只是依照后人的习惯，以“三家分晋”为起始标志。战国前期，齐、楚、燕、韩、赵、魏、秦七雄形成，各国将精力用在内部整理上。各国招贤聚能，励精图治，李悝、吴起、商鞅等人的变法维新便发生在这个时期。战国中期，乃是大战之时。各侯国为保持自己的生存和扩大各自的地盘，君主们相继称王，独霸一方。各侯国一方面加强中央集权，改革图强，加强军备；另一方面，在外交上频频争取别国的合纵或连横。战国后期，秦昭襄王用范雎为相，采用了远交近攻之计，破坏了各国的合纵，加强了秦国的国力和军事实力，成了战国时期的第一强国，削弱了各国的力量。

燕昭王当政期间，正值战国进入大战的中期阶段。由于燕昭王的贤明和苏秦、乐毅、秦开一班贤能之臣的辅佐，燕国在七雄中的地位节节上升，与强秦和强齐的力量对比发生了根本变化。到燕昭王二十五年时，燕国国势已经具备了与齐国抗衡的实力。此时，齐国齐宣王的时代早已结束，继任的是齐湣王田地。齐湣王即位不久，便与秦昭襄王联好，并称东西帝。因受苏秦反间，遂却去秦使。齐湣王自恃国力强大，凌暴诸侯，他南割楚之淮北，西侵“三晋”，还欲并周室，自为天子。后来又发兵灭掉宋国。

面对齐湣王咄咄逼人的攻势，同时也伴随着燕国国势的强大，燕昭王与苏秦、乐毅商议，加快了讨伐齐国的步伐。但君臣们商议，尽管燕国国势日益强大，但燕国独自一国讨伐齐国，胜算的可能性还是不大。因此，还是要实施合纵之策，联合诸国共同伐齐。但在实施步骤上，还是先削弱齐国的国力和影响力，使其处于被动局面，然后再下手。于是，苏秦凭着自己的辩思和口才，硬是在齐国站稳了脚跟，取得了齐湣王的信任，被任命为齐国相国。苏秦佩挂齐国相印后，先成功地劝导齐湣王除去帝号，然后又与赵奉阳君李兑共谋，发动韩、赵、魏、齐、燕五国合纵，迫使秦国废帝请服，退还部分侵地，由此，赵国封苏秦为武安君。

齐湣王灭掉宋国后，齐国的国力下降。此时，恰好奉阳君向齐索要封邑，苏秦一看，认为离间齐国与赵国的机会来了，便下决心通过离间齐、赵两国的关系，来进一步削弱齐国。

于是，苏秦先派随从回燕国向燕昭王报告了赵奉阳君向齐国索要封邑，齐赵两国关系陡然紧张的情况，并让燕昭王秘密与赵王会晤，以便正式与韩、赵、魏三国联军动手攻齐。苏秦还让随从将齐国情况详细向将军乐毅作了沟通，以便由乐毅指挥联军动手。苏秦则向齐湣王进言，让他进攻赵国，实则是以此恶化齐赵两国关系，同时消耗齐国的人力和财力，削弱齐国的战力。燕昭王按照苏秦的建议，很快与赵国赵惠文王赵何见面并达成进攻齐国的共识。乐毅与韩、赵、魏三国的将军们，秘密商议了进攻齐国的相关事宜。

苏秦与燕昭王、乐毅三人之间所做的事情尽管很秘密，但还是被一名曾与苏秦争宠的齐国大夫捕捉到一些蛛丝马迹。这位齐大夫用尽心思，顺藤摸瓜，终于拿到了苏秦恶化齐、赵关系的凭据，于是便报告了齐湣王。齐湣王经过了解，在确认苏秦利用反间计恶化齐赵关系，削弱齐国国力的情况后，下令将苏秦车裂于临淄城的闹市之中。

燕昭王和乐毅、剧辛、邹衍、秦开等人听到那随从说到苏秦被齐王车裂于市的情形后，不禁又一个个擦起眼泪来。正在这时，却见那一直述说情况的随从倒地而亡。

欲知后事，且看下回分解。

第二十九回　燕昭王亲筑拜将台　乐将军合纵伐齐国

却说燕昭王与乐毅、剧辛、邹衍、秦开等人，怀着悲痛的心情，倾听着苏秦在齐国的一个随从，述说着苏秦被齐湣王车裂的情况。燕昭王等人听那随从说到苏秦被车裂的惨景时，禁不住地又抹起眼泪来。突然，那随从歪身倒在地上，一点儿动静也没有，静静地躺在那里。燕昭王知道，这个随从已经几天几夜没睡觉了，一定是困乏到极点了。燕昭王擦了擦泪水，起身赶到那随从的身边，想扶他去睡一会儿。众臣见燕昭王如此对待一个一般臣子，都感动地上前，要和燕昭王一起扶那随从去歇息。可众人叫了许久，那随从却一动不动，此时宫医走上前看时，见那随从早已绝气身亡。原来那随从四天四夜没合眼，已困乏至极，且见燕昭王君臣如此伤痛，他也感动至极，特别是燕昭王亲自起身扶他坐下，又亲手给他端水，使他肝肠寸断和感叹不已的心情交织在一起，劳累、伤感、感叹等诸般感受叠加在一起，早已使他心力交瘁，因此在他说完最后一句话后，便倒地身亡。

虽然那随从是个小吏，但燕昭王看到这种情况，竟忍不住地再次痛哭起来。众臣见了，也一齐抹起眼泪。

许久，燕昭王从地上站了起来，他握紧拳头，一字一句地说："田地，我姬职如不报此仇，就不是姬氏子孙！"

乐毅看了，赶到燕昭王面前说："大王节哀吧，合纵伐齐之事该商议并提上日程了。"

燕昭王说："好，我们将苏秦相国的后事办完后，立即起兵，合纵伐齐！”

当下，燕昭王派邹衍为使，前往齐国料理苏秦的后事。并下令厚葬苏秦的那位随从。

且说邹衍奉燕昭王之命，带着几位随从，日夜赶路，前往齐国都城临淄，料理苏秦的后事。邹衍到达临淄时，距苏秦被车裂已过去了十多天。在此期间，齐国大臣好几人向齐湣王建议，要求妥善处理苏秦之事，安葬苏秦。齐湣王想了想，下令安葬苏秦。

邹衍见齐湣王已将苏秦安葬，且安葬的规格尚可，便前往苏秦墓吊唁了一番，然后率随众回蓟城向燕昭王报告。燕昭王听了邹衍述说的情况后，只是说了句：“夫子辛苦啦！”

第二天，燕昭王召集众臣议事，商议合纵伐齐事宜。此时，虽然距苏秦被杀已过了一月有余，但燕昭王还是经常泣涕涟涟，人也消瘦了许多。看看乐毅、剧辛、邹衍、秦开都到齐，燕昭王说：“今日议事，再也听不到苏秦贤弟的声音啦！”说着，情不自禁地又流出了泪水。乐毅连忙劝道：“大王，苏秦相国为我燕国的振兴和强大而献出了生命，我们尽快商议做他未竟的事业吧。只要我燕国振兴强大起来，苏秦兄长上天有灵一定会快慰的。”

燕昭王听了，擦了擦泪水说：“对，我们快商议讨伐齐国事宜吧，诸位爱卿只管说来。”

乐毅说：“苏秦兄长在长达二十年的时间里，以我燕国兴盛为宗旨，以合纵伐齐为目的，纵横天下，佩挂六国相印，已为我们奠定了五国伐齐的基础。今苏秦相国虽然不在了，但他的合纵之策已在秦赵韩魏四国生根，只要我燕国出动大军，联合四国军队，形成伐齐联军，就一定会打败齐国，将齐国肢解。我燕军经过二十年的训练，特别是经过胡服骑射的改革，其数量和战力都是往日任何时候所不能比拟的。臣请求，率我燕国大军，联合四国军队，讨伐齐国，请大王批准！”

剧辛说：“乐毅将军乃我燕国军队之最高统帅，虽然此次五国联军讨伐强齐是我燕国多少年期盼的大事，但臣以为无须乐毅将军亲自挂帅，有臣这个副帅挂帅出征足够了，因此，臣申请大王，愿率我燕国大军征讨齐国，也望大王批准。”

秦开说："臣这些年东征西讨，习惯了征战的生活，且有把握战胜齐国，还是让臣去征讨齐国吧。"

燕昭王见三位将军都纷纷请战，心里甚是高兴，他问邹衍说："夫子虽是个阴阳学家，但大学问家对眼下局势必有独到的看法，依夫子看，此次伐齐由谁充当将军合适呢？"

邹衍说："行军打仗，东征西讨，这类事臣不明白，但臣认为，以当下局势之严重性，还是由乐毅将军充当燕军的统帅，挂帅出征较为合适。臣这样说倒不是说秦开和剧辛两位阁下做不了统帅，而是因为乐毅将军有其独有的优势，其一，乐毅将军不仅文韬武略样样出众，而且是名将之后，在诸侯列国有声望，容易统兵，特别是容易驾驭五国联军。其二，自苏秦相国赴列国游说合纵之策以来，乐毅将军一直与苏秦相国里应外合，内外策应，因此各国情况乐毅将军比秦开、剧辛两位将军都熟，也就更适合作为征讨齐国的将军。"

邹衍这番话，不仅燕昭王认为说得有理，连秦开、剧辛乃至乐毅都点头赞成。燕昭王高兴地说："夫子说得好，本王也认为乐毅将军最适合出任征讨齐国的燕军统帅，实际上也是五国联军的统帅。我们今天就这么定下来，由乐毅将军挂帅出征。正如夫子所言，秦开、剧辛两位爱卿不是不能作为统军主帅，而是由乐毅爱卿作为统军主帅更为合适。乐毅爱卿挂帅出征后，剧辛爱卿要在国内掌管兵马，做好征讨大军的粮草供应和策应事宜。至于秦开爱卿，还应继续作为修筑长城的司宰，与众位爱卿完成数千里长城的修筑。这项历史工程，关乎我燕国的振兴和长治久安，决不能耽搁，更不能半途而废。本王如此考虑和这般布置妥否，还望诸位爱卿提出意见。"

乐毅说："臣感谢大王的信任和厚托，也感谢诸位同仁的鼓舞。乐毅挂帅出征后，还要依靠大王的威力和指引，更离不开各位同仁的支持和策应。臣以为，大王做以上安排部署，非常合适，既兼顾了征讨齐国的大计，又兼顾了燕国的稳定与发展，既注重了眼前，也注重了长远，既考虑到了列国之间，也考虑到了国内上下。乐毅作为燕军统帅，一定会率我大军与诸国联军密切配合，协同作战，最终一定会打败齐国。"

剧辛说："臣赞成大王的意见，一定为乐毅将军当好粮草官，同时做好策应准备。”

秦开说：“臣亦赞成大王的安排部署，定当竭尽全力，尽快修筑这条数千里的障塞，为伐齐壮威，充当保障。秦开也随时听从大王和乐毅将军的召唤，如有需要，秦开会冲锋陷阵、万死不辞。”

邹衍说：“好啊，明君贤臣共谋共事，让我这个不懂打仗的人也觉得心情舒畅。”

燕昭王点点头说：“好，大的事情就这样定下来，我们现在再商议一下攻打齐国的具体事宜。乐毅爱卿先说说你的意见，看还需要做什么？”

乐毅说：“臣想到的是这样的几件事情：其一，我燕国出动兵力问题。臣的意见，我们出动十万骑兵。由于秦、楚等国并未像我燕国和赵国那样实行胡服骑射改革，因此包括五国联军和齐国在内，战场上还有战车驰骋。考虑到这一点，臣这些年又特意打造了一支战车军队，以适应与齐军的对垒。此次我们除十万骑兵外，再出动七百乘战车。如有必要，国内备用的数万大军和战车再出动。其二，是随军战将问题。臣拟举荐臣的犬子乐间和宗侄乐乘二人为随军战将，请大王批准。其三，是进一步与赵、韩、魏、秦四国联络问题。苏秦相国在世时，已与诸国商定了共同伐齐的大计，现在需要进一步沟通各国出兵的数量、进兵的时间等问题，确定下来后，便可发起伐齐之战。”

燕昭王说：“乐毅爱卿说的三个问题，本王都赞成。出动十万骑兵，七百乘战车，这对我燕国目前来说，已毫无问题，如果需要，剧辛爱卿可及时再调援军。随军战将问题，本王认为乐间、乐乘二侄甚是合适。二侄自幼跟着贤弟习武并学习兵法，不但武艺高强，而且精通战阵和谋略，在贤弟的统帅下，一定会战无不胜，攻无不克。至于与诸国沟通相约问题，本王的意见，在赵、韩、魏、秦四国中，与我燕国最为密切且最为关键者，还是赵国，因此本王之意，乐毅爱卿亲自去一次赵国，去见见赵王赵何，与他进一步巩固联合讨伐齐国的基础，同时商定出兵进攻等具体事宜。其他几国的沟通协调，本王之意，韩、魏两国由太子乐资出使去与两国国君沟通，秦国那里则让赵国去与之沟通，乐毅爱卿届时与赵何说清楚，秦国出兵的多少及战绩如何，与日后瓜分齐国所得的多少相联系。但讨伐齐国由我燕国发起，因此各国出兵多少，何时进攻齐国，包括日后瓜分齐国，还是要由我燕国先提出个意见。本王意见，进攻齐国的时间可定于立秋之日，其他事宜乐毅爱卿再去考虑并与诸国约定。”

议事结束后，乐毅又返回燕昭王的办公殿堂，对燕昭王说：“臣弟有一想法，不知当说不当说？”

燕昭王说：“你我虽为君臣，实则是结义兄弟，贤弟今日如何说出有话当说不当说之语？”

乐毅说：“那臣弟就直说了，关于派太子乐资去韩、魏两国出使问题，臣弟意见能否换个别人去？”

燕昭王一听，一刻也没犹豫地说：“好，让剧辛爱卿去如何？”

乐毅点头说：“如此最好。”

燕昭王说：“那就这么定。”

乐毅说：“臣弟提出这样的想法，还望王兄谅解。”

燕昭王说：“贤弟什么也不用说，贤弟想的是什么，为兄都知道，为兄与贤弟所想一样。”

乐毅施了一礼说：“臣弟告退。”然后转身出了王宫。

原来太子乐资轻浮且自以为是，与燕昭王有天壤之别，乐毅与他打过交道后，遂不喜欢乐资。燕昭王也知道儿子的毛病，但多次训教，成效甚微。乐毅提出不让乐资出使韩、魏两国，燕昭王一听便知道乐毅怕乐资误了大事，因此毫不犹豫地换成剧辛。

按照燕昭王的要求，乐毅和剧辛二人很快便前往赵、韩、魏三国出使去了。

且说赵国此时的君王为赵惠文王赵何。一代贤明和改革君王赵武灵王在积极奋发图强，亲自提倡胡服骑射，进行军事改革，并灭掉中山，大破林胡、楼烦部落，将赵国疆域北扩，使赵国成为强国后，将赵国王位让位于少子赵何，自号主父。赵武灵王满以为自己既急流勇退，又为少子开拓出一个新的国势，可以做一个开明的君王，岂料他退位后却引起内讧，无奈他退据沙丘宫，但还是为乱兵所围，被活活饿死。赵何继承王位后，继续沿着赵武灵王开创的基业前进，并奉行与燕国友好的政策。乐毅到达邯郸后，赵惠文王亲自设宴款待乐毅，并与乐毅确定相关事项。乐毅辞别回燕国的前夕，赵惠文王亲手将赵国相国大印授给了乐毅，让乐毅一同指挥攻打齐国联军中的赵军。乐毅提出的让赵国遣使前往秦国约定出兵之事，赵惠文王也一口答应，并立即派重臣前往。

剧辛出使韩、魏两国也极为顺利，韩王韩釐王韩咎、魏王魏昭王魏遬，都亲自接见了剧辛，并将一应事项一一商定。

乐毅和剧辛出使回来一段时间后，赵王赵何遣使前来，转告了赵国使臣前往秦国出使情况，说秦国完全同意燕赵诸国意见，一定会在立秋之日将大军开至进攻地点。

当下乐毅和剧辛进宫，向燕昭王报告了联合赵、韩、魏、秦四国出兵讨伐齐国的情况。此时，燕昭王由于苏秦被杀所经受的痛苦和悲伤，已经稍显淡化和好转，脸上开始有了笑模样。听到乐毅和剧辛说的情况后，燕昭王微笑着对二人说："二位爱卿这一段联系四国卓有成效，眼下距离出兵之日越来越近，二位爱卿再认真去做大军出发前的准备事宜。本王将下令修筑拜将台，届时本王将拜将授印。"

且说秦开自燕昭王明确他继续率众修筑长城后，立即召集牧羊、陈奈、伯男及五郡郡守，将末商议完的事宜认真商议完毕。在取得乐毅和燕昭王的同意后，秦开立即组织五郡同时开始施工，修筑长城。开始施工这天，燕昭王亲自前往数百里之外的上谷长城修筑起始点，看望慰问民夫。秦开自长城动工后，一直在修筑现场，与牧羊、陈奈、伯男等人忙里忙外，还经常与民夫一起，运石挖砂。

且说燕昭王与乐毅、剧辛商定大军征讨齐国事宜后，便下令在蓟城外修筑拜将台，拜将台修筑期间，燕昭王两次前往，动手垒石铺土，那些工匠们看了，一个个眼里噙着泪花，冒着酷热的天气，忘我地苦干着。

这日，燕昭王召众臣议事。除乐毅、剧辛、邹衍等人如时参加外，远在数百里的秦开也赶了回来。看到众臣都显得疲惫的神情，燕昭王说："今天议事后，诸位爱卿都在家里歇息两天，也算避避暑吧。两天后，我们再做一件大事。"

看到众臣似乎有些疑惑的样子，燕昭王接着说："五国联军进攻齐国的日子很快就来到了，今日本王要与众卿商议的，就是一件事，这就是要拜将问题。如今，战国列国通行的规矩是，每个侯国都设文臣武将，文臣最高职务或为上卿，或为相国，武将最高职务都是将军。本王继承王位后，文有上卿郭隗，后来又任苏秦为相国，任乐毅为亚卿兼将军。武官除乐毅为将军外，又任秦开为将军，剧辛爱卿虽为中大夫，但实际上是仅次于将军的副帅。如今，以我燕国为主要力量的五国伐齐大军即将会合，这是我燕国建国七八百年以来的最大事件，比征东胡、击朝鲜，更加扣人心弦，也是我燕国最能彰显实力的时机，当然也是燕国生死攸关的关头。我们已经确定，乐毅爱卿出任这次燕军伐齐大军的统帅，为了更加鼓舞士气，也为了更加彰显乐毅将军的统帅地位，本王想了许久，决定授予乐毅上将军职务。这大概是在战国列国中首次授予一个人上将军的职务，本王正是要让天下的侯王和军将们知道，我燕国本次要征伐齐国的意义非同寻常，本次我燕国统兵之将的乐毅更是非同寻常！不知众爱卿以为如何？”

秦开、剧辛、邹衍皆拍手称快。乐毅说：“乐毅自投至大王驾下以来，荣获亚卿兼将军的高职和殊荣，臣已感激泣涕，今大王又授予臣如此高职和殊荣，令乐毅坐卧不宁，还是收回成命吧。”

燕昭王笑道：“我燕国此次领衔合纵伐齐，是振燕国七八百年以来之威，雪先王和相国被杀之仇，兴战国七雄中雄主之盛的综合体现，伐齐统帅既是名将之后，又是文武出众、治国安邦的贤者，本王认为，除管仲外，无人能与乐毅的才能和功绩相比，因此，这个上将军的头衔，乐毅爱卿是戴定啦，也是当之无愧的！”

乐毅听了，跪下身来说：“乐毅今生得遇大王，真乃三生有幸！乐毅受此殊荣后，定当肝脑涂地，报效大王，效命燕国。”说罢，又给燕昭王磕了三个头。

燕昭王扶起乐毅说：“姬职此生，得遇将军及苏秦、秦开等一班贤臣，也成就了自己一生之美梦，本王心里感激贤弟和众臣哪！”说着，燕昭王的眼眶又湿润了。

邹衍见状，连忙说：“好，好，明君贤臣，今日又议定了千秋功业，我们应该高兴才是啊！”

燕昭王也连忙说：“对，对，高兴！但本王的想法还没说完，除了任命上将军外，任命剧辛为将军。这样，我燕军便有上将军和将军共三人，本王相信，乐毅、秦开、剧辛三位将军一定会让我燕国兵强马壮、战无不胜。剧辛爱卿出任将军之职，众卿也没有疑义吧？”

邹衍、乐毅、秦开拍手称快。剧辛说：“剧辛得遇明主，定会效生死之命！”

燕昭王看了看众臣，然后高兴地说：“好，我们今天就议到这里。秦开爱卿在蓟城再待上几天，两天后，本王将在拜将台拜将授印，然后祭天地、祭先王、祭故相，送军出征！”

转眼两天过去。拜将这天，燕昭王在乐毅、邹衍、秦开、剧辛等人的簇拥下，早早来到了城外新筑的拜将台。人们得知要拜乐毅为上将军，拜剧辛为将军，并且即将伐齐，以报家国之仇，都不由得欢呼起来。燕昭王频频向人们招手致意，人们也不停地向燕昭王招起手来。

辰时许，燕昭王登上拜将台。拜将台修筑得雄壮而不奢华，且美观多姿。燕昭王宣布拜将仪式开始后，乐毅、剧辛、秦开、邹衍等人登上拜将台，并分两边站立。受燕昭王的委托，秦开宣读了燕昭王拜将的王令。接着，燕昭王亲手将上将军和将军的金印，捧给乐毅和剧辛。授完金印后，燕昭王又向乐毅和剧辛分别授予了宝剑。乐毅和剧辛接受印剑后，跪在燕昭王的面前，行跪拜大礼。燕昭王还向乐间、乐乘两位战将赠送了宝剑。

根据乐毅的测算，大军到立秋之日到达赵国边城武城须提前半个月便从蓟城出发。大军出发这天，燕昭王在乐毅、剧辛、秦开、邹衍的陪同下，天没亮便来蓟城之外的先祖祠。燕王室的先祖祠始建于第二代燕侯姬克时，从那时，先王们的神位和画像便一代又一代地安放进来。燕昭王走进列祖列宗神位前，磕了三个头。起身后，燕昭王在先王姬哙的神位前，久久地凝视着。

从先祖祠出来后，燕昭王又前往先祖祠旁边新搭设起的苏秦祠，给苏秦的神位上香，并为苏秦神位前的神灯添油。

从苏秦祠中出来后，燕昭王来到先祖祠和苏秦祠的空地上，在那里发表了祭词。只见燕昭王亲手从袖中掏出一块写满字的丝锦，走到临时搭设的讲台面前，展开锦书朗诵起来：

穹隆苍天，茫茫大地，冥祖神灵：

燕祚侯王，嫡孙姬职，奋发卅载，以求国兴。天地护佑，先祖助威，贤臣良民，共同振兴。国势日强，版图渐扩，七雄并驾，强齐齐驱。国仇家恨，公私兼有，誓灭田齐，瓜分其地。

大军行前，祭祀天地，先祖神灵，乞求暗助。盛我国祚，兴我社稷，富我子民，安我宗祠。

燕昭王诵完祭词后，再次跪倒在地，乐毅、剧辛、秦开、邹衍等众臣也跪倒在燕昭王的身后，向天地神灵行跪拜大礼。

礼毕，燕昭王送乐毅及其子乐间、侄乐乘上马出发。看到乐间、乐乘二人威武雄壮，虎虎生风，燕昭王脸上露出了笑容。

燕昭王在乐毅、乐间等人的簇拥下，检阅了燕军骑兵方队和由一百乘战车组成的战车方队。然后，燕昭王大喊了一声：出发！

乐毅在儿侄的护卫下，拍马行在大军最前面，然后骑兵和战车依次前行。古时的战车论乘，一乘即由四匹马拉的车，每辆车上都有甲士数人。

燕昭王与秦开、剧辛、邹衍，一直等乐毅及前方方阵走远后，才回到城中。

乐毅率燕国大军启程后，每日都按预定里数前进，果然在立秋的前一天，到达赵国边城武城。此时，赵国军队已先期到达武城，像迎接和照顾自己的军队一样，在武城迎接和照顾着燕国军队。当日晚，韩、魏、秦三国的军队，也在赵国军队的引领下，来到武城。

乐毅大喜，当即召集赵、韩、魏、秦四国率军将军议事。议事开始，赵、韩、魏、秦四国将军先向乐毅报告了各国出兵的数量，赵国是燕国之外四国最先和最坚决响应燕国伐齐号召者，出兵四万，其他三国各出兵两万，五国联军共计大军二十万。之后，赵、韩、魏、秦四国将军，一致推举乐毅为五国联军统帅，统一指挥五国联军的二十万大军。乐毅受命后，立即提出了攻齐的一系列部署，并提出了伐齐成功后瓜分齐国的意见。四国将军见乐毅将二十万大军摆布得井井有条，个个暗暗敬佩不已。

武城在今山东省西部，靠近河北，当年是赵国靠近齐国的边城。那时，黄河在河南省滑县开始分成两条河道，武城恰恰在两条河道的中间。五国联军要进攻齐国，需先渡过南黄河，才能逼近齐国都城临淄。

立秋日这日早晨，五国联军在乐毅的号令下，在赵国边境长达十多里的边境线上向齐国发起了进攻。燕昭王酝酿和企盼已久的伐齐之战由此打响了。

且说齐国自齐桓公称霸以来，一直是春秋战国时期的强国。齐宣王田辟疆时期，乘燕王哙让位燕相子之，以致太子平与子之因争夺王位而发生内乱时，进攻燕国，并在五十天之内攻占了燕都蓟城，杀了燕王哙和子之。由于齐军在燕国大肆烧杀掠抢，燕国军民顽强反抗，各诸侯国也准备出兵救燕，这才迫使齐军撤退。燕昭王姬职继位后，广招贤士，重用乐毅、苏秦等一班臣将，不断积蓄力量，在准备着报齐破国之仇。齐宣王死后，齐湣王田地继位，继续齐宣王时期的征战政策，南攻宋、楚，西击韩、赵、魏，并与秦国称帝东西。齐湣王还一度想吞并东周王室，自为天子。灭掉宋国后，他更加骄傲自恃，忘乎所以。

这日，齐湣王正在宫中与他的两个得力战将触子和达子品尝诸国送来的贡物，忽然侍臣慌张来报，说燕国将军乐毅率五国联军上百万人马，已经从赵国攻入齐国。齐湣王听后，一脚将侍臣踹倒在地，然后看了看触子和达子说："不可能，五国联军上百万人马进攻我国，怎么事先我们一点也不知道呢！"他说完后又指着那侍臣喝道："是哪里来的消息？"那侍臣连忙回答道："是济西军士来报送的。"齐湣王又喝道："让那个军士来见本王！"那侍臣又说："那送信的军士刚才与臣说了几句话后，便吐血而死，那匹马也死了，看来是累死的。"

齐湣王听到这里，方感到情况严重。这时，恰好另一个侍臣又来报告，报告的内容与刚才那位侍臣所报一样。齐湣王看着触子和达子，突然大声咆哮地喊道："来人，去把苏秦墓给我掘了，让他那堆臭肉乱骨暴于光天化日之下！"此时触子和达子也觉得情况严重，触子连忙说："大王，还是尽快商议拒敌之策吧！"达子也连连附和着。齐湣王余气未消，他又大声说道："现在我终于明白了，苏秦在我齐国任相国时，为什么非让我们灭宋，为什么总是挑拨齐国与其他国的关系，原来都是要削弱我们的实力，加剧齐国与各国的矛盾，然后再联络诸国来进攻我们，真是狼子野心！"

触子又说："大王息怒吧，现在说这些已经没有用了，还是快商议拒敌之策吧！"

齐湣王说："拒敌之策是现成的，本王任命触子为拒燕将军，达子为拒燕副将，率二十万大军即刻西进，抗击乐毅及五国乌合之众！"

触子和达子见齐湣王就这么简单地把拒敌之事定下来了，相互看了看，又各自抹了抹刚刚品尝诸国贡物的嘴巴，说了声：得令！然后转身出了王宫。

触子和达子径直来到临淄兵营，传令大军集结，明日一早前往历下拒敌。这时，齐湣王派出了好几个侍臣，拿着王令玉牌，传达大军集结西行及触子、达子二人任拒敌之将的王令。

齐军由于连年征战，已不愿再去出征打仗，加之此时天气尚热，军士们都在树下乘凉，听说明日一早便要远行作战，许多军士都很不情愿。几个侍臣将军士们的怠慢情绪向齐湣王报告后，齐湣王大怒，他让侍臣们再次持玉牌传令，军士中如有不愿出战或赴战场不愿死战者，除就地斩杀外，一律将祖坟掘毁。军士们听了，只好乖乖地整束前行。

第二天一早，触子和达子率领二十万大军，火速向西驰去。触子让辎重在后面慢行，骑兵在前速行，并传令行军沿途郡县，要保证大军供给。

且说乐毅指挥二十万联军进入齐国国境后，顺利地到达南黄河。但由于二十万大军共渡黄河并非一日之举，因此待渡过黄河后，触子率领的二十万齐国军队，便已经到达历下。

历下即今日之济南市。在历下的北面和西面，是古济水。古济水大致与今日黄河河道相向。触子率齐军在历下稍加休整，便渡过济水，形成与五国联军对峙的局面。齐军的行踪和情况，早已为乐毅所掌握。

第二天，双方在济水之西，大致为今日山东高唐、聊城一线，展开了决战。由于齐军军心不快，将士离心，斗志消沉，所以双方接战不久，齐军便大败亏输，损失惨重。主将触子见自家军队一败涂地，早已逃之夭夭，不知去向。副将达子见状，连忙收拾残兵败将，向东退却，以保卫都城临淄和齐湣王。济西之战以齐军失败告终。

乐毅见齐国主力大军已被消灭，济西之战已经取得决定性胜利，齐军再难组织有效抵抗，便与四国将军商议，让秦、韩两国军队在享有原定的瓜分利益基础上，收兵回国，让魏军去攻取宋国的故地，让赵军去攻取河间。等将四国军队安排完毕，乐毅决定率燕军长驱直入，直捣齐国国都临淄。

且说乐毅率大军自蓟城出发后，燕昭王心里一直惦记不已，他派出数以百计的探马，不停地为他报告燕军进军情况。当得知乐毅率大军快到武城后，燕昭王越发惦记乐毅。将军剧辛说："大王如此惦记乐将军，莫不如臣陪大王前往武城，观察双方交战情况，也好及时获知战情，免除大王心中之惦记。"

燕昭王想了想说："好，爱卿速去通知鹿毛寿，让他代替秦开爱卿临时司宰长城修筑事宜，让秦开爱卿守卫都城，然后你我二人前往赵国边城武城。"剧辛点点头，便去安排去了。

燕昭王见秦开已回到都城，便与剧辛率五百精骑，一路南下，向武城驰去。

乐毅并不知道燕昭王已到武城。这日，乐毅看看四国大军都已离开济西，便与儿子乐间、侄儿乐乘商议，准备提大军向齐都临淄追击，继续聚歼齐国败退的残余军队，并直捣临淄。

可就在此时，军士来报，说燕国将军剧辛陪燕昭王来到济水慰师，剧辛将军还有重要话要说。乐毅一听，连忙出帐迎接。

欲知后事，且看下回分解。

第三十回　沥心血秦开筑长城　丰伟绩侯城矗金身

却说燕国上将军乐毅率五国联军打败齐军，取得济西之战的胜利后，及时将秦、韩两国军队遣返还国，让魏国军队去攻取宋国故地，让赵军去攻取河间。等四国军队都离开济西后，乐毅与儿子乐间、侄儿乐乘两位战将商议，准备提燕国大军向齐国都城临淄追击，继续聚歼齐国败退的残余军队，并直捣临淄。可就在大军即将启程之时，军士来报，说燕昭王在将军剧辛陪同下，亲临济水慰师，而且剧辛有重要话说。乐毅听了，连忙传令让大军暂时不要拔寨，并连忙与乐间、乐乘出帐迎接。

燕昭王见到乐毅后，紧紧拉着乐毅的手摇个不停，嘴中说："贤弟，自你从蓟城出发后，兄长无时不在想你，在剧辛将军的提示下，这才随后赶到武城，得知贤弟大败齐军后，这才又赶来济水，一来是看看贤弟，免去心中之惦记，二来是慰师犒军。"

乐毅心中感激，他对燕昭王说："臣弟不知该如何表达王兄的恩情，臣弟也想王兄啊！"

君臣进帐叙谈了许久，然后乐毅陪燕昭王到各营慰问将士。走访慰问后，燕昭王在军营草地上设宴，用大坛美酒、大块牛羊肉犒劳将士们，君臣与将士们席地同饮，直欢乐至傍晚。

第二天一早，剧辛来到乐毅帐中对乐毅说："对于上将军下步的打算，末将有不同想法，不知当讲不当讲。"

乐毅说："我与阁下一起扩军强军，相处二十多年，阁下怎么今天与我客气起来了。"

剧辛说："那末将就直说了。末将不赞成上将军率大军深入齐国腹地，去冒险追击齐军。齐国大，燕国小，燕军既然占领了齐国西部这么大的地盘，下步乘势攻取齐国边邑，扩大战果就足够了，千万不要贪大冒险啦！"

乐毅笑了笑说："阁下真是这么想的？"剧辛点了点头。

乐毅收敛了笑容说："眼下齐军的主力已被歼灭，真正审时度势，只能得出必须乘胜前进，追击齐军残余，攻占临淄，将他们彻底歼灭的想法，否则便会贻误战机，葬送胜利成果。"

剧辛也反问了一下乐毅："上将军真是这么想的？"乐毅也点了点头。

剧辛说："那上将军就按照自己的想法去实施吧，末将告辞。"乐毅起身将剧辛送出帐外。

乐毅回帐思索了一会儿，便来到燕昭王的帐中，向燕昭王详细述说了下步准备追击齐国残军的想法，并问燕昭王是否赞成。燕昭王说："贤弟之言正合为兄之意，只是贤弟一定要注意安全，以免为兄惦记。"

乐毅说："王兄放心就是，倒是王兄应该多多注意自己的安全和贵体，也免得臣弟在外面惦记王兄。"

第二天，燕昭王与乐毅辞别，要返回蓟城，乐毅要送过漯水，燕昭王说："贤弟欲挥师追赶齐军，正需要兵贵神速时，万不可因为送为兄耽搁了时间，歼击齐军要紧。"乐毅拜谢，待燕昭王一走，乐毅立即挥师向东，渡过济水，经过历下，向齐国都城临淄杀去。

乐毅率十万燕军追赶了数日，来到昌国一带，此时达子带领的残兵败将，正蜷缩在昌国至临淄一带。于是双方在铁山之南，淄河以西，摆开阵势。待乐毅挥师进攻时，齐军逃的逃，死的死，降的降，简直不堪一击，其状比济西之战还惨，整个战场几乎变成了燕国的天下和燕军的领地。乐毅见此情景，不由地仰天长叹道："得道者多助，失道者寡助，真乃天之亡齐也！"

且说齐军副将达子从济西率残兵败将逃回临淄后，向齐湣王哭诉了齐国惨败的情况及触子遁逃的消息，齐湣王大骂触子无能，又要杀达子以泄其恨，众臣再三说情，齐湣王才饶达子不死，并令他率残兵败将继续在昌国至临淄一带保护都城，以防燕军追袭。达子率残兵败将在昌国扎下营寨后，看看只有两三万残军，心想如果五国联军追过来，这点兵力还不够联军十人杀一个的。因此，他不顾百姓死活，硬是把这一带百姓都赶上前线，让他们充当军士来用。这些百姓本来就对齐湣王有气，不愿为他卖命，加之燕军勇猛而仁义，体恤百姓，更兼百姓早已听说燕国率军元帅是个名将之后，有管仲之能，因此燕军一到，这些百姓不但不与燕军对抗，反而帮助燕军围剿齐军。达子见到这种情况后，也像触子一样，弃掉战马，脱掉战袍，不知逃往何处去了。

乐毅率大军到达昌国时，齐湣王便连忙让宫人做好出逃准备，同时派出十多个探马，让他们不停地报告前线作战情况。待他听说齐军惨败，达子已不知去向时，急忙率几个文臣武将出城逃窜。由于没命狂奔，闹得沿路鸡飞狗跳，浑如丧家之犬。出了临淄城后，齐湣王一直向胶东方向逃去，但狂奔了许久，他又拨转马头，一直向南驰去。一直逃到齐长城脚下，齐湣王才稍稍松了一口气，然后在长城的一个障城里住了一夜，第二天越过长城向莒国奔去。

乐毅得知齐都临淄已成为齐王的弃都，便率大军进驻了临淄。进城后，乐毅首先张榜安民，并传令全军，不许干扰百姓，更不许掠抢，否则定斩不饶。

且说齐湣王逃到莒国后，刚刚安顿下来，忽报楚国将军淖齿率三万大军前来救援。齐湣王听了大喜道："天不灭我田地，不灭我齐国啊！"

看到淖齿威风凛凛的样子，齐湣王当即委任淖齿为齐国相国。淖齿有了齐国相印后，便立即行起相令来，他将文武官员调到一起，名义是商议抗击燕军事宜，实则是将齐湣王抛到一边。看看齐湣王身边已无齐国臣将，淖齿便闯入齐湣王的临时宫殿，将齐湣王杀死。杀死齐湣王后，淖齿率三万楚军夺回了此前被齐国侵占的淮北之地，然后率大军回楚国向楚顷襄王交令去了。

原来，燕国在合纵伐齐时，也游说楚国，希望楚国也参加联军，以便组成六国联军共同伐齐，楚倾襄王表面上答应得很好，但却不按双方商议的结果发兵。淖齿与楚倾襄王商定，楚军在楚齐边境处屯驻并秘密打探情况，视局势发展而采取不同策向。当看到齐国惨败后，淖齿见正当其时，便毅然行起援齐国之名，杀齐王报仇、夺失地之实来。

且说乐毅进驻临淄后，通过张榜安民，很快稳定了齐国民众的人心。接着，乐毅采取布施德政、收取民心的政策，废除残暴的法令和苛捐杂税，使齐国民众很快恢复了平静而有秩序的生活。看看大局已稳，彻底消灭齐军，占领齐国全境的条件已经具备，乐毅与乐间、乐乘二人商议，决定将十万大军分作五路，左路军攻取胶东、东莱，即今山东半岛，右路军沿济水南进阿、鄄，即今山东省西南部，以接应魏军，前路军沿泰山东进攻取琅琊，即今山东沂南至日照一带，后路军沿北海，即今山东临淄东北沿海一带，出击攻占千乘，即今山东高青东北，中路军占领临淄以镇齐都。由于乐毅运筹帷幄，统筹全局，且军纪严整，作战勇敢，加之齐国百姓的支持，燕军仅用了六个月的时间，便攻取了齐国的七十余城，只剩下莒和即墨两城未被攻克。

这日，乐毅正在召集众将商议下步部署事宜，快骑探马来报，说燕王再次亲临燕军军营犒师。乐毅感动地说了声：“大王，圣君哪！”然后出营迎接燕昭王。

君臣兼兄弟相见，四只握在一起的手久久不愿松开，燕昭王和乐毅二人的眼中，都在闪烁着激动而高兴的泪花。二人手拉着手一齐入帐，一直说了一个多时辰，才想起吃饭。再次陪同前来的将军剧辛，对乐毅竖起了大拇指，然后又惭愧地摇了摇头。

当晚，燕昭王在临淄齐王宫举行盛大宴会，再次用大坛美酒，大块牛羊肉犒劳将士们，君臣们直欢乐至戌时。

第二天，燕昭王亲自向将士们及齐国百姓发布王令，封乐毅为昌国君。乐毅感激泣涕，坚辞不受，但燕昭王说，如果乐毅不受这个封号，他将会寝食不安。乐毅无奈，只好跪拜接受了昌国君的封号。昌国为古邑名，又名昌城，在今山东省淄博市东南。乐毅自此在昌国为君五年。燕昭王在临淄住了十多天，然后与乐毅等臣将分别，向北沿渤海岸回蓟城，乐毅直送至济水边，才与燕昭王洒泪而别。

却说秦开自受燕昭王之命修筑燕北长城后，一直与负责修筑长城的诸司官们在修筑长城的现场，整日地操劳着五郡修筑长城中出现的各式各样的问题，并不断提出目标任务，协调着人力物力财力问题。燕昭王见秦开成年累月地在施工前线，甚是心疼，加之苏秦已不在人世，乐毅率大军远征，所以燕昭王经常思念兄弟心切，硬是通过王令的形式将秦开召回蓟城，以便兄弟兼君臣在一起相聚几日。乐毅刚率军前往武城时，燕昭王前往前线慰师，便是有意将秦开召回蓟城，让他歇息一下。这次燕昭王前往临淄慰师，再次让秦开替他主持朝政，临行前燕昭王特意嘱咐秦开，他不回朝时，不能离开蓟城，实则还是想让秦开在蓟城多休息一些时日。秦开心里明白燕昭王的想法，他心里感激燕昭王，但同时又非常着急，恨不得用一两年就把数千里长城修筑起来。因此，燕昭王从临淄回到蓟城，秦开与他分享了燕军摧垮齐国的胜利喜悦后，便又急匆匆地赶回了长城修筑现场。

此时，修筑长城已开工一年多的时间，由于在组织形式上是以五郡为基础，在数千里修筑长线上同时施工，因此数千里长线上分布着许许多多的施工现场。秦开对这些施工现场都很熟悉，因为至少都跑过几次了。这次，秦开离开蓟城后，首先来到上谷郡长城修筑的起点处，看到长城起点处已修筑完毕，且周边都打造得利利索索，秦开甚是高兴，他登上长城巡视了一圈，又在长城沿线内侧察看了配置建造的卫城、障城和烽火台等。看完这些设施后，秦开深入到长城修筑的民工大军中，向民工们问候致意，问民工们累不累，家里生活是否有保障，还有何困难。当听到或发现民工们的困难或后顾之忧时，哪怕事情很小，秦开都要嘱咐身边的郡官，让他们立即予以解决。

了解完民情民意后，秦开又脱掉官服，光着膀子，与民工们一起干起活来，搬石、运砂、挖土，他样样都干得起劲而内行。那些民工们看了，有的欢笑并更加起劲地干着，有的转过头去偷偷抹去激动地泪水。

从上谷郡临出发时，秦开又与郡守、司工等人商议了下步可能遇到的问题及应对之策，并以司宰的名义明确了支持的意见。

离开上谷郡，秦开又到了渔阳郡，然后依次又到右北平郡、辽西郡、辽东郡。每到一郡，都是慰问民工、解决困难，并下工地与民工们一起干活出力。

待秦开来到最后一站辽东郡时，恰好离从都城出发三个月。跑完辽东郡长城的修筑路线并察看完修筑情况后，秦开见辽东郡修筑进度明显缓慢，于是对从郡治襄平赶来陪同的郡守山虎说：“辽东郡负责修筑的长城长度为其他四郡的两三倍，因此任务比其他郡艰巨得多，看来本司宰还要从其他地方调集民工啊。”

山虎说：“末将在调度上也有问题，望将军容末将立即改正。”

秦开说：“调度上即便有些问题，也是次要的，主要问题是辽东郡负责修筑的长城点多线长，相比之下人手少，因此在五郡进度中明显缓慢。”

山虎说：“前些日子，将军曾征服过的汉水城两位秽貊部首领，听说将军奉王命负责督筑长城，派人前来向末将报告，说如有需要，两位首领愿率三千秽貊兄弟，前来帮助修筑长城，且吃住一应事项都不用我们管。末将还正要派人向将军报告呢。”

秦开听了说：“秽貊兄弟，真是真诚实在，讲朋友讲义气，且想社稷所想，急国家所急。阁下以为如何，是否需要他们来支援一把？”

山虎说：“末将当然希望他们来支援一把，但究竟是否让他们来，全凭将军定夺。”

秦开看看身边的牧羊、陈奈和伯男三人，三人都不约而同地点了点头。

秦开说：“好，我燕国修筑长城缺少人手，秽貊兄弟又这样顾全大局，那就请他们来支持一把。但本司宰之意，一是秽貊兄弟在修筑长城期间的衣食住行，全部由我燕国负责，不能为燕国出力而还让秽貊部供吃供穿，二是按秽貊兄弟来参与修筑长城的人数和他们的贡献，我燕国每年支付汉水城秽貊部落一定数量的明刀钱。这两件事本司宰将写信向大王报告一下，以便大王心中有数。但向大王报告不影响我们去请秽貊兄弟。本司宰的意见，由牧羊司马亲自跑一趟汉水城，去向两位秽貊首领当面致谢一下，并向他们说清该由燕国负责的事项，然后由他们派秽貊兄弟过来参与修筑长城。”众人都点头赞成。

牧羊带领几个军士临出发时，秦开又对牧羊说：“兄长到汉水城后，顺便看看二龙山城，看看那里的守军情况如何，还有何问题，军士们与当地秽貊兄弟相处是否和谐。”牧羊领命后，前往汉水城去了。

秦开又与山虎等人商议了为秽貊兄弟尽快解决吃住问题，并提议离修筑长城较近处，建立一个驻守和管理的大本营。秦开指着地图对山虎等人说："襄平离长城修筑线太远，本司宰意见，在襄平以北和修筑长城沿线之间，修建一个城邑，用以屯兵和安置秽貊兄弟，同时作为修筑长城指挥管理的大本营，诸位以为如何？"

山虎说："将军谋事精细，郡治襄平离北线长城和东线长城的修筑地都太远，不便调度和指挥，如在襄平和长城修筑线之间建座城邑，真是太好了，末将作为辽东郡守，甚是赞成！"陈奈、伯男等人都齐声赞成。

秦开率山虎、陈奈、伯男等人在地图上圈点后，又来到实地察看。众人行走了几天，来到一条大河的北岸，秦开对众人说："本司宰看在这一带建城邑最好，大河之阳，辽阔之地，沃野千里，又离长城修筑线数十里，位置恰好合适。"众人都一致赞成。

当下陈奈便提出了一个建城的构想，秦开听后点点头说："好，就按兄长这个方案修建城邑。"司工伯男也连连说好。

陈奈说："建城图形和规模都有了，还缺少个城邑名字，将军再命个城名吧。"

秦开想了想说："按照兄长说的建城方案，我看城邑名就叫方城，如何？"陈奈、伯男都齐声赞成，并表示立即进行修建。

过了一段时间，牧羊兴冲冲回来向秦开报告，说汉水城两个秽貊首领听了秦开的意见后，极为感动和高兴，三千名修筑长城的秽貊民工也组织得差不多了，很快便会赶赴辽东郡参与长城的修筑。牧羊还告诉秦开，说二龙山城守城军士与秽貊兄弟亲如一家，相处极为和谐。秦开大喜，嘱咐山虎尽快准备三千秽貊兄弟到来后，吃、住及修筑长城施工段的安排。

又过了一段，汉水城秽貊部两位首领山启和夹石，率领三千名秽貊青壮年兄弟，来到长城修筑地。两位首领见到秦开后，非要下跪参拜，秦开扶住他们，平等以礼相见，众人高兴地说着、笑着，胜似久别的亲人。

山启和夹石看看三千秽貊兄弟住上了新棉帐，每天吃的都离不开牛羊肉，又拿到了大量的明刀钱，再三拜谢秦开。秦开更是再三感激秽貊兄弟，在两首领离开时，秦开亲自将两位首领送出三十里，然后依依而别。

秦开安排好了辽东郡的事情之后，又折返其他四郡，继续循环往复于五郡之间，不停地处置着长城修建过程中的诸方面事务。

且说乐毅率燕军攻取齐国七十多城后，受燕昭王的封邑，出任昌国君，并酝酿和重新调整进军部署，以图攻取莒和即墨两城。恰在此时，齐臣王孙贾等人用计杀死了从楚国复又回齐的相国淖齿，立齐湣王之子田法章为齐襄王，守莒抗燕，并号召民众起来抵抗燕军。乐毅重新调整部署，集中右路军和前路军攻莒，左路军和后路军攻即墨。即墨军民在守将战死之后，共推齐宗室田单为将，坚守抗燕。那时，田单和即墨城，成为齐国当时两个坚强堡垒，燕军围攻莒和即墨一年，没有成果。

即墨是齐国较大的都邑，地处富庶的胶东，靠山近海，土地肥沃，财富丰富，且既有坚固的城池，又有足够的人力用于防守。田单被推为将后，为挽救危局，除大力开展争取人心的事宜外，还将所带的族兵及收容的残兵七千余人，及时加以整顿和扩充。田单还亲自带头构筑城防工事，加固城墙，浚深壕池，同时将族人、女眷编入军营参加守城。由于田单与将士同甘共苦，因此即墨城军民同心同德，群情振奋，斗志昂扬，燕军围攻一年，而无法得手。

乐毅见一年未能攻克莒和即墨两城，便下令解除围攻，将大军退至九里之外扎营，并下令规定，即墨城的百姓出城后不准抓捕他们，有困难的还要资助，饥饿的要赈济，让他们各操旧业，同时用心安抚新占之地的百姓。就这样，双方又相持了两年。

且说燕国国内以太子乐资为首的一些臣子，见乐毅在封地停止了进攻，便开始在燕昭王面前拨弄是非，他们散布一些挑拨性的语言说，乐毅智谋过人，治军有方，曾在半年的时间内攻下齐国七十余城，只剩下即墨和莒两城。而现在剩下的这两城，不是乐毅攻不下来，而是根本不想攻，是乐毅想倚仗兵威来收服齐国人心，以便在齐国称王。如今齐国人心已服，他之所以还不行动，是因为家眷还在燕国。况齐国遍地美女，乐毅早晚必将忘记和遗弃妻子。乐资还唆使一些臣子直接向燕昭王当面奏报情况。大夫骑劫对乐资的话心领神会，便去向燕昭王进谗言，将上述传言向燕昭王活灵活现地描述了一遍。

燕昭王听了骑劫的这番话后，找来搬弄是非的几个臣子又询问了一番。当得知是太子乐资在后面怂恿并推波助澜，燕昭王大怒，他将乐资叫到面前痛斥道："无道的齐国趁我燕国动乱得以残害先王，我即位后，对先王被害痛心疾首，因此广泛招揽贤臣，发誓报仇雪恨。我甚至想，谁能使我成功，我愿意和他分享燕国的大权。如今，乐毅大破齐国，平毁齐国宗庙，报了先王之仇，齐国本来就是应该属于乐毅的，不是燕国该得到的。乐毅如果能拥有齐国，与燕国成为平等友好邻国，这是燕国的福气，是我的心愿！你这个畜生，不懂这些道理，却做出如此丧良心的事来，你不觉得玷污我们的祖宗吗！”燕昭王越说越生气，让人拿过鞭子，一连狠狠抽了太子二十鞭子。

重重处置太子并痛斥那些佞臣后，燕昭王又亲自赏赐乐毅的夫人以王后的服饰，赏赐乐毅的儿子以王子服饰，配备君王车驾乘马及上百辆属车，派大臣送到昌国。接着，燕昭王以王令的形式，立乐毅为齐王，还要乐毅自选相国。

且说乐毅见到燕昭王送来的车驾等君王用物和立王之令，不禁十分惶恐。他立即写下辞书，并发誓以死效忠燕国。乐毅这些忠义的举动，不仅感动了燕国上下，也感染了齐国人，人们赞叹乐毅的品德和忠义，各侯国也畏惧他的信誉，自此再也没人敢搬弄是非了。

且说秦开与牧羊、陈奈、伯男等人监修长城，一晃五年过去了。在这五年中，除大年那几天回蓟城外，其余时间秦开一直奔走在数千里长城修筑线上。不管是风吹日晒，还是雷雨交加，他一直都日夜忙碌着，天天都在看着长城一点点地在增高，一点点地在加长。燕昭王见秦开简直是在拼命，便一次一次地将他召回蓟城，但每次都看上一眼燕昭王，然后返身便回到施工前线。燕昭王见这样反倒让秦开来回奔波，便不再召他回来，而是派出自己的侍臣前往秦开身边，专门督管秦开歇息，但侍臣每天上床睡觉时，秦开还在忙碌，待侍臣起床时，秦开又早已起床，开始了新一天的忙碌。有时，侍臣也承担了协调或其他事情，自己也像秦开一样忙碌。燕昭王见秦开不但劳累，而且有时风餐露宿，吃不好睡不好，便又派出宫中的王膳，为秦开制作餐点。但秦开不是将王膳制作的餐点送给众人吃，便是根本让王膳找不到，而自己走到哪里，都随便吃一口就算一顿。渐渐地，秦开的身体一天不如一天，经常咳嗽不止。

这日，秦开在方城再次召集五郡郡守和相关人员，商议加快长城修筑事宜和注意修筑收尾阶段事宜。除辽东郡外，其余四郡的郡守纷纷报捷，说他们境内的长城，都已接近尾声。辽东郡守山虎说："辽东郡由于点多线长，长城修筑比其他四郡稍慢，但在将军的协调和支持下，进展顺利，进度很快，就工程量来说，比其他四郡完成的还多。"秦开点了点头，不但赞扬了上谷、渔阳、右北平、辽西四郡，更赞扬了辽东郡。秦开与各郡守整整商议了两天，然后又与各郡守一起，到各种类型的长城建筑去观摩和察验。

燕国长城是缘上谷、渔阳、右北平、辽西、辽东五郡北东部边地修筑的。史称燕长城西起造阳，东至襄平，实际上燕长城西起今河北沽源之北，东南至满番汗。从沽源算起，经多伦、丰宁、围场、喀喇沁旗、赤峰、建平、敖汉、北票、阜新、彰武、法库、梨树、宽甸，向东南进入朝鲜半岛，直抵清川江入海口。

由于燕国北疆地势复杂，秦开在率领众人修筑长城时采取了因地制宜、就地取材的办法，长城城墙的构筑采取三种形式：一是石筑城墙。即长城城墙用自然石块垒砌，底部多用大长条石为基础，城墙的内外两侧用较规整的大石块逐层砌起，向上逐渐内收，中间填充碎石块或沙砾。城墙下宽上窄，墙基宽六尺至一丈，最宽可达近两丈。城墙的高度约一丈左右，顶宽约五尺左右。石筑城墙多修筑在产石方便的山区。二是土筑城墙。有的地方全部为土夯而成，有的则是以石为基，上部为土筑夯打而成，还有的是土石混合而成。土筑城墙由于多筑于河谷平川地带，因此城墙比石筑城墙宽而高。三是利用天然屏障稍加垒砌成墙。这类城墙多建于险峻陡峭的山崖之上或山口之中。

燕长城如同其他列国自战国以来修筑的长城一样，在地形选择上有两个基本特征，其一是因山险溪谷为塞，二是因河为塞。燕北长城正是充分利用山川河流的自然天险而修筑的，在绵亘数千里的长城之下，或为连绵起伏的大小山冈，或为沿河而走的水塞。因险制塞对充分发挥长城的防御功能具有重要作用。

除长城主体外，燕国长城还在沿线内侧建置了各种卫城、障城和烽火台，与高大的城墙构成了完整的防御体系。

秦开率众人整整察看了一个月，然后又回到方城，准备就察验中的问题及各郡长城修筑收尾事宜再次与众人商定相关对策。

但回到方城的当天晚上，秦开便发起了高烧，而且咳嗽不止，还不时地大口大口吐血。众将围在秦开的床榻前，不停地照料着，燕昭王专门派来的宫医还定时为他配制着草药。

秦开昏睡了一天一夜，期间不时地咳嗽吐血。这日晚，秦开挣扎着坐了起来，他吃力地对守护在身边的牧羊、陈奈、伯男等人说："看来我的性命已经到头了，我死后，诸位要继续努力，尽快将长城的收尾做完，向大王交上一份喜报。"牧羊等人满脸是泪，连连劝秦开好好歇息。秦开又断断续续地说："秦开这一生虽然不长，但一直在一位明君驾下做事，实是一生的幸事。自为大王做事以来，在众兄弟的关爱下，质东胡、驱东胡、击朝鲜、修长城，事事如意。秦开不仅感激英明的大王，也感激包括诸位兄长在内的燕国贤良。能在这样一个朝中为臣，虽死无憾了。"

众将都止不住哭声，秦开又睁开眼看了看众人，然后说："告诉大王，秦开来世还在大王驾下为臣。"说完，又剧烈地咳嗽起来。突然，秦开吐了一大口血，然后慢慢地闭上了双眼。众人看时，已与世长辞。

牧羊和陈奈等人哭得死去活来，方城守军和所有在方城的人，听说秦开谢世，都跪在地上痛哭。从第二天消息传至正在收尾的长城上，修筑长城民工的哭声，沿着长城向东西两个方向不断扩展，哭声在长城内一直持续了半月有余。

牧羊痛哭了一阵后，擦了一把泪水说："我等在此守候将军的英灵，烦劳陈奈司寇回王都向大王报告将军逝世的消息吧。"陈奈点了点头，然后跪在地上给秦开遗体磕了三个头，上马向蓟城驰奔而去。

且说燕昭王自苏秦被害以后，每天南想乐毅、北想秦开，经常为担心和惦记二人而失眠。这日晚，燕昭王正在灯下看书，却见苏秦与乐毅、秦开三人走进殿内，燕昭王大惊道："苏秦贤弟，原来你没死！乐毅贤弟和秦开贤弟怎么也同时回到为兄面前，真使为兄高兴啊！与三位贤弟在一起，为兄这一生什么也不想了。"说着，燕昭王便要上前去拉三人。可突然苏秦不见了踪影，秦开也转身不见了，只有乐毅站在那里，却泪流满面，一句话也不说。燕昭王大声说道："贤弟，你们都怎么啦！"不想这一喊却将自己喊醒，原来是梦幻一场。

燕昭王正要起身，忽然侍臣来报，说陈奈从方城回来报丧，秦开已于数天前病逝于方城。

燕昭王听了，不禁失声痛哭。不一会儿，竟昏死过去。慌得侍臣王医等人忙个不停，众人又捏又唤，过了好一阵，燕昭王总算醒了过来。可燕昭王谁也不看，只是面朝宫顶，说了句："贤弟慢走，为兄还是与你二人一起去吧。"说完，慢慢闭上了双眼。众视之，已薨矣。

陈奈因秦开逝世的悲痛眼泪未干，又加入了哭悼燕昭王的新痛。

当日，燕国太子乐资继承燕王之位，是为燕惠王。燕惠王传令，将秦开就地安葬。陈奈接到燕惠王的王令后，当天便赶回方城，料理秦开的后事去了。

燕惠王刚刚安葬了燕昭王，便听到传言，说昌国君乐毅听说燕惠王继位，准备与燕国脱离关系。燕惠王听了大怒，当即下令，派亲信骑劫到齐国去替代乐毅。原来这是田单实施的反间计。

且说乐毅在昌国听说秦开和燕昭王先后逝世，不禁悲痛欲绝。他的回燕国吊唁昭王的请求信刚送出仅十数天，骑劫便来到了昌国。乐毅被迫交出兵权，并出走赵国。

此时，困守即墨的田单见昏庸的燕惠王竟撤换了乐毅，立即抓住时机，大摆火牛阵，击破燕军主力，收复了齐国被燕军攻占的七十余座城邑。乐毅灭齐兴燕的大业不幸功亏一篑。

后来，燕惠王对不公正地对待乐毅有所追悔，给乐毅写信，表示不忘乐毅的功劳，希望乐毅再回燕国。乐毅写下了著名的《报燕惠王书》，婉言谢绝了燕惠王。燕惠王无奈，封乐毅之子乐间为昌国君。乐毅在赵国期间，燕、赵两国都封他为客卿，但他再无作为，怀着对大业未竟的遗憾和惆怅，卒于赵国。

且说秦开在襄平之北建立的方城，在后来的西汉时期，被改称侯城。方城和侯城，便是今日辽宁省沈阳市建城史的起点。近年来，考古工作者在沈阳城区内挖掘出土了多处战国墓葬、战国至汉代的古城墙遗址及当时的瓦当、板瓦等官衙机构专用的建筑构件，证明了沈阳市自战国开始建城的历史真实性。

如今，沈阳市人民为纪念秦开这位开启东北文明之光的先祖，在城南的五里河公园，矗立起了一座重达五十吨的青铜秦开塑像，以缅怀他的丰功伟绩。

作者赞叹秦开对开启华夏东北文明的功绩，也有幸能创作一部拙作来赞颂秦开。感叹之余，再作七律一首，以资记怀。

燕赵自古多俊才，
拓土开疆数秦开。
击退东胡固北境，
驱赶箕侯连东莱。
增设五郡略东北，
修筑长城争霸台。
忠义勤勉兴国祚，
明君贤臣入图来。